DAMARIS KOFMEHL & DEMETRI BETTS

DARK CITY:
DAS BUCH DER PROPHETIE

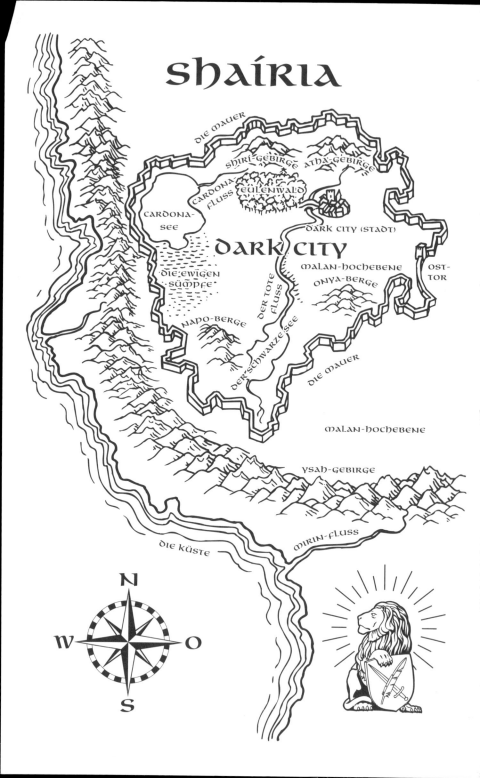

Damaris Kofmehl
&
Demetri Betts

Dark City
Das Buch der Prophetie

BRUNNEN

VERLAG BASEL·GIESSEN

Der Familie Weiß gewidmet,
Erhard, Gudrun, Regina und Teresa.
Eure Liebe zu den Menschen ist bewundernswert.
Ihr gebt mit Freuden und teilt euer Zuhause,
euer Geld und eure Zeit mit anderen.
Wir lieben euch.

Bibliografische Information der Deutschen Bibliothek
Die Deutsche Bibliothek verzeichnet diese Publikation in der Deutschen
Nationalbibliografie; detaillierte bibliografische Daten sind im Internet über
http://dnb.ddb.de abrufbar.

2. Auflage 2010
© 2008 by Brunnen Verlag Basel

Umschlag inkl. Illustrationen: Roloff, Basel
Karte im Innenteil: Roloff, Basel
Satz: Bertschi & Messmer AG, Basel
Druck: CPI – Ebner & Spiegel, Ulm
Printed in Germany

ISBN 978-3-7655-1980-2

PROLOG

Eine andere Zeit. Eine andere Welt. Irgendwo in den Weiten der Meere liegt eine Insel von paradiesischer Schönheit, eine Insel, die bis zum heutigen Tag verborgen ist. Viele große Entdecker und Abenteurer haben versucht, diese Insel ausfindig zu machen. Doch jede Mission ist fehlgeschlagen. Kein Schiff, das versuchte, dieses unentdeckte Land aufzuspüren, ist je von seiner Expedition zurückgekehrt. Viele glauben, die Insel sei bloß ein Mythos und existiere in Wirklichkeit gar nicht.

Sie täuschen sich. Es gibt sie wirklich. Ihr Name ist so geheimnisvoll wie sie selbst: Shaíria, eine Insel voller Legenden und sagenumwobener Geschöpfe, eine Insel, deren Bewohner sich durch eine eigenständige, hoch entwickelte Kultur und Technologie auszeichneten und es gleichzeitig verstanden, im Einklang mit der Natur zu leben.

Jeden Morgen, wenn die Sonne über dem Horizont aufging, wenn das sanfte Morgenlicht die grünen Hügel, die weiten Ebenen, die dichten Wälder, die kristallklaren Seen, die majestätischen Vulkane und schneebedeckten Berge mit seinem goldenen Licht streifte, schien es, als hätte Gott ein Stückchen Paradies mitten ins Meer gemalt. Ja, Shaíria war ein Paradies – doch davon ist leider nicht mehr viel übrig.

Die Legende sagt, Gott hätte sich von Shaíria abgewandt und seinen Zorn über der Insel ausgeschüttet. Nur die älteren Inselbewohner erinnern sich noch daran, wie es war, bevor die Dunkelheit sich über dem Land ausbreitete. An jenem furchtbaren Tag, als die Sonne sich verfinsterte, war es, als würde ein Schwert durch die Seele des Landes dringen. Schon vor tausend und abertausend Jahren sei dieses Unglück prophezeit worden, so erzählt man sich.

An jenem furchtbaren Tag hörten die Menschen plötzlich von weither ein lautes Brausen. Es klang wie ein Posaunenschall, und dann sahen sie etwas vom Himmel fallen. Es sah aus wie eine brennende Fackel, wie ein großer, feuerglühender Berg. Er leuchtete so hell, dass die Insel-

bewohner fürchteten, sie würden erblinden. Und gleichzeitig schlug ihnen eine Hitzewelle entgegen, dass sie meinten, sie würden bei lebendigem Leibe verglühen. Kurz darauf war ein wildes Getöse zu hören, als der brennende Fels mitten ins Meer stürzte. Die Erde begann zu beben. Ganze Berghänge lösten sich und stürzten mit lautem Krachen hinunter in die Täler. Das Meer vor Shaíria verwandelte sich in einen einzigen Feuersee.

Eine gigantische Sturmwelle aus blutrotem Feuer und brodelndem Wasser peitschte über die Insel hinweg und fegte im Bruchteil einer Sekunde ganze Dörfer und Städte von der Landkarte. Obwohl die Bergkette an der Küste die Welle etwas reduzierte, war sie im Inneren der Insel immer noch enorm. Sogar die höchsten Türme und modernsten Gebäude stürzten in sich zusammen, als wären sie aus Karton. Es geschah alles genau so, wie es von Anbeginn an prophezeit worden war. Es war eine Naturkatastrophe, wie es sie noch nie gegeben hatte und auch nie wieder geben würde, so sagt die Legende. In einem Augenblick wurde eine fortschrittliche Gesellschaft mitsamt all ihren technischen Errungenschaften durch eine Wolke aus Glut und siedendem Wasser ausgelöscht. Zurück blieb nichts als Schutt und Asche.

Nur ein einziges Gebiet blieb von dieser Flutwelle verschont: die Malan-Hochebene, eingebettet in das zerklüftete Ysah-Gebirge im Westen der Insel. Die gesamte Fläche war von einer gigantischen Mauer umgeben. Und allein diese Mauer schützte die Menschen vor der glühenden Gischt, die an diesem Tag mit tödlicher Wucht über die gesamte Insel hereinbrach. Allein diese Mauer bewahrte die Menschen vor dem sicheren Tod.

Doch es gab etwas, wovor auch die Mauer sie nicht schützen konnte, eine Gefahr, die sich ihnen noch am selben Tag schleichend näherte und von niemandem aufgehalten werden konnte: der Nebel. Wie aus einem riesigen Schmelzofen quollen Rauch und beißender Qualm aus der Tiefe. Die Legende sagt, der Dunst wäre mit einem Fluch behaftet, der aus den tiefsten aller Abgründe stamme und mit keiner irdischen Kraft zu brechen sei. Die Dämpfe stiegen langsam höher, krochen durch das Mirin-Tal hinauf ins Ysah-Gebirge, kletterten an den steilen Felshängen hinüber zur Malan-Hochebene, wälzten sich über die hohe Mauer und breiteten sich in der Ebene aus. Innerhalb weniger Stunden war die Luft so verpestet, dass man die Sonne nicht mehr sehen konnte. Und als der dichte Nebel über mehrere Tage, ja sogar Wochen, unverändert anhielt, ahnten die Menschen, dass ihr Leben nie mehr dasselbe sein würde. Die gesamte Insel hatte sich in einen Ort der ewigen Dämmerung verwandelt, und mit der Zeit gaben die Menschen dem düsteren Gebiet innerhalb der Mauer einen neuen Namen: Dark City.

Dies ist die Legende von Dark City.

· 1 ·

Jetzt hatten meine Füße Feuer gefangen. Doch kein Schrei drang aus meiner trockenen Kehle. Mit hängenden Schultern und gesenktem Kopf blickte ich an meinem gefesselten Körper hinunter auf die hochschlagenden Flammen. Ich stand auf dem Scheiterhaufen, gebunden an einen Holzpfahl, und spürte, wie die Wärme an meinen Beinen hochkroch, unaufhaltsam, tödlich. Ein Windstoß blies mir mein weißes, langes Haar ins Gesicht, und im nächsten Augenblick loderte und qualmte das Feuer noch höher um mich herum. Meine Haare kräuselten sich und wurden von der bloßen Hitze versengt. Mein zerfetztes Gewand fing Feuer und fraß sich in meine Haut. An meinen Füßen bildeten sich Brandblasen. Es roch nach verbranntem Fleisch, und es war mein eigenes. Der süßliche Geruch war Ekel erregend, der Schmerz unbeschreiblich. Meine Hände, die hinter dem Holzpfosten zusammengebunden waren, verkrampften sich. Mein Körper rebellierte. Ich zerrte an den Fesseln, versuchte meinem furchtbaren Schicksal zu entrinnen.

«Brenn, Hexe, brenn!», hörte ich die Menschen aus allen Richtungen durch den Nebel schreien. Sie klatschten und johlten wie in fiebrigem Wahn. Sie alle waren in die Arena gekommen, um meinen qualvollen Tod zu feiern. Ich stöhnte und wünschte, es möge nicht mehr lange dauern. Durch den beißenden Rauch und die immer höher züngelnden Flammen, die mich von allen Seiten einschlossen, sah ich, wie sich mir jemand näherte. Es war derselbe schwarze Ritter, der unter tosendem Beifall das aufgeschichtete Holz mit einer Fackel in Brand gesteckt hatte. Ein stolzer Mann. Er saß hoch zu Ross und musterte mich mit sichtlicher Genugtuung.

«Ihr habt wohl geglaubt, wir würden Euch nie finden. Wie töricht von Euch. Wo sind jetzt Eure Zauberkräfte, Hexe? Wo ist Euer Sieg?» Er lachte. Mein ganzer Körper stand nun in Flammen. Ich hatte mich in eine brennende Feuersäule verwandelt. Die Menge tobte. Die schier unvorstellbaren Qualen drohten mir den Verstand zu rauben. Mein Kopf hing schlaff herab und baumelte leicht zur Seite, als ich mit röchelnder Stimme durch die Feuersbrunst flüsterte:

«Ihr seid es, der mir ... der mir zum Sieg verholfen hat.»

Der Ritter musste sich wohl wundern, warum er meine Worte trotz tosender Flammen so deutlich verstehen konnte.

«Welcher Sieg?», spottete er. «Ihr seid des Todes, Hexe! Es ist aus. Selbst Eure Magie reicht nicht über die Grenzen dieses irdischen Lebens hinaus.»

«Ihr täuscht Euch», entgegnete ich gurgelnd, den Blick gesenkt, «meine Mission ... hat soeben begonnen.» Ein verzerrtes Lächeln zeichnete sich auf meinem Gesicht ab, als mein Geist ein letztes Mal in mir aufflackerte. Ich hob langsam den Kopf, wie in Trance. Ich spürte, wie eine Kraft von mir Besitz ergriff, die nicht die meine war. Dann riss ich die Augen auf. Mit einem Schlag war alle Farbe aus dem Gesicht des Ritters gewichen. Er starrte mich entgeistert an, sein Kinn begann zu beben. Sein Pferd wieherte laut, bäumte sich auf und warf ihn aus dem Sattel. Er rappelte sich hoch und stolperte davon wie ein Wahnsinniger. Ich spürte die Verwirrung, die Panik in seinem Blick. Ich wusste, dass er es sehen konnte. Trotz der Nebelschwaden und des Qualms. Es war ein gespenstischer Moment. Meine Muskeln strafften sich. Ich holte tief Luft und atmete den Geruch von Rauch und geröstetem Fleisch ein. Die Augen nach oben gerichtet, schrie ich mit messerscharfer Stimme triumphierend durch das prasselnde Feuer in die Arena hinaus:

«Aaaaaarlooooo!»

Das Echo meiner Stimme hallte von den Felsen wider, mächtig und schauerlich zugleich. Für einen kurzen Augenblick schien die Existenz von Dark City auf ein einziges Wort zusammengeschrumpft zu sein. Es war mein letztes in dieser Welt. Die tanzenden Flammen verschwammen vor meinen Augen. Mein Kopf sank schwer auf meine verbrannte Schulter. Ich spürte, wie sich meine Seele von meinem Körper löste, und fühlte mich auf einmal leicht. Ich war am Ziel. Dies war mein Ende. Und zugleich der Anfang.

· 2 ·

Aliyah wachte schweißgebadet auf. Stocksteif lag sie auf der zerschlissenen Matratze in der Ecke ihrer engen Kammer. Sie grub ihre schmutzigen Fingernägel in die löchrige Decke. Ihr Puls raste. Die Dunkelheit, die sie von allen Seiten umgab, fühlte sich schwärzer an denn je. Es war keine gute Dunkelheit. Es war nicht die Dunkelheit ihrer erblindeten Augen. Es war auch nicht die Dunkelheit der Nacht. Es war eine greifbare Dunkelheit; etwas, das düsterer und unheimlicher war als alles, was Aliyah jemals empfunden hatte. Und obwohl sich ihre Füße so heiß anfühlten, als würde sie auf glühenden Kohlen stehen, fröstelte es sie am ganzen Körper.

Die Sechzehnjährige tastete mit der rechten Hand nach ihrem weißen Wolf, der leise hechelnd neben ihr gelegen hatte und durch ihr ruckartiges Erwachen ebenfalls aufgesprungen war. Er spürte die Unruhe seiner jungen Herrin instinktiv. Treuherzig blickte er sie mit seinen eisblauen Augen von der Seite an, gab einen winselnden Laut von sich und legte beschützend seine rechte Pfote auf sie. Aliyah klammerte sich an sein dickes weißes Fell. Es gab ihr das Gefühl von Sicherheit.

«Ich habe sie gesehen, Nayati», sagte sie leise. «Es war ... unheimlich. Noch nie habe ich so etwas Unheimliches gesehen.» Sie schwieg und versuchte, die Bilder zu verdrängen, die ihr den Schlaf geraubt hatten. Aber es gelang ihr nicht. Feuer, tanzende Schatten, Gelächter, Flammen, ein Gesicht – und dann diese Augen. Sie hatten sich unauslöschlich in ihre Seele eingebrannt.

«Sie hat mich angesehen. Sie hat mir direkt in die Augen geschaut», murmelte das Mädchen. «Es tat weh. Es brannte wie Feuer in meiner Brust. Ich wollte schreien, aber es ging nicht. Ich wollte wegsehen, aber ich konnte nicht. Es war, als würde sie mich zwingen, sie anzusehen. Es war, als ob ...»

Nayati hechelte und hörte seiner jungen Herrin geduldig zu, als würde er jedes ihrer Worte verstehen. Sie sprach den letzten Gedanken nicht mehr aus. Stattdessen zog sie ihren Arm zurück und drehte sich gegen die Wand. Sie winkelte die Beine an den Körper und rollte sich zusammen wie eine Katze.

«Etwas Schreckliches wird geschehen, ich spüre es.» Sie flüsterte die Worte nur. Der Wolf kroch näher zu ihr heran und legte seinen Kopf auf ihre Schulter, entschlossen, sie gegen alles und jeden zu verteidigen, der ihr irgendein Leid zufügen wollte. Trotzdem zitterte Aliyah noch immer ein wenig.
«Ich habe Angst, Nayati», hauchte sie.
Sie schloss die Augen und zog sich die alte Decke bis über die Ohren. Sie spürte den feuchten Nebel im Gesicht. Er kroch an ihr hoch wie eine kalte Hand, die nach ihr greifen wollte. Dick und schwer hingen die Nebelschwaden in der Kammer, als würden sie in der Dunkelheit jemandem auflauern. Es war eine gefährliche Dunkelheit. Aliyah wusste es. Erst als ihre Atemzüge wieder tief und gleichmäßig waren, legte auch Nayati seine Ohren zurück und entspannte sich.

· 3 ·

Katara löste eine brennende Fackel aus ihrer Halterung in der Burgmauer. Es war kurz nach Mitternacht. Einer Katze gleich glitt Katara in ihren ausgetretenen Schuhen die Stufen der steinernen Wendeltreppe hinunter. Sie trug knielange, hautenge Hosen, einen kurzen dunkelvioletten Rock und ein ärmelloses Lederhemd mit auffälligem Reißverschluss. Darüber trug sie einen ebenfalls ärmellosen silbergrauen Mantel, der ihr fast bis zu den Fußknöcheln reichte. Er erinnerte entfernt an die Flügel einer Fledermaus und warf beim Gehen einen beinahe gespenstischen Schatten an die Burgmauer. Zwei breite silberne Armspangen schmückten die für eine Siebzehnjährige sehr kräftigen Oberarme. Ein langes Zöpfchen aus bunten Glasperlen und kleinen Holzkugeln war sorgfältig in ihr pechschwarzes Haar geflochten. Seidig fiel ihr schulterlanges Haar um ihr feines weißes Gesicht, das aussah, als wäre es aus reinstem Elfenbein geschnitzt. Zwei smaragdgrüne Augen funkelten abenteuerlustig daraus hervor.

Bei einer Fenstercharte hielt das Mädchen kurz inne und warf einen Blick in die Nacht hinaus. Als ihre Mutter noch lebte, hatte sie ihr erzählt, früher hätte man in klaren Nächten Tausende von Sternen am Firmament funkeln sehen können. Ja, bevor der Nebel kam, hätte der Nachthimmel über Shaíria zuweilen ausgesehen wie ein dunkelblaues, mit Diamanten besetztes Abendkleid. Katara konnte sich das nur schwer vorstellen. Alles, was sie sah, war tiefste Finsternis.

Weit unter ihr, irgendwo im Nichts, lag Dark City, verschluckt von der Dunkelheit der Nacht und dem zähen Nebel, der so dicht war, dass er den Menschen das Gefühl gab, daran ersticken zu müssen.

Katara drehte sich um. Ihre beiden Freundinnen gesellten sich kichernd und tuschelnd zu ihr. Sie waren ziemlich aufgeregt über den nächtlichen Ausflug. Katara legte drohend den Zeigefinger auf den Mund und bedeutete ihnen damit, sich ganz ruhig zu verhalten.

«Wenn mein Vater uns erwischt, kriege ich mächtigen Ärger!», flüsterte sie. «Er hat mir ausdrücklich gesagt, ich dürfe *nicht* ins Verlies gehen. Also seid still, sonst verratet ihr uns.»

Die Mädchen nickten und hielten sich die Hand vor den Mund, um nicht weiterzukichern.

«Ich war noch nie in einem echten Burgverlies», sagte Yolanda, die Kleinere der beiden, nach einer Weile. Sie trug einen verspielten weiten Schnürrock und Sandalen. Ein sorgfältig geflochtener blonder Zopf hing ihr im Nacken. «Da unten gibt's bestimmt Ratten und Spinnen und allerlei Ungeziefer. Wenn ich eine Ratte sehe, muss ich schreien, das kann ich euch gleich sagen.»

«Wenn du nicht mal eine Ratte sehen kannst, ohne in Panik zu geraten, wäre es vielleicht besser, du würdest hierbleiben», spottete Xenia, ein Mädchen mit keckem Blick und kurz geschnittenen roten Haaren. Sie trug grobe Schuhe mit dicken Ledersohlen, dazu eng anliegende Hosen und einen Wollpullover. In ihren Ohrläppchen steckten auf jeder Seite drei Ohrringe, und ein kleiner Ring über der linken Augenbraue vervollständigte ihren frechen Look.

«Ich habe keine Angst», verteidigte sich Yolanda. «Außerdem ist die Hexe angekettet, hab ich Recht, Katara?»

«Angekettet schon, aber vermutlich ist sie tausendmal unheimlicher als alle Ratten und Spinnen, die dort unten hausen», ermahnte sie Katara.

«Hast du sie schon gesehen?»

«Nein. Ich sagte euch doch, mein Vater schärfte mir ein, ich solle mich von ihr fernhalten.»

«Ich dachte, er lässt dich sonst immer zu den Gefangenen gehen?»

«Diesmal nicht. Er sagt, sie sei anders.»

«Natürlich ist sie anders», grunzte Xenia, «sie ist eine legendäre Hexe und wird dafür morgen auf dem Scheiterhaufen brennen.»

«Ja, das wird sie», bestätigte Katara und hielt ihre Fackel fester. «Mein Vater wurde dazu bestimmt, sie anzuzünden.»

«Im Ernst?»

Katara nickte. Sie konnte ihren Stolz nicht verbergen. Es war eine immense Ehre, derjenige sein zu dürfen, der den Scheiterhaufen in Brand setzte. Nur jemand, der Drakars höchstes Vertrauen und all seinen Respekt genoss, wurde jeweils für diese würdevolle Handlung auserwählt. Die beiden Mädchen waren mächtig beeindruckt.

«Vielleicht will dein Vater deshalb nicht, dass du ihr zu nahe kommst», kombinierte Yolanda. «Vielleicht hat er Angst, sie könnte dich mit einem Fluch belegen. Das wäre durchaus verständlich. Ich habe schon von Fällen gehört ...»

Katara winkte ab. «Alles dummes Geschwätz. Legenden und Märchen.»

«Nein, du, im Ernst», beharrte Yolanda auf ihrer Geschichte, «man sagt, es gibt Hexen, die einen Fluch über dir aussprechen, der dich in eine von ihnen verwandelt. Ich weiß nicht, wie das geschieht, aber man sagt, einige könnten es.»

«Wer hat dir denn den Humbug erzählt? Etwa dein Kindermädchen?»

«Davon habe ich auch schon gehört», fiel Xenia ein. «Mein Onkel erzählte mir, der Freund seines Arbeitskollegen wäre eines Tages spurlos verschwunden. Man geht davon aus, dass er am Abend vorher Kontakt mit einer Hexe hatte. Vielleicht ist wirklich etwas dran an der Sache.»

«Jetzt aber Schluss damit!», brauste Katara empört auf. «Wollt ihr die Aktion etwa abblasen wegen dieser lächerlichen Spukgeschichten?»

Die Mädchen schüttelten heftig den Kopf.

«Nein, natürlich nicht», sagte Xenia. «Ich habe noch nie eine Hexe aus der Nähe gesehen. Diese Chance lasse ich mir nicht entgehen, um nichts in der Welt.»

«Ich auch nicht», schloss sich Yolanda ihrer Freundin an. «Wahrscheinlich hast du ja Recht. Es sind nichts weiter als Gerüchte.»

Katara nickte zufrieden. «Gerüchte, nichts weiter. Die Hexe wird uns schon keinen Fluch anhängen, da macht euch mal keine Sorgen. Sie wird überhaupt nichts tun. Ihre Macht ist gebrochen. Dies ist ihre letzte Nacht. Morgen wird Dark City in Jubel ausbrechen, wenn sie in der Arena in Flammen aufgeht.» Sie schob sich ihr Glasperlenzöpfchen hinters Ohr und ging weiter. Die Mädchen folgten ihr, Xenia mit festen Schritten, Yolanda etwas zögerlich.

· 4 ·

Immer tiefer stiegen sie in dem Turm hinab, bis die Mauer dem blanken Felsen wich. Die Treppe ging weiter, sie schien direkt in den Felsen gehauen zu sein. Sie stiegen mitten in den Berg hinein, auf dem die Burg errichtet worden war, tiefer und tiefer. Es wurde merklich kühler. Nach einer Weile erreichten sie einen langen Gang mit alten Rüstungen. Die Rüstungen standen in Mauernischen auf beiden Seiten, und ihre langen Speere kreuzten sich über den Köpfen der Jugendlichen. Im Feuerschein der Fackel hatte man beinahe den Eindruck, als würden richtige Soldaten darin stecken. Katara amüsierte sich, wie ihre Freundinnen sich duckten und kaum wagten, zur Seite zu blicken. *Typisch Mädchen,* dachte sie.

«Es sind bloß Rüstungen», beruhigte sie die zwei. «Ist nichts weiter als Blech.» Sie klopfte zum Beweis an den Brustschild einer Rüstung. Es klang hohl. «Überzeugt?»

«Die sehen so echt aus», flüsterte Yolanda. «Stell dir vor, es würde sich plötzlich eine von denen bewegen und mit dem Speer auf uns losgehen!»
«Glaub mir, die haben sich noch nie bewegt», versicherte ihr Katara. «Und sie werden es auch heute Nacht nicht tun.»
«Das will ich auch schwer hoffen», murmelte Yolanda.

Die Mädchen bogen in einen Quergang, folgten ihm hundert Schritte und schlugen erneut einen Haken in einen sich leicht neigenden Gang. Die Felswände waren nass, und an manchen Stellen tropfte es. Katara lief rasch und zielstrebig. Sie kannte den Weg zu den Burgverliesen im Schlaf. Manchmal begleitete sie ihren Vater, wenn er einen neuen Gefangenen ablieferte.

Goran, so hieß ihr Vater, war ein schwarzer Ritter und stand im persönlichen Dienst von König Drakar dem Zweiten. Drakar war neunzehn Jahre alt gewesen, als er an die Macht kam. Sein Vater, Drakar der Erste, hatte Dark City ein Jahr nach der großen Nebelkatastrophe zu einem Stadtstaat erklärt. Im Jahre 30 nach der Nebelkatastrophe verlor er unter mysteriösen Umständen sein Leben, und sein Sohn, Drakar der Zweite, wurde unverzüglich zum neuen König gekrönt.

Drei Jahre regierte Drakar der Zweite jetzt schon über Dark City. Trotz seines jugendlichen Alters herrschte der nun Zweiundzwanzigjährige mit derselben Aufopferung über die Stadt, wie sein Vater es getan hatte. Das Volk liebte und verehrte ihn. Durch die wichtige Position ihres Vaters kannte Katara ihn sogar persönlich. Die Siebzehnjährige bewunderte seine Entschlossenheit und seinen scharfen Verstand. Er war ein impulsiver junger Mann mit einem starken Willen, ein König, den man sich nicht zum Gegner wünschte.

Kataras Vater war ihm treu ergeben, und als rechte Hand des Monarchen genoss er das große Vorrecht, mit seiner Tochter unmittelbar auf dem Burggelände zu wohnen. Die Burg war von Drakar dem Ersten erbaut worden und lag wie ein mächtiges Schiff auf einem imposanten Tufffelsen, der nach allen Seiten steil, teilweise fast senkrecht abfiel. An der Westseite schmiegte sich der Tote Fluss unmittelbar an die steile Felswand. An der Ostseite schlängelte sich eine schmale Bergstraße den

Felsen hoch. Sie war an und in den Berg gebaut worden und stellte die einzige Verbindungsstraße zwischen der Stadt und der Burg dar. Das letzte Stück vor dem Burgtor fehlte jedoch. Es war vor vielen Jahren durch eine gewaltige Zugbrücke ersetzt worden.

Katara fand es großartig, auf dem weitläufigen Burggelände wohnen zu dürfen. Als sie noch kleiner war, spielte sie mit ihren Freunden im Labyrinth der vielen Burggänge Verstecken, hielt die Wachen zum Narren oder bewarf von einem der über hundert Turmfenster die unten vorbeilaufenden Soldaten mit Wasserbomben. Aber jetzt war sie älter geworden und hatte keine Zeit mehr für solche kindlichen Späße.

Ihr Vater und das gesamte Königshaus waren der Ansicht, dass es für sie an der Zeit wäre, sich wie eine Lady zu benehmen. Als sie vierzehn Jahre alt wurde, hatten sie darauf bestanden, dass Katara endlich lernte zu kochen, zu putzen und zu nähen und sich in aller Schlichtheit und Unterwürfigkeit auf die Bedürfnisse ihres zukünftigen Gatten vorzubereiten wie alle andern adligen Mädchen in ihrem Alter. Doch vom Tag ihrer Geburt an hatte Katara gespürt, dass ihr Geist kräftig und stolz war. In ihren Adern floss das Blut einer Kämpferin. Und so hatte sie ihren Willen durchgesetzt und anstatt Kochen lieber Kämpfen gelernt. Sie wusste ohne jeden Zweifel, dass es ihr Schicksal war zu kämpfen, und der große Master Tromar, ihr privater Kampftrainer, brachte ihr in einer zweijährigen, harten Ausbildung alle Tricks und Techniken bei, die normalerweise den Rittern vorbehalten waren. Mit sechzehn Jahren konnte Katara so geschickt mit dem Schwert umgehen, dass sie sogar ihren Vater verblüffte. Und ihr Vater war nicht jemand, der sich leicht beeindrucken ließ. Er war ein ehrgeiziger Mann, groß und kräftig, mit breiten Schultern und strengen Gesichtszügen; ein Mann, der sein Leben für seinen König und für Dark City geben würde, wenn es sein musste.

Katara liebte und verehrte ihren Vater und wünschte sich nichts sehnlicher, als irgendwann in ihrem Leben in seine Fußstapfen zu treten. Eines Tages würde sie Seite an Seite mit ihm kämpfen. Eines Tages würde sie vielleicht sogar als erste

Frau in der Geschichte Dark Citys zum Ritter geschlagen. Das war ein Traum, für den es sich zu kämpfen lohnte.

※

Kataras Vater liebte sie über alles und hatte dennoch nur wenig Zeit für sie. Aber wenn er sich Zeit für sie nahm, genoss es Katara umso mehr. Einige Wochen zuvor hatte der schwarze Ritter seine Tochter auf einen langen Ausritt mitgenommen. Er sagte, er hätte etwas sehr Wichtiges mit ihr zu besprechen.

«Worum geht es denn?», fragte Katara neugierig, als sie ihren Fuchs-Hengst aus dem Stall führte.

«Lass uns erst einmal ein kleines Wettrennen machen», sagte ihr Vater amüsiert und tätschelte den Hals seines schwarzen Hengstes. «Ich möchte sehen, wie gut sich meine kleine Feuerblume mittlerweile im Sattel hält.»

Meine kleine Feuerblume. Katara liebte es, wenn ihr Vater sie so nannte. Er hatte den Kosenamen erfunden, als sie zum ersten Mal im Burghof auf einem wirklich störrischen Pferd gesessen hatte. Vergeblich hatte der wilde Hengst versucht, das damals zehnjährige Mädchen aus dem Sattel zu werfen. Wie eine zarte Blume hätte sie auf dem Rücken des Pferdes ausgesehen, das hatte ihr Vater ihr danach begeistert gesagt, eine zarte Blume mit einem feurigen Willen. Seither nannte er sie seine kleine Feuerblume, und Katara mochte den Namen. Denn sie wusste, dass Vaters ganzer Stolz darin steckte. Es war ein gutes Gefühl, wenn ihr Vater stolz auf sie war.

«Du wirst überrascht sein, wie schnell ich geworden bin, Vater», grinste Katara keck zurück, während sie ihr Pferd sattelte. «Wo soll das Rennen zu Ende sein?»

«Vor der Brücke, die über den Toten Fluss führt.»

«Einverstanden», sagte Katara, zog die letzten Riemen fest und schwang sich geschickt in den Sattel. «Ich werde vor dir dort sein.»

«Das werden wir ja sehen», meinte Goran, während er seinen Fuß in den Steigbügel setzte und sich mit Leichtigkeit auf sein großes Pferd schwang. Der Hengst tänzelte ein wenig, und seine Nüstern blähten sich.

«Bereit?», fragte der Vater.

Katara nickte.

«Dann los!»

Eine Staubwolke wirbelte auf, als der schwarze Ritter seinem Pferd die Sporen gab und über das Burggelände davonstob. Sein schwarzer Mantel flatterte im Wind. Durch den Nebel sah er beinahe aus wie ein Geisterreiter.

«Heja!», rief Katara mit funkelnden Augen, stieß dem Fuchs die Fersen in die Flanken und jagte ihrem Vater hinterher. Die Hufe klapperten auf dem Boden, als sie dicht hintereinander über die Zugbrücke preschten. Fast Hals an Hals jagten die beiden Hengste den schmalen Pfad den Berg entlang hinunter ins Tal. Mal war Katara eine Halslänge weiter vorne, dann wieder Goran. Sie umrundeten das Kloster der Eolithen, der Weisen Drakars, das sich am Fuße des Tufffelsens befand, und galoppierten eine gute Meile am Toten Fluss entlang, bis die matschige Straße schmäler wurde und sich in einen kleinen Trampelpfad verwandelte. Kurz vor der Holzbrücke zügelten sie ihre Hengste, und die Pferde kamen schnaubend und zitternd zum Stehen. Der schwarze Ritter hatte das Ziel nur um Haaresbreite vor seiner Tochter erreicht. Er lachte vergnügt.

«Nicht schlecht», meinte er keuchend und sichtlich beeindruckt. «Du bist besser, als ich dachte.»

«Nächstes Mal schlage ich dich», versicherte ihm Katara außer Atem und blies sich eine Haarsträhne aus dem Gesicht. Die Muskeln ihrer kräftigen Oberarme spannten sich unter ihren Armreifen. «Und? Was ist es, das du mir so dringend sagen wolltest, Vater?»

«Reiten wir erst ein Stück durch den Eulenwald», antwortete Goran, ohne ihre Neugier zu befriedigen. Katara hatte nichts dagegen. Es war ein herrliches Gefühl, mit ihrem Vater auszureiten. Momente wie diese waren viel zu selten, und sie wünschte sich, ihr Vater hätte mehr Zeit für sie. Aber als oberster schwarzer Ritter des Königs war er praktisch rund um die Uhr, sieben Tage die Woche, in Alarmbereitschaft und konnte sich nicht viele Freiheiten nehmen. Umso mehr genoss es Katara, an diesem Morgen einfach mit ihrem Vater zusammen zu sein und ihn ganz für sich allein zu haben. Sie fühlte sich wie ein kleines Mädchen an der Hand des Vaters, so sicher und geborgen, als könnte ihr nichts und niemand etwas anhaben.

Sie ritten über den Toten Fluss und bogen in den Weg ein, der in den Eulenwald führte. Es war ein geheimnisvoller Wald. Man hörte kein Geräusch, kein Vogelzwitschern, nicht einmal den Ruf einer Eule. Die uralten knorrigen Bäume wirkten gespenstisch im Dunst. Der Nebel schien hier noch dicker zu sein als auf der Burg.

«Bleib immer dicht bei mir», sagte ihr Vater. «Sonst verlieren wir uns rasch aus den Augen.»

Tatsächlich war der Nebel an einigen Stellen so dicht, dass man keine zwanzig Schritte weit sehen konnte. Unwillkürlich erinnerte sich Katara daran, dass es die Hexen gewesen waren, die den Nebel damals mit ihrer Zauberkraft aus der Tiefe heraufbeschworen hatten. Es machte sie wütend, wenn sie nur schon daran dachte. Einige glaubten zwar, der Nebel wäre allein auf den Einschlag des großen Felsens zurückzuführen. Doch Katara wusste, dass dem nicht so war. Die Hexen allein waren schuld am Elend der Stadt. Sie allein waren verantwortlich dafür, dass der Nebel gekommen war und das Licht vertrieben hatte.

Eine Weile ritten sie stumm nebeneinander her, bis Katara die Stille brach. «Vater, wie alt warst du eigentlich, als der Nebel kam?»

«Ich war zehn», erzählte Goran, «das war sechzehn Jahre vor deiner Geburt.» Er schüttelte den Kopf. «Ich erinnere mich an den Tag, als wäre es gestern gewesen. Keiner, der diesen Tag erlebt hat, wird ihn je wieder vergessen. Es ist der dunkelste Tag in unserer Geschichte.»

Er zügelte seinen Rappen und lenkte ihn auf einen schmalen Pfad, der sich durch die knorrigen Bäume einen Hügel hochschlängelte. Katara schnalzte mit der Zunge und brachte ihren Fuchs neben den Hengst ihres Vaters. Seite an Seite trotteten die Pferde durch den gespenstischen Wald. Wildes Moos, das aussah wie übergroße Spinnweben, hing überall von den Bäumen, und manchmal mussten sie sich bücken, damit ihnen die vom Nebel angefeuchteten Flechten nicht ins Gesicht klatschten.

«Früher war der Eulenwald ein Wald voller Leben», berichtete der Vater. «Ich kam oft hierher. Wir bauten uns Baumhäuser und spielten Verstecken. Wir bastelten uns Pfeil und Bogen und gingen auf Wildschweinjagd, haben allerdings nie eins erlegt. Aber dann kam der Nebel … ja, der Nebel.»

«Was ist geschehen?», fragte Katara.

Goran zuckte die Achseln. «Das frage ich mich auch. Zuerst dachten wir alle, der Nebel würde sich im Laufe des Tages verziehen. Aber das tat er nicht. Er wurde je länger je dichter. Die Häuser wurden immer unschärfer, bis wir nur noch ihre Silhouetten erkennen konnten. Es war gespenstisch. Die Stadt wurde von der eigenartigsten Welle überflutet, die die Welt je gesehen hat.» Er machte eine Pause.

Katara hörte ihm aufmerksam zu. «Und dann?»

«Dann war auf einmal alles weg, die Häuser, die Bäume, die Landschaft, alles.» Er sagte es ganz leise, ja flüsternd, mit leicht zusammengekniffenen Augen, so als würde es ihn erneut schaudern, wenn er daran zurückdachte. «Der Nebel verschluckte uns förmlich. Und da standen wir in der trüben Suppe und konnten die eigene Hand nicht mehr vor den Augen erkennen. Ich glaubte, mein letztes Stündchen hätte geschlagen. Ich hatte Angst.»

«*Du* hattest Angst, Vater?»

«Ich war ein kleiner Junge. Ich wusste nicht, was da geschah. Ich meine, du bist mit dem Nebel aufgewachsen. Für dich ist es nichts Besonderes, wenn der Nebel zuweilen so dick ist, dass du glaubst, du könntest ganze Blöcke herausschneiden. Aber wir hatten so etwas noch nie zuvor gesehen. Es war unheimlich, das kannst du mir glauben.»

Der schwarze Ritter machte eine Pause. Katara spürte, wie ihm die Sache heute noch zu schaffen machte. Auch nach so vielen Jahren saß ihm der Schock jenes Tages noch immer in allen Gliedern. Und ihr Vater war nun wirklich kein Mann, der sich so leicht einschüchtern ließ. «Weißt du, was das Schlimmste war?», fuhr er fort.

«Nein, was denn?»

«Dass die Sonne verschwand. Als das Licht der Sonne immer schwächer und schwächer wurde und es immer grauer und grauer um uns herum wurde. Und auf einmal war die Sonne ganz verschwunden. Das war das Schlimmste. Das war mit Abstand das Schlimmste. Der Nebel hat uns das Licht genommen. Er hat es einfach aufgefressen. Lautlos und ohne Vorwarnung. Das Kostbarste, was es gibt, hat er mit seinem riesigen Rachen verschlungen. Es war grauenhaft. Ich kann es nicht in Worte fassen.»

Die Siebzehnjährige hörte ihm fasziniert zu, während sie nebeneinander den Hügel hochritten. Sie erreichten eine kleine Kuppe, die baumfrei war, stiegen von den Pferden und ließen sie zwischen dem Moos nach Gräsern suchen, während sie sich einen Steinwurf weit weg auf einen Baumstumpf setzten und ein paar Schlucke Wasser aus ihren Schläuchen tranken.

«Von hier oben aus hatte man eine herrliche Aussicht über die ganze Stadt», sagte der Vater. «An schönen Tagen konnte man sogar das Ysah-Gebirge sehen und weit im Osten einen Teil der Mauer. Ich vermisse diese Weite, die klare Luft, den Duft vom zarten Grün der Bäume.»

Katara sagte nichts. Sie starrte in den Nebel hinein und versuchte sich vorzustellen, wie die Landschaft wohl ohne Nebel ausgesehen haben mochte.

«Ich weiß, du kannst das alles schwer nachvollziehen», sagte Goran und reichte seiner Tochter den Wasserschlauch. «Du kannst nicht verstehen, was es bedeutet, des Lichtes beraubt zu werden. Du hast die Sonne nie gesehen. Du weißt nicht, wie ihr Licht auf der Haut kitzelt, wenn ein verirrter Sonnenstrahl dich am Morgen aufweckt. Du weißt nicht, wie ihre Wärme wohltut nach einer kalten Nacht. Du weißt nicht, wie es aussieht, wenn sie blutrot hinter den Felsen verschwindet und die Landschaft in ein geheimnisvolles Licht taucht, oder wie das Wasser im Sonnenschein glitzert wie hunderttausend funkelnde Diamanten. Das weißt du alles nicht, und deshalb kannst du nicht verstehen, was du verloren hast.»

Damit mochte er wohl Recht haben. Katara hatte die Sonne tatsächlich noch nie gesehen – wie auch sonst keiner, der nach der großen Nebelkatastrophe zur Welt gekommen war. Vieles hatte sich geändert, seit der Nebel gekommen war.

«Erzähl mir mehr von der Sonne, Vater», bat ihn das Mädchen, während sie einen Schluck Wasser trank. «War sie groß?»

«Riesengroß. Und das ist sie noch immer. Wir können sie wegen des Nebels nur nicht mehr sehen. Aber sie ist da. Irgendwo da oben strahlt sie hell, wie sie es immer getan hat.» Er schaute nach oben, und Katara folgte seinem Blick. «Sie sieht aus wie ein weißer runder Feuerball, der weit über den höchsten Bergspitzen am Himmel hängt. Ihr Licht ist so grell, dass du erblindest, wenn du zu lange in sie hineinschaust.»

«Wirklich?» Katara lauschte den Ausführungen ihres Vaters gebannt.

«Ja. Ihr Licht ist stärker als alles, was du kennst. Deine Augen haben sich schon so sehr an diese diffuse Dämmerstimmung gewöhnt, die wir heute als Tag bezeichnen. Ich glaube, du würdest das Sonnenlicht nicht einmal ertragen. So stark ist es.» Er seufzte. Es war ein langes, bekümmertes Seufzen. «Und alles, was uns geblieben ist, ist diese grässliche Dunkelheit, die einen manchmal um den Verstand bringen könnte. Ich vermisse das Licht der Sonne. Das tue ich wirklich.»

«Aber wir haben ja Licht», wandte Katara ein. «Wir haben Kerzen, Fackeln und vor allem Veolicht.»

«Veolicht. Das ist wahr. Ohne Drakars Erfindung hätten wir die Nebelkatastrophe kaum überlebt.» Goran schüttelte gedankenversunken den Kopf. «Trotzdem. Ich wünschte, der Fluch würde endlich gebrochen. Vielleicht wird der Nebel weichen, wenn wir die höchste aller Hexen auf dem Scheiterhaufen verbrennen. Wer weiß.»

Katara kratzte mit ihren Fingernägeln an der Rinde des Baumstumpfs herum und murmelte: «Dafür müssten wir sie erst einmal zu fassen kriegen.»

Ihr Vater drehte sich ihr zu. «Und genau deswegen wollte ich heute mit dir reden, Katara.»

Das Mädchen horchte auf. Der schwarze Ritter lächelte, und seine Brust wölbte sich, als er seiner Tochter feierlich verkündete:

«Wir haben Isabella gestern Nacht gefangen genommen.»

· 5 ·

«Wie bitte⁈ Ihr habt Isabella gefangen⁈ Du meinst *die* Isabella⁈»

Katara war ganz außer sich von dieser umwerfenden Nachricht. Isabella war als eine der gefährlichsten Hexen aller Zeiten bekannt. Es wurde gemunkelt, ihre Zauberkräfte wären tausendmal gefährlicher als der Biss einer Kobra.

«Ja, meine kleine Feuerblume. Es ist uns gelungen, sie in der Bärengrotte in einen Hinterhalt zu locken. Wir haben sie. Sie sitzt zur Zeit im tiefsten Kerker und wartet auf die Verurteilung. Du bist die Erste, die es erfährt. Ich wollte es dir persönlich sagen.»

«Ich ... ich weiß nicht, was ich sagen soll, Vater. Das ist fantastisch!»

Der schwarze Ritter nickte zufrieden. «Drakar hat mir versichert, er würde sie noch vor Ende des Monats hinrichten lassen. Es wird eine Hexenverbrennung sein, wie sie Dark City noch nie gesehen hat, das garantiere ich dir. Und Drakar sagte, er würde mir die Ehre erweisen, sie anzünden zu dürfen.»

«Vater!» Katara flog ihrem Vater vor Begeisterung um den Hals. «Ist das wahr⁈ Du wirst es tun dürfen⁈ Das muss ich unbedingt meinen Freundinnen erzählen. Ist das aufregend! Die große Hexe ist gefangen, und mein Vater wird es sein, der den Scheiterhaufen in Brand setzt!»

Sie konnte sich kaum von der gewaltigen Neuigkeit erholen. «Wer hätte das je für möglich gehalten: Die mächtige Isabella sitzt in unserem Kerker.» Es war unfassbar. Seit Jahren hatte Drakar versucht, den geheimen Aufenthaltsort der Hexe ausfindig zu machen. Vergeblich. Sie war nirgends aufzuspüren. Sie war untergetaucht wie alle anderen Hexen, und es gab nicht den geringsten Anhaltspunkt, wo sie sich versteckt haben könnte. Doch jeder Fuchs verlässt einmal den Bau, so pflegte Kataras Vater stets zu sagen. Und er hatte Recht behalten. Er hatte sie geschnappt, und jetzt würde sie das Ende finden, das sie verdiente: den Tod durch Verbrennen.

«Wenn wir zurück sind, statte ich ihr gleich einen kleinen Besuch ab», beschloss Katara mit funkelnden Augen. «Ich muss diese Frau unbedingt sehen.»

Goran räusperte sich und legte seine Stirn in Falten. Der Stolz über den Fang der Hexe wich einer aufrichtigen Besorgnis.

«Das ist der andere Punkt, den ich mit dir besprechen muss. Und ich weiß, es wird dir nicht gefallen, was ich sage, meine kleine Feuerblume. Aber ich möchte nicht, dass du zu ihr ins Verlies gehst.»

Kataras Euphorie war mit einem Schlag wie weggeblasen. Damit hatte sie nicht gerechnet. «Wieso denn nicht?», fragte sie verständnislos. «Du lässt mich doch sonst immer zu den Gefangenen gehen.»

«Diesmal nicht, mein Kind. Diesmal kann ich es dir nicht erlauben. Ja, ich muss es dir sogar ausdrücklich verbieten.»

«Das ist jetzt nicht dein Ernst.»

«Oh doch, meine Tochter, das ist mein voller Ernst. Du wirst nicht zu ihr gehen.»

Für einen Moment wusste das Mädchen nicht, was es denken oder sagen sollte. Natürlich war es irgendwo verständlich, dass ihr Vater sie vor Isabella beschützen wollte. Aber schließlich war sie kein kleines Kind mehr, und es machte sie wütend, wenn ihr Vater sie wie eines behandelte.

«Ich will nicht, dass du dich unnötig in Gefahr begibst», begründete ihr Vater sein Verbot. Katara verschränkte eingeschnappt die Arme und entgegnete keck:

«Welche Gefahr, Vater? Ich nehme es mit jedem Feind auf, das weißt du.»

«Nicht mit Isabella, mein Kind. Nicht mit Isabella.»

«Warum nicht? Was kann sie mir tun? Sie ist doch fest angekettet.»

«Ich will nicht, dass du es darauf ankommen lässt», erklärte der Vater, und der Klang seiner väterlich besorgten Stimme wurde schärfer. «Ich weiß, dass du zäh bist. Schließlich bist du meine Tochter. Aber das hier ist eine Nummer zu groß für dich.»

«Ich bin kein kleines Kind mehr, Vater», brummte Katara. «Du hast mir noch nie verboten, den Kerker zu besuchen.»

«Genau deshalb solltest du wissen, wie ernst es mir ist», antwortete Goran.

Katara verschränkte die Arme und schmollte. «Bitte, Vater … Ich möchte sie sehen. Ist das wirklich zu viel verlangt?»

«Du gehst mir nicht auf zehn Schritte in Isabellas Nähe», sagte der schwarze Ritter, jetzt mit drohender Miene, «weder du noch sonst irgendjemand. Ist das klar?»

«Aber warum denn nicht?», fragte sie trotzig zurück. «So gefährlich kann sie auch wieder nicht sein, jetzt, wo sie hinter Schloss und Riegel ist.»

«Unterschätze sie nicht», sagte Goran. «Und keine Vorwände. Ich kenne dich, mein Kind. Nicht einmal deine besten Freundinnen nimmst du dahin mit. Und alleine gehst du sowieso nicht hin. Unter keinen Umständen, hast du mich verstanden?»

«Lass mich wenigstens *einmal* zu ihr», bat sie mit flehendem Blick und setzte all ihren Charme ein, um den Vater umzustimmen. «Nur ein einziges Mal. Bitte, Vater.»

Doch Goran ließ sich nicht um den Finger wickeln. Und was er dann sagte, sagte er nicht mehr als Vater, sondern als oberster schwarzer Ritter des Königs, der sich auf keine Kompromisse einließ, nicht einmal mit seiner eigenen Tochter. «Ich sperre dich eigenhändig in den Turm, wenn ich erfahren sollte, dass du dich dort unten herumtreibst», sagte er knapp.

Katara zog zweifelnd den Mund schief. «Das würdest du nicht wagen, Vater.» *Mein Vater ist wohl streng, aber so streng nun auch wieder nicht,* dachte sie.

Er antwortete jedoch mit hartem Tonfall: «Bei Shaíria. Stelle mich nicht auf die Probe, Katara. Die Konsequenzen würden dir nicht gefallen. Glaube mir, es ist zu deinem Besten. Halte dich von ihr fern. Das ist mein letztes Wort.»

«Drakar würde tatsächlich zulassen, dass du deine eigene Tochter in den Kerker wirfst?», fragte Katara skeptisch.

«Ich habe meine Befehle», antwortete Goran einsilbig. Er fixierte seine Tochter eindringlich, so eindringlich, dass Katara sich doch fragte, ob ihr Vater tatsächlich so weit gehen würde. Immerhin war er ein Mann mit Prinzipien. Er hatte unter Eid geschworen, die Stadt und seinen König zu verteidigen, mit seinem Schwert und seiner Seele, bis in den Tod. So versprachen es alle, die der König zum Ritter schlug. Und so hatte es auch ihr Vater gelobt.

«Du weißt, mit welchen Mitteln die Hexen kämpfen. Sieh dir an, was sie aus unserer Stadt gemacht haben. Sie sind zu allem fähig. Vor allem Isabella.»

Katara klaubte ein Stück Rinde vom Baumstumpf und warf es in den Nebel hinein. Natürlich wusste sie, was die Hexen angerichtet hatten. Sie waren es gewesen, die mit ihrer dunklen Magie den Zorn Gottes heraufbeschworen hatten. Ihretwegen hatte Gott einen brennenden Felsen vom Himmel fallen lassen, um Shaíria mit all ihren grünen Hügeln, den weiten Kornfeldern, den kristallklaren Flüssen und Seen, den uralten Wäldern und wilden Steppen, den mächtigen Schneebergen und Vulkanen zu vernichten. Ihretwegen war der Nebel gekommen, behaftet mit einem Fluch, der aus den tiefsten aller Abgründe stammte und mit keiner irdischen Kraft zu brechen war. Schon vor tausend und abertausend Jahren war prophezeit worden, dass die Sonne sich verfinstern würde und die Menschen am Himmel und auf der Erde Wunderzeichen sehen würden: Blut, Feuer und Rauch. So war es prophezeit worden, und so war es geschehen.

Dreiunddreißig Jahre bedeckte der Nebel nun schon das Land und ließ selbst das Licht des Tages nur als schummrige Dämmerung erscheinen. Es waren die Hexen, die Shaíria ins Unglück gestürzt hatten. Und nur durch Blut, Feuer und Rauch konnte der Fluch rückgängig gemacht werden, der das Paradies zerstört hatte. Das Blut derjenigen, die das Land mit ihrer Zauberei befleckt hatten, musste fließen. Ihre Seelen sollten in Feuer und Rauch aufgehen, so wie die Menschen damals von der glühenden Sturmwelle erfasst worden waren. Mit ihrem Leben sollten sie bezahlen für das, was sie dem Land angetan hatten.

Auch die Hexe Isabella würde ihren Preis bezahlen, wenn sie auf dem Scheiterhaufen verbrennen würde. Und vielleicht würde ihre Opferung ausreichen, um den Fluch des Nebels endgültig zu bannen. Vielleicht würde ihr Tod genug sein, um die ewige Dunkelheit für immer zu besiegen.

Katara freute sich schon jetzt darauf, die mächtige Isabella sterben zu sehen. Aber noch mehr reizte sie der Gedanke, schon vorher einen Blick auf sie zu werfen, und sie konnte nicht verstehen, warum ihr Vater deswegen so einen Aufstand machte. Wenn sie angekettet war, welche Gefahr konnte sie dann darstellen? War Isabella tatsächlich so mächtig?

«Die Hexen und ihre Anhänger sind wie giftige Schlangen. Sie schleichen sich überall ein, lautlos und gefährlich, und im richtigen Moment, wenn du es am wenigsten erwartest, beißen sie zu», begründete ihr Vater seinen Entschluss. «Wir leben in einer gefährlichen Zeit, das habe ich dir oft genug eingeschärft. Als schwarzer Ritter trage ich eine große Verantwortung meinem Herrn und unserem Volk gegenüber. Solange Isabella nicht ihren letzten Atemzug getan hat, ist es meine Pflicht, Dark City vor ihr und ihren Zauberkräften zu beschützen, ob sie nun im Kerker sitzt oder nicht. Und als Vater einer einzigen Tochter ist es meine Pflicht, auch *dich* vor ihr zu beschützen, meine kleine Feuerblume. Das verstehst du doch?»

«Schon», knurrte Katara widerwillig. «Aber kann ich nicht wenigstens ...»

Goran ließ sie nicht ausreden. Seine Stimme klang unmissverständlich und befehlend. «Du wirst dich von Isabella fernhalten, Katara. Dies ist keine Bitte, es ist ein Befehl!» Er warf seiner Tochter einen dermaßen harten Blick zu, dass nicht der geringste Zweifel daran bestand, wie ernst es ihm war.

«Ist ja gut, ich hab verstanden», brummte sie. «Ansonsten wirfst du mich in den Turm.»

«Worauf du dich verlassen kannst», betonte der Vater eisern. Er nahm den Wasserschlauch, erhob sich und stapfte mit großen Schritten über die Kuppe auf seinen Rappen zu. Katara folgte ihm zerknirscht. Schweigend ritten sie zurück zur Burg.

· 6 ·

Der Kerker in Drakars Burg galt als das sicherste Gefängnis der ganzen Stadt. Er befand sich *im* Berg unter der Burg. Er war mitten in den Fels gehauen worden und bestand aus mehreren höhlenartigen Kammern, die in einem verwirrenden System aus Gängen und Schächten miteinander verbunden waren. Sämtliche Eingänge und Zwischentore wurden Tag und Nacht scharf bewacht. Noch nie war es jemandem gelungen, von hier zu entkommen.

Jäh blieb Katara stehen, als sie das eiserne Tor am Ende des unterirdischen Ganges ausmachte, der zu den Verliesen führte. Ob ihr Vater sie tatsächlich in den Turm sperren würde, wenn sie jetzt nicht umkehrte? Ihr schlechtes Gewissen begann sie zu plagen. Das, wovor ihr Vater sie ausdrücklich gewarnt hatte, genau das war sie im Begriff zu tun. Sie hörte noch immer seine tiefe Stimme, als er das Verbot aussprach. Und hier stand sie nun und schlug alle Warnungen ihres Vaters in den Wind. Doch die Neugier war so unglaublich stark. *Und was kann denn im Grunde schon passieren?*, überlegte sie. *Ich muss sie einfach sehen. Ich muss wissen, wie eine so gefürchtete Hexe aussieht. Wir werden ja nicht lange bleiben, nur ganz kurz; nur lange genug, um einen Blick auf sie zu erhaschen.*

«Und?», sagte Xenia und stupste sie von hinten in den Rücken. «Ist das der Eingang zum Verlies?»

«Ja», bestätigte Katara und verbannte endgültig alle Zweifel aus ihren Gedanken. «Kommt!»

Das Tor zu den Verliesen war verschlossen, und unmittelbar davor hielten zwei Männer Wache. Sie spielten im Schein einer Wandfackel Karten. Jetzt schauten sie hoch, griffen zu ihren Speeren und bauten sich breitbeinig vor dem Tor auf. Ihre Kleidung erinnerte an eine Kombination aus uralter Tradition und Moderne. Sie trugen rote Waffenröcke, darüber ein Kettenhemd, schwarze, polierte Kampfstiefel und lange schwarze Mäntel aus einem schimmernden Material. Ihre rechten Ohrläppchen zierten zwei silberne Ringe.

«Halt! Wer seid ihr?», rief der eine.

«Ich bin's, Katara», antwortete das Mädchen, worauf die Soldaten sich entspannten und die Waffen wieder an die Felswand lehnten.

«Katara! Was führt Euch zu so später Stunde hierher?»

Die drei Mädchen erreichten die Wächter, und Katara stellte ihnen ihre Freundinnen vor. «Sie wollen unbedingt die Hexe sehen», erklärte sie.

«Mitten in der Nacht?»

«Hier unten ist sowieso immer Nacht.»

«Weiß Euer Vater, dass Ihr hier seid?»

Katara zögerte mit der Antwort.

«Er weiß doch immer, wo ich bin», wich sie der Frage geschickt aus. Die Wächter warfen sich gegenseitig einen skeptischen Blick zu.

«Wir haben Anweisungen, niemanden zu der Hexe zu lassen», sagte der eine der Wächter. «Euer Vater hat uns eingeschärft ...»

«Mein Vater hat mir noch nie verboten, in den Kerker zu gehen», unterbrach ihn Katara und streckte ihr Kinn vor, «ich bin Gorans Tochter. Niemand verbietet mir, das Verlies zu betreten.»

Die Soldaten brummten ein paar unverständliche Worte vor sich hin. Der eine kratzte sich sein stoppeliges Kinn, der andere betrachtete die drei Mädchen argwöhnisch.

«Es tut uns leid, Katara. Aber Befehl ist Befehl.»

Katara deutete auf den Kommunikator an der Wand; ein Gerät, mit dem die Wachen untereinander und mit ihren Vorgesetzten in Kontakt treten konnten.

«Ruft meinen Vater an, wenn Ihr Euch selbst blamieren wollt», meinte sie, «er kann es zwar nicht ausstehen, wenn ihn jemand wegen einer Belanglosigkeit aus dem Schlaf reißt. Aber wenn es Euer Gewissen beruhigt ... bitte.»

Der eine der Wächter wollte bereits den Hörer von der Wand nehmen, als der andere ihm mit einer flüchtigen Handbewegung bedeutete, es zu unterlassen. Er räusperte sich.

«Und Ihr seid sicher, dass Ihr die Hexe sehen wollt?»

«Ja, das wollen wir allerdings», piepste Yolanda, «ich hab noch nie eine richtige Hexe aus der Nähe gesehen.»

«Ist kein schöner Anblick», warnte sie der Wächter und spuckte auf den Boden, «bei allem Respekt, Katara, ich weiß nicht, ob das eine gute Idee ist. Warum wartet Ihr nicht bis zur Hinrichtung morgen? Da seht Ihr sie ja ohnehin.»

«Das ist nicht dasselbe», meinte Katara. «Hier unten ist es irgendwie … gespenstischer.» Die Mädchen kicherten, und der größere der beiden Soldaten zuckte verständnislos die Achseln.

«Na schön. Aber sagt hinterher bitte nicht, ich hätte Euch nicht gewarnt.» Er klopfte mit der Innenseite der Hand gegen die schwere Tür. Ein Geräusch war auf der anderen Seite zu hören, und kurz darauf wurde ein schmaler Holzschieber aufgezogen, und ein kantiges Gesicht erschien hinter der vergitterten Luke.

«Einar, begleitet die drei zu unserem Ehrengast», befahl der Wächter. Das Gesicht wich erschrocken zurück. Der Mann mit Namen Einar beäugte die drei Jugendlichen misstrauisch von oben bis unten. Seine Augen schweiften unruhig zwischen den Wächtern und den Mädchen hin und her.

«Wurde der Besuch von oben abgesegnet?»

«Führt sie zu Isabella!», wiederholte der Soldat seinen Befehl barsch.

Einar nickte ergeben, warf Katara aber dennoch einen besorgten Blick zu. «Weiß Euer Vater davon?»

«Wir bleiben nicht lange», erklärte das Mädchen rasch, ohne dem Mann in die Augen zu sehen, und trat etwas verlegen von einem Fuß auf den andern. Nach einem weiteren skeptischen Blick wurde das Sprechgitter kommentarlos geschlossen, und der Soldat machte sich offensichtlich mit einem Schlüssel an der Innenseite zu schaffen. Es rasselte, man hörte deutlich, wie sich etwas im Schloss drehte, und mit einem lauten Quietschen wurde die schwere Tür einen Spalt geöffnet. Ein kalter, modriger Windhauch schlug ihnen aus der schmalen Öffnung entgegen. Die Mädchen hörten auf zu kichern. Ein Frösteln überkam sie. Mit einem Mal waren sie sich nicht mehr so sicher, ob es eine gute Idee war, hierher zu kommen.

Sie glitten durch den Eingang, und zwei Soldaten nahmen sie auf der anderen Seite in Empfang. Der eine hatte die Arme verschränkt und grinste unverhohlen. Der andere mit Namen Einar, ein muskulöser junger Mann mit kantigem Gesicht, wirkte seltsam beunruhigt. Er hielt eine Fackel in der Hand und nickte den dreien zu.

«Folgt mir», brummte er, und dann, kaum hörbar, «aber auf eigene Verantwortung.»

Die Mädchen folgten dem etwas unfreundlichen Soldaten eine weitere Treppe hinunter. Es kam ihnen vor, als müssten sie längst den Fuß des Berges erreicht haben nach all dem vielen Treppensteigen. Überall befanden sich bewaffnete Soldaten. Sobald Katara in ihr Blickfeld kam, standen sie stramm wie Zinnsoldaten.

«Kennen die dich alle?», flüsterte Xenia von hinten.

Katara nickte stolz. Sie passierten drei weitere, von Soldaten bewachte Zwischentore und landeten schließlich am Fuße einer riesigen Grotte. Aus jedem Winkel hörte man das Husten und Stöhnen von Gefangenen. Man konnte sie nicht sehen, man hörte nur ihr Ächzen und Röcheln. Es waren unheimliche Geräusche, die aus den Tiefen dieser gewaltigen Höhle drangen, und es war noch unheimlicher, dass man nicht sehen konnte, wie viele es waren. Ab und zu durchdrang ein gellender Schrei die Stille, als würde jemand mit einer Peitsche geschlagen.

«Ist das die Hexe?», fragte Yolanda. Ohne es zu wollen, hatte sie von hinten Kataras Mantel ergriffen.

«Nein», gab Einar Auskunft, «Isabella ist nicht eine von denen, die schreit. Ich hab sie noch kein einziges Mal schreien gehört.»

«Ich dachte schon, sie wäre gefoltert worden», wunderte sich Katara.

«Ich sage Euch, sie hat nicht geschrien», versicherte ihr der Soldat. «Nicht ein einziges Mal. Stattdessen ...»

«Stattdessen was?»

Einar blieb stehen und zog nachdenklich die Stirn in Falten. Er schien sich an etwas zu erinnern, an irgendetwas, das ihm anscheinend nicht mehr aus dem Sinn gehen wollte.

«Stattdessen was?», hakte Katara neugierig nach.

Der junge Soldat wandte sich ihr zu und sah sie an, ohne ihr wirklich in die Augen zu sehen. Er schaute viel eher direkt durch sie hindurch. So stand er etwa fünf Sekunden, bis er sich ruckartig umdrehte und einfach stumm weiterging.

Was hat er bloß gesehen?, überlegte Katara. Was auch immer es war, es machte sie umso neugieriger. Ja, sie brannte darauf, dieser geheimnisumwitterten Hexe endlich gegenüberzustehen. Andererseits wurde es ihr auch je länger je unbehaglicher. *Ist diese Frau tatsächlich so gefährlich, wie mein Vater gesagt hat?*, dachte sie. *Worin liegt ihre Macht? Womit hat sie eine ganze Stadt über Jahre hinweg in Atem gehalten? Ist es womöglich doch nicht ganz ungefährlich, ihr einen Besuch abzustatten? Hätte ich vielleicht doch auf meinen Vater hören sollen?* Diese und ähnliche Gedanken schossen Katara durch den Kopf, während sie hinter dem Soldaten herging.

Sie passierten mehrere Zellen. Es gab große Gemeinschaftszellen, die an überdimensionale Raubtierkäfige erinnerten, und kleinere mit kaum zwei Armspannen Durchmesser. Und in allen saßen düstere, abgemagerte Gestalten auf dem nackten Boden. Sie sahen mehr wie Tiere aus als wie Menschen, verwahrlost und jeder menschlichen Würde beraubt.

«Wo ist sie denn nun?», fragte Xenia ungeduldig.

«Weiter hinten», sagte der Soldat. «Wir sind gleich da. Aber ich warne Euch, die Frau ist nicht harmlos.»

«Was meint Ihr damit?», fragte Katara.

«Genau das, was ich sage», antwortete Einar, und wie zu sich selbst murmelte er: «Man hätte Euch am Tor aufhalten sollen.»

«Ich dachte, sie wäre angekettet», warf Yolanda ein.

«Ist sie auch.»

«Dann verstehe ich nicht», sagte Xenia. «Hat sie etwa noch ihren Zauberstab bei sich?»

«Zauberstab?» Der Soldat lachte kurz auf und wandte sich dem Mädchen zu. «Ich fürchte, Eure Vorstellung von Hexen ist etwas überholt. Hat Euch nie jemand über die Hexen aufgeklärt?»

«Doch, schon», murmelte das Mädchen.

«Dann müsstet Ihr eigentlich wissen, dass sie für ihr teuflisches Handwerk keine Zauberstäbe und keine langen Hüte brauchen.»

«Was brauchen sie dann?», fragte Yolanda.

«Das hab ich mich auch gefragt – bis zu dem Tag, als sie Isabella herbrachten.» Der Soldat sah die drei Jugendlichen ernst an. Seine harten Gesichtszüge wirkten im Licht der Fackel noch strenger.

«Was auch immer geschieht», schärfte er ihnen ein, «haltet Abstand zu ihr.»

«Ist sie nicht in einer Zelle?», fragte Katara neugierig. «Was kann sie uns anhaben?»

«Ich sage Euch: Haltet Abstand!», wiederholte Einar seine Warnung, «kommt ihr nicht zu nahe, unter keinen Umständen. Habt Ihr mich verstanden?» Er sah die drei Mädchen dabei so eindringlich an, dass ihnen doch etwas mulmig zumute wurde. Sie nickten gehorsam.

Die tun alle, als gäbe es keine schlimmere Kreatur als Isabella, überlegte Katara. *Was kann schon dabei sein, ihr zu nahe zu kommen? Sie ist eine Gefangene.* Katara war überzeugt, dass alle maßlos übertrieben, wenn sie von dieser Hexe sprachen. So gefährlich konnte sie nicht sein.

Sie erreichten das Ende der Höhle. Hier war es noch finsterer und noch beklemmender. Es roch nach Urin, Rost und modrigem Wasser. Irgendwo tropfte es ununterbrochen von einem überhängenden Felsen. Einar blieb vor einem dicken Gitter stehen und leuchtete mit der Fackel in die Zelle hinein.

· 7 ·

Und dort war sie, die legendäre Isabella. Sie stand ganz hinten in der Ecke, den Kopf gesenkt, die Arme waagerecht ausgestreckt und an schweren Eisenringen an die Felswand gekettet. Ihr Kleid hing ihr in Fetzen vom Leib. Eingetrocknetes Blut klebte daran. Und als der erste flackernde Feuerschein ihre Gestalt streifte, erschauderte Katara bis ins Innerste. Die Hexe bot einen gespenstischen Anblick. Im ersten Moment sah es aus, als wäre sie tot, so leblos hing sie da. Dann hörte man das leise Klirren der Ketten, die um ihre nackten Füße gelegt waren, und ihr langes weißes Haar bewegte sich leicht, als sie langsam ihren Kopf zur Seite drehte.

Kataras Puls beschleunigte sich. Mit einem Mal war sie sich nicht mehr so sicher, ob die Erzählungen über Isabella so absurd waren, wie sie gedacht hatte. *Und wenn sie nun doch im Besitz ihrer magischen Kräfte ist? Selbst in Gefangenschaft?,* überlegte Katara und spürte, wie sie bei diesem Gedanken weiche Knie bekam.

Xenia und Yolanda schien es ähnlich zu gehen. Sie hielten sich dicht hinter ihrer Freundin, und nichts war mehr da von Mut und großen Sprüchen. Stattdessen schwiegen sie und spähten vorsichtig über Kataras Schulter in die Zelle der berüchtigten Hexe Isabella.

«So hängt sie schon die ganze Zeit da», brach der Soldat die Stille. «Sie weigert sich zu essen. Sie redet nicht. Sie hängt nur da und wartet.»

«Auf ihre Hinrichtung?», fragte Yolanda.

«Nein, mit ihrem Leben scheint sie bereits abgeschlossen zu haben. Sie wartet auf etwas anderes. Ich könnte nicht sagen, worauf. Es ist nur so ein Gefühl, das ich jedes Mal habe, wenn ich an ihrer Zelle vorbeigehe. Sie wartet. Sie wartet mit einer solchen Hartnäckigkeit, dass es kaum zu ertragen ist. Wie eine Katze, die vor einem Mauseloch sitzt. So empfinde ich es jedenfalls. Und nicht nur ich. Ihr Schweigen ist wie die Stille vor dem Sturm. Vor einem gewaltigen Sturm. Oder einer Schlacht. Ich kann es schwer erklären.» Er zuckte die Schultern. «Manchmal murmelt sie ein paar unverständliche Worte, und dann hüllt sie sich gleich wieder in dieses beharrliche Schweigen. Weiß der Kuckuck, was in ihr vorgeht.»

Worauf wartet sie bloß?, dachte Katara.

«Auf Euch», flüsterte im selben Augenblick eine leise Stimme aus der schummrigen Zelle. Katara glaubte, ihr Herz würde stillstehen. Automatisch wich sie einen Schritt zurück. Die Fackel wäre ihr beinahe aus der Hand geglitten. Die andern sahen sie verwirrt an.

«Was hast du?», fragte Yolanda.

«Habt ihr es nicht gehört?»

«Was denn?»

«Sie hat geredet.»

«Sie hat geredet? Das bildest du dir nur ein.»

«Nein. Ich ... ich hab es ganz deutlich gehört. Ihr nicht?»

«Ich hab nichts gehört», sagte Yolanda.

«Ich auch nicht», sagte Xenia. «Wir hätten doch hören müssen, wenn sie etwas sagt. Sie hat nicht mal ihren Kopf bewegt.»

«Sie hat etwas geflüstert», sagte Katara und starrte wie gebannt auf die Frau, die in den Ketten hing wie eine leblose Puppe. *Wie ist so etwas möglich? Wie konnte sie wissen, was ich dachte?*

«Kleine Feuerblume», wisperte es zwischen dem silbernen Haar hindurch, «ich habe Euch erwartet, kleine Feuerblume.»

Diesmal fiel dem Mädchen die Fackel tatsächlich aus der Hand.

«Was ist los mit dir?», fragte Xenia und hob die Fackel vom Boden auf. «Siehst du Gespenster?»

Katara deutete mit zitterndem Finger auf die Hexe und brachte keinen zusammenhängenden Satz mehr zustande. «Sie ... sie kennt ... meinen Namen ... woher ...»

«Ich hab Euch gesagt, sie ist nicht harmlos», meinte der Soldat. «Wir sollten gehen, bevor sie Euch ernsthaften Schaden zufügt.» Er berührte das Mädchen an der Schulter, um sie zum Rückzug zu bewegen. Doch in diesem Augenblick geschah etwas Merkwürdiges: Anstatt sich von der Hexe zu entfernen, machte Katara plötzlich einen Schritt auf sie zu und klammerte sich mit beiden Händen an die dicken Gitterstäbe ihrer Zelle. Sie verstand selbst nicht, warum sie es tat. Eigentlich wollte sie weg, weg, so schnell wie irgend möglich. Sie spürte die Gefahr, die Bedrohung, die von der Alten ausging. Doch aus einem ihr unerklärlichen Grund konnte sie sich nicht mehr von der Stelle rühren.

«Katara, wir sollten wirklich gehen», wiederholte Einar, nicht befehlend, aber entschlossen. «Es ist nicht gut, wenn Ihr zu lange in ihrer Nähe seid.»

Doch Kataras Füße schienen am Boden festgewachsen zu sein. Ihre Beine waren schwer wie Blei. Ihr Atem ging heftig. Sie schwitzte. Mit halboffenem Mund stand sie da, fassungslos. Sie konnte ihren Blick nicht von der Hexe abwenden. *Was geht hier vor?*, überlegte sie krampfhaft. *Sie nannte mich Feuerblume. Woher kennt sie diesen Namen?*

«Ich kenne Euch», raunte die Hexe, ohne ihre Lippen zu bewegen.

Kataras Augen weiteten sich noch mehr. Schweißperlen der Angst traten ihr auf die Stirn. Das Herz klopfte ihr bis zum Hals. *Woher kennt sie mich?*, dachte sie. *Wir sind uns noch nie zuvor begegnet. Sie kann mich nicht kennen. Das kann sie nicht. Wie ist so etwas möglich?*

«Ich weiß mehr von Euch als Ihr selbst», wisperte die Stimme. Sie brachte Katara beinahe um den Verstand. Sie wusste nicht, ob die Stimme bloß in ihrem Kopf war, oder wie es sonst möglich war, dass die Hexe zu ihr redete, ohne ihren Mund zu öffnen. Und offensichtlich schien außer ihr niemand die Stimme zu hören! Es war tatsächlich wie verhext.

«Katara, ich rate Euch dringend, dass wir aufbrechen», sagte der Soldat erneut, diesmal wesentlich bestimmter.

Aber Katara klammerte sich nur umso fester an die Eisenstäbe. «Was treibt Ihr für ein Spiel mit mir, Hexe?», fragte sie mit trockenem Mund und presste ihr Gesicht gegen das Gitter.

«Ich habe Euch gesucht», flüsterte es vom Felsen her, ohne dass es sonst jemand hörte.

«Warum?», fragte Katara. Langsam, aber sicher begannen sich die Mädchen doch zu wundern über die eigenartigen Selbstgespräche ihrer Freundin.

«Katara?», fragte Xenia und tippte ihr vorsichtig auf die Schulter. «Hast du nicht gehört? Wir sollten gehen. Etwas stimmt hier nicht. Bitte!»

Katara reagierte nicht darauf. Ihr ganzer Körper vibrierte.

«Ich habe Euch gefunden», murmelte die Stimme.

Panik erfasste Katara. Ihre Stimme schwoll auf einmal an.

«Wozu?», schrie sie. Ihre Augen waren weit aufgerissen. Ihr Kopf lief rot an. Schweiß rann ihr über die Stirn. «Was wollt Ihr von mir? Wer seid Ihr?!»

Und dann geschah es. Bewegung kam in die hängenden Schultern Isabellas. Ja, wie auf ein Zeichen hin begann sie sich aufzurichten. Jetzt waren es Yolanda und Xenia, die einen Schritt nach hinten machten. In Zeitlupe hob die Alte ihren Kopf. Der Soldat erstarrte.

«Bloß nicht», murmelte er. Dann packte er Katara an den Schultern, um sie gewaltsam vom Gitter wegzuzerren. «Wir müssen weg hier!», sagte er. «Katara! Lasst endlich los! Wir haben keine Zeit mehr! Schnell!»

Katara hielt sich eisern an den Stäben fest, als wäre sie mit ihnen verschmolzen. Immer höher hob die Hexe ihren Kopf, und Einar wurde immer unruhiger.

«Katara, Ihr könnt nicht hierbleiben! Begreift Ihr denn nicht? Es ist eine Falle! Kommt weg, ehe es zu spät ist!» Er warf einen Blick auf die Hexe und schluckte. Jetzt stand sie aufrecht dort, majestätisch und furchteinflößend zugleich. Nur die Falten in ihrem Gesicht verrieten ihr hohes Alter. Ihre Haltung jedoch war gestrafft wie die Sehne eines gespannten Bogens. Und die Alte schien genau zu wissen, wer ihre Beute sein würde.

Der muskulöse Soldat war bleich wie ein Leintuch geworden, als er sie dort stehen sah.

«Ihr seid verloren», hauchte er Katara zu. «Bitte tut Euch das nicht an!»

«Katara!», kreischten die Mädchen. «Beeil dich! Katara!»

Jetzt war die Hexe im Begriff, ihre Augen zu öffnen.

«Nicht!», rief Einar. «Schützt Eure Augen!» Er wirbelte herum, packte Xenia und Yolanda mit je einer Hand und zerrte die Mädchen kurzerhand mit sich fort. Sie liefen und stolperten mit den beiden Fackeln, als wäre der Teufel hinter ihnen her.

Katara blieb alleine in der Dunkelheit zurück, ihre Hände am Gitter festgekrallt, ihren Blick wie magnetisiert auf die Hexe gerichtet. Man hörte das Klirren von Isabellas Ketten. Dann wurden beide von der Finsternis verschluckt.

Erst nach etlichen Armspannen ließ Einar die Mädchen los, und sie schauten zurück. Doch es war nichts mehr zu sehen. Sowohl die Hexe wie auch Katara waren in der Schwärze der Höhle verschwunden.

«Katara!», rief Xenia in die Dunkelheit hinein.

Keine Antwort.

«Ich habe sie gewarnt», brummte der Soldat. «Habe ich sie nicht gewarnt?»

«Wir müssen ihr helfen!», sagte Yolanda verzweifelt.

«Das können wir nicht mehr», murmelte Einar nüchtern.

«Aber wir können doch nicht einfach hier stehen und nichts tun!»

«Es bleibt uns nichts anderes übrig», entgegnete Einar schwach. «Wir können nur hoffen, dass sie keinen Schaden nimmt.»

Und dann lauschten sie. Es war still, zu still. Kein Schrei, kein Hilferuf. Nichts war zu hören, nur das leise Geräusch von fallenden Wassertropfen. Und das machte die Stille noch unerträglicher. Etwas war geschehen. Etwas Furchtbares musste dort in der Finsternis geschehen sein, als Katara alleine mit der Hexe zurückblieb.

Xenia und Yolanda hielten sich an den Händen fest, während sie dort standen und warteten. Es waren nur wenige Sekunden, doch sie kamen ihnen wie Stunden vor. Endlich wagte es Einar zögernd, zu Isabellas Zelle zurückzukehren und nachzusehen, was mit dem Mädchen passiert war.

Katara war auf den Boden gesunken. Ihre Hände waren noch immer am Gitter festgekrallt. Dort kniete sie. Wie in Trance. Mit aschfahlem Gesicht. Stumm. Unfähig, sich von der Stelle zu rühren.

«Kommt», sagte der Soldat und half ihr beim Aufstehen. Sie ließ es wortlos mit sich geschehen. Einar warf einen letzten Blick zurück in die Zelle. Die Alte hing mit vornüber gebeugtem Kopf an der Felswand wie zuvor. Ihr Körper warf einen riesenhaften Schatten an den Felsen, der im Schein der Fackel hin und her zuckte.

«Morgen seid Ihr tot!», zischte der Soldat im Weggehen. «Morgen ist alles vorbei.»

Und da glaubte er hinter sich ein leises, scharrendes Lachen zu hören.

· 8 ·

Sie setzten Katara auf die Stufen der Treppe, und der Soldat brachte ihr etwas Wasser. Doch sie weigerte sich zu trinken. Sie saß nur da, ohne jemanden anzusehen. Ihren Blick hatte sie ins Leere gerichtet.

«Katara, was ist geschehen?», fragte Yolanda besorgt und kniete neben ihr nieder.

«Mir ist schwindlig», murmelte Katara.

«Trinkt!», forderte sie Einar auf und streckte ihr den Becher mit Wasser hin. Sie beachtete ihn nicht, atmete schwer, fuhr sich mit zittrigen Händen übers Gesicht. Ihr Blick war apathisch, ihre Augen weit aufgerissen, die Pupillen waren auf zwei kleine schwarze Punkte zusammengeschrumpft und viel zu klein für die Dunkelheit, die sie umgab.

«Hat sie dir etwas angetan?», wiederholte Yolanda ihre Frage.

«Ich … ich weiß es nicht», flüsterte Katara benommen. «Sie hat … sie hat mich …»

«Du siehst aus, als wäre dir der Tod selbst begegnet, Katara.»

Einar mischte sich in das Gespräch ein. «Soll ich Euren Vater rufen?»

Katara schüttelte den Kopf. «Nein. Nicht meinen Vater. Ich … ich schaff das schon. Ich … brauch nur einen Moment.» Sie schloss die Augen und versuchte, tief und regelmäßig ein- und auszuatmen. Es dauerte eine ganze Weile, bis sie vollständig aus ihrem tranceähnlichen Zustand erwachte.

«Ich konnte mich einfach nicht von der Stelle rühren», sagte sie leise. «Ich wollte das Gitter loslassen, aber es ging nicht. Ich war wie gefangen. Und dann …» Ein Schauer durchfuhr Katara, als sie an jenen Moment zurückdachte, als das Licht der Fackel sich von ihnen entfernt hatte, als sie ganz allein dort gestanden hatte, dort in der Finsternis, allein mit einer Frau, die trotz ihrer Ketten die absolute Kontrolle über die Dinge zu haben schien, die jede ihrer Bewegungen in einer schauerlichen Perfektion durchführte und jedes ihrer Worte mit einer Vollmacht aussprach, als wäre alles seit Tausenden von Jahren so geplant gewesen.

«Was auch immer passiert ist», sagte Einar. «Ihr müsst versuchen, es zu vergessen.»

«Ich kann es nicht vergessen», murmelte Katara. «Ihre Augen … ich hab sie gespürt. Ich spürte, wie sie mich durchbohrten. Ich glaubte, ich müsste vergehen.»

«Ich wollte Euch helfen, aber Ihr habt einfach nicht losgelassen», sagte Einar.

«Ich konnte nicht», sagte Katara. «Ich konnte nicht.»

«Das hab ich befürchtet», meinte der Soldat und seufzte. «Bei Shaíria, Ihr hättet nicht herkommen dürfen. Ich sagte Euch, Ihr dürft ihr nicht zu nahe kommen. Ich versuchte Euch zu warnen. Ich sagte Euch, sie braucht keinen Zauberstab.»

«Es waren ihre Worte», lispelte Katara, «ihre Worte … es kann nicht sein.» Sie verharrte einen Augenblick in absolutem Schweigen. Ihr linkes Auge zuckte leicht. Ihr Gesicht wirkte eigenartig blass. Die Mädchen hätten gerne gewusst, was in diesem Moment in Kataras Kopf vorging, doch sie trauten sich nicht, sie zu fragen. Schließlich, als würde sie aus einem Traum erwachen, blickte sie sich um, ergriff den Wasserbecher, den ihr Einar schon die ganze Zeit hinhielt, und trank. Langsam kam wieder Farbe in ihr Gesicht.

«Wir müssen gehen. Bevor mein Vater sich Sorgen macht», sagte sie und richtete sich auf. Sie hatte noch ganz zittrige Knie, gab sich aber Mühe, es sich nicht anmerken zu lassen.

Einar begleitete sie zum Eingang des Verlieses. Sie traten den Rückweg an. Nichts war mehr da von Euphorie und Übermut. Ihr Marsch glich eher einem Trauer- als einem Triumphmarsch. Katara hatte wieder die Führung übernommen und trug die Fackel, Yolanda und Xenia folgten ihr schleichend. Sie erreichten wieder den langen Gang mit den Rüstungen. Und erst jetzt traute sich Xenia, das unerträgliche Schweigen zu brechen.

«Was um alles in der Welt hat sich da unten abgespielt? Du warst wie verwandelt, Katara.»

Katara sah Xenia blitzend an.

«Ich sagte euch doch: Ich weiß nicht, was sich da unten abgespielt hat. Und ich will es auch nicht wissen. Es war ein Fehler herzukommen. Das ist alles, was ich weiß.»

«Und wenn sie dich verhext hat?», wandte Yolanda ein.

«Lasst uns einfach nicht mehr davon reden», sagte Katara.

«Ich meine, es wäre doch möglich», spann Yolanda den Faden weiter. «Du warst allein mit ihr in der Dunkelheit. Vielleicht hat sie einen Fluch über dir ausgesprochen.»

«Themawechsel», knurrte Katara.

«Wir möchten bloß herausfinden, was passiert ist», sagte Xenia. «Wir machen uns Sorgen um dich. Ich meine, du hörst Stimmen, die nicht vorhanden sind, du ...»

Katara blieb stehen und schaute ihre Freundinnen verärgert an. «Sie *hat* zu mir geredet, klar?», knirschte sie. «Ich kann es nicht erklären, aber so ist es gewesen. Und jetzt will ich nichts mehr davon hören.»

«Was hat sie denn gesagt?», bohrte Yolanda indessen weiter.

«Nichts», sagte Katara gereizt. «Ich habe mir alles bloß eingebildet, richtig?»

«Was hat sie mit dir gemacht?», hakte Xenia nach. «Was ist dort in der Finsternis zwischen euch vorgefallen?»

«Ihr habt keine Ahnung, wer diese Frau ist», sagte Katara in scharfem Ton. «Keine Ahnung.»

«Dann sag es uns», meinte Xenia. «Wer ist sie?»

Katara wollte eben antworten, als etwas geschah, das ihr Gespräch über Isabella abrupt beendete und ihre Aufmerksamkeit auf etwas völlig anderes lenkte. Es klirrte. Nur ein paar Schrittlängen vor ihnen klirrte es. Die Mädchen zuckten gleichzeitig zusammen und blickten in die Richtung, aus der das Geräusch gekommen war. Und da sahen sie, dass eine Lanze quer über dem Boden lag. Sie hatte sich offensichtlich von einer der Rüstungen aus der Mauernische gelöst und das Klirren verursacht, als sie auf dem Boden aufschlug. Den drei Mädchen stockte der Atem.

«Was geht hier vor?», flüsterte Yolanda.

«Glaubt ihr, da ist jemand?», hauchte Xenia.

«Da ist niemand», sagte Katara.

«Und wenn doch?»

«Ach, warum sollte sich jemand zwischen den Rüstungen verstecken?»

«Die Lanze kann sich doch nicht von selbst gelöst haben!»

«Vielleicht war es eine Ratte.»

«Eine Ratte kann keine Lanze in Bewegung setzen. Ich sag euch, da ist jemand!»

«Unsinn.»

«Du hast selbst gesagt, die Rüstungen hätten sich noch nie bewegt.»

«Das haben sie auch nicht.»

«Eben! Und wie bitte kommt dann die Lanze da vorne auf den Boden?»

Niemand wusste eine Antwort. Zitternd wie zwei Lämmer, wenn der Wolf kommt, verdrückten sich Xenia und Yolanda hinter Katara und krallten sich an ihren fledermausartigen Mantel.

«Jemand muss nachsehen», flüsterte Xenia schließlich.

«Ich nicht», hauchte Yolanda mit zitterndem Stimmchen.

«Ich auch nicht», meinte Xenia.

Wieder war es eine Weile still. Man hätte eine Stecknadel zu Boden fallen hören können. Schließlich stupsten Yolanda und Xenia Katara fast gleichzeitig in die Seite.

«Sieh du nach.»

«Warum ich?»

«Du bist die Mutigste.»

Katara holte tief Luft und gab sich Mühe, sich ihre eigene Angst nicht anmerken zu lassen. «Also gut», sagte sie entschlossen. «Ich sehe nach.» Sie umklammerte die Fackel mit beiden Händen und löste sich von ihren Freundinnen. Einem Panther gleich schlich sie in Richtung der umgefallenen Lanze. Jeder Muskel ihres durchtrainierten Körpers war angespannt. Langsam näherte sie sich der Nische. Sie streckte die Fackel wie einen Knüppel weit vor, bereit, beim kleinsten Geräusch zuzuschlagen. Der flackernde Schein des Feuers beleuchtete jeden Winkel und jede Nische. *Wenn jemand hinter einer der Rüstungen steht, dann werde ich ihn schon entdecken. Und dann kann er was erleben.*

Mit einem Mal kreischte Yolanda auf. Aus der Mauernische, vor der sie und Xenia standen, hatte eine kalte Hand nach ihr gegriffen. Yolanda schrie wie am Spieß. Katara wirbelte auf dem Absatz herum, und was sie nun sah, verschlug ihr gänzlich den Atem. Ein Mann hatte sich unmittelbar hinter den beiden Mädchen aufgebaut, eine dunkle Gestalt in einem schwarzen Anzug.

«Katara! Hinter dir!», rief Xenia. In diesem Augenblick hörte Katara dicht neben sich Schritte. Im Bruchteil einer Sekunde sah sie aus den Augenwinkeln einen großen Schatten an der gegenüberliegenden Wand. Bevor sie überhaupt in der Lage war zu reagieren, wurde ihr die Fackel aus der Hand geschlagen. Jemand packte sie im Würgegriff am Hals und presste ihr von hinten ein Tuch auf den Mund. Ein süßlicher Geruch stieg ihr in die Nase.

«Katara!», hörte sie Xenia entsetzt rufen. Es klang wie aus weiter Ferne, wie durch Watte.

Katara wurde es schwindlig. Alles begann sich zu drehen. Das Blut rauschte immer mehr in ihrem Kopf. Ihre Arme und Beine fühlten sich sonderbar schwer an. Und dann wurde ihr schwarz vor den Augen.

· 9 ·

Ephrion war ziemlich aufgeregt. Seine Mutter hatte ihm gesagt, er solle seine besten Kleider anziehen.

«Heute ist ein besonderer Tag», hatte sie gesagt. Und sie hatte es sehr feierlich gesagt. Ja, heute war ein besonderer Tag, ein Tag, auf den sich Ephrion seit Wochen gefreut hatte. Denn heute war der Tag, an dem die Hexe Isabella verbrannt werden würde. Über sieben Monate waren vergangen seit der letzten öffentlichen Hexenverbrennung. Doch diese hier war etwas ganz Besonderes. König Drakar hatte überall verkünden lassen, dass er den Tag, an dem Isabella sterben würde, zu einem nationalen Feiertag erklären würde. Und dieser Tag war heute.

Für Ephrion gab es nichts Aufregenderes als eine Hexenverbrennung. Denn dann war die ganze Stadt in Feststimmung. Sämtliche Geschäfte und Schulen waren geschlossen. Niemand arbeitete. Die Straßen waren geschmückt mit farbigen Papiergirlanden, die Menschen hängten Flaggen aus den Fenstern, überall spielten Musikanten auf ihren Instrumenten, und der König ließ sogar kostenlos Zuckerbrot verteilen. Und sobald die Trompeten und Posaunen von seiner Burg über Dark City erschallten, strömte die ganze Stadtbevölkerung Richtung Arena. Niemand wollte sich das tödliche Schauspiel entgehen lassen. Jeder wollte sich den besten Platz ergattern und möglichst weit vorne sitzen.

Doch der beste von allen Plätzen war der zur Linken des Monarchen. Dieser war reserviert für den wirklichen Helden des Tages, nämlich denjenigen, dem es gelungen war, eine der Hexen aufzuspüren und an den König auszuliefern. Ephrion träumte davon, eines Tages selbst auf diesem Ehrenplatz sitzen zu dürfen, zur Linken Drakars, und den Siegespreis in Empfang zu nehmen, die Hand des Königs auf seiner Schulter zu fühlen und seine berühmten Worte zu hören:

«Dark City steht tief in Eurer Schuld. Ihr habt Mut bewiesen und Tapferkeit. Heute sollt Ihr als Held gefeiert werden.»

Ja, eines Tages würde auch er eine Hexe fangen und an Drakar aushändigen, das hatte er sich fest vorgenommen.

«Ephrion!», rief seine Mutter von der Küche her. «Beeil dich bitte!»

«Ich bin gleich fertig, Mutter!»

«Und hilf deinem kleinen Bruder!»

«Bin dabei, Mutter!»

Ephrions kleiner Bruder Nicolo saß mit schmollendem Mund auf seinem Bett und weigerte sich, das rote Hemd anzuziehen, das die Mutter für ihn herausgesucht hatte.

«Ich hasse dieses Hemd», war seine schlichte Begründung. «Ich sehe furchtbar darin aus. Und alle Kinder werden mich auslachen, wenn ich dieses Hemd trage.»

«Unsinn», sagte Ephrion. «Rot steht dir ausgezeichnet. Erinnerst du dich an Seth? Der Junge von nebenan? Der mit den Segelohren? Der hat *nur* Rot getragen. Und der muss es ja wissen. Denn es ist gar nicht einfach, eine Farbe zu finden, die zu Segelohren passt, das sage ich dir. Aber Rot passt eben zu allem. Rot ist *die* Farbe für Jungen in deinem Alter.»

«Das sagst du nur, damit ich es anziehe», sagte der Neunjährige und verschränkte demonstrativ die Arme.

«Im Gegenteil», verkündete Ephrion und zog wichtigtuerisch die Augenbrauen hoch. «Wenn *ich* so ein tolles rotes Hemd hätte, würde ich es *sofort* anziehen, das kannst du mir glauben.» Er redete hastig, wie er es immer tat, und unterstrich seine Worte mit leidenschaftlichen Gebärden. Wenn Ephrion etwas beherrschte, dann war es reden – manchmal sehr zum Leidwesen der Zuhörenden. Wenn er erst einmal loslegte, war er nicht mehr zu bremsen. Hätte es ein Limit an Worten gegeben, die man täglich verbrauchen durfte, wäre sein Vorrat spätestens nachmittags aufgebraucht gewesen.

Das Zweite, in dem Ephrion Meister war, war Essen. Er liebte es, zu essen, und war auch dementsprechend wohlbeleibt. Die Kinder in der Schule spotteten oft über ihn, außer Ansgar, sein bester Freund, der ebenfalls einiges an Gewicht auf die Waage brachte und dadurch auch ein Außenseiter war, genauso wie Ephrion.

«Und dann hast du ja noch die passenden Stiefel dazu», fuhr Ephrion im Brustton des allwissenden Bruders fort, «und den Gürtel mit der Drachenschnalle, den ich dir letztes Jahr geschenkt habe. Um so einen Gürtel werden dich alle beneiden, du wirst sehen. Du wirst echt toll aussehen, kleiner Bruder.»

«Glaubst du wirklich?»

«Keine Frage.» Der Vierzehnjährige zwinkerte dem Kleinen aufmunternd zu. «Und weißt du was? Wenn du willst, leih ich dir mein Piratentuch mit dem Totenkopf vorne drauf.»

Mit diesem Argument hatte er den Bruder endgültig überzeugt. Auf einmal hatte es Nicolo sehr eilig, sich fertig anzuziehen. Voller Stolz marschierte er in die Küche, um sich den Eltern zu präsentieren. Ephrion wühlte indessen in der Schublade des Kleiderschrankes nach dem passenden Outfit für sich selbst. Er wählte seine schönsten Hosen, ein buntes Baumwollhemd und seine Lieblingsjacke aus dunkelblauem Segeltuch. Mit seinem goldblonden verstrubbelten Haar und den hellblauen Augen sah er trotz seiner pummeligen Figur richtig frech aus, und genauso wollte er an diesem Morgen auch aussehen. *Für eine Hexenverbrennung genau das Richtige,* dachte er. *Was für ein Spaß wird der heutige Tag doch werden!*

Zuletzt hängte er sich seine Halskette um. Es war eine Kette aus Stahl mit einem besonderen Anhänger, einem gezackten Metallstück. Dieses Teil war Ephrions ganzer Stolz. Sein Vater hatte es vor vielen Jahren in einer großen Mülltonne in der Fabrik gefunden, wo er arbeitete. Es war nichts weiter als ein Stück Altmetall gewesen, ein weggeworfener Metallsplitter, der zu nichts mehr taugte, als eingeschmolzen zu werden. Doch seinem Vater war das raue Abfallstück förmlich ins Auge gesprungen. Er sah darin bereits etwas Kostbares, ein viel edleres Schmuckstück, als man es jemals in einem Juweliergeschäft finden würde. Und so hatte sein Vater das unförmige Teil aus dem Müll gefischt, die scharfen Kanten abgefeilt, die Oberfläche poliert und es in ein wunderschönes Kleinod verwandelt. Er hatte Ephrion die Kette mit dem Anhänger vor vielen Jahren geschenkt, und seither trug sie sein Sohn jeden Tag.

Ephrions Vater und der kleine Nicolo saßen bereits am gedeckten Tisch, als der Junge in die Küche trat. Die Mutter stand mit dem Rücken zum Tisch und kochte auf einer großen weißen Kerze Tee. Die Kerze hatte den Durchmesser eines mittleren Tellers, und oben schauten neun Dochte heraus. Darüber war eine Hängevorrichtung angebracht, in die sich Pfannen und Töpfe ganz unterschiedlicher Größe versenken ließen. Man konnte das Gestell in der Höhe beliebig variieren, um es der Länge der jeweiligen Kerze anzupassen und dadurch die Hitze der brennenden Dochte optimal auszunützen. In der Ecke neben dem Fenster standen zwei weitere Kerzen, noch ungebraucht und etwa vier Fuß hoch. Ihre Brenndauer betrug um die zweihundert Stunden, und Ephrion berechnete, dass die jetzige Kerze noch für gut einen Monat zum Kochen ausreichen würde, bevor Mutter eine neue unter die Metallvorrichtung schieben müsste.

Sein Großvater hatte ihm einmal erzählt, dass sie früher nicht mit Kerzen gekocht hätten, sondern mit richtigem Brennholz auf einer offenen Herdstelle. Für einen Jungen wie Ephrion war das unvorstellbar. Die Produktion von Brennholz war viel zu teuer, das konnte sich in der heutigen Zeit keiner leisten, jedenfalls nicht die arme Bevölkerungsschicht, zu der seine Familie zählte. Allein, dass König Drakar einen ganzen Scheiterhaufen voller Holz für die Hexenverbrennung zur Verfügung stellte, war an Großzügigkeit kaum zu überbieten. Holz war selten geworden in Dark City, seit der Nebel gekommen war.

Ja, alles hatte sich verändert, seit der Nebel gekommen war. So erzählte es jedenfalls Ephrions Großvater jeweils, wenn er früher zu Besuch gekommen war. Ephrion hatte ihm immer Löcher in den Bauch gefragt, wenn er vorbeikam. Es war faszinierend, ihm zuzuhören. Er war so weise und wusste so viele Sachen, von denen Ephrion noch nie gehört hatte. Manchmal fragte sich der Junge, ob es überhaupt etwas gab, das Großvater *nicht* wusste. Er war ohne Zweifel der klügste Mann auf der Welt. Davon war Ephrion überzeugt. Und was ihm Großvater erzählte, das vergaß er nie. Kein einziges Wort davon vergaß er.

«Großvater, warst du schon einmal außerhalb der Mauer?», hatte er ihn eines Morgens gefragt. Damals war er vielleicht sieben Jahre alt gewesen, doch an das Gespräch erinnerte er sich noch heute. Es war einer dieser regnerischen Tage gewesen, wo man am liebsten den ganzen Tag im Bett bleibt, weil es draußen noch trüber und dunkler als gewöhnlich ist. Ephrion saß mit seinem Großvater auf dem alten, zerschlissenen Sofa im Wohnzimmer, in eine warme Decke eingehüllt, weil es ziemlich kalt war an diesem Morgen, und die Mutter hatte im Schein einer Kerze den kleinen Nicolo gefüttert.

Ephrions Großvater war trotz seines Alters ein bemerkenswert kräftiger Mann. Seine Hände waren groß und stark, wie die Hände eines Mannes, der sein ganzes Leben lang schwerste Arbeit verrichtet hat. Ephrion genoss es, neben ihm zu sitzen, seine starken Arme auf seiner Schulter zu fühlen und ihm einfach zuzuhören, stundenlang. Und dabei sah er in die kleinen Augen seines Großvaters, Augen, die glänzten, wenn er Geschichten aus der Vergangenheit hervorholte wie Perlen und Edelsteine aus einer Schatztruhe.

«Ja, ich war schon außerhalb der Mauer», erzählte Großvater. «Wir haben früher weit weg von hier gelebt, deine Großmutter und ich. Wir lebten im Mirin-Tal, jenseits des Ysah-Gebirges.»

«War es schön dort?»

«Es war traumhaft», sagte der Großvater. «Es gab wunderschöne grüne Wiesen und Kornfelder, so weit das Auge reichte. Bunte Schmetterlinge tanzten über die Blumenwiesen. Es gab riesige blaue Schmetterlinge, deren Flügel größer waren als meine Hände. Ihre Spannweite betrug fast eine Elle, und ihre Flügel schimmerten wie flüssiges Mondlicht.»

Ephrion lauschte den Ausführungen seines Großvaters fasziniert, während er sich in seinen Schoß schmiegte wie eine kleine Katze.

«Wir hatten ein kleines Häuschen mit Strohdach direkt am Waldrand. Des Nachts hörte man die Frösche quaken und den geheimnisvollen Gesang des Mondvogels. Und jeden Morgen wurden wir von dem unvergleichlichen Klang tausender kleiner Glockenvögel geweckt. Im Garten stand ein Ziehbrunnen, und weißer Flieder blühte, dazu Sonnenblumen, Tulpen und Margeriten. Wir hatten auch einige Kirsch- und Apfelbäume. Aber das Schönste waren die Rosen, die wir züchteten. Ihr zarter Duft war so einzigartig, dass Leute von weither kamen, um daran zu riechen. Wir hatten auch einen eigenen Gemüsegarten, ein paar Schweine, Ziegen und Hühner. Es fehlte uns an nichts. Wir waren sehr glücklich dort im Mirin-Tal. Es war ein Leben wie im Paradies.»

«Und warum seid ihr dann nach Dark City gezogen, Großmutter und du?»

«Weil der König es befahl.»

«Drakar?»

«Nein. Bevor Drakar der Erste an die Macht kam, regierte ein anderer das Land.»

«Wer?», fragte Ephrion gespannt und richtete sich auf. Der Großvater beugte sich ganz dicht zu ihm, so als dürfte niemand hören, was er soeben im Begriff war zu sagen.

«König Olra», hauchte er.

· 10 ·

Kaum hatte der Großvater den Namen ausgesprochen, stürzte Ephrions Mutter in die Stube und stemmte aufgebracht ihre Hände in die Seite.

«Vater, was erzählst du dem Jungen da?»

Der Großvater sah die junge Frau unschuldig an.

«Nichts. Sei unbesorgt.»

«Unbesorgt?» Ephrions Mutter holte tief Luft. Ihre Brust hob und senkte sich nervös. «Wie oft habe ich dich schon gewarnt,

Vater? Das alles wird eines Tages noch böse enden. Warum bist du bloß so stur? Es ist verboten, darüber zu reden, und du weißt das doch.»

«Worüber ist es verboten zu reden?», wunderte sich Ephrion.

Seine Mutter war so außer sich, dass es Ephrion fast ein wenig mulmig wurde.

«Dein Großvater versteht ganz genau, worauf ich anspiele», sagte sie trocken. «Und wenn er etwas mehr Verstand hätte, würde er nicht seinen Enkel damit belasten.» Sie warf dem Großvater einen scharfen und gleichzeitig besorgten Blick zu. «Du spielst mit dem Feuer, Vater. Ich will nicht, dass du uns in Schwierigkeiten bringst. Es ist zu gefährlich, für dich – und für uns alle.»

«Was ist gefährlich?», fragte Ephrion, von Neugier gepackt. «Was ist gefährlich, Mutter?»

«Nichts», sagte sie, doch Ephrion wusste, dass sie log.

«Was ist gefährlich, Großvater? Was ist gefährlich?»

Der Großvater gab ihm keine Antwort. Für ein paar Sekunden schaute er Ephrions Mutter stumm an, und es schien dem kleinen Jungen, als wären die geheimnisvollen Blicke, die sie sich gegenseitig zuwarfen, beladen mit Sorge und auch einer Spur von Angst. Endlich wandte sich der Großvater ihm wieder zu und lächelte ihn an.

«Wie wär's, wenn ich dir die Geschichte vom fliegenden Pferd und der sprechenden Ente erzähle?»

«Nein», schmollte Ephrion. «Die Geschichte hast du mir schon hundertmal erzählt.»

«Aber du magst sie doch so sehr.»

«Nein. Ich will wissen, warum ihr nach Dark City gekommen seid.»

«Das erzähle ich dir ein anderes Mal, einverstanden?»

«Warum?» Ephrion sah seinen Großvater provozierend an. «Warum erzählst du es mir nicht jetzt? Warum darf ich nicht wissen, was passiert ist?»

«Ephrion, du bist noch zu klein, um das zu verstehen.»

«Bin ich nicht», entgegnete Ephrion gekränkt. Er wurde beinahe ein wenig wütend auf seinen Großvater. «Wenn es so schön war, dort, wo ihr gelebt habt, warum sitzen wir dann hier in diesem Nebelloch?»

«Weil vermutlich nicht mehr viel übrig ist von unserem damaligen Zuhause. Wir nehmen an, dass der brennende Fels, der damals ins Meer stürzte, vieles, vielleicht sogar alles zerstört hat.»

«Und wenn nicht?», bohrte Ephrion weiter. «Vielleicht steht die Strohhütte noch genau so, wie ihr sie verlassen habt. Das wäre doch möglich, oder?»

«Ephrion, bitte.»

«Warum können wir nicht einfach zurückgehen?»

«Das geht nicht, Ephrion.»

«Warum nicht?»

«Weil es eben nicht geht.»

«Aber warum nicht?» Ephrions Stimme quietschte vor Erregung. Er hasste es, wenn die Erwachsenen Geheimnisse vor ihm hatten, besonders Großvater. Der alte Mann seufzte.

«Weil niemand Dark City verlassen kann. Deshalb. Verstehst du jetzt?»

«Nein, das verstehe ich nicht. Das verstehe ich überhaupt nicht!»

Der Großvater kratzte sich am Kinn. Er hob seinen Enkel hoch und platzierte ihn wieder auf seinen Knien. «Hör zu, Ephrion, seit wir innerhalb dieser Mauer leben, hat niemand jemals Dark City verlassen.»

«Warum nicht?»

«Weil die Mauer zu hoch ist, um darüber zu klettern. Viele haben es versucht, aber keiner hat es jemals geschafft. Die Mauer ist aus einem Material gebaut, das härter als der härteste Diamant ist. Man kann keinen Haken hochwerfen, um sich daran hochzuziehen, man findet keine Kerbe, um die Füße hineinzustellen. Nicht einmal der beste Fassadenkletterer schafft es, an ihr hochzukommen. Man kann sich auch nicht unten durchgraben. Die Mauer reicht so tief in die Erde hinein, bis sie auf den blanken Felsen stößt.»

«Wie seid ihr dann damals hineingekommen?», wunderte sich Ephrion.

«Durch ein gigantisches Tor im Osten der Mauer. «Doch das

Tor wurde hinter uns verschlossen, und seither ist es niemandem mehr gelungen, es von innen zu öffnen.»

«Heißt das, wir sind für immer hier drin eingeschlossen?»

«Wenn nicht jemand das Tor von außen öffnet, dann fürchte ich ... ja.»

«Aber ...» Ephrion versuchte das Gehörte irgendwie zu begreifen. «Dann war es eine Falle! Dieser König hat dich und Großmutter und all die anderen Leute in eine gemeine, hinterhältige Falle gelockt! Warum hat er das getan? Wer war dieser furchtbare König Olra?»

Der Großvater hielt dem kleinen Jungen die Hand auf den Mund und warf einen prüfenden Blick in die Küche, wo Ephrions Mutter noch immer damit beschäftigt war, den zweijährigen Nicolo mit Brei zu füttern.

«Sei still», sagte er mit eindringlicher, flüsternder Stimme. «Ich habe dir schon zu viel erzählt. Deine Mutter wird mir extrem böse sein, wenn ich noch ein Wort mehr darüber verliere. Du darfst diesen Namen nicht mehr aussprechen, hörst du?»

Ephrion sah seinen Großvater mit erschrockenen Augen an. Langsam nahm der alte Mann seine große Hand vom Mund des Jungen und hielt ihm drohend den Zeigefinger vor die Nase.

«Hast du mich verstanden, Ephrion?»

Ephrion nickte verwirrt. So ernst hatte er seinen Großvater noch nie erlebt. Es machte ihm beinahe ein wenig Angst.

«Es ist gefährlich, diesen Namen auszusprechen», fuhr der alte Mann fort. «Ich will nicht, dass du deswegen noch in Schwierigkeiten gerätst, verstehst du?»

«Aber was ist denn so gefährlich daran? Es ist doch bloß ein Name!»

Anstatt seine Frage zu beantworten, atmete der Großvater einfach nur schwer ein. In seinen Augen lag etwas, das Ephrion nicht definieren konnte. Er wusste, dass Großvater ihm etwas verschwieg, doch er kam nicht dahinter, was es war. Er nahm einen letzten Anlauf, etwas aus ihm herauszulocken.

«Es ist doch nichts weiter als ein Name! Oder etwa nicht?»

Die Frage blieb unbeantwortet im Raum hängen. Der Großvater schwieg beharrlich, und Ephrions Puls schlug immer höher. *Warum war Großvater auf einmal so eigenartig? Und Mutter? Was war nur in sie gefahren, als sie aus der Küche gerannt kam, wie von einer Wespe gestochen? Warum wollte sie Großvater unbedingt zum Schweigen bringen? Wovor fürchtete sie sich? Und Großvater? Warum wirkte auch er plötzlich so besorgt? Was ging hier vor?* Er fand es nicht heraus.

Doch später hörte Ephrion, wie Großvater und Mutter sich in der Küche ziemlich in die Wolle kriegten. Alles, was sie sagten, klang wie Hieroglyphen in seinen Ohren, und doch wurde er den Verdacht nicht los, dass *er* allein der Grund war, warum sie überhaupt miteinander diskutierten. Und das tat ihm furchtbar leid. Er hatte Großvater mit seiner Neugier nicht in Schwierigkeiten bringen wollen. Und doch war es so, denn das war das letzte Mal, dass Ephrion seinen Großvater gesehen hatte. Der Junge machte sich große Vorwürfe deswegen. Er wusste, es war seinetwegen, dass Großvater nicht mehr kommen durfte. Obwohl es nicht den geringsten Sinn ergab. Ephrion hatte seine Eltern öfters gefragt, warum Großvater nicht mehr zu Besuch kam. Sie hatten ihm nie eine befriedigende Antwort gegeben. Alles, was sie sagten, war:

«Es ist besser so.»

Ephrion hatte nie verstanden, warum es besser sein sollte. Er mochte seinen Großvater. Er hätte noch so viele Fragen gehabt. Und sein Großvater hätte ihm bestimmt alle beantworten können. Es gab wohl auf der ganzen Welt keinen weiseren Mann als Ephrions Großvater. Der Junge vermisste ihn. Er vermisste ihn auch heute noch, obwohl seit jenem verhängnisvollen Tag bereits sieben Jahre verstrichen waren. Ja, er vermisste ihn. Und gerade jetzt musste er an ihn denken, als er mit Mutter, Vater und seinem kleinen Bruder am Tisch saß und die schwarze Grütze schlürfte, die es jeden Morgen zum Frühstück gab. Er wünschte sich, Großvater würde plötzlich ganz überraschend in der Tür stehen, um mit ihnen zur Hexenverbrennung zu gehen. Das wäre vielleicht ein Ding. Und da klopfte es tatsächlich an die Tür, genau als Ephrion an seinen Großvater dachte. Natürlich wusste der Junge, dass es unmöglich sein Großvater sein konnte, aber manchmal geschehen im Leben ohne zwingende

Erklärung die verrücktesten Dinge. Für einen kleinen Moment hielt es Ephrion tatsächlich für möglich, dass sein Großvater zu Besuch käme.

«Ich sehe nach», sagte der Vater, stellte seine Tasse auf den Tisch und begab sich zur Tür, die man von der Küche aus nicht sehen konnte. Kurz darauf kam er zurück und nickte Ephrion zu.

«Es ist für dich.»

«Für mich?», meinte Ephrion und sprang auf. Sein Herz begann ein wenig schneller zu schlagen. Eine Hexenverbrennung *und* das Wiedersehen mit seinem geliebten Großvater, das wäre mehr, als er sich jemals hätte erträumen können. «Wer ist es denn?»

«Ich weiß es nicht», antwortete der Vater. «Ein Bursche, den ich nicht kenne.»

Ephrion winkte ab. «Ist bestimmt der neue Junge vom andern Block. Ich hab ihm gesagt, er könne mit uns zur Hinrichtung gehen, falls seine Eltern nichts dagegen haben.»

Er ging durchs Wohnzimmer zur Tür. Sie stand offen, doch es war niemand zu sehen. Ephrion trat in den Flur hinaus in der Annahme, der Besucher würde sich gleich neben der Tür befinden. In diesem Moment geschah etwas Unerwartetes. Jemand packte Ephrion von hinten und hielt ihm ein Tuch vor den Mund. Es ging alles so schnell, dass der Junge keine Zeit hatte, um Hilfe zu schreien oder sich gar zur Wehr zu setzen. Ein süßlicher Geruch stieg ihm in die Nase. Er spürte, wie er das Bewusstsein verlor. Aus den Augenwinkeln sah er eine verschwommene Gestalt in einem dunklen Anzug. Es war das Letzte, was er sah. Dann klappte Ephrion wie ein Taschenmesser zusammen. Es wurde Nacht um ihn herum.

· 11 ·

Kataras Schädel brummte. *Wo bin ich?,* dachte sie. *Was ist geschehen?* Sie wollte sich umschauen. Doch es gelang ihr nicht, die Augen zu öffnen. Irgendjemand hatte ihr die Augen verbunden und das Tuch ziemlich straff hinter dem Kopf zugezogen. Sie versuchte sich vom kalten Boden aufzurichten, aber auch das gelang ihr nicht. Ihre Hände waren ihr auf dem Rücken zusammengebunden. Und so sehr sie auch an den Fesseln zerrte, sie lockerten sich nicht. Im Gegenteil, sie schnitten umso mehr in ihre Handgelenke ein. Und nicht nur ihre Hände waren gefesselt, auch ihre Füße. Wer auch immer sie verschnürt hatte, hatte ganze Arbeit geleistet.

«So ein elender Mist», murmelte das Mädchen. Wenigstens hatten sie ihr keinen Knebel in den Mund gesteckt, aber wahrscheinlich nur deshalb, weil es ohnehin nichts gebracht hätte, um Hilfe zu rufen. Katara versuchte sich in eine etwas angenehmere Position zu manövrieren, und nach ein paar Anläufen gelang es ihr tatsächlich, sich aufzusetzen. *Wie lange bin ich schon hier?*, überlegte sie. *Wer hält mich hier fest? Und wozu?*

Sie hatte nicht den leisesten Schimmer, was hier gespielt wurde. Wollte sich jemand einen Scherz mit ihr erlauben? *Wenn das ein Scherz ist, finde ich ihn jedenfalls nicht lustig,* dachte sie. Aber immerhin wäre es ein tröstlicher Gedanke gewesen. Dann hätte sie wenigstens damit rechnen können, dass sie früher oder später aus ihrer misslichen Lage befreit und sich für alles eine harmlose Erklärung finden würde.

Unwillkürlich erinnerte sie sich an ihren Kampflehrer und seine ausgefallenen Ideen, mit denen er manchmal ihr Können auf die Probe gestellt hatte. Einmal hatte er sie an einer Kette kopfüber in den Ziehbrunnen im Burghof gehängt und die Zeit gestoppt, wie lange sie brauchte, um sich zu befreien. Ihm wäre eine Entführung am ehesten zuzutrauen. Trotzdem verwarf sie den Gedanken. Erstens hatte sie ihre Kampfausbildung schon vor einem Jahr abgeschlossen, und zweitens wusste niemand von ihrem nächtlichen Ausflug ins Verlies. Es war eine spontane Aktion gewesen. Oder hatte sie doch jemand gesehen? *Das kann nicht sein,* dachte Katara. *Das hätte ich doch gemerkt.* Aber wer waren dann diese Männer, die so plötzlich hinter den Rüstungen hervorgekommen waren? Wer hatte sie geschickt? *Mein Vater?* Die Vorstellung war völlig absurd.

Kann es sein, dass mein Vater uns beobachtet hat, als wir aus dem Haus geschlichen sind?, grübelte sie. *Kann es sein, dass er mich ver-*

folgen und tatsächlich in den Turm hat sperren lassen? Auch diese Möglichkeit schien ihr an den Haaren herbeigezogen. *Nein, er hätte mich vorher zur Rede gestellt und mir erst mal gehörig die Leviten gelesen. Ich kenne meinen Vater. Er hätte mich nicht hinterrücks überfallen lassen. So was tut mein Vater nicht. Aber wer dann?* Wer hatte ihr dort im Dunkeln zwischen den Rüstungen aufgelauert? Wer waren diese blonden Männer mit den dunklen Anzügen? Was wollten sie von ihr?

Und Yolanda und Xenia? Was war mit ihnen geschehen? Hatten sie sie auch gefangen genommen? Lagen sie auch irgendwo in der Finsternis, gefesselt an Händen und Füßen, und wunderten sich, was das alles zu bedeuten hatte? Aber je länger sie darüber nachdachte, desto stärker wurde ihre Überzeugung, dass es hier weder um Yolanda noch um Xenia ging, sondern einzig und allein um sie. Auf sie hatten die Männer es abgesehen, und mit einem Mal fiel es ihr wie Schuppen von den Augen. Es war spontan ihr erster Gedanke gewesen, kurz bevor ihr das Betäubungsmittel die Sinne geraubt hatte. Es lag auf der Hand. Und genau deshalb hatte Katara den Gedanken gleich wieder verdrängt, um nach einer angenehmeren Erklärung zu suchen. Aber im Grunde wusste sie es: Es ging um die Hexenverbrennung! Jemand wollte sie um jeden Preis verhindern! Jemand wollte Isabella befreien, bevor sie hingerichtet wurde! Und der Einzige, der genügend Einfluss hatte, Isabella unbemerkt auf freien Fuß zu setzen, war ihr Vater.

Deswegen haben sie mich entführt! Sie wollen meinen Vater zwingen, Isabella freizulassen! Und wenn er sich weigert, auf die Erpressung einzugehen ... dann ... werden sie mich ...

Sie versuchte, den Gedanken nicht zu Ende zu denken. Doch sie wusste sehr wohl, was auf dem Spiel stand. Ihr Leben gegen das von Isabella. Ein einfacher Tausch. Darum ging es. Entweder würden sie beide sterben oder beide leben, je nachdem, wie Goran sich entscheiden würde. Das war die fürchterliche Realität, mit der sie sich abfinden musste.

Vielleicht würde ihr Vater gerade jetzt einen Briefumschlag öffnen, der ihm die schreckliche Forderung mitteilte. Vielleicht würde ihr Vater gerade jetzt an seinem Schreibtisch sitzen und verzweifelt darüber nachdenken, wie er sich entscheiden sollte: für das Wohl von Dark City, obwohl es den Tod seiner über alles geliebten Tochter bedeutete, oder für sie, was hieße, dass Isabella freikäme. Ihr Vater war ein pflichtbewusster Mann, der für Dark City bereit war, alles zu opfern. Doch seine Tochter? Würde er tatsächlich so weit gehen?

Vater, hol mich hier raus!, schrie Katara innerlich und zerrte verzweifelt an ihren Fesseln, hörte aber gleich wieder auf, weil es nur ihre Haut aufschürfte. Ohne fremde Hilfe würde sie nicht freikommen, so viel stand fest. Es blieb ihr nichts anderes übrig, als zu warten. Und so wartete sie.

Stunden vergingen, ohne dass auch nur das Geringste geschah. Katara überlegte sich, ob sie es wagen sollte, sich irgendwie bemerkbar zu machen.

«Hallo?», sagte sie vorsichtig. «Hallo? Hört mich jemand? Hallo?» Dem hohlen Klang ihrer Stimme nach zu urteilen, musste sie in irgendeinem Kellerloch sitzen. Auch der Geruch und der Boden aus festgetrampelter Erde erinnerten sie an einen Keller. Irgendwann hörte sie Schritte. Automatisch zog Katara ihre Beine an den Körper und ließ sich zur Seite fallen. Sie ballte ihre Hände zu Fäusten. Es knirschte, dann wurde irgendwo schräg über ihr eine quietschende Tür geöffnet. Katara hielt die Luft an. Schwere Schritte erklangen auf einer knarrenden Holztreppe. Den Geräuschen nach zu urteilen, mussten es mindestens zwei Personen sein, und es hörte sich an, als würden sie gemeinsam etwas Schweres die Treppe herunterschleppen. Katara fröstelte es. Die Geräusche erinnerten sie an die ihr wohlbekannte Szene, wenn Soldaten die Leiche eines Gefangenen aus dem Kerker trugen, was fast jede Woche geschah. Ihr wurde speiübel.

Die tragen doch nicht etwa eine Leiche in den Keller? Wer sind diese Kerle? Was um alles in der Welt geht hier vor? Die Unbekannten erreichten die letzte Stufe, und Katara hörte das Geräusch, als der Körper dumpf auf dem Boden aufprallte, nicht weit von ihr entfernt. Ihr stockte der Atem. Kein Zweifel. Es musste eine Leiche sein! Oh, wie sie sich wünschte, von hier wegzukommen! Keine Minute wollte sie länger hier eingesperrt bleiben, nicht hier, nicht neben einer Leiche. Oder waren es sogar mehrere? Wer konnte das schon sagen? Mucksmäuschenstill blieb Katara liegen und wartete mit klopfendem Herzen, was als Nächstes geschehen würde. Sie hörte, wie die Unbekannten wieder die Treppe hochstiegen. Die Tür am oberen Ende quietschte und fiel ächzend ins Schloss.

Danach war es still, still wie in einer Grabkammer. Und Katara blieb allein zurück, allein mit den absurdesten Gedanken, die beinahe noch unerträglicher waren als ihre Fesseln. Sie war allein mit tausend unbeantworteten Fragen, allein mit einer fast lähmenden Ungewissheit – und mit einer Leiche. Zumindest dachte sie, es wäre eine Leiche, bis sie ein leises Scharren hörte, genau aus der Richtung, wo die Fremden den Körper abgelegt hatten. *Vielleicht Ratten?* Es raschelte erneut, und nun hörte Katara unverkennbar ein schwaches Stöhnen. Der vermeintliche Tote war am Leben!

«Hey!», flüsterte Katara. «Hey du! Kannst du mich verstehen? Bist du wach?»

Zuerst kam keine Antwort, nur erneut ein Seufzen.

«Hey! Sag etwas!»

«Wo bin ich?» Es war die helle Stimme eines Jungen, und sie klang sehr verängstigt.

«Ich weiß nicht, wo wir sind», antwortete Katara. «Bist du verletzt?»

«Ich glaube nicht», sagte der Junge. «Wer bist du?»

«Ich heiße Katara. Und du?»

«Mein Name ist Ephrion», kam die Antwort zögerlich aus dem Dunkeln.

· 12 ·

Miro kam sich in der sechsrädrigen geschlossenen Kutsche seines Vaters vor wie ein Prinz. Breitbeinig saß er auf dem ledernen roten Rücksitz, den er heute ganz für sich alleine hatte. Miro war achtzehn, groß und schlank, hatte blaue Augen, eine klassisch gerade Nase und eine recht blasse Gesichtsfarbe, die ihn aber sehr intelligent aussehen ließ. Er trug einen schicken Anzug aus schwarzem Baumwollsamt, darunter ein weißes Satin-Hemd, dessen oberste Knöpfe er lässig offen gelassen hatte. Er roch nach einem sehr teuren Parfüm. Sein feuerrotes Haar war mit viel Gel bis in die Haarspitzen gestylt worden. Ein kleiner goldener Ring blinkte in seinem linken Ohrläppchen.

Durch die Scheiben des luxuriösen Gefährts blickte Miro nach draußen. Es war ein herrliches Gefühl, in der eigenen Kutsche durch die Straßen von Dark City zu fahren und die staunenden Gesichter der Menschen zu sehen, an denen sie vorbeirollten. Miro wusste, warum sie staunten. Es war schon selten genug, eine Kutsche zu sehen, geschweige denn eine sechsrädrige. In Dark City gab es nicht viele Kutschen, weil sich nur wenige den Luxus eines Pferdes leisten konnten. Die meisten Menschen gingen zu Fuß oder waren mit Laufrädern unterwegs. Nur die wenigen Reichen ließen sich in Kutschen durch die Straßen chauffieren, und da Miros Vater einer der reichsten Bürger Dark Citys war, hatte er sich eine sechsrädrige Kutsche mit Goldverzierungen und allerlei technischen Raffinessen anfertigen lassen. Damit die Fahrgäste sich mit dem Kutscher verständigen konnten, gab es einen kleinen Schieber, den man auf Knopfdruck öffnen oder schließen konnte. Auf Knopfdruck ließ sich auch die Tür verriegeln oder entsperren. Und in der Kabine war sogar eine Minibar eingebaut.

Miro knabberte an einer Handvoll Nüsse herum, während er das hektische Treiben auf der Straße beobachtete. Alle strömten in Richtung Stadion. Die Kutsche konnte sich nur im Schritttempo durch die Menge wälzen.

«Ich liebe Hexenverbrennungen», sprach Miro nach einer Weile seinen Kutscher durch die geöffnete Luke an, «Ihr auch, Bora?» Im Grunde erwartete der Junge keine Antwort, und der Kutscher gab ihm auch keine. Er saß auf dem Kutschbock, die Mütze in die Stirn gezogen, und konzentrierte sich auf die vielen Menschen, die es schier unmöglich machten, die vorgespannten Pferde an ihnen vorbeizulenken. Schließlich blieb die Kutsche ganz stehen, fast wie ein Felsbrocken in einer reißenden Flussströmung. Innerhalb kürzester Zeit wurden sie von Hunderten von Menschen umspült. Einige wurden aus Platzmangel gegen die Kutsche gepresst, andere drückten ihre Köpfe bewusst gegen die Scheiben und schnitten Grimassen. Miro schreckte zurück, als er ihre ausgemergelten Gesichter sah. Ein paar ganz aufgeweckte Kerle klopften an die Scheiben und machten sich am Türgriff zu schaffen. Miro wurde es ungemütlich zumute inmitten der vielen drängenden und lärmenden Leute. Rasch verriegelte er per Knopfdruck die Tür und hoffte, die Kutsche würde sich endlich wieder in Bewegung setzen. Doch die Pferde waren durch die aufgewühlte Masse unruhig geworden und tänzelten nervös hin und her.

Miro beobachtete das Treiben auf der Straße und sah, wie der Menschenstrom auf einmal seine Marschrichtung änderte. Die sechsrädrige Kutsche war uninteressant geworden. Etwas anderes war im Gange. Die Menschen schrien und jubelten und pfiffen ganz närrisch, und wie auf Kommando stürzten sich alle in die entgegengesetzte Richtung.

«Was geht da vor?», fragte Miro. «Warum sind die alle so aufgeregt?» In dem dichten Gewühl war es schwierig, etwas zu erkennen. Aber irgendwo im Zentrum der Masse musste etwas sein, das sämtliche Leute wie ein Magnet in seinen Bann zog. Miro beobachtete, wie sich ein kleiner Junge aus dem Menschenknäuel löste. Er mochte etwa zehn Jahre alt sein und war spindeldürr. Sein magerer Leib steckte in alten grauschwarzen Lumpen, er war barfuß und sah aus, als hätte er bestimmt mehrere Wochen nicht geduscht. So erbärmlich seine äußere Erscheinung war, der Kleine strahlte übers ganze Gesicht. Er hielt etwas in seinen schmutzigen Händen. Er hielt es fest wie einen Schatz und drückte es an seinen schmächtigen Körper, als wäre es das Kostbarste auf der Welt. Dann kam er näher, und Miro erkannte, was es war. Es war ein Laib Brot.

«Brot? Und dafür machen die so einen Aufstand?» Miro schüttelte amüsiert den Kopf, warf eine Nuss in die Höhe und fing sie knackend zwischen den Zähnen auf. Er wusste natürlich, dass König Drakar wegen der heutigen Hexenverbrennung Zuckerbrot ans Volk verteilen ließ. Doch er hätte nie gedacht, dass diese kleine Geste bei der einfachen Bevölkerung eine Euphorie auslösen würde.

Wie die Geier warfen sich die Menschen auf die Gratisbrote. Jetzt sah Miro die Verteiler mit ihren Brotsäcken, und sie taten ihm beinahe ein wenig leid. Sie hatten sich vor dem Ansturm auf den Rand eines Brunnens geflüchtet und begannen nun, die Brote einfach wie bei einer großen Raubtierfütterung in die Menge zu schleudern. Wer eins zu fassen kriegte, jubelte und tanzte, als hätte er das ganz große Los gezogen. Ein paar hagere Straßenkinder versuchten, den anderen die Brote wieder zu entreißen, doch wer eins hatte, verteidigte es wie ein Brückenballspieler seinen Spielball. Mit Ellbogen und Füßen bahnten sie sich ihren Weg durch die Menge, um das errungene Zuckerbrot so rasch wie möglich außer Reichweite gieriger Hände zu bringen.

«Man könnte meinen, die hätten noch nie in ihrem Leben Zuckerbrot gegessen», lachte Miro verwundert. Er stopfte sich eine ganze Ladung Nüsse in den Mund. «Seht Euch an, wie sie herumtanzen, Bora! Seht Ihr das?»

Bora gab keinen Kommentar dazu.

Jetzt lief der kleine Junge, den Miro beobachtet hatte, ganz nahe an der Kutsche vorbei. Er lief geduckt und hatte den Brotlaib unter seinem löchrigen Hemd versteckt. Da warf sich plötzlich von hinten ein größerer Straßenjunge auf ihn. Wie eine Hyäne stürzte er sich auf den Kleinen und versuchte, ihm das Brot zu entreißen.

«Seht Euch das an, Bora!», rief Miro. «Bei Shaíria. Jetzt streiten die sich doch tatsächlich um ein lächerliches Brot. So was hab ich noch nie gesehen. Seht nur!»

Die beiden Knaben wälzten sich neben der Kutsche am Boden, als ginge es um ihr Leben. Der Kleine hatte sich die Knie aufgeschlagen und blutete. Der Große kriegte das Brot zu fassen, packte den Kleinen unbarmherzig an seinem verfilzten Haar und schleuderte ihn brutal gegen die Kutsche, ehe er sich mit seiner Beute aus dem Staub machte. Miro hätte sich beinahe an einer Nuss verschluckt. Das Gesicht des Knaben war gegen die Scheibe gedrückt. Es war ein sehr schmales Gesicht, und aus einer kleinen Wunde am Kopf rann etwas Blut. Miro starrte den

Jungen verwirrt an. Nur wenige Sekunden klebte dieses schmale, dreckverschmierte Gesicht an der Scheibe, unmittelbar vor ihm. Keine Handbreit betrug der Abstand zwischen ihnen, und doch hätte die Distanz nicht größer sein können. Der Knabe sah Miro mit seinen großen schwarzen Augen direkt an. Er wirkte verzweifelt, verzweifelt und hilflos. Eine Träne kullerte ihm über die Wange, als er sich mit den Händen von der Kutsche wegstieß. Mit hängenden Schultern humpelte er davon. Miro sah ihm nach, bis er in der Menschenmenge verschwand.

«Bora», murmelte er, «gibt es keinen anderen Weg zur Arena? Ich möchte hier so schnell wie möglich weg.»

Der Kutscher nickte und trieb die Pferde an. Irgendwie gelang es ihm, die Kutsche in eine Nebengasse zu lenken, weg von allem Rummel. Wie gut, dass Bora sich auskannte. Geschickt bog er mal links, mal rechts ab, und schließlich hatte Miro vor lauter Schleichwegen die Orientierung verloren. Dafür hatten sie die gierige Masse hinter sich gelassen, und das war ja die Hauptsache. Sie fuhren an einem Kanalisationsfluss vorbei. Das Wasser war grünschwarz und mit einem gelblichen Schaum überzogen.

«Igitt», machte Miro angeekelt, «könntet Ihr Euch vorstellen, hier in der Nähe wohnen zu müssen?» Er war froh, dass er nicht in diesem Teil der Stadt zu Hause war. Hier lebten die Menschen wie die Ratten, in rostigen Wellblechhütten, heruntergekommenen Gebäuden oder gestapelten Containern, die ihnen der Staat zur Verfügung stellte. Eben fuhren sie an einer solchen Containersiedlung vorbei, und Miro beobachtete ein paar streunende Hunde, die sich neben einem Müllberg um einen blanken Knochen stritten.

«Seht Euch das an, Bora. Sogar die Hunde streiten sich ums Essen», stellte Miro verwundert fest, weil er so etwas noch nie gesehen hatte. Er fischte ein paar Nüsse aus der Tüte und schleuderte den Rest in eine Ecke. «Ich hoffe, Ihr wisst, wie wir hier wieder rauskommen. Wir sind ohnehin schon spät dran. Und mein Vater hat es nicht gerne, wenn er auf mich warten muss.»

Es war vereinbart, dass Miro sich beim Nordeingang des Stadions mit seinem Vater treffen würde. Dieser hatte vorher noch einen Termin mit dem König und war deshalb früher gefahren. Er und König Drakar pflegten enge geschäftliche Beziehungen. Miros Vater war Inhaber der gesamten Industrie von Dark City. Und Drakar verkaufte ihm das nötige Veolicht für die Produktion.

Veolicht war die einzige Licht-, Wärme- und Energiequelle, die es in Dark City seit der großen Nebelkatastrophe gab. Natürlich gab es auch Kerzen, aber mit Kerzenlicht reiften bekanntlich keine Tomaten, Bohnen oder Kartoffeln. Als Ersatz für das natürliche Sonnenlicht, das mit dem Nebel verschluckt worden war, gab es nur eines, und das war Veolicht. Hätten sie nicht rechtzeitig auf diese neue Lichtversorgung umsteigen können, wären sie verloren gewesen. Denn ohne Licht wären nur allzu bald die Pflanzen verkümmert, ohne Pflanzen hätte es keine Nahrung mehr gegeben, und ohne Nahrung wären sowohl Menschen wie Tiere jämmerlich verhungert. Niemand hätte überlebt. Ohne Licht kein Leben. So einfach war die erschreckende Bilanz.

Aber dann hatte Drakar der Erste seine besten Wissenschaftler zusammengerufen, um in den Bergen ein verdecktes Experiment durchzuführen. Unter strengster Geheimhaltung entwickelten sie eine Formel, die die Stadt Dark City vor dem sicheren Untergang bewahrte. Sie erschufen eine künstliche Energiequelle, die sämtliche Eigenschaften des Sonnenlichts in sich vereinte und sowohl Wärme als auch Licht spenden konnte. Veolicht nannte Drakar die revolutionäre Erfindung, und Veolicht war es, das das Leben nach Dark City zurückbrachte. Niemand wusste, wie Drakar es herstellte. Drakar hütete die geheimnisvolle Licht-Formel wie seinen Augapfel. Es wurde gemunkelt, die Energie stamme von jenem brennenden Felsen, der damals ins Meer gestürzt war. Es hieß, Drakar der Erste wäre irgendwo in den Bergen auf einen Splitter jenes glühenden Steins gestoßen und hätte einen Weg gefunden, seine mysteriöse Energie zu speichern und in Wärme, Strom und Licht umzuwandeln. Und damit konnten nicht nur künstlich Pflanzen gezüchtet, sondern auch Maschinen hergestellt und betrieben werden.

Die Herstellung von Veolicht war allerdings sehr aufwendig und teuer, was wiederum die Kosten sämtlicher anderer Produkte in schwindelerregende Höhen trieb. Selbst wohlhabende Bürger konnten sich nur noch die einfachsten technischen Geräte leisten, während Luxusgüter einer Handvoll Leute vorbehalten blieben, nämlich einerseits den Stadtbaronen, die über die verschiedenen Stadtbezirke regierten, und andererseits Miros Vater, Lord Jamiro, der den gesamten Industriemarkt von Dark City kontrollierte. Alle andern Bürger fielen zwangsläufig zurück ins tiefste Mittelalter und mussten auf jegliche technische Annehmlichkeiten verzichten. Denn auch relativ simple Dinge wie Fahrräder verrosteten wegen des Nebels in Rekordzeit und konnten aus Mangel an Rohstoffen nicht repariert werden. Man konnte höchstens noch Laufräder aus ihnen machen.

Und nicht nur das. Noch schlimmer war, dass früher so einfache Lebensmittel wie Kaffee und Brot zu Luxusgütern wurden. Kaffee, Kakaobohnen, Südfrüchte – all das brauchte viel zu viel Energie und war deshalb lediglich in geringen, den Reichen vorbehaltenen Mengen verfügbar. Es gab zwar Mehl, aber die Kochkerzen reichten zum Brotbacken nicht aus. Deswegen waren die Menschen so wild hinter dem Zuckerbrot her, sie selbst konnten ja in den winzigen Backöfen, die mit Kerzen gerade noch betrieben werden konnten, nur noch dünne Fladen machen.

Nach dem Tod Drakars des Ersten übernahm sein Sohn Drakar der Zweite die komplexe Produktion des synthetischen Lichts, und damit regierte er nicht nur über einen Stadtstaat, er regierte auch über das Kostbarste, was es in Dark City gab: Licht.

· 13 ·

Veolicht wurde zu einer Art Statussymbol. Wer sein Haus mit Veolicht beleuchten konnte, gehörte zur reichen Elite. Der größte Teil der Bevölkerung musste sich mit Kerzen begnügen. Obwohl viele in einer von Drakars Veolicht-Fabriken arbeiteten, reichte der Lohn kaum fürs Nötigste, geschweige denn dazu, Veolicht zu kaufen. Dafür schenkte Drakar jeder minderbemittelten Familie alle drei Monate sechs Kerzen, und einmal die Woche ließ er an gewissen Straßenecken gratis Brot verteilen.

Miro war weder auf das eine noch das andere angewiesen. Seine Familie zählte zu den allerreichsten in Dark City. Obwohl seine Eltern geschieden waren und seine Mutter das Sorgerecht beansprucht hatte, war Miro bei seinem Vater geblieben. Sie lebten in einer Villa am Stadtrand, Miro hatte seinen eigenen Butler und besuchte eine Eliteschule, die ihn auf die große Aufgabe vorbereitete, die ihn in ein paar Jahren erwartete: nämlich den gesamten Konzern seines Vaters zu übernehmen. Eine große Herausforderung, doch Miro liebte Herausforderungen. Und er war überzeugt, dass die Aufgabe durchaus dem Niveau seiner Intelligenz angemessen war.

Der Kutscher bog in eine enge Gasse ein, und beinahe hätte er eine Katze überfahren, die plötzlich von der Seite in die Straße hineinsprang. Er wich aus und fuhr in ein Schlagloch. Irgendwie hatte Miro den Eindruck, dass sie nichts weiter taten, als im Kreis herumzufahren.

«Bora, seid Ihr sicher, dass Ihr Euch nicht verfahren habt?»

Bora antwortete nicht und wich dem nächsten Schlagloch aus.

«Wir müssten längst das Stadion sehen. Ihr kurvt schon eine Ewigkeit in diesen düsteren Gassen herum, wie mir scheint.»

Das nächste Schlagloch war fast so breit wie die Straße und gefüllt mit einer schmierigen schwarzen Flüssigkeit. Es holperte und spritzte nach allen Seiten, als sie hindurchfuhren.

«Im Übrigen wird es meinem Vater sehr missfallen, wenn seine Kutsche aussieht, als hätte sie ein Schlammbad genommen. Es ist wirklich an der Zeit, dass Ihr einen Weg aus diesem Labyrinth findet. Wir verpassen noch die Hexenverbrennung. Hört Ihr mir überhaupt zu, Bora?»

Obwohl Miro während der ganzen Fahrt mit dem Kutscher geredet hatte, fiel ihm erst jetzt auf, wie schweigsam der Mann heute war. Nicht einmal das übliche «Jawohl, Sir» oder «Nein, Sir» gab er von sich. Er blickte nur stur geradeaus, die Mütze tief in die Stirn gezogen, und bog mal scharf nach links, dann wieder nach rechts ab, ohne dass der von ihm gewählte Weg irgendeine Logik hatte. Ja, es schien eher, als würden sie sich mehr und mehr vom Stadtzentrum entfernen, und das in einem rasenden Tempo. Als Bora die nächste Kurve so haarscharf schnitt, dass die Kutsche gefährlich ins Schwanken kam, wusste Miro nicht mehr, was er denken sollte.

«Bora? Was soll das? Ihr fahrt heute wie ein Henker!» Noch immer kam keine Antwort. «Habt Ihr Wachs in den Ohren? Hey! Das ist bestimmt nicht der Weg zum Stadion!»

Der Mann gab keine Antwort. Miro kniff die Augen leicht zusammen und betrachtete ihn kritisch von hinten. Erst jetzt fiel ihm auf, dass der Kutscher irgendwie größer wirkte als sonst.

«Bora?»

In diesem Moment schloss sich der Schieber zwischen Miro und seinem Kutscher, und da erst kapierte der Achtzehnjährige, was hier wirklich gespielt wurde.

Ich werde entführt!, schoss es ihm durch den Kopf. Es lief ihm kalt den Rücken hinunter. Für ein paar Sekunden saß er wie versteinert auf seinem ledernen Sitz. Er drückte auf den Knopf, um den Schieber wieder zu öffnen, doch er reagierte nicht. Er versuchte auf dieselbe Art, die Tür aufzubekommen, doch auch hier versagte die Technik aus ihm unerfindlichen Gründen. In einem Akt der Verzweiflung hechtete er zur Tür und versuchte, die Verriegelung von Hand zu öffnen, doch es ging nicht. Er saß fest.

«Lasst mich sofort raus hier!», rief Miro in befehlendem Ton und polterte gegen die Kabinenwand, merkte aber bald, dass er so nicht weiterkam.

Bei Shaíria, was mache ich bloß? Was mache ich bloß? Ich muss raus hier! Ich muss Hilfe holen! Ich muss etwas tun! Bei Shaíria!

Es dauerte eine Weile, bis er überhaupt fähig war, seine Gedanken zu ordnen. Mit zitternden Fingern griff er in seine Hosentasche und zog seinen Mini-Kommunikator heraus.

Die Sicherheitsgarde wird im Handumdrehen hier sein, dachte er, klappte den Deckel seines modernen Geräts auf und tippte hastig eine Nummer ein. Aber gerade als er die Sendetaste drücken wollte, erlosch das Display. *Das darf doch nicht wahr sein,* dachte

Miro. *Die Batterie kann unmöglich schon leer sein.* Er drückte ein paar Knöpfe, klopfte das kleine Gerät gegen die Handfläche, um es wieder zum Leben zu erwecken. Aber nichts geschah. Es blieb tot. «Komm schon», murmelte der Junge. «Lass mich jetzt nicht hängen. Komm!» Kein Lebenszeichen. «So ein Mist aber auch!», rief Miro und schleuderte den Kommunikator wütend in eine Ecke. Ausgerechnet jetzt, wo er ihn so dringend gebraucht hätte, streikte das Gerät. Es war zum Verzweifeln!

Nervös trommelte Miro mit den Fingern auf seinem Bein und suchte krampfhaft nach einer Lösung, kam dabei aber nur zu dem einen Schluss: Er saß in der Falle. Es gab keinerlei Möglichkeit, mit der Außenwelt in Kontakt zu treten. Bei dieser Erkenntnis sank Miro der Mut. Wie ein Ballon, dessen Öffnung man nicht fest genug zuhält, schrumpfte der Junge in sich zusammen. Schwankend ließ er den Türgriff los.

Die Kutsche ratterte über holprige Straßen, an Betongebäuden und leeren Lagerhallen vorbei. Miro warf einen Blick auf seine goldene Armbanduhr. Die Hexenverbrennung begann in wenigen Minuten. Sein Vater würde sich wundern, wo er so lange blieb. Und er konnte nichts weiter tun, als in seinem luxuriösen Gefängnis zu sitzen und zu hoffen, dass sie an jemandem vorbeifuhren, dem er irgendein Zeichen geben konnte. Aber im Grunde wusste er selbst, dass die Chance, jemanden anzutreffen, gleich Null war. Die ganze Stadt saß jetzt bereits in der Arena, um bei der Hinrichtung Isabellas dabei zu sein. Miro war seinem Entführer hilflos ausgeliefert. Es wurde ihm schwindlig bei dem Gedanken.

· 14 ·

«Wie lange bist du schon hier, Katara?»

«Ein paar Stunden, glaube ich wenigstens. Ich hab das Zeitgefühl total verloren in dieser Dunkelheit. Sind deine Augen verbunden?»

«Nein. Nur meine Hände und Füße. Die Fesseln schneiden ganz schön ein.» Der Junge versuchte sich umständlich in eine etwas bequemere Lage zu bringen. Er kam sich vor wie eine Robbe an Land, schwerfällig und plump.

«Kannst du etwas sehen, Ephrion?»

«Nichts. Nur Dunkelheit.»

«Vielleicht kannst du mir ja helfen, meine Augenbinde abzunehmen.»

«Warum haben die dir die Augen verbunden?», wunderte sich Ephrion. «Ist doch stockfinster hier.»

«Das würde ich auch zu gerne wissen», murmelte Katara. Sie rutschte sitzend über den Boden, bis sie Ephrion erreichte. «Als dich die beiden herbrachten, dachte ich, du wärst tot.»

«Ich kann mich an nichts erinnern», meinte Ephrion. «Ich war zu Hause, ging zur Tür, plötzlich packte mich jemand von hinten und presste mir etwas auf Mund und Nase. Dann wurde es mir schwarz vor den Augen. Mehr weiß ich nicht. Es ging alles so schnell.»

«Hast du jemanden gesehen?»

«Nur Schatten. Ich glaube, sie waren zu zweit. Der eine trug einen Anzug.»

«Dann waren es bestimmt dieselben Typen», stellte Katara überzeugt fest.

«Wieso?»

«Ich hab auch einen Mann in einem Anzug gesehen, bevor sie mich betäubten.»

«Wer sind die? Was wollen die von uns?»

«Ich weiß es nicht», gestand Katara und begann laut zu denken. «Es ergibt nicht den geringsten Sinn. Vielleicht hängt es mit der heutigen Hexenverbrennung zusammen. Vielleicht sind wir Teil eines Rituals, das die Hexen …»

Sie sprach nicht weiter. Es war ein völlig neuer Gedanke, der ihr einfach so über die Lippen gerutscht war. Und kaum ausgesprochen, spürte sie selbst die beklemmende Wahrheit, die darin verborgen sein konnte. Sie waren Teil eines Rituals …

Auch Ephrion erschauerte, als das Mädchen dieses Wort aussprach. Es gab allerlei Gerüchte, wozu Hexen imstande waren. Und wenn man bedachte, dass heute die große Isabella auf dem Scheiterhaufen verbrannt werden sollte, konnte es durchaus möglich sein, dass die Hexen sich ihrerseits etwas einfallen ließen. Sie würden all ihre magischen Kräfte einsetzen, um Isabellas Exekution zu verhindern. Sie würden die dunkelsten Mächte aus der Tiefe heraufbeschwören, um ihr Ziel zu erreichen. Blut würde fließen, das Blut Unschuldiger ... *ihr* Blut!

«Glaubst du, sie werden uns ... töten?» Ephrion sprach den Gedanken nur ganz leise aus, und als das Mädchen nicht gleich antwortete, wurde ihm speiübel. «Was wird mit uns geschehen?»

Sie schwiegen beide. Es war eine beängstigende Stille. Ephrion hatte das Gefühl, er müsste sich gleich übergeben. Allein die Vorstellung, Teil eines Rituals zu sein, was auch immer das bedeuten mochte, jagte seinen Puls in die Höhe. Er schluckte und schmeckte Galle. Sein Mund war trocken, und obwohl er in der Finsternis nichts sehen konnte, hatte er die Augen weit aufgerissen. Er atmete unregelmäßig, fast wie ein Fisch auf dem Trockenen.

«Bei Shaíria. Das darf nicht wahr sein», stammelte er, und vor lauter Nervosität sprudelte es aus ihm heraus wie ein Wasserfall.

«Meine Freunde haben mir Horrorgeschichten erzählt, was die Hexen mit Menschen machen, die sie in die Finger kriegen. Sie reißen ihren Opfern bei lebendigem Leib das Herz aus der Brust, haben meine Freunde erzählt. Sie trinken ihr Blut, sie ... sie ... oh nein! Ich will nicht sterben. Ich will nicht sterben! Wir müssen hier raus. Wir müssen hier irgendwie raus! Hilfe! Hilfeee!»

«Sei still, du Narr!», zischte Katara. «Wir müssen uns etwas einfallen lassen.»

«Ich will nicht sterben», wimmerte Ephrion. «Ich will nicht sterben. Ich will nicht sterben! Ich will nicht sterben!»

«Hör auf zu jammern», forderte ihn das Mädchen auf. «Ich will auch nicht sterben. Aber wir brauchen jetzt einen klaren Kopf.»

«Sie werden uns töten! Wir sind verloren!»

«Sei endlich still, Ephrion. Ich werde schon eine Lösung finden. Du musst mir helfen.»

«Wie denn? Wir sind beide gefesselt. Wir kommen hier nicht

raus! Bei Shaíria, sie werden uns vielleicht bei lebendigem Leibe wie ein Ferkel am Spieß über einem Feuer braten. Ich glaube, ich falle in Ohnmacht, Katara. Ich … ich …»

«Reiß dich zusammen», sagte Katara und rutschte noch etwas näher zu Ephrion. «Versuche, mit deinen Zähnen meine Augenbinde festzuhalten. Vielleicht kann ich sie abstreifen.»

«Das bringt uns auch nicht weiter.»

«Tu es einfach!»

Ephrion tastete im Dunkeln nach Kataras Augenbinde, und es gelang ihm, den Knoten mit den Zähnen zu fassen. Das Mädchen bewegte seinen Kopf mehrmals hin und her, bis das Tuch sich etwas lockerte und es sich schließlich ganz davon befreien konnte.

«So ist es schon besser», meinte Katara, und nach ein paar Sekunden fügte sie hinzu: «Sieht aus wie ein Kartoffelkeller.»

«Kartoffelkeller?», wunderte sich Ephrion. «Wovon redest du? Es ist stockfinster hier.»

«Nicht für mich», sagte Katara geheimnisvoll.

«Nicht für dich? Was soll das heißen?»

«Ganz einfach», erklärte ihm Katara, «ich *sehe* im Dunkeln.»

· 15 ·

«Du *siehst* im Dunkeln?»

«Ja», sagte Katara. «Klingt verrückt, ich weiß.»

«Niemand sieht in der Dunkelheit. Das ist für Menschen physikalisch, chemisch, philosophisch und überhaupt ganz und gar unmöglich. Es verstößt gegen sämtliche Gesetze der Natur.»

Katara musste trotz ihrer unangenehmen Lage lächeln. «Ich sehe trotzdem in der Dunkelheit. Ob es gegen die Gesetze der Natur verstößt oder nicht. Es ist nun mal so.»

«Ach. Und *was* siehst du? Schatten? Gespenster? Ich meine, ich sitze hier genau neben dir und kann nicht das Geringste erkennen. Ich sehe nicht mal mich selbst.»

«Ich schon», sagte Katara.

«Ach», schnaubte Ephrion erneut und vergaß vor Staunen beinahe, in welcher Gefahr sie sich eigentlich befanden. «Na schön. Dann sag mir, welche Farbe mein Hemd hat.»

«Ich sehe keine Farben im Dunkeln.»

«Keine Farben.» An seinem Tonfall war zu erkennen, dass er dem Mädchen kein Wort glaubte. «Du siehst nur schwarz-weiß. Ich verstehe. So ähnlich wie eine Katze, nicht wahr? Siehst du wenigstens meinen Nasenstecker?»

«Du hast keinen Stecker», kam die sichere Antwort. Jetzt war Ephrion doch ziemlich verblüfft. Und als Katara weitersprach, blieb ihm endgültig der Mund offen stehen.

«Du trägst eine dicke Kette mit einem ziemlich undefinierbaren Anhänger um den Hals, dazu ein gemustertes Hemd, eine Jacke – ich tippe auf Segeltuch –, und dein Haar ist hell, wahrscheinlich blond. Du bist, nun ja, nicht gerade sehr schlank, ich schätze dich auf dreizehn oder vierzehn. Und den Mund kannst du wieder schließen.»

Für ein paar Sekunden war es still. Ephrion war sprachlos, und das wollte etwas heißen.

«Wie ... wie machst du das?»

«Ich weiß es nicht», sagte Katara. «Ich sehe es einfach.»

«Hast du das schon immer gekonnt?»

«Nein. Es begann, als ich etwa sechs, sieben Jahre alt war. Zuerst war es nicht so ausgeprägt. Ich sah einfach besser in der Dämmerung als andere. Beim Versteckspielen haben sich immer alle gewundert, warum ich sie so rasch entdeckte. Mit den Jahren wurde es stärker. Ich brauchte immer weniger Licht, und irgendwann begann ich dann auch in kompletter Dunkelheit zu sehen.»

«Ist ja irre.»

«Ich sehe auch durch den Nebel hindurch. Natürlich nur bis zu einem gewissen Grad. Wenn andere zehn Fuß weit sehen, sehe ich im Umkreis von einer Meile alles gestochen scharf, auch die kleinsten Details.»

«Krass.»

«Ich frage mich bloß, wieso sie es wissen», überlegte Katara. «Warum haben sie mir die Augen verbunden – und dir nicht?»

Sie schaute zu Ephrion hinüber, der plötzlich wie versteinert dasaß, als hätte er einen Geist gesehen. «Ephrion?»

Ephrion schluckte. Ein Gedanke schoss ihm durch den Kopf, der fast noch unheimlicher war als die Tatsache, gefesselt in einem Kellerloch zu sitzen.

«Katara», begann er zögernd, und das Mädchen sah die Panik und Verwirrung in seinem Blick, «bist du ... bist du eine Hexe?»

Für einen kurzen Moment wusste Katara nicht, was sie darauf antworten sollte.

«Ich? Nein, natürlich nicht. Würde ich sonst hier sein?!»

«Aber ...», fuhr Ephrion fort, «aber ... du *siehst* im Dunkeln. Und durch den Nebel. Kein Mensch kann das.»

«Ich weiß.»

«Und du bist ganz sicher, dass du ... keine Hexe bist?»

«Ich bin keine Hexe, klar?!» Kataras Stimme klang vorwurfsvoll. «Und jetzt will ich nichts mehr davon hören.»

Sie schwiegen eine Weile. Es war ein seltsames Schweigen, das gefüllt war mit hundert unausgesprochenen Fragen. Ephrion war es, der als Erster wieder das Wort ergriff.

«Wenn wir bloß etwas hätten, um unsere Fesseln durchzuschneiden, irgendetwas mit einer scharfen Kante.»

Katara ließ ihren Blick durch den dunklen Raum gleiten. Es war eine Art Kellergewölbe ohne Fenster. In einer Ecke waren ein paar Kartoffelsäcke gelagert, daneben befanden sich ein dreibeiniger Stuhl, eine uralte Kommode, ein verrostetes Laufrad und ein zerbrochener Wandspiegel. Spinnweben hingen von der Decke. Es machte den Anschein, als wäre der Raum seit sehr langer Zeit nicht mehr benutzt worden. In der Mitte führte eine Holztreppe nach oben.

«Siehst du etwas?», fragte Ephrion.

«Nichts, was uns helfen könnte», antwortete Katara. «Der Raum hat keine Fenster, nur eine Tür am Ende einer langen Holztreppe. Da kommen wir nicht raus. Und ansonsten liegt hier nur eine Menge Gerümpel herum. Moment mal ...» Sie hielt inne. «Da ist auch ein zerbrochener Spiegel! Das könnte funktionieren.»

Das Mädchen zog die Beine an den Körper, stieß sich mit den Händen ab und richtete sich auf.

«Was machst du?», fragte Ephrion.

«Vielleicht finde ich eine Glasscherbe auf dem Boden. Bin gleich zurück.»

Ephrion biss sich nervös auf die Unterlippe, während Katara mit geschlossenen Füßen auf den zerbrochenen Spiegel zuhüpfte, der in etwa zehn Fuß Entfernung an der Wand lehnte. Eilig begann sie, den Spiegel und den Boden drumherum nach Glassplittern abzusuchen.

«Und?», fragte Ephrion aufgeregt.

«Ich hab was. Ich glaube, damit kriegen wir die Fesseln durch.» Katara kniete sich nieder, klaubte mit den Fingern willkürlich eine Scherbe vom Boden und hüpfte so rasch sie konnte zurück zu Ephrion.

«Gut», sagte sie. «Ich werde zuerst versuchen, deine Fesseln durchzuschneiden. Streck die Hände etwas zur Seite, damit ich besser rankomme.»

Ephrion tat es, und Katara machte sich unverzüglich an die Arbeit. Sie feilte und säbelte, so gut es ging. Einmal traf sie das Handgelenk des Jungen, doch er biss sich auf die Zähne und ließ sie weiterschneiden. Es dauerte eine ganze Weile, bis sie die Stricke durch hatte, gerade rechtzeitig, bevor sie Schritte über sich vernahmen.

«Schnell», flüsterte Katara Ephrion zu, «zieh mir die Augenbinde an. Sie liegt gleich neben dir. Ich will nicht, dass die Verdacht schöpfen.»

Ephrion tastete im Dunkeln nach dem Tuch und band es Katara um. Dann legte er seine Hände auf den Rücken zurück, als wäre er noch immer gefesselt, und Katara versteckte die Glasscherbe in ihrer Faust. Mit klopfendem Herzen saßen die Jugendlichen auf dem Boden, gefasst darauf, dass jeden Moment etwas Schreckliches passieren würde.

Der Schlüssel drehte sich im Schloss, und die Tür wurde knarrend geöffnet. Ephrion sah einen Mann die Treppe heruntersteigen. In der linken Hand hielt er eine Kerze, über den rechten Arm hatte er eine Decke gelegt. Er hatte gelocktes blondes Haar und trug einen schwarzen Anzug. Eine vage Erinnerung stieg in Ephrion auf. Dies war mit größter Wahrscheinlichkeit einer der Männer, die ihm vor der Haustür aufgelauert hatten. Es wurde ihm übel bei dem Gedanken. Instinktiv rutschte er ein wenig näher zu Katara.

Wenigstens sind wir zu zweit, dachte er. *Und ich hab meine Hände frei, falls uns der Typ zu nahe kommen sollte.* Doch allein die Gegenwart des Mannes war so bedrohlich, dass Ephrion sich kaum getraut hätte, im Ernstfall wirklich etwas zu unternehmen. Seine Anwesenheit lähmte ihn. Der Mann mochte um die dreißig sein, war groß, athletisch gebaut und hatte kräftige Hände. Im flackernden Schein der Kerze wirkte sein Gesicht unheimlich.

Ephrion wünschte sich einfach, dass er nicht etwa ein Messer unter der Decke versteckt hatte, um ihn und Katara damit zu ermorden. Die Vorstellung ließ ihn innerlich erstarren. Dem Mann war alles zuzutrauen. Und jetzt, jetzt trat er ganz dicht an sie heran. Ephrion hätte vorschnellen und seine Beine packen können, so nahe stand er. Doch der Junge rührte sich nicht von der Stelle und blickte bloß mit schreckensbleichem Gesicht an der unheimlichen Gestalt hoch, die sich vor ihm aufbaute. *Ich will nicht sterben,* dachte er die ganze Zeit. *Ich will nicht sterben! Ich will nicht sterben!*

Der Mann sah zu ihm herunter. *Er wird ein Messer zücken,* schoss es Ephrion durch den Kopf. *Jeden Moment wird er ein Messer zücken und uns damit die Kehle durchschneiden!* Aber nichts dergleichen geschah. Stattdessen warf der Mann den beiden kommentarlos die Decke vor die Füße. Ephrion war noch immer unfähig, auch nur einen Ton von sich zu geben. Er war froh, als Katara die Wortführung übernahm. Ihre kräftige Stimme zu hören, tat ihm gut.

«Wisst Ihr eigentlich, wer ich bin?», fragte das Mädchen. «Wisst Ihr, dass Ihr sterben werdet für das, was Ihr getan habt?»

Der Mann antwortete ihr nicht, doch Katara blieb hartnäckig. «Ihr werdet Eurer gerechten Strafe nicht entgehen, Hexer! Ihr werdet im Stadion verbrannt werden genau wie Isabella. Dafür werde ich persönlich sorgen!»

Ephrion war beeindruckt von ihrer Furchtlosigkeit. Er hätte

sich niemals auf einen Wortwechsel mit diesem Mann eingelassen. Er konnte zwar reden, aber es gab Momente, in denen er keinen Ton mehr über die Lippen brachte. Und dies war definitiv ein solcher Moment. Der junge Mann wandte sich ab, ohne auf ihre Bemerkungen einzugehen, und stieg langsam wieder die Treppe hoch.

«Wer ist Euer Auftraggeber?», rief ihm Katara forsch hinterher. «Wer hat diese Entführung geplant? Ich verlange eine Antwort von Euch! Sagt es mir! Wer steckt dahinter?»

Die Schritte stoppten. Der Mann blieb stehen, und obwohl Kataras Augen verbunden waren, spürte sie plötzlich, dass er sich umdrehte und sie direkt ansah. Und mit einem Mal war es ihr, als wüsste sie die Antwort auf ihre Frage. Es war nur ein Gefühl, und es ergab nicht den geringsten Sinn. Doch Katara spürte mit allen Fasern ihres Körpers, dass es so sein musste. Die Tür über ihnen fiel krachend ins Schloss, während das Mädchen starr vor Schreck dasaß.

«Isabella», flüsterte sie und begann am ganzen Körper zu zittern, als sie den Namen aussprach. «Es ist Isabella!»

· 16 ·

Als Aliyah an diesem Morgen erwachte, fühlte sie sich so ausgelaugt wie ein Sprinter nach einem Marathon. Das blinde Mädchen hatte die ganze Nacht kaum geschlafen. Ihre Kleider waren nassgeschwitzt. Auch der Wolf sah aus, als hätte ihn die Nacht ziemlich mitgenommen. Und kaum hatten sie die Augen geöffnet, ertönte es schon von der Küche her:

«Aufstehen, du faules Ding! Und zieh deinem Ungeheuer den Maulkorb an!»

Beim Wort Maulkorb winselte Nayati leise. Aliyah strich ihm liebevoll übers Fell. «Tut mir echt leid, Nayati. Du kennst meinen Onkel. Wenn ich dir den Maulkorb nicht anlege, kriege ich mächtig Ärger. Und heute ist die Hexenverbrennung. Die würden dich nicht ins Stadion lassen, wenn du keinen Maulkorb hättest. Die Menschen denken nun mal, du wärst eine wilde Bestie.»

Nayati knurrte und legte die Ohren zurück, als wollte er andeuten, dass er sich unter gewissen Umständen sehr wohl in eine Bestie verwandeln konnte. Aliyah warf die löchrige Decke zurück und tastete nach dem Maulkorb, den sie am Abend neben die Matratze gelegt hatte. Mit einem leisen Grollen ließ Nayati sich das lästige Ding umschnallen.

«Brav, Nayati», lobte ihn seine junge Herrin. «Ich weiß, dass du dich nicht wohlfühlst mit dem Maulkorb. Aber heute geht es leider nicht anders.»

«Und zieh dir gefälligst was Nettes an», kam es erneut aus der Küche. «Nur, weil du blind bist, brauchst du dich nicht wie ein Krüppel zu kleiden. Ich will mich deinetwegen nicht schämen müssen.»

Nayati knurrte erneut, als die raue Stimme aus der Küche ertönte. Aliyah kniete neben ihm nieder und redete ruhig auf ihn ein.

«Reg dich seinetwegen nicht auf. Er hat mich noch nie leiden können. Ich hab mich längst an seinen harschen Tonfall gewöhnt.»

Der weiße Wolf sah das kleine Mädchen mit seinen klaren blauen Augen liebevoll an und stupste es sanft, als wolle er es trösten. Aliyah lächelte und tätschelte ihm den Nacken.

«Ja, ich mag dich auch, Nayati. Aber jetzt muss ich mich anziehen, bevor mein Onkel wirklich sauer wird.»

Rasch sprang sie zu ihrem Kleiderschrank, der eigentlich kein Kleiderschrank war, sondern nur eine aufgespannte Schnur mit ein paar aufgehängten Säcken und Körben, in denen Aliyah ihre wenigen Habseligkeiten aufbewahrte. Ihren Kleiderschrank hatte Onkel Fingal an eine Papierfabrik verkauft und von dem Erlös eine Armbanduhr erstanden. Überhaupt hatte ihr Onkel ihr alles weggenommen, was sich irgendwie zu Geld machen ließ.

«Eine Göre wie du braucht keinen Luxus», war seine Begründung, und dann fügte er meistens noch hinzu: «Und überhaupt, du kannst von Glück reden, dass ich dich nicht längst auf die

Straße gesetzt habe. Ich ernähre dich bloß, weil es der letzte Wille meiner Frau war.»

Die Worte waren schlimmer als eine kalte Ohrfeige mitten ins Gesicht, und Aliyah fühlte sich so wertlos und ungewollt, wie man sich als Kind nur fühlen kann. Manchmal weinte sie sich in den Schlaf und wünschte sich, ihre Mutter würde noch leben. Aber das tat sie nicht. Sie war vor zwei Jahren gestorben, und es hatte Aliyah das Herz gebrochen. Eigentlich war sie nicht ihre leibliche Mutter gewesen. Sie hatte Aliyah eines Tages einfach vor der Tür gefunden. So hatte sie es ihr jedenfalls erzählt. Eines Morgens hätte sie die Tür geöffnet, und da lag in einem geflochtenen Korb ein kleines schreiendes Bündel direkt auf der Schwelle ihrer Haustür. Onkel Fingal wollte das Findelkind nicht behalten, doch seine Frau hatte sich schon immer ein kleines Mädchen gewünscht, und so nahmen sie Aliyah bei sich auf.

Lange hatte Aliyah nicht gewusst, dass die Frau, die sie Mutter nannte, nicht ihre leibliche Mutter war. Sie sagte ihr die Wahrheit, als sie sieben Jahre alt war, und erzählte ihr die wundersame Geschichte des Korbes auf der Türschwelle.

Bei Onkel Fingal war es anders. Er legte von Anfang an sehr viel Wert darauf, *nicht* mit Vater angesprochen zu werden, sondern mit Sir. Einmal hatte sie ihn gefragt, wer denn ihr richtiger Vater sei. Darauf hatte er geantwortet: «Ich weiß es nicht. Aber taugen tut er bestimmt nicht viel, wenn ich mir dich ansehe.» Onkel Fingal war nie freundlich gewesen zu Aliyah. Er bezeichnete sie als «Strafe» und «unnützes Ding, das überall im Weg steht», und seit seine Frau gestorben war, hatte sich alles noch verschlimmert.

«Eine feine Erbschaft, die mir meine Frau hinterlassen hat», pflegte er zu sagen, «ein blinder Nichtsnutz, lebensuntauglich und dumm. Ich weiß wirklich nicht, womit ich das verdient habe.»

Aliyah fügte sich schweigend in ihr Schicksal. Wenigstens hatte sie Nayati, den weißen Wolf. Mit ihm an ihrer Seite war alles viel erträglicher. Er war ihr bester Freund. Der einzige, den sie hatte. Sie hatte Nayati vor ungefähr einem Jahr in einem verlassenen Hinterhof winselnd vorgefunden. Er hatte sich mit den

Hinterpfoten in einem Stacheldraht verfangen. Zuerst dachte Aliyah, es wäre ein Hund, da er freudig kläffte, als sie sich ihm näherte. Doch dann hörte sie die warnenden Rufe eines vorbeilaufenden Jungen, der ihr voller Panik zurief, sie solle sich bloß von dem Wolf fernhalten, bevor er sie in Stücke reiße und zum Abendessen verschlinge. Es war also ein Wolf, und Wölfe bellen normalerweise nur selten und sehr einsilbig und leise. Nur von den schneeweißen Mirin-Wölfen aus dem Mirin-Tal südlich des Ysah-Gebirges war bekannt, dass sie öfter bellten als normale Wölfe. Doch die Mirin-Wölfe waren seit der großen Nebelkatastrophe ausgestorben, so hatte Aliyah geglaubt. Wie dieses Tier die Nebelkatastrophe überlebt und sich nach Dark City verirrt hatte, war ihr schleierhaft. Sie näherte sich dem verletzten Tier furchtlos, und je näher sie ihm kam, desto mehr fühlte sie sich zu ihm hingezogen. Sie spürte ganz deutlich, dass der Wolf ihr nichts antun würde. Da war eine geheimnisvolle Verbindung zwischen ihnen, ja, es war so, als hätten sie schon immer zusammengehört.

Aliyah befreite den Wolf mit tastenden Fingern und nahm ihn kurzerhand mit nach Hause, obwohl sie wusste, dass sie dadurch mächtig Ärger mit Onkel Fingal kriegen würde. Das Donnerwetter ließ dann auch nicht lange auf sich warten. Was ihr eigentlich einfalle, einen Wolf mit ins Haus zu bringen, empörte sich Onkel Fingal, sie könne ihn gleich wieder dorthin zurückbringen, wo sie ihn gefunden hatte. Alles Flehen und Betteln nützte nichts. Onkel Fingal bestand darauf, dass der Wolf aus dem Haus kam, und zwar augenblicklich.

Aliyah ging zur Tür und versuchte den Wolf dazu zu bewegen, ihr zu folgen. Doch der Wolf blieb einfach mitten im Wohnzimmer stehen und bellte einmal kräftig, als wolle er damit zu verstehen geben, dass er nicht die Absicht habe, wieder wegzugehen. Onkel Fingal machte einen Schritt auf den Wolf zu, um ihn eigenhändig hinauszubefördern, doch da stellte das Tier seine Nackenhaare auf, legte die Ohren flach nach hinten und knurrte den Onkel so lange an, bis dieser einsah, dass er das neue Haustier wohl oder übel akzeptieren musste. Aliyah gab ihm den Namen Nayati, und von nun an waren sie und der weiße Wolf unzertrennlich.

Onkel Fingals kratzige Stimme holte das blinde Mädchen in die Gegenwart zurück.

«Beeil dich!», rief er ihr von der Küche aus zu.

«Ja, Sir!», antwortete Aliyah mit sanfter Stimme. Mit einem gezielten Griff nahm sie das einzige nette Kleidchen, das sie besaß, von der Wäscheleine und zog es an. Es war ein Kleid, das Mutter ihr kurz vor ihrem Tod geschenkt hatte, und Aliyah wunderte sich, dass Onkel Fingal es ihr nicht längst weggenommen hatte. Das Kleid bestand aus einem blauen Faltenrock mit einem eleganten gelben Oberteil, das die Schultern frei ließ. Die Ärmel waren zwei wehende, lose um die Unterarme gelegte Tücher, die mit Bändeln kurz oberhalb des Ellbogens zusammengeschnürt waren und an die zarten Flügel eines weißen Schmetterlings erinnerten. Und genauso sah Aliyah in dem Kleid aus: wie ein zierlicher Schmetterling, elegant und zerbrechlich. Ihre weiße Haut war zart wie Seide, ihr rostrotes, halblanges Haar glänzte wie gesponnene Fäden aus Kupfer, und ihre Augen, ein grünes und ein blaues, leuchteten wie das prächtige Farbenspiel zweier Opale. In dem Kleid sah die Sechzehnjährige beinahe aus wie eine kleine Prinzessin.

Schade, dass Mutter mich jetzt nicht sehen kann, dachte sie.

«Aliyah!», krächzte der Onkel aus der Küche.

«Komm, Nayati», sagte das Mädchen und gab dem Wolf einen Wink mit dem Kopf. Sie gingen in die Küche, Aliyah setzte sich an den Tisch. Nayati wich nicht von ihrer Seite. Der Onkel stellte dem Mädchen einen Teller Grütze hin und brummte, sie solle sich beeilen. Er hätte schon lange genug auf sie gewartet. Er wolle nicht zu spät zur Exekution kommen.

Während Aliyah schweigend die geschmacklose Brühe löffelte, folgte der Wolf mit seinen Augen jeder Bewegung des Onkels. Wenn der dem Mädchen zu nahe kam, stellte er seine Nackenhaare auf und verharrte bewegungslos.

«Ich sag dir eines», bemerkte Onkel Fingal mit drohend erhobenem Zeigefinger. «Eines Tages setze ich euch beide vor die

Tür. Ich kann diesen Wolf nicht ausstehen.» Nayati zog seine Lefzen hoch und ließ ein drohendes Knurren vernehmen.

«Nayati tut niemandem was zuleide, Sir», sagte Aliyah.

«Den Eindruck habe ich allerdings nicht von ihm», antwortete der Onkel. «Ich traute ihm vom ersten Tag an nicht über den Weg. Er gehört nicht hierher. Seine Rasse ist längst ausgestorben, und das sollte er auch sein. Er ist hinterhältig und böse.»

«Sir, Ihr wisst, dass das nicht wahr ist!»

Nayati legte die Ohren zurück. Seine eisblauen Augen verengten sich zu schmalen Schlitzen. Er warf Onkel Fingal einen Blick zu, als würde er jedes Wort verstehen.

«Außerdem stinkt er und frisst uns die ganzen Vorräte weg. Du hättest ihn nicht aus dem Stacheldraht befreien sollen», brummte der Onkel.

«Er war verletzt», rechtfertigte sich das Mädchen. «Ich musste ihm helfen.»

«Er ist ein Wolf, und Wölfe sind unberechenbar.»

«Nicht Nayati. Er ist anders, Sir. Er ist etwas Besonderes.»

«Darüber unterhalten wir uns wieder, wenn er versucht, einem von uns die Kehle durchzubeißen. Dann sehen wir ja, wie zahm er ist.»

«Er führt mich besser, als ein Blindenhund es könnte», sagte Aliyah. «Ein wilder Wolf würde das nicht tun.»

«Ein Blindenwolf, wo hat man so was schon gehört!», brummte der Onkel. «Bis vor einem Jahr bist du ganz gut ohne ihn zurechtgekommen. Und dann tauchst du plötzlich mit diesem ... diesem wilden Tier auf und tauschst ihn gegen deinen Blindenstock ein. Den Blindenstock musste ich wenigstens nicht füttern.»

«Sir, Nayati ist ein guter Wolf. Wenn er bei mir ist ...»

Fingal ließ sie nicht ausreden. «Komm mir jetzt bloß nicht wieder mit deiner Seelenverwandtschafts-Theorie und dem ‹Das Schicksal hat uns zusammengeführt›-Quatsch. Du weißt, was ich davon halte.»

Aliyah entgegnete nichts. Was hätte es schon genützt? Sie hatte dem Onkel schon hundertmal zu erklären versucht, wie rücksichtsvoll, behutsam und liebevoll Nayati mit ihr umging, wenn er sie durch die Straßen von Dark City lotste. Sie fühlte sich sogar derart mit dem Wolf verbunden, dass sie keine Leine brauchte, um von ihm geführt zu werden. Sie spürte ganz einfach, wohin er lief, und konnte ihm mühelos folgen. Ja, Nayati war ein besonderer Wolf. Und Aliyah war ein besonderes Mädchen. Das hatte ihre Mutter schon immer gesagt.

«Du bist etwas ganz Besonderes», sagte sie damals, und Aliyah spürte noch jetzt ihre warmen Hände, die ihr dabei sanft übers Gesicht strichen. «Du bist zwar blind. Aber das ist nicht deine Identität, mein Kind. Deine Identität ist hier drin.» Und dann legte sie ihre Hände direkt über Aliyahs Herz, und dem Mädchen wurde warm dabei. «Hier drin, mein Kind. Das ist alles, was zählt.»

Aliyah war nicht immer blind gewesen. Ihre Augen waren einfach von Jahr zu Jahr schlechter geworden, bis sie im Alter von neun Jahren vollständig erblindete. Mit dem Verlust ihres Augenlichtes begann Aliyah eine Art sechsten Sinn zu entwickeln – wie Tiere, die Katastrophen spüren, noch bevor sie geschehen. Und das Eigenartige daran war: Jedes Mal, wenn sie eine Vorahnung hatte, traf auch ein, was sie instinktiv gespürt hatte. Niemand konnte sich einen Reim darauf machen. Aliyahs Mutter, die in allem stets das Gute sah, tröstete das Mädchen mit den Worten:

«Dein neuer Sinn ist ein Geschenk.»

«Ein Fluch ist er!» So bezeichnete es Onkel Fingal aus seiner Sicht. «Du hast uns eine Hexe ins Haus gebracht!»

Aliyah glaubte, ihr Herz würde zerreißen, wenn sie den Onkel so reden hörte.

«Ich bin keine Hexe!», weinte sie dann leise in ihr Kissen. «Das bin ich nicht! Nein, das bin ich nicht!» Und doch wurde sie den Gedanken nicht los, dass etwas nicht stimmte mit ihr. Sie wünschte sich, ganz normal zu sein, so wie alle anderen Teenager in ihrem Alter. Aber das war sie nicht. Und es gab Zeiten, wo sie sogar dachte, es wäre besser gewesen, sie wäre nie zur Welt gekommen.

«Iss den Teller leer», brummte der Onkel. «Du weißt, wir dürfen uns nicht verspäten.»

«Ja, Sir», murmelte Aliyah gehorsam. Sie legte Nayati die linke Hand auf den Kopf und kraulte den weißen Wolf liebevoll hinter den Ohren. *Wenigstens du verstehst mich,* dachte sie. *Ich bin so froh, dass ich dich gefunden habe. Ich würde dich um nichts in der Welt hergeben.* Nayati sah das Mädchen mit seinen blauen Augen treuherzig an, als würde er sagen: *Ich dich auch nicht, mein Kind.*

· 17 ·

Stumm und blass hockte Miro auf dem Rücksitz der nach Leder und Parfüm duftenden Kutsche, zusammengeschrumpft und voller Angst. Sie verließen den Stadtkern, durchquerten die Vorstadt und fuhren mehrere Meilen an einer gewaltigen, mit Stacheldraht versehenen Mauer entlang. Überall waren Überwachungssysteme installiert, und man hätte meinen können, es handle sich um ein monströses Hochsicherheitsgefängnis. Doch Miro war dieses Gelände bestens vertraut. Es gehörte seinem Vater. Hinter dieser Mauer, in gewaltigen Gewächshäusern, gespeist von Drakars synthetischem Licht, züchtete sein Vater sämtliches Gemüse und sämtliche Früchte für die Stadt. Es gab auch riesige Zuckerrohrplantagen, sowie Weizen-, Mais- und Reisfelder, die sich über mehrere Meilen ins Landesinnere erstreckten. Und alles konnte nur dank Unmengen von Drakars Veolicht gedeihen und wachsen. Anfangs waren die Felder noch offen gewesen. Doch mit der Zeit sah sich sein Vater gezwungen, eine Mauer um das Gelände zu ziehen, damit keine Straßenbanden und anderes Gesindel mehr versuchten, Nahrungsmittel zu klauen.

Es schnürte Miro die Kehle zu, als sie an den verschiedenen Toren vorbeifuhren, über denen mit großer Schrift der Name seines Vaters geschrieben stand. Wenn er ihn doch nur irgendwie hätte verständigen können! Wenn wenigstens der Pförtner da gewesen wäre! Aber die Anlage war wie ausgestorben, da alle zur Hexenverbrennung ins Stadion gepilgert waren, wie das Gesetz es verlangte. Und er, der Sohn eines der einflussreichsten Männer Dark Citys, wurde währenddessen in seiner eigenen

Kutsche entführt. Bis jemand sein Verschwinden bemerken würde, wären sie längst über alle Berge.

Sie ließen die Stadt hinter sich. Die Betongebäude wichen bescheidenen Häusern und Hütten, die anfangs eng zusammengebaut waren und später in immer größeren Abständen in der weiten Malan-Hochebene verstreut anzutreffen waren, als hätte sie jemand willkürlich aus dem Himmel in die Steppe geworfen.

Sie jagten über erdige, mit Schlaglöchern gespickte Landstraßen, vorbei an heruntergekommenen Gehöften, ärmlichen Behausungen und einigen kahlen Baumskeletten, an denen Moosgeflechte hingen wie Spinnweben. Die Landschaft war ziemlich eben und glich einer steinigen Wüste, trostlos und nur mit vereinzelten Sträuchern und Büschen durchzogen. Der Nebel hing schwer und dick über der gesamten Ebene. Miro hatte sich noch nie so weit vom Stadtkern entfernt. Warum hätte er es auch tun sollen? Sein exklusiver Lebensstil passte nicht in diese Einöde. Hier draußen war nichts los. Man konnte sich bloß die Schuhe schmutzig machen. Dass jemand überhaupt auf die Idee käme, sich in dieser Wildnis anzusiedeln, war Miro schleierhaft. Doch die vereinzelten Landhäuser verrieten, dass hier tatsächlich Menschen wohnten.

Nach einem längeren pfeilgeraden Wegstück lenkte der Kutscher das Gefährt nach links und erreichte ein einfaches altes Steinhaus mit dicken Mauern und einem Strohdach. Die Pferde kamen abrupt zum Stehen, und Miro, der neugierig aufgestanden war, purzelte auf den gegenüberliegenden Sitz. Zwei Männer in schwarzen Anzügen tauchten in der Haustür auf und näherten sich der Kutsche mit raschen Schritten. Zielstrebig kamen sie auf ihn zu. Miro glaubte, sein letztes Stündchen hätte geschlagen. *Sie werden mich töten,* war sein erster Gedanke. Mit einem leisen Klicken wurde die Tür wie von Geisterhand entriegelt, und bevor Miro die Möglichkeit hatte, darauf zu reagieren, öffneten die Männer die Tür und stiegen zu ihm in die Kabine.

Miro schluckte. Sie glichen sich wie ein Ei dem andern, waren beide sehr groß, hatten kurzes hellblondes Haar, glatte weiße Haut wie aus Porzellan und leuchtende stahlblaue Augen. Sie wirkten athletisch und äußerst elegant und strahlten eine geradezu ungeheuerliche Selbstsicherheit aus. Allein ihre Anwesenheit ließ den Jungen innerlich erzittern. Ihre Ausstrahlung war so stark, dass Miro weiche Knie kriegte und sich so erbärmlich klein vorkam wie ein Insekt. Er senkte den Blick und wagte es nicht, ihnen ins Gesicht zu sehen. Trotzdem spürte er, wie ihre Augen auf ihm ruhten. Der Achtzehnjährige zog sich so weit in die Ecke zurück, wie es nur ging.

«Was wollt ihr von mir?», stammelte er. Er wollte herausfordernd klingen, wie jemand, der sich vor nichts fürchtete, doch seine Stimme klang dünn und ganz und gar nicht wie die Stimme eines adligen, reichen und über jede Situation erhabenen Jungen.

Die Männer gaben keine Antwort. Miro zweifelte nicht daran, dass sie ihm mit bloßer Hand alle Knochen brechen würden, falls er versuchen sollte, den Helden zu spielen. Mit diesen Typen war nicht zu spaßen, und wer auch immer sie beauftragt hatte, wusste, dass auf sie Verlass war.

Der eine rutschte etwas näher zu ihm hin, während er nach einem Gegenstand in seiner Tasche griff. Miro kratzte all seinen Mut zusammen.

«Schön, wie viel?», fragte er. «Ich rufe meinen Vater an, und er gibt euch jede Summe, die ihr verlangt.»

Die beiden Hünen schienen nicht beeindruckt. Während der eine unbeweglich neben der Tür sitzen blieb, fischte der andere ein Fläschchen aus der Tasche und träufelte eine Flüssigkeit auf ein Stofftaschentuch. Miro sah ihm starr vor Angst dabei zu. Er überlegte sich, ob er sich zur Wehr setzen sollte oder ob er versuchen sollte zu fliehen. Aber es war ihm ziemlich klar, dass er keine Chance gegen die beiden hatte. Bestechlich waren sie auch nicht. Und dann packte der Mann Miro geschickt im Nacken wie eine Katze, die ihr Junges vom Boden aufhebt, und legte ihm das Tuch vor den Mund.

«Entspannt Euch», hörte Miro ihn noch sagen, dann verschwanden die vertrauten Ledersitze der Kutsche vor seinen Augen, und er verlor das Bewusstsein.

· 18 ·

«Isabella?!», stammelte Ephrion verwirrt. «Was … was redest du da?»

«Ich kann es nicht erklären», sagte Katara leise. «Es ist einfach … ich glaube, sie steckt dahinter. Ich spüre es.»

«Das ist doch absurd. Isabella wird heute auf dem Scheiterhaufen verbrannt. Wie kann sie denn befohlen haben, uns zu entführen?»

«Ich weiß, es ergibt keinen Sinn», gestand Katara. «Ich weiß, sie sitzt schon seit Wochen im tiefsten Verlies, angekettet an die Bergwand. Ich weiß, sie kann es nicht gewesen sein. Und doch, als ich sie gestern sah …»

«Du hast Isabella gesehen?»

«Ja. Gestern Nacht.»

«*Gestern Nacht?!*», wiederholte Ephrion völlig perplex. «Bei Shaíria. Was geht hier vor? Wer … wer bist du?»

«Ich bin die Tochter Gorans», erklärte Katara.

Ephrion blieb jetzt endgültig die Spucke weg. «Du meinst, *der* Goran?»

«Ja, *der* Goran.»

«Dein Vater ist der oberste schwarze Ritter Drakars? Die rechte Hand des Königs?»

«So ist es.»

«Bei Shaíria», murmelte der dicke Junge. «Langsam beginne ich zu verstehen. Deswegen haben sie dich entführt. Du bist die Tochter des zweitwichtigsten Mannes in ganz Dark City!» Er schüttelte fasziniert den Kopf. «Wenn ich das Ansgar erzähle, wird er vor Neid erblassen. Ich sitze neben Gorans Tochter in einem Kartoffelkeller. Ich *unterhalte* mich mit Gorans Tochter. *Gorans* Tochter! Weißt du eigentlich, dass jeder zweite Schuljunge voll in dich verknallt ist und alles geben würde, um auch nur ein einziges Mal mit dir reden zu dürfen? Du hast eine ganze Menge heimlicher Verehrer, Katara.»

«Und auch eine ganze Menge Feinde, wie mir scheint», knurrte das Mädchen. «Wir müssen raus hier, Ephrion. Die

Scherbe ist in meiner Hand. Schneide mir damit meine Fesseln durch.»

«Zu Euren Diensten, Tochter Gorans.»

«Lass die Floskeln und beeil dich lieber. Der Kerl kann jeden Moment zurückkommen.»

Ephrion nahm die Spiegelscherbe aus Kataras Hand und begann wie ein Weltmeister an ihren Fesseln herumzusäbeln.

· 19 ·

Aliyah, Nayati und Onkel Fingal wurden von einem nicht enden wollenden Menschenstrom durch die Straßen Richtung Stadion gespült. Es wurde gejohlt, gestampft, geboxt, getanzt, gelacht und gekreischt. Die Sicherheitsgarde hatte alle Hände voll zu tun, um die Masse einigermaßen geordnet durch die Eingangstore zu schleusen. Trotz ihrer Blindheit spürte Aliyah die Erregung der Menschen, den fiebrigen Durst nach Sensation und Licht. Sie konnte ihn nicht teilen. Sie musste die ganze Zeit an den Traum zurückdenken, an ihre glühenden Füße. Etwas ging hier nicht mit rechten Dingen zu. Sie fühlte es mit jeder Faser ihres Körpers.

«Was hast du?», fragte ihr Onkel. «Wieder mal eine deiner Visionen?»

«Etwas wird geschehen», antwortete Aliyah wie benommen. «Ich weiß es. Etwas Furchtbares wird geschehen.»

«Ja, die Hexe wird verbrennen», bestätigte der Onkel, «das wird geschehen. Und wir können endlich wieder einmal Licht tanken. Wir können uns sattsehen am Feuer eines ganzen lodernden Scheiterhaufens. Was für ein Vorrecht, das uns König Drakar in seiner Großzügigkeit gewährt. So viel Holz auf einem Haufen ist ein Vermögen wert.»

«Trotzdem», murmelte Aliyah, «etwas stimmt nicht. Ich spüre es.»

«Zur Hölle mit deinem sechsten Sinn!», rief der Onkel ärgerlich. «Mach nicht ein Gesicht, als würdest du zu einer Beerdigung gehen. Heute ist ein Tag zum Feiern!»

Je näher sie dem Stadion kamen, desto dichter wurde das Gedränge. Aliyah spürte, wie das beklemmende Gefühl, das sie schon die ganze Zeit über hatte, stärker wurde. Ihr Mund war trocken. Ihre Hände waren kalt und feucht. Sie wollte ihre Finger in Nayatis Fell graben, um seine Nähe zu spüren. Doch der Wolf war nicht neben ihr. Sie tastete nach ihm, rief ihn beim Namen, aber er kam nicht zu ihr. Er war einfach weg! Aliyah fröstelte.

«Nayati?», rief sie verwirrt. «Komm her, Nayati!»

Sie bekam keine Antwort. Der Wolf war spurlos verschwunden, verschluckt von der Masse.

«Der Wolf ist weg!», sagte sie zu ihrem Onkel. «Seht Ihr ihn irgendwo?»

«Nichts als Ärger hat man mit euch», seufzte Onkel Fingal und sah sich um. «Nein, ich sehe ihn nicht. Sind viel zu viele Leute hier.»

«Nayati!», rief Aliyah. Ihr Ruf kam nicht gegen das Gegröle und Gebrüll der Menge an.

«Vergiss den Wolf», meinte der Onkel. «In diesem Menschengewühl findest du ihn sowieso nicht.»

«Ich kann nicht ohne ihn ins Stadion, Sir.»

«Es wird dir nichts anderes übrig bleiben.»

«Sir», sagte Aliyah fast flehend. «Ich gehe nirgends ohne Nayati hin. Ich muss ihn suchen.»

«In wenigen Minuten werden die Tore geschlossen. Du weißt, was das bedeutet.»

«Ich werde rechtzeitig zurück sein.»

Der Onkel verzog den Mund und machte eine flüchtige Handbewegung. «Such ihn meinetwegen. Aber ich bin nicht schuld, wenn dich die Sicherheitsgarde aufgreift.»

«Danke, Sir», murmelte Aliyah. Sie drehte sich um und zwängte sich in entgegengesetzter Richtung durch die Menge. Immer wieder rief sie nach Nayati und hoffte, sein feines Gehör würde ihre Stimme aus all den übrigen Stimmen herausfiltern. Es blieb ihr nur wenig Zeit bis zur Türschließung. *Warum ist er bloß weggelaufen?*, dachte sie die ganze Zeit. Sie fand keine Antwort darauf.

Sie ließ den großen Rummel hinter sich und schnalzte mit der Zunge, um sich neu zu orientieren. Es war eine Methode, die sie vor Jahren entwickelt hatte, um sich auch ohne Blindenstock oder irgendwelche fremde Hilfe zurechtzufinden. Sie funktionierte ähnlich wie die Echo-Ortungstechnik der Fledermäuse. Aliyah schnalzte mit der Zunge und achtete mit ihrem trainierten Gehör auf das feine Echo, das zurückkam. Die Bilder, die dabei vor ihrem inneren Auge entstanden, waren wohl nicht so detailliert wie die von Fledermäusen, da die Tiere viel bessere Sinne dafür haben als Menschen. Doch durch die ausgesendeten Signale und das zurückgeworfene Echo entstanden in ihrer Vorstellung schwache Lichtblitze, die die Umgebung gerade so weit erhellten, dass Aliyah Hindernisse rechtzeitig erkennen konnte.

«Nayati!», flüsterte sie in die leeren Gassen hinein, während sie sich schnalzend immer weiter vom Stadion entfernte. «Wo steckst du nur?» Sie verstand nicht, was sein Verschwinden zu bedeuten hatte. Der Wolf war noch nie von ihr weggelaufen. Er war der treuste Begleiter, den es gab. Etwas musste geschehen sein. Aber was?

Ein großer weißblonder Mann mit schwarzem Anzug schoss um die Ecke. Er flog beinahe über den offenen Platz, auf dem es noch vor wenigen Minuten von Menschen gewimmelt hatte. Jetzt war weit und breit keine Sterbensseele mehr zu sehen. Sie waren alle zum Stadion gegangen, um der Hexenverbrennung beizuwohnen. Sogar der Nebel schien durch die grauen Gassen Richtung Stadion zu wandern. Die Dämmerstimmung hatte etwas Geisterhaftes an sich. Dark City war wie ausgestorben, die Straßen leergefegt. Ein paar vereinzelte Hunde streunten herum und schnappten sich die letzten Brotreste, die bei der großen Gratisverteilung auf den Boden gefallen und zertrampelt worden waren. Ein strenger Geruch lag in der Luft, ein Geruch nach Verwesung und Kanalisation.

Der Mann hatte es eilig. Er kümmerte sich nicht um die toten

Ratten, die die Rinnsteine säumten. Ratten waren keine Seltenheit in diesem Stadtviertel. Sie waren eine echte Plage und knabberten sich zu Millionen durch die Müllhalden und Kanäle der Stadt.

Etwas weiter vorne erreichte der Mann eine Brücke, die über einen Seitenarm des Toten Flusses führte. Der Gestank des verschmutzten Wassers war schier unerträglich. Manchmal schwemmte der Fluss tote Tiere an. Es kam auch vor, dass eine Leiche aus dem Fluss gefischt werden musste. Denn immer mal wieder stürzte sich jemand von einer der Brücken in den Toten Fluss, um seinem Leben ein Ende zu setzen. Der Nebel war es, der sie zu solchen Verzweiflungstaten trieb.

Der Mann überquerte den Fluss und folgte der Straße weiter Richtung Zentrum. Er hatte eine Mission zu erfüllen, und es blieb ihm nur wenig Zeit. Immer wieder blieb er im Schutz eines Hauses stehen, um sich davon zu überzeugen, dass ihm keiner von Drakars Sicherheitsgarde auf den Fersen war. Die Soldaten schwärmten jedes Mal aus, wenn eine Hexenverbrennung stattfand. Die öffentliche Hinrichtung einer Hexe war weit mehr als ein Volksfest. Es war Pflicht eines jeden Bürgers von Dark City, ihr beizuwohnen, um zu sehen, was mit denen passierte, die gegen die Gebote verstießen. Ausnahmen ausgeschlossen. Nur wer todkrank oder gelähmt war, durfte zu Hause bleiben. Alle andern, ob Kinder oder Erwachsene, mussten an diesem Tag ins Stadion kommen.

Wer nach dem Erschallen der ersten Fanfaren noch draußen anzutreffen war und von der Sicherheitsgarde aufgegriffen wurde, der wurde ins Stadion geschleppt und öffentlich ausgepeitscht. Drakar wollte mit dieser Maßnahme verhindern, dass irgendwelche Schurken die Gunst der Stunde für Einbrüche oder Verwüstungsaktionen nutzten, während ihre Opfer nichts ahnend im Stadion saßen. Eine menschenleere Stadt war für solches Gesindel wie eine Freikarte für einen Vergnügungspark oder wie ein offener Geldbeutel, der auf einem Silbertablett serviert wird.

Die durchtrainierten Soldaten der Sicherheitsgarde durchkämmten daher während der gesamten Hexenverbrennung sämtliche Straßen und Winkel der Stadt mit ihren Veolicht-Stablampen, um jeden aufzuspüren, der sich nicht im Stadion befand. Sie waren dafür bekannt, gründlich und unbestechlich zu sein. Der Sicherheitsgarde wollte niemand freiwillig in die Hände fallen. Sie kannten keine Gnade, wenn Drakars Gebote übertreten wurden.

Einem Schatten gleich huschte der Mann von Haus zu Haus, immer wieder lauschend und nach dem gefährlichen Schein der Veolicht-Stablampen Ausschau haltend. Er durfte auf keinen Fall entdeckt werden. Die Mission durfte nicht scheitern. Zu viel stand auf dem Spiel. Zwischen den Gebäuden, vom Nebel verschluckt, ragten die gespenstischen Umrisse des Stadions in die Höhe. Darauf hielt der Mann zu. Zielstrebig. Entschlossen. Als er den zweiten Stoß der Fanfaren hörte und den geschlossenen Jubel der Bevölkerung, blieb er stehen. Das tödliche Schauspiel hatte offenbar begonnen.

«Orenum assaíno velura», murmelte er, und seine stahlblauen Augen funkelten wie zwei Saphire. «Lang lebe der König.»

· 20 ·

Die Fanfaren erschallten weit über die Mauern des Stadions hinaus bis in die tiefsten Winkel von Dark City. Das spektakulärste aller Schauspiele war eröffnet. Was in anderen Kulturen mit dem Ausdruck «Brot und Spiele» bezeichnet wurde, lief unter Drakars Herrschaft unter «Zuckerbrot und Peitsche». Drakar scheute keine Mittel, um die Redewendung nicht nur symbolisch, sondern auch wörtlich in die Tat umzusetzen. Am Tag einer Hexenverbrennung gab es somit beides im Überfluss: Zuckerbrot und Licht für die ihm treu ergebene Bevölkerung, Peitschenhiebe und Tod für all diejenigen, die sich seiner Regierung widersetzten. Spätestens bei einer öffentlichen Verbrennung wurde jedem wieder neu ins Bewusstsein gerufen, wie die Spielregeln in Dark City lauteten.

Die Show begann mit dem traditionellen Fackeltanz. Siebzig Frauen in kurzen Lederröcken und mit langen Bändern verschnürten Oberteilen tanzten mit je zwei Fackeln um den hoch aufgerichteten Scheiterhaufen, der bereits am Vorabend in der Mitte der runden Arena aufgebaut worden war. Zum Rhythmus eindrucksvoller Trommelmusik führten die Frauen einen figurenreichen Schautanz vor, wirbelten die brennenden Fackeln durch die Luft, fingen sie geschickt wieder auf, jonglierten mit ihnen, schlugen Räder und malten Lichtstreifen und Feuerkreise in den Nebel. Die perfekt aufeinander abgestimmte Choreografie bot eine atemberaubende Eröffnungszeremonie. Die Menschen klatschten begeistert, während sie die fantasievollen Lichtgebilde vibrierend in sich aufsogen.

Aliyah glaubte, ihr Herz würde stillstehen, als die Trompeten erschallten. *Die Tore!*, schoss es ihr durch den Kopf. Vor lauter Sorge um ihren Wolf hatte sie es versäumt, rechtzeitig zum Stadion zurückzukehren. Jetzt war es zu spät. Sobald die großen Tore des Stadions geschlossen wurden, gab es keinen gefährlicheren Ort als die ausgestorbenen Straßen von Dark City. Aliyah wusste sehr wohl, was die Sicherheitsgarde mit denjenigen tat, die sie nach der Torschließung draußen aufgriffen. Jeder wusste es. Sie erschauderte bei dem Gedanken.

Drakar der Erste hatte viele Gesetze erlassen, um Dark City zu einem friedlichen und bürgerfreundlichen Ort zu machen. Die Gebote waren streng, doch sie erhöhten die Sicherheit, und wer sich daran hielt, hatte nichts zu fürchten. Drakar der Zweite hatte bei seinem Regierungsantritt drei neue Gebote eingeführt, die besonders scharf kontrolliert wurden. Er nannte sie «Die drei Gebote Drakars», und jeder Bürger kannte sie auswendig. Sie wurden an den Schulen gelehrt und waren auf den wichtigsten öffentlichen Plätzen in riesige steinerne Tafeln eingraviert, damit niemand eine Entschuldigung hatte, sie nicht zu kennen. Und so stand es geschrieben:

DIE DREI GEBOTE DRAKARS

ERSTES GEBOT

ALLE BÜRGER VON DARK CITY SIND VERPFLICHTET,
AN ÖFFENTLICHEN HEXENVERBRENNUNGEN
TEILZUNEHMEN. WER DER HINRICHTUNG
FERNBLEIBT, WIRD MIT AUSPEITSCHUNG BESTRAFT.

ZWEITES GEBOT

ALLE BÜRGER VON DARK CITY SIND VERPFLICHTET,
LICHT ZU SPAREN. WER OHNE GENEHMIGUNG
IM BESITZ VON MEHR ALS SECHS KERZEN IST ODER
UNERLAUBT FEUER ENTFACHT, WIRD MIT
LICHTENTZUG BESTRAFT.

DRITTES GEBOT

ALLE BÜRGER VON DARK CITY SIND VERPFLICHTET,
HEXEN AN DEN KÖNIG AUSZULIEFERN.
WER EINER HEXE OBDACH GEWÄHRT ODER SIE IN
IRGENDEINER FORM UNTERSTÜTZT, WIRD
MIT DEM TODE BESTRAFT.

Die Sicherheitsgarde sorgte dafür, dass die drei Gebote Drakars streng befolgt wurden. Sie führten beispielsweise Lichtkontrollen durch und tauchten manchmal mitten in der Nacht auf, um Häuser nach zusätzlichen Kerzen zu durchsuchen. Nur wer eine Genehmigung von höchster Stelle hatte, durfte mehr als sechs Kerzen besitzen. Doch es war äußerst schwierig, eine solche Genehmigung zu erhalten, jedenfalls für die arme Bevölkerungsschicht. Und somit mussten sie mit den sechs Kerzen Vorlieb nehmen, die ihnen Drakars Regierung alle drei Monate gratis zur Verfügung stellte. Natürlich waren sie dankbar dafür, aber im Grunde reichte es nicht für den täglichen Lichtbedarf aus. Vor allem Kinder litten besonders unter dem Lichtmangel. Und es gab immer wieder verzweifelte Eltern, die in ihrer Not auf dem Schwarzmarkt zusätzliche Kerzen kauften, aller Gefahr zum Trotz.

Der Preis für eine solche Gesetzesübertretung war hoch. Aliyah hatte erlebt, was es bedeutet, mit Lichtentzug bestraft zu werden. Die Sicherheitsgarde hatte kürzlich bei ihren Nachbarn zwei zusätzliche Kerzen entdeckt. Es war eine arme Familie mit fünf Kindern, und ihr verzweifeltes Flehen und Weinen, als Drakars Soldaten ihnen alle acht Kerzen wegnahmen, weckte die gesamte Nachbarschaft auf.

Lichtentzug war eine schreckliche Sache. Ohne Licht leben zu müssen, kam in manchen Fällen einem Todesurteil gleich. Meistens wurden die Menschen krank, emotionslos, apathisch oder fielen in Depressionen. Einige wurden aggressiv und unberechenbar. Es gab auch welche, die in ihrem Wahn nach Licht alle brennbaren Gegenstände zusammengrapschten, die sie irgend finden konnten, und trotz strengstem Verbot ein Feuer entfachten, manchmal sogar mitten auf der Straße, nur um wenigstens für einen einzigen flüchtigen Moment in den Genuss von Licht zu kommen, selbst wenn sie damit ihr Schicksal besiegelten. Andere drehten früher oder später völlig durch und stürzten sich von einer Brücke.

Aliyah fürchtete sich vor der Sicherheitsgarde. Natürlich taten sie nichts weiter als ihre Pflicht, wenn sie Kerzen beschlagnahmten, Häuser durchstöberten und mit ihren Veolicht-Stablampen die Stadt absuchten. Aber es war ein unangenehmes Gefühl, ihnen zu nahe zu kommen, selbst wenn man nichts verbrochen hatte. Und jetzt, wo Aliyah das erste Gebot Drakars übertreten hatte und sich außerhalb des Stadions befand, wurde ihr angst und bange.

Sie hätte umkehren sollen, als sie Zeit dazu hatte. Wie lange würde sie sich vor den Blicken der Sicherheitsgarde verbergen können? Ohne Nayatis Augen hatte sie keine Chance. Und mit Schnalzen könnte sie sich erst recht verraten. Es war also nur eine Frage der Zeit, bis sie den Soldaten geradewegs in die Arme laufen würde. Und dann ... ach, daran wollte sie lieber nicht denken.

Plötzlich hörte sie Stimmen und Schritte, nicht allzu weit entfernt. *Die Sicherheitsgarde!* Das Geräusch ihrer Kampfstiefel hätte Aliyah aus tausend anderen Schrittgeräuschen herausgehört. Instinktiv duckte sie sich. Dann huschte sie über die Straße und lehnte sich gegen eine Hausmauer. Die Stimmen kamen näher. *Ich muss mich irgendwo verstecken,* überlegte sie. *Aber wo?* Der dichte Nebel würde ihr nicht ewig Schutz gewähren, so viel stand fest. Sie musste ein Versteck finden, und zwar schnell. Mit zitternden Händen tastete sich Aliyah an der Mauer entlang, ohne zu wissen, wann die Soldaten sie mit ihren Veolicht-Stablampen erfassen würden. Innerlich sah sie sich bereits in der Arena an einen Pflock gebunden und unter den brutalen Peitschenhieben der Folterknechte aufjaulen. Die Menge würde toben und pfeifen, wie sie es immer tat, wenn jemand zur Strafe ausgepeitscht wurde. Und ihr Onkel würde vermutlich sogar mitschreien, weil er denken würde, sie hätte es nicht anders verdient.

Mit weichen Knien und pochendem Herzen stand sie in ihrem eleganten Kleid da und wartete auf das Unabwendbare.

«Kommt!», hörte sie auf einmal eine männliche Stimme, ganz in ihrer Nähe. Das Flüstern kam aus vielleicht fünf Schritten Entfernung von derselben Mauer her. Offenbar war sie nicht die Einzige, die das Schließen der Tore verpasst hatte und sich nun vor der Sicherheitsgarde versteckte. Aber konnte sie diesem Fremden trauen? War es womöglich ein Dieb, der gerade in eine Wohnung einstieg? Wollte er sie in eine Falle locken? Aliyah blieb unschlüssig stehen.

«Kommt!», raunte der Unbekannte rechts von ihr, während die Soldaten sich ihr von links näherten. Ihre Stimmen kamen immer näher. Jeden Moment konnte sie entdeckt werden! Jeden Moment konnte sie das Licht der Veolicht-Stablampen in ihrem Gesicht spüren. *Ich bin verloren,* dachte Aliyah.

«Kommt!», flüsterte der Mann ein drittes Mal. Entweder sie vertraute diesem Fremden im wahrsten Sinne des Wortes blindlings, oder sie fiel den Soldaten in die Hände. Ihre Stimmen waren nun so nahe, dass es sich nur noch um Sekunden handeln konnte, bis sie sie sehen würden. Doch anstatt rasch zu handeln, lähmte dieser Gedanke Aliyah so sehr, dass sie unfähig war, sich von der Stelle zu rühren. Ihre Füße waren wie festgeklebt.

«Ich glaube, da vorne ist jemand!», hörte sie da einen Soldaten sagen, und Aliyah wich jegliche Farbe aus dem Gesicht.

Sie haben mich!, dachte sie, während ihr Pulsschlag in die Höhe schnellte und sie von einem seltsamen Schwindelgefühl erfasst wurde. *Es ist aus.*

Doch in diesem Moment geschah etwas Unerwartetes. In diesem Moment, wohl keine Sekunde bevor der gefährliche Lichtstrahl der Veolicht-Stablampen Aliyah erfasste, packte sie jemand von hinten, und ehe sie sich's versah, landete sie auf der andern Seite der Mauer. Es ging alles so schnell, dass Aliyah nicht einmal Zeit hatte zu schreien oder sonst irgendetwas zu tun. Sie hatte keine Ahnung, was soeben mit ihr geschehen war und wer sie so plötzlich von hinten gepackt hatte. Alles, was sie jetzt spürte, war eine kräftige Hand, die auf ihrer Schulter lag und sie gegen die Wand und nach unten drückte; nicht bedrohlich, sondern beschützend, und Aliyah war sich im Klaren darüber, dass sie soeben jemand vor der Peitsche gerettet hatte.

Sie wusste nicht, wo sie sich befand. Der Boden unter ihren Füßen war uneben und mit zerbrochenen Ziegelsteinen, Tonscherben und Metallstücken übersät. *Ein Hinterhof?,* überlegte Aliyah. Es war ihr ein Rätsel, wie sie überhaupt hier hingekommen war. Hatte der Fremde sie durch ein Loch in der Wand gezogen? Aber warum hatte sie die Öffnung nicht hinter sich gespürt, als sie sich an der Mauer entlanggetastet hatte? Und warum hatte sie sich an keinem Stein gestoßen oder sich ihr Kleid zerrissen? Es war alles reichlich merkwürdig und ziemlich mysteriös. Aber Hauptsache, sie war in Sicherheit. Das hoffte sie jedenfalls. Ihr Herz pochte so laut, dass sie glaubte, es müsste auf der andern Seite der Mauer zu hören sein.

«Du hast es dir nur eingebildet», hörte sie die Stimme eines

Soldaten, und sie klang verdächtig nahe. Zu nahe. «Die Straße ist leer.»

«Ich habe jemanden gesehen, ich schwör es», sagte der zweite. «Da war jemand. Ich habe die Umrisse einer Gestalt gesehen, gleich da vorne.»

Aliyahs Herz schlug noch stärker. Selbst die Anwesenheit ihres geheimnisvollen Retters, der dicht neben ihr saß, vermochte sie nicht zu beruhigen. Der Soldat hatte sie gesehen, und sie würden nicht eher ruhen, bis sie sie fanden. Sie saßen in der Falle. Die Schritte näherten sich. Aliyah rechnete jeden Moment damit, entdeckt zu werden. Mucksmäuschenstill lehnte sie an der Wand und wartete und hoffte.

«Da ist ein Loch in der Mauer!», rief einer der Männer plötzlich. Aliyah erstarrte bis auf die Knochen. Sie konnte die schweren Schritte der Kampfstiefel ganz nahe hören. Und was der Soldat sagte, war eindeutig.

«Wollen wir doch sehen, welcher Fuchs sich in diesem Bau verkrochen hat.»

Ihr Schicksal war besiegelt. Die Peitsche unausweichlich. Obwohl Aliyah den Lichtschein der Stablampe nicht sehen konnte, wusste sie, dass er in diesem Moment durch die Öffnung drang und jeden Winkel peinlichst genau nach ihnen absuchte. Nur ein Wunder konnte sie jetzt noch retten.

Und das Wunder geschah.

Mitten in die Stille hinein durchriss ein wildes Zetern die Luft. Es war ein Fauchen, Quietschen und Schreien, als hätten zwei verfeindete Katzen sich soeben in einem territorialen Streit ineinander verbissen. Und so war es: In einem barbarischen Kampf jagte die stärkere Katze ihre unterlegene Gegnerin aus dem Loch in der Mauer, und draußen hörte man das Fluchen der Soldaten, die reflexartig zur Seite sprangen.

«Dann wäre das wohl geklärt», sagte der eine. «Hier ist niemand.»

«Hast du gesehen, wie die aufeinander losgegangen sind?», meinte der andere. «Elende Straßenbastarde.»

Sie unterhielten sich eifrig über das seltsame Schauspiel, und auf einmal verloren sie das Interesse an dem Hohlraum und zogen ihres Weges. Aliyah entspannte sich erst, als sich die Soldaten weit genug entfernt hatten.

«Ich habe uns schon in der Arena gesehen», bemerkte sie erleichtert. «Habt Dank für Eure Hilfe.»

Sie erhielt keine Antwort.

«Hallo?» Sie lauschte, doch es war nichts zu hören. Sie tastete mit den Händen in der Dunkelheit herum, aber da war niemand. Der Fremde war einfach verschwunden.

«Das gibt's doch nicht!», murmelte Aliyah mit pochendem Herzen. «Was geht hier vor?»

Zögernd tastete sie sich zu der Öffnung in der Mauer und trat auf die Straße hinaus. Noch einmal blieb sie stehen und horchte. Ihr Gehör war so geschult, dass ihr auch die feinsten Geräusche nicht entgingen. Wenn der Mann noch in der Nähe war, musste sie ihn hören. Aber alles war still. Es schien tatsächlich, als hätte er sich in Luft aufgelöst.

Mit gemischten Gefühlen folgte Aliyah der Straße und setzte die Suche nach ihrem weißen Wolf fort. Die Begegnung mit diesem merkwürdigen Mann ging ihr dabei nicht mehr aus dem Kopf. Und obwohl sie in den menschenleeren Gassen keiner Sterbensseele begegnete, wurde sie den Verdacht nicht los, dass sie die ganze Zeit über beobachtet wurde.

Sie hatte sich schon mehrere Meilen vom Stadion entfernt, und von Nayati war weit und breit nichts zu hören. Aliyah begann sich ernsthafte Sorgen um den Wolf zu machen. Etwas war hier faul. Sie hätte ihn längst finden müssen. Wieder schnalzte sie mit der Zunge, und im zurückgeworfenen Echo sah sie undeutliche Umrisse von Menschen, die nach ihrer Distanzeinschätzung in unmittelbarer Nähe sein mussten!

Die Sicherheitsgarde!, schoss es ihr durch den Kopf. Doch es war zu spät. Sie hatten sie bereits gesehen und bewegten sich mit ihren schweren Stiefeln unmittelbar auf sie zu. Diesmal gab es kein Entkommen.

«Stehen bleiben! Wer seid Ihr?», hörte sie die tiefe Stimme eines Soldaten, und gleichzeitig spürte sie den Strahl mehrerer Veolicht-Stablampen im Gesicht.

Wie angewurzelt blieb Aliyah stehen. «Ich …», stammelte sie, «ich habe mich verlaufen.»

«Verlaufen?», grunzte ein anderer Soldat, und Aliyah hörte, wie die Männer sich ihr näherten. «Ihr habt gegen Drakars erstes Gebot verstoßen. Dessen seid Ihr Euch doch bewusst.»

«Ich … ich bin blind», sagte Aliyah, in der Hoffnung, dieser Umstand würde ihr Vergehen rechtfertigen.

«Das ist keine Entschuldigung. Ihr kennt das Gesetz. Wir müssen Euch leider festnehmen und ins Stadion bringen.»

Aliyah wusste, dass sie keine Chance hatte, den Soldaten zu entkommen. Ihr wurde schlecht bei dem Gedanken, im Stadion in aller Öffentlichkeit ausgepeitscht zu werden. Die Soldaten waren nur noch ein paar Schritte von ihr entfernt, und da geriet Aliyah endgültig in Panik. Jäh wirbelte sie herum und lief in die entgegengesetzte Richtung davon.

«Haltet die Göre!», hörte sie die Soldaten hinter sich herrufen, doch sie achtete nicht darauf und rannte um ihr Leben. Und die gesamte Sicherheitsgarde heftete sich ihr an die Fersen. Es war eine ziemlich aussichtslose Flucht, das wusste Aliyah. Näher und näher kamen die Soldaten. Sie hörte ihre Kampfstiefel in den hohlen Gassen widerhallen. Jeden Moment mussten sie sie einholen. Jeden Moment würde man sie gewaltsam zu Boden reißen.

Doch es kam nicht dazu. Wie aus dem Nichts hörte Aliyah plötzlich das Klappern von Hufen auf Pflastersteinen ganz in ihrer Nähe. Dann hörte sie das unverkennbare Ächzen einer Kutsche und das Schnauben von Pferdenüstern. Und ehe sie sich's versah, wurde sie erneut von hinten gepackt und fand sich Sekunden später im Innern der Kutsche wieder.

«Heja!», rief eine Männerstimme, während die Kutsche an den fluchenden und schreienden Soldaten vorbeipreschte, als wäre der Teufel hinter ihr her. Und bevor die Sicherheitsgarde überhaupt reagieren konnte, verschwand die geheimnisvolle Kutsche zwischen den Häusern im Nebel.

· 21 ·

«Beeil dich, Ephrion!», sagte Katara. «Er kann jeden Moment zurück sein.»

«Ich weiß», antwortete Ephrion. «Ich gebe mir ja Mühe. Aber die Stricke sind ganz schön zäh.» Er raspelte und schnitt wie wild. Es dauerte lange, aber irgendwann gaben die Fesseln nach, und Katara konnte ihre Hände befreien.

«Danke», sagte sie und rieb sich die geschundenen Handgelenke. «Jetzt fehlen nur noch die Füße. Und dann fliehen wir von hier.»

Ephrion gab ihr die Scherbe, und das Mädchen begann eifrig an ihren Fußfesseln herumzuschneiden.

«Aber wie kommen wir hier raus?», fragte der dicke Junge. «Die Tür ist zugeschlossen.»

«Wir müssen den Typen irgendwie außer Gefecht setzen, wenn er das nächste Mal kommt», sagte Katara.

«Du redest ja, als wäre das so was wie ein Kinderspiel», meinte Ephrion, während er vergeblich versuchte, den Knoten an seiner eigenen Fußfessel zu lockern. Doch die Entführer hatten ganze Arbeit geleistet.

«Wir nutzen den Überraschungseffekt», erklärte Katara. «Ich kenne eine Menge verschiedener Kampftechniken. Ich trainiere täglich mit den besten Kampflehrern, die es in Dark City gibt.»

«Du scheinst ja eine ziemlich gefährliche Lady zu sein», bemerkte Ephrion, und die Bewunderung in seiner Stimme war nicht zu überhören. «Ich werde mich wohl besser hüten, dir zu nahe zu kommen.»

Katara antwortete nicht. Sie konzentrierte sich auf das Reiben und Säbeln. Ihre Hände waren schon ganz warm davon.

«Ich verstehe noch immer nicht, warum *ich* hier gelandet bin», überlegte Ephrion. «Ich meine, *du*, du bist die Tochter Gorans. Aber wer bin *ich* schon? Mein Vater arbeitet in einer von Drakars Veolicht-Fabriken, meine Mutter näht und flickt Kleider für die Nachbarschaft. Die Idee war, ein paar Drakaten dazuzuverdienen, aber keiner hat Geld, um sie dafür zu bezahlen. So tauscht sie ihren Dienst eben gegen Essen ein oder gegen Gebrauchsgegenstände und all so was. Die Kleider, die ich trage, hat sie übrigens alle selbst genäht. Meine Mutter hat sehr geschickte, schlanke Hände. Aber sie muss immer Handschuhe tragen. Ist irgendeine Krankheit, die sie seit ihrer Kindheit hat.»

Er machte eine Pause und wurde beim Gedanken an seine Mutter von einer plötzlichen Melancholie erfasst. «Glaubst du, wir kommen hier je lebend raus?»

«Wenn ich diese blöden Stricke durchkriege», sagte Katara mit zusammengebissenen Zähnen.

«Wenn wir hier raus sind, möchte ich dir meine Eltern vorstellen», meinte Ephrion. «Und meinen jüngeren Bruder. Nicolo heißt er. Er ist neun Jahre alt und hat nichts als Flausen im Kopf. Er geht mir manchmal ganz schön auf die Nerven. Aber das haben kleine Brüder wohl so an sich. Hast du Geschwister?»

«Nein», sagte Katara trocken. Sie machte immer raschere Bewegungen, doch die Stricke gaben nicht nach. Sie riss und zerrte daran. «So ein Mist aber auch», brummte sie verärgert.

Ja, und genau in diesem Moment ging krachend die Tür auf. Diesmal waren es *zwei* Männer, die die Treppe in den Keller herunterkamen. Alle Hoffnung auf eine Flucht war mit einem Mal zerschlagen.

«Was jetzt?», flüsterte Ephrion.

«Ich werde mir etwas einfallen lassen», murmelte Katara.

Rasch stülpte sie sich die Augenbinde über den Kopf, und beide kreuzten ihre Hände hinter dem Rücken, um keinen Verdacht zu erwecken. Katara positionierte die Glasscherbe wie einen Keil in ihrer rechten Handfläche und schloss die Faust darum. Was auch immer die Entführer zu tun gedachten, sie war jedenfalls bewaffnet und würde nicht zögern, zum Angriff überzugehen. Ephrion starrte bloß zur Treppe und konnte vor lauter Angst und Herzklopfen nicht mehr richtig denken.

«Zeit zum Gehen», verkündete der eine der beiden Männer.

Fast gleichzeitig beugten sich die beiden vor, um die Jugendlichen wie zwei Kartoffelsäcke auf ihre Rücken zu laden. Und genau in diesem Moment trat Katara in Aktion. Sie riss sich die Binde von den Augen, schnellte vor wie eine Kobra und stach mit ihrem improvisierten Messer zu. Sie traf den einen Mann im Gesicht, und er schrie auf, als die Scherbe quer über seine Wange fuhr und eine tiefe Schnittwunde hinterließ. Seltsamerweise floss kein Tropfen Blut heraus.

«Kommt uns bloß nicht zu nahe!», knurrte Katara gefährlich. Sie hatte das Überraschungsmoment geschickt genutzt, um sich aufzurichten und beschützend vor Ephrion zu stellen. Obwohl sie ihre Füße nicht bewegen konnte, stand sie mit ausgestreckten Armen da, bereit, sich und Ephrion mit der Scherbe zu verteidigen, solange es irgend möglich war. Lauernd wie eine Katze folgte sie mit der Glasscherbe jeder Bewegung ihres Gegners. Während der eine seine Wange betastete, machte der zweite Mann einen Bogen um sie herum, um sich ihr von hinten zu nähern. Katara wusste, dass sie keine Chance gegen die beiden hatte, da sie nur ihren Oberkörper und die Arme frei bewegen konnte. Aber diese würde sie einsetzen und den Männern so viele Kratz- und Schnittwunden zufügen, wie es ihr nur möglich war.

Als die beiden zum Angriff übergingen, wirbelte Katara herum wie eine Peitsche. Trotz gefesselter Füße verlor sie keinen Moment das Gleichgewicht. Sie war biegsam wie ein Schilfrohr und balancierte ihren Körper mit einer schier unglaublichen Beweglichkeit. Sie hielt den kleinen Splitter in der Faust wie einen Säbel und zerschnitt damit die Luft und alles, was ihr in die Quere kam. Wie ein Krake seine Tentakel einsetzt, so schwang Katara ihre Arme herum. Mehrmals traf sie die Männer, und sie wichen zurück. Sie drehte und wendete sich derart rasch, dass die beiden Mühe hatten, sie zu fassen. Immer wieder entschlüpfte sie ihren starken Griffen und brachte sie mit ihren gelenkigen Bewegungen in Verlegenheit. Ihre Verteidigung war kraftvoll und gleichzeitig elegant wie das Schauspiel einer indischen Tänzerin.

Ephrion saß bloß geduckt auf dem Boden und traute sich vor Angst kaum zu atmen. Irgendwann gelang es dem einen der Männer, Katara im Würgegriff zu packen, und der andere nahm ihr die Spiegelscherbe ab. Sie warfen sie zu Boden, zerrten ihr die Arme auf den Rücken und verschnürten sie so stark, dass sie nur noch wie ein Fisch auf dem Trockenen zappeln konnte. Auch Ephrions Hände wurden erneut gefesselt.

«Das wäre wirklich nicht nötig gewesen», meinte der mit der Schnittwunde, die seltsamerweise noch immer nicht blutete.

Katara schnaubte wütend, als der Mann sie packte und wie einen Mehlsack über die Schulter warf. Der andere tat dasselbe mit Ephrion. Dann stiegen sie schweigend die Treppe hoch.

· 22 ·

Die Kutsche knarrte, als würde sie jeden Moment auseinanderbrechen. Aliyah klammerte sich mit beiden Händen am gepolsterten Sitz fest. In einem irrwitzigen Tempo rumpelten sie über die Pflastersteine, so dass Aliyah glaubte, es würde ihr den Magen umdrehen. Sie spürte die Anwesenheit von jemandem, der ihr gegenübersaß. Und obwohl ihr geheimnisvoller Retter kein Wort sagte, ahnte sie, wer es sein musste.

«Ihr habt mir bereits zum zweiten Mal die Haut gerettet», murmelte sie nach einer Weile, «danke.»

Der Fremde schwieg.

«Wie ist Euer Name?»

Keine Antwort.

«Wer seid Ihr?»

Noch immer hüllte sich der Unbekannte in Schweigen.

«Warum redet Ihr nicht mit mir?»

All ihre Fragen blieben unbeantwortet, und langsam wurde es Aliyah doch etwas mulmig zumute. Was ging hier vor? Wer war dieser Mann? Beide Male, als sie Hilfe brauchte, war er wie aus dem Nichts aufgetaucht und hatte sie in letzter Sekunde aus der Gefahrenzone gerissen. Im wahrsten Sinne des Wortes. Doch war sie in Sicherheit? Der Fahrer lenkte die Kutsche unvernünftig schnell durch die Straßen von Dark City. Aliyah hörte das Klappern der Pferdehufe, das Ächzen der Kutsche, das Knallen der Peitsche, und es kam ihr auf einmal alles irgendwie gespenstisch vor.

«Wo fahren wir hin?», fragte Aliyah, nachdem sie eine Weile schweigend durch die Gassen gejagt waren, ohne dass auch nur ein Wort gewechselt worden war. Und da sagte der Fremde etwas, das ihr das Blut in den Adern gefrieren ließ.

«Ihr werdet erwartet, Aliyah.»

Aliyah zuckte zusammen wie ein aufgescheuchtes Reh. Woher, um alles in der Welt, kannte dieser Mann ihren Namen?

«Wer … wer seid Ihr?»

Die Frage blieb unbeantwortet in der Kutsche hängen. Und gleichzeitig schossen Tausende von anderen Fragen durch Aliyahs Kopf. Hat dieser Fremde mir etwa aufgelauert? Hat er womöglich etwas mit Nayatis Verschwinden zu tun? Bei Shaíria, was hat das alles zu bedeuten? Wird er mir etwas antun? Und meinem Wolf? Wird er Nayati nach dem Leben trachten? Ich muss weg hier! Ich muss Nayati finden! Ich werfe mich einfach aus der Kutsche!

In diesem Moment spürte sie dieselbe kräftige Hand auf ihrer Schulter, die sie vor weniger als einer Stunde gegen die Mauer gepresst hatte. Sie wusste, dass sie keine Chance hatte zu entkommen. Sie war ihm auf den Leim gegangen. Wer auch immer es sein mochte, der sie vor der Garde gerettet hatte, er hatte es nicht getan, um sie in Sicherheit zu bringen. Seine Absichten waren genauso düster wie die der Soldaten, wenn nicht sogar noch düsterer. Aliyah stockte der Atem bei dieser Erkenntnis.

«Bitte tut mir nichts», bat sie mit leiser Stimme. «Lasst mich laufen.»

Doch der Fremde ging nicht auf ihr Flehen ein. Stattdessen hielt er Aliyah plötzlich ein Tuch vors Gesicht. Ein süßlicher Geruch stieg ihr in die Nase, und bevor sie etwas dagegen unternehmen konnte, verschwammen die Geräusche um sie herum und es wurde ihr schwarz vor den Augen.

· 23 ·

Das Stadion war bis auf den letzten Platz gefüllt, viele mussten sogar stehen. Es herrschte eine Atmosphäre des Feierns und der Ausgelassenheit. Gleich nach dem Fackeltanz setzten die auf den Emporen verteilten Fanfarenbläser ihre Trompeten an den Mund und verkündeten feierlich die Ankunft Drakars.

Zwei Fahnenträger betraten das Stadion. Sie waren altertümlich gekleidet und stützten die schweren Fahnen mit dem Wappen von Dark City in die Hüften. Es zeigte einen schwarzen, feuerspuckenden Drachen mit zwei gekreuzten Schwertern und mehreren Feuertropfen auf blutrotem Hintergrund. Stolz trugen die jungen Männer in ihren Federhüten und Umhängen die Fahnen durch die Arena, während der Schall der Trompeten das ganze Stadion mit ihren majestätischen Klängen erfüllte. Erhobenen Hauptes umrundeten die Fahnenträger den Scheiterhaufen und stellten sich dann vor die Tribüne, auf der Drakars Ehrenplatz noch leer war.

Nach den Fahnenträgern kam der Auftritt der schwarzen Ritter. Zu Trommelmusik und dem archaischen Blasen von großen Kuhhörnern erschienen sie unter jubelnden Rufen auf ihren Pferden am Eingang. Sie waren in schwarz gekleidet, rote Umhänge wehten um ihre Schultern, die Helme, mit roten Federn geschmückt, trugen sie unter dem linken Arm, während sie mit der rechten Hand die Zügel hielten. Angeführt von Goran, dem obersten schwarzen Ritter Drakars, umrundeten sie den Scheiterhaufen in leichtem Galopp und verteilten sich zur linken und rechten Seite der Tribüne auf einer Linie, um auf den König zu warten.

Die Spannung stieg. Ungeduldig blickten die vielen Menschen zum großen Tor, durch das ihr gnädiger Herrscher die Arena betreten sollte. Die Trompeten waren verstummt, auch die Kuhhörner und Trommeln. Alle warteten. Wie eine Hochzeitsgesellschaft auf den Bräutigam, so harrten sie in erwartungsvollem Schweigen auf die Ankunft König Drakars des Zweiten.

Es war ein feierlicher Moment. Langsam öffneten sich die schweren Türflügel des Tores gegenüber der Tribüne, und ein plötzlich anschwellendes Jubelgeschrei erklang. Die gesamte Bevölkerung erhob sich von den Sitzen, um ihrem König die ihm gebührende Ehre zu erweisen.

Und dort stand er. Dort stand Drakar der Zweite auf seinem Streitwagen, bereit für seinen triumphalen Einzug ins Stadion.

Er war jung, schlank, hatte schulterlanges schwarzes Haar mit einer Silbersträhne, die ihm frech in die Stirn fiel. Seine schwarzen Augen glühten vor Ergriffenheit über den tosenden Beifall des Volkes. Sie liebten ihn. Sie verehrten ihn. Sie waren erfüllt von tiefster Dankbarkeit und Respekt für das, was er und sein Vater für die Stadt Dark City getan hatten. Er war ein Held, eine lebende Legende.

Die zwei schwarzen Stuten, die seinen Wagen zogen, sprengten laut wiehernd in die Arena. Drakar hob seine Hand zum Gruß und winkte und lächelte heroisch ins Publikum. Er trug einen langen Mantel mit groben Stahlknöpfen und Laschen, dazu schwarze Handschuhe und Stiefel. Verzierte Platten aus Edelstahl schützten seine Schultern. Sein Schwert blitzte an seiner Seite.

Hinter dem König kam ein Gefolge aus über hundert Kindern und Jugendlichen in niedlichen Trachten. Die Mädchen, alle mit geflochtenen Zöpfchen und rotgefärbten Wangen, trugen Körbe gefüllt mit Zuckerbrot, das sie während des Gehens ins Publikum warfen. Die Knaben hatten Peitschen in ihren Händen, mit denen sie über ihren Köpfen schnalzten und knallten. Und zwischen ihnen trabte eine Schar vermummter Burschen. Sie hatten geschwärzte Gesichter, trugen Pelzkappen mit Hahnenfedern und bliesen durch kleine spiralförmige Hörner. Der fröhliche Zug tanzte und hüpfte durch die Arena, und das Publikum klatschte und pfiff begeistert.

· 24 ·

Als Miro wieder zu sich kam, konnte er sich im ersten Moment nicht daran erinnern, was mit ihm geschehen war. Er fühlte sich, als wäre er gerade aus einer Narkose aufgewacht, und wusste weder, wo er sich befand, noch wie lange er das Bewusstsein verloren hatte. Es kam ihm vor, als hätte er mindestens eine Woche geschlafen. Er wollte sich bewegen und stellte fest, dass er mit Händen und Füßen an einen Stuhl gefesselt war. Ein Knebel steckte in seinem Mund, um ihn am Schreien zu hindern. Panik stieg in ihm auf. *Wo bin ich? Was ist passiert?*

Er sah sich um und bemerkte drei weitere Jugendliche, die ebenfalls an Stühlen festgebunden waren. Die Stühle standen in einem Halbkreis, und sein Stuhl war links außen. Rechts neben ihm saß ein schwarzhaariges Mädchen in einem kurzen dunkelvioletten Rock und einem silbergrauen, ärmellosen Mantel. In ihr schulterlanges pechschwarzes Haar war ein langes Zöpfchen aus bunten Glasperlen geflochten. Sie wirkte sehr sportlich, und ihre Oberarme waren für ein Mädchen erstaunlich kräftig. Miro schätzte sie auf siebzehn Jahre.

Neben ihr saß ein wohlbeleibter blonder Junge, der sehr verstört dreinblickte und sehr blass im Gesicht war. Er trug Baumwollhosen und eine dunkelblaue Jacke aus Segeltuch, und von seinem Hals baumelte eine Kette aus Stahl. Miro glaubte, der Junge müsste sich jeden Moment in die Hosen machen vor Angst.

Der letzte Teenager neben dem dicken Jungen war ein zierliches kleines Mädchen mit kupferbraunem Haar, das ein elegantes Kleid mit langen weißen Ärmeln trug, die an die Flügel eines Schmetterlings erinnerten. Miro schätzte sie auf sechzehn Jahre, und als sie verwirrt den Kopf in seine Richtung drehte, stellte er zu seiner Verwunderung fest, dass sie blind war.

Miro hatte die beiden Mädchen und den Jungen noch nie zuvor gesehen und konnte sich keinen Reim darauf machen, warum sie genau wie er mit einem Knebel im Mund an einen Stuhl gefesselt waren. Ihren ängstlichen Blicken nach zu urteilen, ging es ihnen offensichtlich genauso.

Was wird hier gespielt?, dachte Miro. *Wer hält uns hier fest?*

Sein Blick wanderte durch den Raum, in dem sie gefangen gehalten wurden. Zu seinem Erstaunen befanden sie sich nicht in irgendeinem Keller, sondern in einem einfachen Wohnzimmer. Der schlichte Raum war Wohnstube und Küche in einem. Er war nur mit wenigen Möbeln ausgestattet. Die niedrige Zimmerdecke wurde von dicken Baumstämmen getragen. An einem dieser Querbalken hingen verschiedene getrocknete Gräser und Blumen. Die unebene Wand war weiß getüncht, und an mehreren Haken baumelten Töpfe, Pfannen, Holzkellen und bunte, gehäkelte Topflappen. Ein roter Wecker stand auf dem Küchentisch und tickte laut und penetrant.

Miro zuckte zusammen, als er die Männer entdeckte, die sie bewachten. Er kannte sie. Es waren dieselben Männer, die zu ihm in die Kutsche gestiegen waren und ihn betäubt hatten! Die Erinnerung kehrte zurück, und das schreckliche Erlebnis trieb ihm erneut den Schweiß auf die Stirn. Und noch etwas anderes ließ seinen Puls in die Höhe rasen: Es waren nämlich nicht nur zwei, es waren *vier* Männer, die links und rechts neben der Eingangstür und auf beiden Seiten einer weiteren Tür positioniert waren, und sie glichen sich alle wie ein Ei dem andern!

Bei Shaíria, das darf doch nicht wahr sein! Was hat das alles zu bedeuten¿

Sie mochten um die fünfundzwanzig, höchstens dreißig Jahre alt sein, und der einzige Unterschied zwischen ihnen bestand darin, dass jeder von ihnen einen anderen Silberring trug. Der eine trug einen feinen Lippenring, der zweite hatte einen Augenbrauenring, der dritte einen Ohrring im rechten und der vierte einen Ohrring im linken Ohr. Und einer von ihnen, der mit dem Augenbrauenring, wies eine feine, kaum sichtbare Narbe auf, die sich von seinem rechten Auge bis zum rechten Mundwinkel erstreckte. Aber ansonsten war die Ähnlichkeit der vier Hünen in ihren schwarzen Anzügen verblüffend.

Ihr weißblondes Haar war gelockt und schimmerte wie Seide. Ihre Haut war so weiß und glatt wie die einer Porzellanpuppe. Ihre Augen waren stahlblau und leuchteten wie Saphire. Sie waren groß, schlank und strahlten eine unglaubliche Eleganz und Würde aus. Ihre Gesichter waren von einer solchen Schönheit, ihre Blicke von einer derartigen Intensität, dass Miro es nicht schaffte, sie länger als zwei Sekunden anzusehen.

Wer sind die¿, dachte er nur die ganze Zeit. *Was wollen die von uns¿*

· 25 ·

Drakar umrundete den Scheiterhaufen, übergab den Streitwagen einem Diener, während er selbst von den beiden Fahnenträgern auf die Tribüne eskortiert wurde, wo er sich auf seinem Ehrenplatz niederließ. Zu seiner Rechten befanden sich allerlei edle Damen und Herren, Adlige und wohlhabende Bürger, die in irgendeiner engeren Beziehung zu König Drakar standen. Zu seiner Linken saß eine verhutzelte Frau mit zwei kleinen Jungen. Sie passten irgendwie nicht in das Bild von Reichtum und Macht. Sie waren ärmlich gekleidet, ihre Schultern gebeugt. Die Frau wirkte müde. Die Kinder sahen hungrig und bedrückt aus, ihre Augen grau und leblos. Sie wirkten beinahe etwas verloren inmitten der vornehmen Gesellschaft mit ihren hoch getragenen Nasen und prunkvollen Kleidern.

Zwei besonders aufgetakelte Damen tuschelten hinter vorgehaltener Hand fast ununterbrochen, und ihre abschätzigen Blicke in Richtung der drei schmutzigen Gestalten waren nicht zu übersehen. König Drakar lächelte der Frau und deren Knaben indessen höflich zu, bevor er sich neben sie setzte. Ein zusätzlich starker Händedruck in demütiger Haltung unterstrich die Wichtigkeit ihrer Präsenz.

«Dark City steht tief in Eurer Schuld», sagte Drakar, während er sich zu ihnen hinüberbeugte. «Ihr habt Mut bewiesen und Tapferkeit. Heute sollt Ihr als Heldin gefeiert werden.»

Die Frau strich sich eine lose Haarsträhne aus dem Gesicht und lächelte schwach. «Eure Hoheit», sagte sie, ohne den Blick zu heben, «ist es möglich, dass wir es schon heute erhalten? Wir brauchen es so dringend.»

«Was meint Ihr?», fragte der König etwas abwesend.

«Das Licht», antwortete sie. «Wir brauchen Licht.»

Drakar gab einem der schwarzen Ritter mit dem Kopf ein Zeichen, damit das Programm weiterlief. Der König wechselte ein paar Worte mit dem Gast zu seiner Rechten, dann wandte er sich wieder der in Lumpen gehüllten Frau zu.

«Wie war Eure Bitte doch gleich?»

«Das Licht, Eure Hoheit», wiederholte die Frau, «Ihr habt gesagt, Ihr würdet uns Licht geben.»

«Ach ja, Licht», nickte Drakar und lächelte. «Natürlich. Ich werde mich darum kümmern.»

Das Gesicht der Frau hellte sich auf.

«Vielen Dank, Eure Hoheit», murmelte sie und verbeugte sich ehrfurchtsvoll, «Ihr wisst nicht, was das für uns bedeutet.»

Der König machte mit dem rechten Handschuh eine Bewegung, als würde er eine Fliege verscheuchen. Im selben Moment trat einer seiner Diener vor, und Drakar gab ihm eine Anweisung, worauf der Bursche sich verneigte und davontrabte.

«Die Kerzen werden Euch noch heute ins Haus geliefert», sagte er, während seine Augen bereits auf das Geschehen in der Arena fixiert waren.

Die Frau lächelte dankbar und verbeugte sich nochmals. «Eure Hoheit, Ihr habt unser Leben gerettet», sagte sie und wischte sich mit dem Handrücken eine Träne der Rührung aus dem Gesicht. «Danke», flüsterte sie, von tiefster Emotion erfüllt. «Tausend Dank, Eure Hoheit.»

Erst jetzt bemerkte Miro, dass noch jemand im Raum war. Es war eine Frau, eine alte Frau, und ihre Erscheinung war mysteriös und geheimnisumwittert. Ihr Alter war schwer zu schätzen. Vielleicht war sie fünfzig, genauso gut konnte sie aber auch hundert Jahre alt sein. Sie war eine mollige Frau mit sehr dunkler Hautfarbe und langem, widerspenstigem grauen Haar, das sie sich kunstvoll im Nacken verknotet hatte. Einzelne gewellte Strähnen fielen ihr ins Gesicht. An ihren Händen trug sie verschiedene Ringe und um ihren Hals mehrere lange Ketten aus Holzperlen.

Ihre Bewegungen waren langsam, aber durchaus elegant. Sie trug eine geblümte Kochschürze über einem bunten Rock und schlurfte mit ihren Pantoffeln gemächlich in der Küche umher. Sie wirkte sehr beschäftigt und gleichzeitig äußerst gelassen und ausgeglichen, als gäbe es nichts in dieser Welt, das sie aus der

Fassung bringen könnte. Seltsamerweise schien sie keine Notiz von den vier Jugendlichen zu nehmen und werkelte in aller Seelenruhe in ihrer Küche herum. Die Luft war erfüllt von einem süßen Duft nach frischgebackenen Keksen.

«Ich glaube, sie sind bald fertig», sagte die alte Frau, während sie sich umständlich bückte, um in den kleinen, mit Kerzen geheizten Ofen zu blicken, der in der Ecke stand. Dann zündete sie in aller Ruhe die neun Dochte einer Kerze an, füllte eine Teekanne mit Wasser und hängte den Topf in die Vorrichtung über der Kochkerze. Dann drehte sie sich um und stieß dabei mit dem Ellbogen an den Wecker auf dem Küchentisch. Er fiel rasselnd zu Boden, zerbrach dabei in alle seine Einzelteile und hörte auf zu ticken.

«Wie ungeschickt von mir», murmelte die Frau, ohne sich weiter darum zu kümmern. Sie betrachtete ihre unfreiwilligen Gäste der Reihe nach. Die wiederum starrten ihre Gastgeberin mit weit aufgerissenen Augen an. Die Frau nickte zufrieden. Mit einem triumphierenden Lächeln sprach sie ihre Namen aus und sah dabei jedem Einzelnen von ihnen direkt in die Augen.

«Miro, Katara, Ephrion, Aliyah. Ich habe lange auf diesen Augenblick gewartet.»

Unterdessen hatte eine wohlbeleibte Frau in einem wallenden Kleid die Arena betreten. Zwei Hörner waren auf ihrem Kopf befestigt. Feierlich schritt sie zur Mitte und blieb vor dem Scheiterhaufen stehen, den Blick zur Tribüne gerichtet. Sie holte tief Luft, ihr Brustkorb schwoll an, und mit einer imposanten Stimme, die das ganze Stadion erfüllte, sang sie die Stadthymne von Dark City. Die Zuschauer sangen mit, die rechte Faust aufs Herz gelegt. Der Stolz der Bürger vibrierte in jeder Silbe mit, die sie sangen. Sogar die Kleinsten, die noch auf dem Schoß ihrer Eltern saßen, hatten sich die winzigen patschigen Fäuste auf die Brust gelegt und quietschten aus voller Kehle, als hätten sie die Hymne bereits mit der Muttermilch in sich aufgesogen. Ja, jeder war stolz darauf, ein Bürger von Dark City zu sein. Die Liebe zu ihrer Stadt und zu ihrem König war beispiellos.

Mit derselben Hingabe und Leidenschaft wurde nun auch die Verfassung der Stadt rezitiert. Das Volk erhob sich dazu von den Sitzen und drehte sich zu Drakar hin. In perfektem Sprechchor, angeführt von der wohlbeleibten Sängerin mit den Hörnern, erschallte der Text der Verfassung im Stadion. König Drakar der Erste hatte sie bei seinem Amtsantritt zum ersten Mal verlesen lassen, und seither war sie den Bürgern in Fleisch und Blut übergegangen.

Eine ehrfurchtgebietende Atmosphäre erfüllte das Stadion, als die Stimmen Zehntausender von Menschen raunend, aber klar den Nebel durchschnitten mit den Worten:

«Lang lebe Drakar, der Schirmherr von Dark City, welcher Licht in die Finsternis gebracht hat. Wir schwören bei unserem Leben, der Verfassung treu zu dienen, ihre Gebote zu befolgen und das Unrecht aufzudecken. Wir schwören bei unserem Leben, die Ordnung, das Recht und die Einheit aufrechtzuerhalten, keinen Verrat zu dulden und unsere Kinder vor dem bösen Einfluss der Hexen zu bewahren. Wir anerkennen die Verfassung von Dark City und werden sie ehren bis in Ewigkeit. Lang lebe Dark City!»

Als die Menschen sich gesetzt hatten, erhob sich Drakar, legte die rechte Hand auf die Brust und verkündete mit derselben Begeisterung seinen Teil des Versprechens:

«Lang lebe das Volk von Dark City. Ich, Drakar der Zweite, König von Dark City, schwöre bei meinem Leben, der Verfassung treu zu dienen, euch zu beschützen, euch und eure Kinder mit Licht zu versorgen und das Recht, die Einheit und die Ordnung aufrechtzuerhalten. Ich schwöre bei meinem Leben, keinen Feind ungestraft zu lassen und die Hexen zu verfolgen, zu bekämpfen und zu zerstören, bis der Fluch über unserem Land gebrochen ist. Möge das Volk von Dark City in Frieden leben bis in Ewigkeit. Lang lebe Dark City!»

Und alle jubelten im Chor:

«Lang lebe Drakar!»

Und Drakar hob segnend seine Arme in die Höhe und kündigte feierlich an:

«Die Spiele mögen beginnen!»

· 26 ·

«Liovan, Shonovan, beginnen wir mit Miro!», sagte die Alte. Der Achtzehnjährige zuckte augenblicklich zusammen, als er seinen Namen hörte. Stocksteif saß der Junge auf dem Stuhl, an den er gebunden worden war. Aus den Augenwinkeln sah er, wie sich ihm zwei der blonden Hünen näherten. Sein Pulsschlag raste in die Höhe. Er gab ein paar seltsame Laute von sich, da der Knebel in seinem Mund ihn am Sprechen hinderte.

Was auch immer mit ihm geschehen sollte, gut würde es nicht sein. Miro wurde den Verdacht nicht los, dass die halbkreisförmige Anordnung der Stühle und ihre Anwesenheit Teil eines schauerlichen Rituals sein musste. Anders konnte er es sich nicht erklären. Er wollte nicht daran denken, was ihnen allen bevorstand.

Katara und Ephrion beobachteten das Ganze mit ebenso großem Unbehagen, und Aliyah saß nur schreckensbleich auf dem Stuhl, ohne zu verstehen, wie sie die Geräusche und Stimmen einordnen sollte. Selbst ohne Knebel in ihrem Mund hätte sie vor Angst keinen Ton von sich gegeben. Ihr ganzer Körper vibrierte. Sie atmete in unregelmäßigen Stößen.

Liovan und Shonovan lösten das straffe Tuch um Miros Mund, und in einer eigenartigen Mischung aus Angst und Kühnheit platzte es sogleich aus ihm heraus:

«Bei Shaíria, ich verlange, dass Ihr uns sofort freilasst!»

Die dicke schwarze Frau legte ihren Zeigefinger auf den Mund und lächelte. «Immer mit der Ruhe, Kindchen», flüsterte sie. «Immer mit der Ruhe.»

«Ihr wisst nicht, mit wem Ihr Euch anlegt», entgegnete Miro und reckte sein Kinn. «Mein Vater ist Lord Jamiro. Und wenn Ihr mir auch nur ein Haar krümmt …»

«Dass Ihr hier sitzt, war nicht meine Entscheidung, Miro»,

stellte die Frau gelassen fest. «Es wurde bereits vor Eurer Geburt so vorherbestimmt.»

Miros Atem ging heftig. Seine Brust wölbte sich. «Wer seid Ihr?»

«Es kommt darauf an, wen Ihr fragt», antwortete die Alte ruhig. «Fragt Ihr Drakar, so würde er zweifelsohne sagen, ich sei eine Hexe. Fragt ihr Liovan, Shonovan, Ishavan oder Anovan, so werden sie Euch zur Antwort geben: Sie ist eine Prophetin.» Sie flüsterte das Wort nur, doch ihre Augen weiteten sich, und für den Bruchteil einer Sekunde schien etwas Geheimnisvolles in ihnen aufzuflammen. Dann watschelte die dicke Frau in ihren zu großen Pantoffeln gemächlich auf Miro zu und zupfte an seinen feuerroten Haaren herum.

«Aber das ist nicht entscheidend, mein Söhnchen. Die entscheidende Frage ist: Wer seid *Ihr*?»

«Wer ich bin?» Miro plusterte sich auf wie ein stolzer Pfau. «Jeder weiß, wer ich bin: Ich bin der Erbe Lord Jamiros. Und Ihr werdet eine Menge Ärger mit meinem Vater kriegen, das verspreche ich Euch, Hexe.»

Er sprach das letzte Wort so abfällig aus, wie es ihm nur möglich war. Doch erstaunlicherweise schien dies das Mütterchen keineswegs aus der Ruhe zu bringen.

«Hmm», machte sie stattdessen, trat einen Schritt zurück und musterte den schlanken Jungen mit seinem weißen Satin-Hemd, seinem schicken Anzug aus schwarzem Baumwollsamt, seiner klassisch geraden Nase, dem goldenen Ohrring und dem hochgestylten Haar eine Weile nachdenklich.

«Ihr wisst nicht, wer Ihr seid», stellte sie dann leise fest. «Und solange die Lüge Euch verblendet, kann die Wahrheit nicht in Euer Herz dringen.»

Sie wandte sich einem der Männer zu, ohne ihre Augen von Miro weggleiten zu lassen. «Shonovan. Wärt Ihr so freundlich und würdet mir den kaputten Wecker herbringen? Und bitte legt alle Teile auf den Küchentisch zurück.»

Shonovan, wie ihn die Frau genannt hatte, nickte schweigend und begab sich zum Küchentisch.

«Ach, und Liovan, seid so gut und werft einen Blick auf die Kekse im Ofen. Ich möchte nicht, dass sie anbrennen.»

Die beiden blonden Männer taten, wie ihnen befohlen war, und die gefesselten Jugendlichen verfolgten alles mit wachsender Unruhe.

Was um alles in der Welt wird hier gespielt?, dachte Miro.

Liovan schaute nach den Keksen, und Shonovan klaubte geduldig jedes Rädchen, Schräubchen, Spirälchen und Mütterchen vom Boden, legte die Teile auf den Küchentisch und brachte seiner Herrin das kaputte Gehäuse des Weckers.

Sie hielt den Wecker vor Miro hoch. «Ich möchte, dass er wieder tickt, mein Söhnchen», sagte sie.

Miro lächelte. «Ihr habt ihn selber kaputt gemacht», entgegnete er schnippisch, ohne zu verstehen, worauf die Frau hinauswollte.

«Ich möchte, dass Ihr ihn wieder zum Ticken bringt, mein Söhnchen.»

«Ich? Warum ich?»

«Weil Ihr es könnt, Miro.»

Sie sagte es mit einer solchen Überzeugung, dass Miro sich doch ziemlich wunderte.

«Habt Ihr mich deshalb verschleppen lassen? Dass ich Eure kaputten Geräte wieder instand setze? Das ist doch absurd.»

«Ich will, dass er wieder tickt», wiederholte die Alte zum dritten Mal. «Und Ihr seid der Einzige, der dazu imstande ist, ihn wieder zum Ticken zu bringen.»

«Und was gebt Ihr mir dafür?», fragte Miro kühn.

Die Alte lächelte geheimnisvoll. «Ich schenke Euch Eure Freiheit.»

Der Junge war ziemlich perplex von ihrem großzügigen Angebot. «Ihr macht Witze. Niemand würde seinen Hals riskieren, um jemanden wie mich zu kidnappen, nur damit ich einen lächerlichen Wecker zum Ticken bringe.»

«Das ist richtig, mein Söhnchen», bestätigte die dicke schwarze Frau, und Miro wunderte sich immer mehr über die Alte.

«Und warum tut Ihr es dann? Wo liegt der Haken?»

«Ich möchte es einfach so. Ihr bringt meinen Wecker zum Ticken, und ich lasse Euch frei.»

Miro musterte die Frau skeptisch. Er traute ihr nicht. Sie war eine Hexe. Sie würde ihn nicht einfach so freilassen, niemals. Hinter ihrem sanften Lächeln lauerte pure Bosheit, davon war Miro überzeugt. Es war nicht anders möglich. Und doch gelang es ihm nicht, die Alte zu durchschauen.

Was führt sie nur im Schilde?, überlegte er angestrengt. *Was hat sie vor? Woher weiß sie von meiner Fähigkeit? Und wenn sie davon weiß, warum lässt sie sich dann auf diesen Handel ein? Warum stellt sie mir eine Aufgabe, von der sie von vornherein weiß, dass ich sie mit Leichtigkeit bewältigen kann?*

«Na schön», lenkte Miro ein und streckte angeberisch sein Kinn vor. «Gebt mir den Wecker, und ich bringe ihn wieder zum Ticken. Ich kenne dieses Modell.»

«Das glaube ich kaum», antwortete das Mütterchen, «dieser Wecker ist eine Einzelanfertigung.»

«Und wenn schon», meinte Miro, um keine Antwort verlegen, «ich habe ein ähnliches Modell zu Hause. Ist ein Kinderspiel. In zwanzig Minuten habt Ihr Euren Wecker zurück und ich meine Freiheit.»

Die Alte deutete mit ihrem Zeigefinger auf eine alte Kommode.

«Seht Ihr die Sanduhr? Ich werde Liovan bitten, Eure Fesseln zu lösen. Ihr nehmt den Wecker, geht zum Küchentisch und habt den Durchlauf einer Sanduhr Zeit, um ihn wieder zum Ticken zu bringen. Bis das letzte Sandkörnchen in den unteren Glaskolben gerieselt ist, dauert es eine knappe Minute.»

«Eine Minute?!», rief Miro entsetzt, und wäre er nicht an einen Stuhl gefesselt gewesen, wäre er hochgeschossen wie von der Tarantel gestochen. Das also war der Haken! Er hatte doch gleich gewusst, dass etwas faul war. Sie wollte ihm nur eine Minute geben. Eine einzige Minute, um ihren dämlichen Wecker zum Ticken zu bringen. Doch es kam noch schlimmer.

«Was Ihr verlangt, ist unmöglich!» Miros Selbstsicherheit war mit einem Schlag verschwunden. «Und das wisst Ihr auch! Wie könnt Ihr etwas von mir verlangen, das nicht zu schaffen ist?»

«Was macht Euch so sicher, dass es nicht geht?»

«Ich bin clever. Ich weiß genau, was zu schaffen ist und was nicht. Und ich sage Euch: Kein Uhrmacher der Welt kann diesen Wecker innerhalb einer Minute wieder zum Ticken bringen!»

«Das ist richtig», bestätigte die pummelige Schwarze und brachte damit den Jungen noch mehr um den Verstand. «Ich gebe Euch den Durchlauf einer Sanduhr. Wenn Ihr es schafft, seid Ihr frei.»

«Und wenn nicht?»

Die Alte gab Shonovan ein Zeichen mit der Hand. Er stellte sich neben Katara, fischte ein Klappmesser aus der Tasche und ließ die Klinge aufspringen.

«Dann stirbt Katara!»

Katara zuckte unwillkürlich zusammen, als die Klinge des Messers an ihrem Hals verharrte. Ein Schnitt, eine einzige Handbewegung dieses Mannes, und sie würde verbluten. In ihren Schläfen pumpte es. Sie rollte die Augen und schnaufte wie ein in Panik geratenes Pferd. Aus den Augenwinkeln sah sie die kräftige Hand des weißblonden Hünen und spürte das Messer an ihrer Kehle. Tödlich. Mit chirurgischer Präzision.

Aus Miros Gesicht war alles Blut gewichen, und mit einem Schlag realisierte er den Ernst der Lage.

«Bei Shaíria, das könnt Ihr nicht tun», stammelte er. «Das … das ist … krank! Kein Mensch kann diesen Wecker in einer Minute reparieren. Nicht einmal *ich* kann das! Warum verlangt Ihr das von mir?»

Shonovan hielt die Klinge des Messers so, dass Miro keinen Zweifel daran hatte: Würde er es nicht schaffen, den Wecker rechtzeitig zu reparieren, war das Leben des Mädchens zu Ende. Katara sah ihn aus den Augenwinkeln flehend an. Miro war es auf einmal speiübel.

«Liovan, schneidet seine Fesseln durch», befahl das Mütterchen. Dieser begann unverzüglich mit der Arbeit, und sowohl Miro wie auch Katara waren kreidebleich im Gesicht.

«Bitte!», rief Miro verzweifelt. «Hört auf damit! Ich flehe Euch an: Tut diesem Mädchen nichts an! Ich kann das nicht tun! Niemand kann es tun. Es ist unmöglich!» Seine Fußfesseln fielen zu

Boden. Liovan schnitt nun die restlichen Stricke durch. Miro war frei, blieb aber wie angewurzelt auf dem Stuhl sitzen. «Warum ich?», fragte er. «Warum stellt Ihr mir eine Aufgabe, die nicht lösbar ist?»

Die Alte hörte sich Miros Flehen und Betteln unbeeindruckt an. «Ein Puma, eine Ente und ein Elefant sitzen unter einem Baum», sagte sie mit sanfter Stimme, wie eine Großmutter, die ihren Enkeln eine Geschichte erzählt. «Die Aufgabe lautet für alle gleich: Klettert auf den Baum.» Sie lächelte und legte Miro das Gehäuse des Weckers auf die Knie.

«Ihr habt genau eine Minute, mein Söhnchen. Wenn ich in einer Minute nicht das erste Ticken höre, wisst Ihr, was geschieht.»

Miro starrte zu Katara hinüber. Er kannte sie nicht einmal, und jetzt hing ihr Leben von ihm ab. Wie krank musste ein Gehirn sein, um sich so etwas Grauenvolles auszudenken? Die Klinge von Shonovans Messer ruhte an ihrem schlanken Hals. Wenn Miro scheitern sollte, würde sie sterben. Liovan hatte sich zur Kommode begeben, die Alte nickte ihm zu, und bevor Miro irgendetwas dagegen unternehmen konnte, drehte dieser die Sanduhr um.

«Der Sand läuft», sagte die Schwarze. «Ihr habt eine Minute.»

※

Eine Minute, dachte Miro. *Du hast eine Minute!* Er sprang auf, eilte mit dem Wecker zum Küchentisch und ließ seinen Blick über die vielen kleinen Teilchen gleiten, die vor ihm lagen. Dann schweiften seine Augen zu Katara, von Katara hinüber zur Sanduhr, von der Sanduhr zurück zum Wecker in seinen Händen. Seine Hände zitterten. Sein Mund war trocken. Schweißperlen traten auf seine Stirn.

«Ich kann das nicht», flüsterte er und zeigte der Alten wie zum Beweis seine zitternden Hände, «ich kann es nicht.»

Die pummelige Schwarze legte den Kopf schief und schwieg. Liovan stand mit verschränkten Armen neben der Sanduhr, Shonovan hielt Katara das Messer an den Hals, und Katara starrte Miro in rasender Panik an.

Miro versuchte sich zu konzentrieren. *Du kannst das,* sprach er sich selbst Mut zu. *Es muss möglich sein. Es muss einfach.*

Schon als kleiner Junge hatte er mit Leichtigkeit jedes Puzzle zusammengesetzt, das ihm vor die Nase kam. Seine Freunde waren immer verblüfft gewesen, wie rasch er die Lücken füllte und Puzzleteile aneinanderreihte, wo eines wie das andere aussah.

«Wie machst du das nur?», wurde er häufig gefragt.

«Ich sehe es», antwortete Miro einfach.

«Aber wie?»

«Wenn ich etwas bewusst betrachte, dann kann ich es mir merken, ganz egal, was es ist, ein Bild, eine Zahl, eine Form. Ich kann mir alles einprägen.»

«Für wie lange?»

«Für immer.»

Sein fotografisches Gedächtnis wurde immer ausgeprägter. Er lernte ganze Bücher auswendig, einfach indem er Seite um Seite in seinem Gehirn abspeicherte. Er wagte sich an immer kompliziertere Aufgaben, versetzte alle Professoren in Erstaunen. Er übersprang mehrere Klassen, und seine Privatlehrer fanden bald keine Rätsel mehr, die der clevere Junge nicht zu lösen vermochte. Er sonnte sich in seiner Intelligenz wie ein König und hatte das Gefühl, auf alle Fragen eine Antwort zu haben. Er war ein Genie und benahm sich oft herablassend gegenüber durchschnittlich begabten Menschen.

Doch all seine Arroganz und Überheblichkeit schrumpfte in der Stube dieser alten Frau auf ein einziges Wort zusammen, das mit keiner Intelligenz der Welt auszuschalten war: Angst.

Mit zitternden Fingern klaubte Miro ein kleines Zahnrädchen vom Tisch. Der Schweiß rann ihm von der Stirn. Er drehte und wendete das Rädchen zwischen den Fingern und betrachtete es von allen Seiten.

«Es ist bloß ein Wecker», murmelte er zu sich selbst. «Du hast schon andere Geräte repariert. Reiß dich zusammen! Merk dir die Form! Es ist wie ein Puzzleteil, nur dreidimensional. Such das Gegenstück. Du hast es schon hundertmal gemacht.»

Ja, hörte er eine Stimme in sich aufkeimen, *hundertmal schon. Aber nicht mit einer Sanduhr im Rücken, die bereits zur Hälfte durchgelaufen ist. Und erst recht nicht mit einer Geisel, deren Leben von deinem Geschick abhängt. Das schaffst du nie!*

«Ich muss es schaffen», flüsterte Miro und wischte sich mit dem linken Arm den Schweiß von der Stirn. «Konzentrier dich, Miro. Konzentrier dich! Nur nicht die Nerven verlieren!»

Er packte mit der einen Hand den Wecker, hielt mit der anderen das winzige Zahnrädchen fest und suchte nach einer Stelle, wo er es einfügen könnte. Tatsächlich fand er ein kleines vorstehendes Metallteilchen, an dem sich das Rädchen befestigen ließ. Doch der Junge machte sich keine Illusionen. Zwei Drittel des Sandes waren bereits durch den Glaskolben gelaufen. Und mindestens zwanzig Einzelteile lagen noch auf dem Küchentisch. Selbst wenn er alle Teile in den verbleibenden Sekunden an die richtige Stelle setzen würde, war deswegen keineswegs garantiert, dass der Wecker wieder ticken würde. Aber wenn er nicht in zwanzig Sekunden tickte … Miro weigerte sich, daran zu denken.

Bring ihn zum Ticken, dachte er, während er das nächste Teilchen einsetzte. *Bring ihn zum Ticken! Er muss ticken!* Hastig pflanzte er Teil für Teil in das Gehäuse des Weckers, ohne zu überlegen, fast mechanisch.

Noch zehn Sekunden.

Shonovan zeigte keinerlei Emotionen, während er mit der linken Hand Kataras Nacken festhielt, mit der rechten das Messer. Die Klinge verharrte an ihrem Hals. Entschlossen. Bedrohlich. Kataras Brust wölbte sich. Sie spürte die Klinge auf ihrer Haut und beobachtete die Sanduhr, die ihr gegenüber auf der Kommode stand, sie sah den Sand, der lautlos in den unteren Glaskolben rieselte. Es war ihr Leben, das vor ihren Augen zerrann. Eine schreckliche Vorstellung. Sie schluckte leer. Wie betäubt fixierte sie Miro, den fremden Jungen, der ihr Leben in Händen hielt und der sie doch nicht retten konnte. Es blieb keine Zeit

mehr. Die Angst lähmte sie. *Es wird ein völlig sauberer Schnitt werden*, dachte sie. *Ein schneller Tod.*
Fünf Sekunden.
Miros Finger arbeiteten mit einer unglaublichen Präzision und Geschwindigkeit, so als hätte er sein Leben lang nichts anderes getan, als kaputte Geräte zu reparieren. Er schwitzte Blut und Wasser. Ständig warf er einen Blick zur Sanduhr auf der Kommode. Der Sand war beinahe durchgelaufen. Es fehlten nur noch wenige Körnchen.
Miros Herz hämmerte gegen seine Brust. Er drehte das letzte Schräubchen fest und stellte den Wecker auf den Küchentisch. Alle Augen waren darauf gerichtet.
«Fang an zu ticken!», murmelte Miro. «Bitte, bitte, fang an zu ticken!»
Die Spannung war beinahe unerträglich. Das letzte Sandkorn fand seinen Weg in den unteren Kolben, die Zeit war abgelaufen, und der Wecker ... begann zu ticken!
Shonovan nahm das Messer von Kataras Hals, und die Verkrampfung in ihrem Körper ließ nach. Miro starrte auf den Wecker und ließ sich vor Erleichterung auf seinen Stuhl plumpsen.
«Er tickt», murmelte er, erschöpft und überwältigt zugleich. «Er tickt!»
«Warum habt Ihr gezweifelt, mein Söhnchen?» Die Alte kam auf ihn zu und klopfte ihm anerkennend auf die Schulter. «Pumas klettern auf Bäume. Ich wusste, dass Ihr klettern könnt. Höher, als Ihr denkt.»
«Woher habt Ihr das gewusst?», fragte Miro die Frau, während er sich den Schweiß von der Stirn wischte. «Woher habt Ihr gewusst, dass ich es schaffen kann?»
Vor lauter Faszination vergaß er sogar, dass ihm die Alte die Freiheit versprochen hatte, wenn er die Aufgabe bewältigen würde. Er konnte es einfach nicht fassen, dass er den Wecker tatsächlich zum Ticken gebracht hatte, in nur einer Minute. Er war über sich selbst hinausgewachsen. Und diese mysteriöse Frau hatte es gewusst. Sie hatte es die ganze Zeit gewusst, als würde sie ihn besser kennen als er sich selbst.
«Ihr könntet noch viel mehr, mein Söhnchen», sagte sie ge-

heimnisvoll. «Noch viel mehr. Aber Ihr seid noch nicht reif dafür. Ihr müsst noch vieles lernen, Miro, vieles, um in die Aufgabe hineinzuwachsen, die Euch schon vor Eurer Geburt vorbestimmt wurde.»

Sie wandte sich von ihm ab, ohne sich die Mühe zu machen, ihn wieder gewaltsam auf seinem Stuhl festzubinden. Es war, als wüsste sie, dass er nicht davonlaufen würde. Sie kannte ihn. Sie schien ihn schon immer gekannt zu haben. Sie nahm den Wecker vom Tisch und stellte ihn neben die Sanduhr. Dann schwang sie ihren beleibten Körper zum Ofen und bückte sich, um hineinzusehen. «Kinder, ich glaube, die Kekse sind fertig.»

Sie nahm zwei gehäkelte Topflappen von der Wand, öffnete den Backofen und zog das heiße Blech heraus. Ein herrlicher Duft nach Schokolade und Zimt erfüllte die ganze Stube.

«Mmmm», machte die mollige Alte und stellte das Blech auf den Küchentisch. «Schokolade-Zimt-Plätzchen. Ein Rezept meiner Urgroßmutter. Aber sie müssen erst ein wenig abkühlen, bevor wir sie essen können. Shonovan», sie gab dem blonden Mann mit der Hand ein Zeichen, «seid so gut und löst den Knebel aus Kataras Mund. Ich glaube, es wird Zeit, dass wir beide uns unterhalten.»

· 27 ·

Shonovan tat, was seine Herrin ihm aufgetragen hatte, und Katara warf ihm einen verächtlichen Blick zu, als er den Knebel aus ihrem Mund entfernte. Hätte sie die Hände frei gehabt, wäre sie ihm mit Garantie an die Gurgel gesprungen. So aber musste sie sich mit Worten begnügen.

«Er hätte mich beinahe umgebracht!», platzte es aus ihr heraus. «Was wollt Ihr von uns? Warum haltet Ihr uns hier fest? Warum sagt Ihr uns nicht endlich, was für ein Spiel Ihr hier treibt, Hexe?»

«Neugier war schon immer eine Schwäche von dir, Kindchen», stellte die schwarze Frau gelassen fest.

«Ich bin kein Kind mehr», fauchte Katara. «Und wenn mein Vater Euch und Eure schweigsamen Leibwächter in die Hände kriegt, könnt Ihr was erleben. Bei Shaíria, es wird Euch noch leidtun, dass Ihr uns verschleppt habt. Ihr werdet es mit Eurem Leben bezahlen, dafür werde ich persönlich sorgen.»

Die Alte sagte nichts und hörte sich alles geduldig an, ohne das Mädchen zu unterbrechen.

«Ich habe keine Angst vor Euch, Hexe. Ihr habt unser Land ins Verderben gestürzt, und dafür werdet Ihr bluten. Eure Magie wird Euch nichts nützen gegen die Armee Drakars. Seine Späher werden Euch verfolgen und aufstöbern, wo auch immer Ihr Euch zu verstecken sucht. Euch wird dasselbe Schicksal ereilen wie Isabella. Das schwöre ich Euch!»

Sie ließ ihren ganzen Zorn an der alten Frau aus, und die pummelige Schwarze stand einfach nur mit verschränkten Armen vor ihr und wartete, bis Katara ihre Drohrede beendet hatte. Dann atmete sie tief durch, dass sich ihre Brust wölbte, und meinte einfach:

«Kindchen. Was Ihr braucht, ist eine gute Tasse Tee. Das wird Eure Nerven beruhigen. Isabella hat Recht gehabt, was Euer Temperament betrifft.»

Katara zuckte augenblicklich zusammen und sah die Alte verdattert an. Ihr beißender Tonfall wich einer unsicheren, vibrierenden Stimme.

«Isabella?»

Die Alte nickte. «Ich bin bestens informiert über Eure Begegnung im Kerker letzte Nacht.»

Katara wurde augenblicklich still wie ein Grab. Mit einem einzigen Satz hatte das Mütterchen sie außer Gefecht gesetzt. *Was um alles in der Welt hat das zu bedeuten?*, dachte Katara mit pochendem Herzen. *Wie kann sie davon wissen?*

«*Du* hast dich mit Isabella getroffen?!», warf Miro ein, den diese Neuigkeit ebenfalls ziemlich durcheinander brachte. «Du hast Zugang zum königlichen Kerker?!»

«Das ist eine lange Geschichte», murmelte Katara mit hängenden Schultern, «ich hätte es nicht tun sollen. So viel ist mir in der Zwischenzeit klar geworden.»

«Es kam, wie es kommen musste», sagte die Frau und lächelte sanftmütig. «Alles dient einem höheren Zweck.»

«Was wollt Ihr damit andeuten?»

«Ich will Euch eine kleine Geschichte erzählen, mein Kind.»

«Ich bin nicht Euer Kind», knurrte Katara, jedoch ohne jegliche Kraft. Die Alte überhörte die Bemerkung. Ihre breiten Hüften schwingend, wälzte sie sich in ihren Pantoffeln auf Katara zu und begann zu erzählen. «Es gibt eine sehr eigenartige Affenfalle. Eine Kokosnuss wird ausgehöhlt und an einem Seil an einen Baum gebunden oder an einem Stock in der Erde befestigt. In die Nuss wird süßes Futter gelegt. Das Loch ist gerade so groß, dass ein Affe seine ausgestreckte Hand hindurchschieben, aber die geschlossene Faust nicht mehr zurückziehen kann. Der Affe riecht also die Süßigkeit, steckt seine Hand hinein, um das Futter zu ergreifen, und kann sie dann nicht wieder herausziehen.»

Die Alte ballte ihre Faust, während sie weitererzählte. «Wenn die Jäger kommen, gerät der Affe in Panik. Er kann aber nicht entfliehen, denn seine geschlossene Faust steckt ja in der Kokosnuss fest. Die Hand ist zu groß, um sie durch das Loch zu ziehen. Alles, was der Affe tun müsste, ist, die Hand zu öffnen und das Futter loszulassen, dann könnte er sich selbst befreien. Aber das tut er nicht. Niemand hält ihn gefangen außer der Kraft seiner eigenen Gier. Und die machen sich die Jäger zunutze, um ihn zu fangen.»

Die Frau machte eine kurze Pause, um die Bedeutung ihrer Worte zu unterstreichen. «Es war nicht Isabellas Kraft, die Euch am Gitter festhielt. Es war Eure eigene.»

Katara schluckte. *Woher weiß sie das alles? Sie war doch nicht dabei! Warum weiß sie, dass ich mich nicht mehr bewegen konnte? Wer ist diese Frau?*

Miro und Ephrion beobachteten, wie alle Farbe aus dem Gesicht des vorher so willensstarken Mädchens gewichen war. Katara saß auf dem Stuhl wie ein kleines, zerbrochenes Kind. Es war beinahe unheimlich, diese radikale Wandlung mitzuverfolgen. Was hatte das Mütterchen nur mit ihr gemacht?

«Wer ... wer seid Ihr?», stammelte Katara, und ihr anfänglich aggressiver Tonfall war nun gänzlich verschwunden. Aus einer

Wildkatze war ein zahmes, eingeschüchtertes Haustier geworden. Die alte Frau betrachtete Katara mit verständnisvollem Blick.

«Es hat Euch verwirrt, was Isabella Euch offenbart hat, ich weiß.»

Die Erinnerung an jene wenigen Augenblicke am Gitter, allein mit Isabella, ließ Katara aufs Neue erschauern. Sie wollte nicht daran zurückdenken, doch die Worte der Hexe hatten sich so tief in ihre Seele gebrannt, dass sie sie nie würde vergessen können.

«Es macht Euch Angst, nicht wahr?»

Katara nickte wie in Trance. «Ja», hauchte sie. Mehr war sie nicht imstande zu sagen. Sie senkte den Blick und zwang sich, sich von der Begegnung mit der Hexe loszureißen. Es war, als würde ihre Seele noch jetzt an jenem Gitter kleben. Sie wünschte sich, sie wäre nie zu ihr gegangen. Sie wünschte sich, sie hätte auf ihren Vater gehört. Er hatte sie gewarnt. Er hatte sie vor Isabella gewarnt. Doch jetzt war es zu spät für Reue. Sie konnte nicht ungeschehen machen, was dort im Dunkeln passiert war. Das Einzige, was sie hoffen konnte, war, dass das, was sie gehört hatte, niemals eintreffen würde. Niemals.

Die Alte trat ganz dicht zu Katara hin und strich ihr über ihr pechschwarzes Haar wie eine fürsorgliche Mutter. Das Mädchen ließ es geschehen.

«Ihr braucht Euch nicht zu fürchten, Kindchen. Es ist alles seit Jahrtausenden so vorherbestimmt. Die Prophezeiung geht in Erfüllung. Und Ihr seid ein Teil davon.» Sie schaute in die Runde. «Jeder von euch ist ein Teil davon. Das ist der Grund, warum ihr hier seid.»

Sie gab Shonovan ein Zeichen, und er schnitt Kataras Fesseln durch. Wie ein gezähmtes Raubtier blieb das Mädchen auf dem Stuhl sitzen. Stumm blickte Katara vor sich auf den Boden, während sie sich die wunden Handgelenke rieb.

Die Alte schlurfte zum Küchentisch zurück, roch an ihren frischgebackenen Keksen und überprüfte die Teekanne auf der Kochkerze.

«Ich glaube, es ist Zeit für eine Tasse Tee», beschloss sie und warf einen Blick in die Runde. «Oh ja, ihr seht alle etwas blass

aus. Eine Tasse Tee und ein paar Kekse werden euch gut tun.»
Dann sah sie sich suchend um und kratzte sich am Kopf. «Wo
hab ich bloß den Kräutertee hingestellt?» Sie wandte sich ihren
Gehilfen zu. «Hat jemand von euch irgendwo die Kräuterbüchse
gesehen?»

Liovan deutete auf eine Blechdose in einem Küchenregal.

«Danke, mein Söhnchen. Mein Gedächtnis ist nicht mehr so
gut wie früher.» Sie watschelte zu dem Gestell, holte die Dose
herunter und öffnete sie. Dann schüttete sie eine Handvoll getrockneter
Blätter und Kräuter in die Teekanne auf der Kerze.

«Einige behaupten, Tee wirke beruhigend», sagte sie, während
sie mit einer großen Kelle in der Kanne herumrührte, «aber
der Zauber der Entspannung liegt nicht in den Kräutern, sondern
in dem Grund, warum wir den Tee trinken.» Sie rührte weiter,
ohne sich den Jugendlichen zuzuwenden. «Ihr sollt euch entspannen,
meine Kinder. Große Aufgaben warten auf euch. Ihr
werdet einen klaren Kopf brauchen.» Und ohne sich umzudrehen,
fuhr sie fort: «Liovan, schneide bitte Ephrion los und nimm
ihm den Knebel ab. Ich möchte, dass er für uns den Tisch deckt.»

Liovan tat, wie ihn das Mütterchen geheißen hatte, und Ephrion
erhob sich verwirrt von seinem Stuhl. Tausend Fragen waren
ihm durch den Kopf geschossen, als er noch mit dem Knebel
im Mund auf dem Stuhl gesessen hatte. Er hatte sich vorgenommen,
einen ganzen Redeschwall über die Alte ergehen zu lassen,
doch jetzt fiel ihm beim besten Willen nichts mehr ein. Er war
nur eingeschüchtert von dem, was er gehört und gesehen hatte,
und traute sich nicht, der Alten zu widersprechen. Wer auch
immer sie sein mochte, sie war mächtiger, als er zu Beginn gedacht
hatte. Sie drehte sich um und lächelte ihn an, wie eine
Großmutter ihren Enkel anlächelt. Ephrion wusste nicht, was
er von ihr halten sollte.

«Ihr braucht Euch nicht vor mir zu fürchten, Kindchen», sagte
die dicke schwarze Frau. «Es tut mir leid, dass wir Euch knebeln
und fesseln mussten, aber es war leider notwendig. Wir können
es nicht riskieren, Euch zu verlieren. Ihr habt eine kostbare Gabe,
Ephrion. Es ist Zeit, sie einzusetzen.»

Ephrion runzelte die Stirn. «Wovon redet Ihr?»

«Ihr wisst, wovon ich rede, mein Junge. Euer Großvater hat es geahnt.»

«Ihr kennt meinen Großvater?» Ephrions Herz begann schneller zu schlagen.

«Er kennt die alte Prophezeiung», fuhr die Alte fort, und ihr Blick schweifte für einen kurzen Moment in die Ferne, bevor sie sich wieder Ephrion zuwandte. «Er brannte darauf, Euch davon zu erzählen. Aber es wäre zu gefährlich gewesen. Ihr wart zu klein, um es zu verstehen. Eure Eltern taten, was sie für richtig hielten. Sie verboten Eurem Großvater jeglichen Kontakt zu Euch, damit Ihr Euch durch sein Wissen nicht selbst in Gefahr bringt.»

Ephrion starrte die Frau perplex an. Er spürte, wie ihm heiß und kalt zugleich wurde. Er erinnerte sich an jenen düsteren Morgen zurück, als Großvater ihm von der Mauer und von diesem seltsamen König erzählt hatte, der sie gezwungen hatte, ihr Land zu verlassen. Er erinnerte sich nur allzu gut an den Streit, den seine Mutter danach mit Großvater in der Küche gehabt hatte. Und am meisten erinnerte er sich daran, dass dies die letzte Begegnung mit seinem Großvater gewesen war. Es wäre besser so, hatten seine Eltern ihm weismachen wollen. Er hatte nie verstanden, warum. Doch langsam begann er zu begreifen, dass viel tiefere Geheimnisse hinter dieser ganzen Geschichte verborgen lagen, als er es jemals für möglich gehalten hätte. Und offenbar wusste das Mütterchen über Dinge Bescheid, die ihm über all die Jahre hinweg von seinen eigenen Eltern verheimlicht worden waren. *Aber woher weiß sie das alles? Und woher kennt sie Großvater? Und von welcher Gefahr redet sie?*

«Was wollt Ihr von uns? Warum sind wir hier?»

Anstatt seine Fragen zu beantworten, deutete die Frau auf ein Holzregal, das in der Ecke an der Wand stand. «Da drüben findet Ihr kleine Teller und Tassen. Teelöffel sind in der Tisch-Schublade. Deckt den Tisch für fünf Personen.»

Ephrion war so durcheinander, dass er wie ein Gespenst zu dem Gestell stolperte. *Wer ist sie?*, dachte er die ganze Zeit, während er fast mechanisch begann, den Tisch zu decken. *Woher weiß sie so gut über jeden von uns Bescheid? Was hat sie mit uns vor?* Es kam ihm alles vor wie ein riesiges Puzzle, das er von der Rückseite betrachtete. Es ergab einfach keinen Sinn.

«Shonovan», sagte die dicke Schwarze, «wärt Ihr so gut und würdet Aliyah die Fesseln abnehmen? Ich habe eine kleine Überraschung für sie.» Während der Mann Aliyahs Fesseln löste, watschelte die Alte zu einer Tür, die in die Vorratskammer führte, öffnete sie und sagte nur ein Wort:

«Nayati!»

Ein unverkennbares Winseln ertönte, und ein großer, schneeweißer Wolf mit eisblauen Augen erschien in der Tür. Katara klammerte sich an ihrem Stuhl fest und brachte nur ein «Bei Shaíria!» zustande. Ephrion ließ beinahe das Geschirr fallen, und Miro sprang wie von der Tarantel gestochen von seinem Stuhl und wich ein paar Schritte zurück. Die Einzige, deren Gesicht sich aufhellte, war Aliyah.

«Nayati! Oh, Nayati! Komm zu mir, alter Freund!»

Der Wolf trabte auf das blinde Mädchen zu und sprang freudig bellend an ihr hoch. Aliyah lachte und weinte vor Glück. Verblüfft beobachteten die anderen Jugendlichen das unerwartete Verhalten der beiden.

«Aber ...», stammelte Ephrion, «aber das ist doch ein Wolf! Er wird uns in Stücke reißen.»

«Es ... es ist ein Mirin-Wolf», stellte Miro mit bleichem Gesicht fest. «Ich dachte, die wären längst ausgestorben.»

Während die anderen Teenager sich allmählich von ihrem ersten Schock erholten, kniete sich Aliyah nieder, schlang ihre Arme um das Tier und schmiegte ihren Kopf an den seinen. Der Wolf leckte ihr über die Wange, und da erst merkte sie, dass er keinen Maulkorb mehr trug. Sie wischte sich die Freudentränen aus den Augen. «Nayati, mein lieber Nayati. Ich habe mir solche Sorgen gemacht. Warum bist du nur fortgelaufen?»

«Weil ich ihn gerufen habe», hörte sie die ruhige Stimme der Alten, die dicht neben ihr stand und den Wolf hinter den Ohren kraulte. «Nayati ist ein kluges Tier, tausendmal klüger, als Ihr denkt, Aliyah. Zu schade, dass Ihr seine gütigen Augen nicht sehen könnt.»

Aliyah wunderte sich, warum der Wolf weder das Mütterchen noch sonst jemanden im Raum anknurrte. Er verhielt sich so ruhig, als wäre er unter Freunden. Und noch etwas anderes verwunderte sie.

«Woher kennt Ihr seinen Namen?»

«Weil es schon immer sein Name war», antwortete die Alte geheimnisvoll. Aliyah verstand nicht.

«Aber *ich* habe ihm doch den Namen gegeben!»

«Nein, mein Kind, das habt Ihr nicht. Ihr habt ihn nur so genannt, wie er schon immer geheißen hat, lange bevor er Euch gefunden hat.»

Wieder stutzte Aliyah. «Er hat mich nicht gefunden. Ich habe *ihn* gefunden.»

Die Alte strich Nayati über den Kopf und ließ ihren Blick über die vier Jugendlichen schweifen.

«Es gibt vieles, was ihr nicht wisst, meine Kinder. Es ist Zeit, euch einzuweihen. Es ist Zeit, euch wissen zu lassen, warum ihr hier seid.»

· 28 ·

Die Spiele begannen mit Akrobaten, Clowns, wilden Reitern und Messerwerfern. Das Publikum war begeistert. Es folgten weitere Attraktionen, Wettkämpfe im Bogenschießen, Zweikämpfe mit dem Schwert und die öffentliche Auspeitschung einiger Gesetzesübertreter. Jetzt war die Menge aufgeputscht für den Höhepunkt des Spektakels: die Verbrennung der Hexe. Drakar der Zweite erhob sich von seinem Sitz und schob sich die Silbersträhne aus der Stirn. Majestätisch trat er an den Rand der Tribüne, von wo aus ihn alle sehen konnten.

«Bürger von Dark City!»

Die Worte hallten durch das Stadion und ließen die Menge verstummen. «Der heutige Tag wird in die Geschichte von Dark City eingehen. Es ist ein glorreicher Tag. Heute, so verspreche ich euch, Bürger von Dark City, werden wir ein Zeichen setzen. Heute, mit der Verbrennung Isabellas, heute, wenn ihr

Blut fließt, wenn ihre Seele in Feuer und Rauch aufgeht, soll der Fluch des Nebels für immer gebannt werden. Er *muss* gebannt werden. Denn dreiunddreißig Jahre Dunkelheit sind genug. Dreiunddreißig Jahre lang hat der Nebel sich in unsere Seelen gefressen. Dreiunddreißig Jahre haben mein Vater und ich diejenigen gejagt und getötet, die das Land durch ihre Magie befleckt und den Nebel heraufbeschworen haben. Bürger von Dark City, ihr habt genug gelitten. Wir alle haben genug gelitten. Das Elend muss ein Ende haben. Der Fluch muss gebrochen werden, und zwar heute!»

Drakar machte eine Pause und wölbte seine Brust. Er holte tief Luft, um seiner Aussage mehr Gewicht zu verleihen.

«Den Händen meines Vaters ist sie entkommen. Aber den meinen nicht. Isabella, die gefürchtete Hexe Isabella, wird heute auf dem Scheiterhaufen verbrennen. Heute wird sie bezahlen. Heute wird sie am eigenen Leib erfahren, was sie den Bürgern dieser Stadt angetan hat. Möge ihr Fluch mit ihr in Flammen aufgehen. Mögen ihre Todesqualen sie schmerzhaft daran erinnern, dass die Macht der Hexen für immer gebrochen ist. Ich, Drakar der Zweite, alleiniger Herrscher von Dark City, beschuldige Isabella des Hochverrats und der Zauberei. Und kraft meines Amtes verurteile ich sie hiermit zum Tode! Zum Tode durch Verbrennen!» Ein Windstoß fuhr durch Drakars langes Haar. «Bringt die Hexe herein!», rief er.

Die Trommeln begannen zu schlagen. Das große Tor öffnete sich, und auf einem kleinen Holzkarren, von einem alten Gaul gezogen, wurde Isabella in die Arena gebracht. Sie kniete auf dem Karren, ihre Arme waren an einen quer über das Fuhrwerk liegenden Pfahl gebunden. Die Menge geriet in Aufregung. Pfiffe und Gelächter ertönten. Kleine Steine wurden in die Arena geworfen.

«Weg mit ihr! Tötet sie!», schrien die Menschen und johlten und schrien noch mehr.

Isabellas Anblick war grauenvoll. Ihr Kleid war zerrissen und hing ihr in Fetzen von den Schultern. Ihr zerschundener Körper war übersät mit Striemen und offenen Wunden. Ihr Mund war leicht geöffnet, und ihr weißes Haar fiel ihr wie ein Vorhang ins Gesicht.

«Verbrennt sie!», ertönte es aus dem Publikum. «Verbrennt sie! Verbrennt sie!» Die Stimmen vermischten sich zu einem gewaltigen Sprechchor. Tausende von Füßen stampften auf die steinernen Bänke. Geballte Fäuste, Banner und Fahnen wurden geschwungen.

«Brenn! Brenn! Brenn!», riefen die Bürger zum Rhythmus der Trommeln in die große Arena hinunter. Sie lechzten nach einem Schauspiel. Sie würden sich an ihrem Tod ergötzen. Sie gierten nach Licht und Feuer.

Zwei junge Männer banden Isabella los und führten sie zu ihrer Hinrichtungsstätte. Ganz ruhig stieg sie mit den Burschen die Leiter zum Scheiterhaufen hoch und wurde dort an einen Holzpfosten gebunden. Jetzt stand sie auf dem aufgeschichteten Holz, barfuß, mit hängenden Schultern und gesenktem Kopf. Ihr bleiches Gesicht wirkte alt und müde. Der Wind spielte in ihrem langen Haar.

Drakar hob seine Hand, und die Menge verstummte.

«Isabella, heute werdet Ihr brennen», verkündete er. «Euer Tod ist der Preis für das Licht, das Ihr uns genommen habt. Der Duft Eurer Qualen wird ein Duft von Freiheit sein. Durch Euer Sterben wird Dark City gereinigt von dem Fluch der Dunkelheit, den Ihr und Eure Anhänger über uns und unsere Kinder gebracht habt. Zündet die Hexe an!»

Das eintönige Trommeln begann wieder. Drakar gab seinem ersten schwarzen Ritter einen Wink mit dem Kopf, worauf dieser eine lange Fackel entzündete, sein Pferd zum Scheiterhaufen lenkte und das aufgeschichtete Holz in Brand setzte. Es knisterte. Rauch stieg auf. Die ersten Flammen züngelten hoch. Rasch wurden sie höher und breiteten sich aus. Fasziniert und lichthungrig sogen die Menschen die wohltuende Helligkeit in sich auf. Feuer. Licht. Sie konnten sich nicht satt genug sehen. Staunend wie kleine Kinder starrten sie in die Arena. Der Widerschein des Feuers spiegelte sich in ihren Augen.

· 29 ·

«Rückt eure Stühle an den Tisch, meine Kinder. Lasst uns erst einmal eine Tasse Tee trinken. Das wird eure Nerven beruhigen. Ich möchte euch eine Geschichte erzählen.» Das Mütterchen nickte den Jugendlichen freundlich zu. Zögerlich und misstrauisch, wie wilde Tiere bei ihrer ersten Begegnung mit einem Menschen, kamen die vier näher. Die Alte hob mit einem Topflappen die heiße Teekanne von der Kerze und begann, die Tassen zu füllen.

«Liovan, könntet Ihr uns den Zucker bringen? Er steht neben den Gewürzen.» Liovan brachte zuerst die Zuckerdose, und dann positionierte er sich wieder an seinem Platz. Auch die andern drei standen wieder wie Zinnsoldaten im Raum. Zwei von ihnen bewachten den Vordereingang, der dritte stand zusammen mit Liovan in unmittelbarer Nähe des Küchentisches, bereit, jederzeit einzugreifen, falls es nötig sein sollte. Es war Shonovan, derjenige, mit dem Katara im Kartoffelkeller gekämpft hatte. Das Mädchen erkannte ihn an seinem Augenbrauenring. Die Schnittwunde, die sie ihm zugefügt hatte, war seltsamerweise gänzlich verschwunden. Nicht einmal eine Narbe war auf seiner zarten, porzellanweißen Haut zurückgeblieben. Katara fand das alles ziemlich merkwürdig. Wer waren diese Burschen? Als hätte das Mütterchen ihre Gedanken gelesen, legte sie dem Mädchen die Hand auf die Schulter und verkündete:

«Shaíria birgt viele Geheimnisse, mein Kind.» Dann begann sie, die Schokoladenkekse vom Backblech zu nehmen und kreisförmig und sorgsam auf einen großen weißen Teller zu legen. «Aber jetzt wollen wir wirklich erst einmal eine Tasse Tee trinken und uns stärken. Warm schmecken die Kekse am besten. Greift zu, meine Kinder.»

Das ließ sich Ephrion natürlich nicht zweimal sagen. Er griff nach einem Keks und schob ihn sich genüsslich in den Mund. Seine Augen glänzten wie zwei kleine Sterne.

«Mmm, lecker. Ich liebe Schokoladenkekse. Meine Mutter backt die allerbesten, aber nur ganz, ganz selten, weil Schokolade so teuer ist. Doch ich muss sagen, diese Kekse schmecken ganz vorzüglich. Welche Zutaten verwendet Ihr?»

«Nur Liebe», antwortete die Alte mit einem zufriedenen Lächeln, «nichts als Liebe, mein Kind. Esst und trinkt und stärkt eure Seelen.»

Sie schob den Teller in Miros und Kataras Richtung. Die beiden waren etwas skeptisch, aber als auch Aliyah zugriff und nicht blau anlief oder gar tot vom Stuhl fiel, bedienten sie sich ebenfalls zögerlich. Die dicke schwarze Frau wischte ihre Hände an der geblümten Schürze ab und hob den Teekrug hoch.

«Tee?»

«Sehr gerne», sagte Ephrion mit vollem Mund, während er dem Mütterchen die Tasse mit der rechten Hand hinstreckte und mit der linken einen zweiten Schokolade-Zimt-Keks vom Teller klaubte.

«Die sind wirklich gut», bemerkte er schmatzend und leckte sich die Finger ab, «wenn ihr nicht zugreift, seid ihr selber schuld. Mmmm.»

Obwohl sich die anfängliche Anspannung allmählich löste, blieb dennoch ein großes Misstrauen in der Luft hängen. Bei aller Warmherzigkeit, die das Mütterchen zeigte: Wer konnte schon wissen, was sie tatsächlich im Schilde führte? Nachdem sie allen vier Teenagern und auch sich selbst eine Tasse Tee eingeschenkt hatte, ließ sie sich schwerfällig auf ihrem Stuhl nieder, stützte die Ellbogen auf den Küchentisch, faltete die Hände und sah sich in der Runde um.

«Lasst mich euch eine Geschichte erzählen», sagte sie, holte tief Luft, und dann begann sie zu sprechen:

«Vor vielen Jahren lebte auf unserer Insel eine Königin, über die in den großen Geschichtsbüchern kaum etwas berichtet wird. Sie war im Besitz eines Buches, das auf alle Fragen eine Antwort hatte und alle Geheimnisse und alle Mysterien dieser Welt enthüllen konnte. Es wurde das Buch der Prophetie genannt. Doch seine Worte waren verschlüsselt, und es gab nur wenige, die die Sprache verstanden, in der es geschrieben worden war. Wer die kostbare Gabe besaß, die rätselhaften Zeichen des Buches zu entschlüsseln, wurde Prophet genannt. Jeder Prophet trug das Wappen Shaírias als Brandmal auf seiner Haut zum sichtbaren Zeichen seiner Berufung. Im ganzen Land gab es Tempel, in denen die Propheten dem Volk aus diesem Buch vorlasen. Das Buch war mit so viel Weisheit und Klugheit gefüllt, dass sich unter seinem Einfluss das ganze Land veränderte. Der äußere Friede, der seit tausend und abertausend Jahren auf Shaíria geherrscht hatte, fand seinen Weg in die Herzen der Menschen. Über tausend Jahre wanderte das Buch der Prophetie von einer Generation zur andern, von einem König zum andern, bis eines Tages ein Mann auftauchte, der sich nicht mehr an die Worte dieses Buches halten wollte. Er riss alle Tempel nieder, verbrannte alle Kopien des Buches, die er finden konnte, und begann, die Propheten zu verfolgen und zu töten.»

«Weshalb?», fragte Aliyah, die der alten Frau aufmerksam zuhörte, während sie einen Keks aß.

«Er glaubte, die Propheten hätten das Vertrauen der Menschen missbraucht, um sie hinter diese Mauer zu locken. Und er glaubte, sie wären schuld daran, dass der Fels ins Meer stürzte und der Nebel kam. Er begann sie von da an nicht mehr als Propheten zu bezeichnen – sondern als Hexer und Hexen.»

«Moment mal, eine Sekunde», mischte sich Miro ein, «was für ein Märchen tischt Ihr uns hier auf? Ihr wollt uns weismachen, die Hexen wären die *Guten*? Ihr glaubt doch nicht allen Ernstes, dass wir darauf hereinfallen?! Hexen sind Hexen. Sie haben Dark City ins Verderben gestürzt. Sie haben mit ihrer Zauberei den Zorn Gottes heraufbeschworen. Jedes Kind weiß, wie abgrundtief böse sie sind.»

«Ihr täuscht Euch, mein Söhnchen. Ihr täuscht Euch. Drakar der Erste hat die Propheten und ihren Gott zum Sündenbock gemacht. Dark City ist verblendet von seiner Lüge.»

«Wie könnt Ihr es wagen, so über Drakar den Ersten zu reden?», knurrte nun auch Katara und stellte ihre Tasse geräuschvoll auf den Tisch. «Wir verdanken ihm unser Leben. Ohne sein Veolicht wären wir verloren.»

«Wir sind bereits verloren», sagte das Mütterchen. «Das Einzige, was uns jetzt noch retten kann, ist das Buch der Prophetie. Und ihr seid der Schlüssel dazu.»

«Wie bitte?», rief Miro und verschluckte sich am Tee. «Was redet Ihr da für einen Schwachsinn! Was haben *wir* denn damit zu tun?»

Die alte Frau blieb absolut ruhig. «Ich habe viel riskiert, um euch herzubringen. Und ich riskiere gerade in diesem Moment mein Leben, euch in Dinge einzuweihen, die man euch verschwiegen hat. Ich habe euch verschleppt, das ist wahr. Ich habe euch gewaltsam eurer gewohnten Umgebung entrissen. Aber ich musste es tun – um der Prophezeiung willen. Sie wird sich erfüllen: durch euch.»

«Wollt Ihr damit sagen, dass wir *ein Teil* dieser Prophezeiung sind?», fragte Aliyah ungläubig.

«Wir alle sind ein Teil davon», antwortete das Mütterchen. «Ob es uns bewusst ist oder nicht. Es geht alles in Erfüllung, wie es von Anbeginn an geschrieben steht. Das Buch der Prophetie lügt nicht.»

«Ihr blufft doch nur. Ich wette, es hat dieses Buch nie gegeben», meinte Katara.

Die Alte erhob sich schwerfällig, wälzte ihren dicken Körper an ihren Gästen vorbei und schlurfte zum andern Ende der kleinen Stube. Mit dem Fuß schob sie den Teppich zur Seite, bückte sich und klaubte eine lockere Leiste aus dem Holzboden. Ein Hohlraum kam zum Vorschein. Das Mütterchen griff hinein, fischte eine Blechschatulle heraus und kam damit zum Küchentisch zurück. Sie nahm den Deckel ab und legte ihn neben das Kästchen.

Dann hob sie sorgfältig einen rechteckigen Gegenstand aus der Truhe. Er war in ein grobes Stofftuch gewickelt, und als die Alte den Knoten des Tuches löste, kam ein Buch zum Vorschein. Es war alt und zerfleddert. Der schwarze Ledereinband war mit Eckbeschlägen aus Messing und kunstreichen Goldornamenten versehen. An der Längsseite der beiden Buchdeckel befanden sich sieben Siegel. Es waren sieben Lederriemen, die an dem hinteren Einbanddeckel befestigt waren und an dem vorderen lose in metallenen Laschen steckten. Der dunkelrote Siegellack über den Beschlägen war aufgebrochen worden. Ein paar Blätter hingen lose zwischen den Deckeln, und es schien, als würden eine Menge Seiten fehlen, ja, gewiss mehr als die Hälfte, der Breite des Buchrückens nach zu urteilen.

Die Jugendlichen ahnten bereits, was vor ihnen auf dem Küchentisch lag. Mit großen Augen und offenen Mündern starrten sie das Buch an. Das Mütterchen strich liebevoll über den Einband. Ihre Augen waren mit einem Mal von einem seltsamen Glanz erfüllt.

«Das Buch der Prophetie», hauchte sie ehrfurchtsvoll. «Das Original, das seit tausend Jahren von König zu König gereicht wurde. Dieses Buch ist es, das die wahre Geschichte Shaírias in sich birgt. Es ist das einzige, das übrig geblieben ist.»

«Woher habt Ihr es?», erkundigte sich Ephrion, während er sich ein weiteres Schokolade-Zimt-Plätzchen in den Mund stopfte. Die Kekse waren so verflixt gut, dass er gar nicht mehr aufhören konnte zu essen.

«Isabella hat es mir anvertraut, bevor sie zur Bärengrotte aufbrach, um sich ihren Feinden zu stellen.»

Katara zuckte kaum merklich zusammen. *Bärengrotte?!* Ihr Vater hatte Isabella in der Bärengrotte festgenommen. Er sagte, sie hätten sie in einen Hinterhalt gelockt. Aber woher, um alles in der Welt, wusste diese alte Frau davon? Und was meinte sie mit: «sich ihren Feinden stellen»? Wusste Isabella etwa von dem Hinterhalt? Aber warum war sie dann hingegangen? *Das ist Irrsinn. Niemand würde so etwas tun. Niemand.*

«Da fehlen aber ganz schön viele Blätter», stellte Ephrion mit vollem Mund fest. «Wo sind die restlichen Seiten?»

«Das Buch wurde in drei Teile zerlegt, um es vor Drakar zu schützen», erklärte die Alte. «Durch seine Teilung verlor es gleichzeitig an Kraft. Nur wenn alle drei Teile wieder vereint sind, kann die Prophezeiung in Erfüllung gehen.»

«Wo sind die anderen Teile?», erkundigte sich Aliyah.

«Das entzieht sich meiner Kenntnis. Aber ihr werdet sie finden. So ist es seit tausend und abertausend Jahren vorherbestimmt. Dazu seid ihr auserwählt worden.»

«Auserwählt?», fragte Katara. «*Wir* sind auserwählt? Das wird ja immer besser. Sucht Euch jemanden, der naiv genug ist, diesem Unsinn Glauben zu schenken. Ich tue es jedenfalls nicht.»

«Genau», grunzte Miro. «Die Märchenstunde ist vorbei. Wenn Ihr wollt, dass wir Eure Geschichte glauben, müsst Ihr schon mit etwas handfesteren Beweisen anrücken als mit einem verstaubten Buch.»

Das Mütterchen schien nicht sonderlich beeindruckt von ihren Argumenten. Sie nickte Ephrion zu, der schon die ganze Zeit über seinen Blick nicht von dem Buch abwenden konnte. Alte Dinge hatten ihn schon immer fasziniert, und ein tausendjähriges Buch sah man nicht gerade alle Tage.

«Wollt Ihr es aufschlagen?»

Ephrion sah die Alte verblüfft an. Sie schob es ihm zu, und Ephrion leckte hastig an seinen fleischigen Fingern, wischte sie sich an seiner Hose ab, streckte seine Hände nach dem kostbaren Buch aus und schlug vorsichtig den Deckel zurück. Das Buch war so alt, dass er fürchtete, es würde jeden Moment auseinanderbrechen und zu Staub zerfallen. Es roch nach Leder und Stockflecken. Auf der ersten Seite war in Gold, Blau und Silber ein Wappen abgebildet. Es zeigte einen aufrecht stehenden Löwen, seine Pranke ruhte auf einem Schild. Und auf dem Schild waren eine Feder und ein Schwert abgebildet. Und von dem Schild und dem Löwen gingen Strahlen hervor, die sich nach allen Richtungen ausbreiteten.

«Was ist das für ein Wappen?», fragte Ephrion fasziniert.

«Es ist das ursprüngliche Wappen Shaírias», erklärte die Alte.

«Es ist wunderschön», meinte Ephrion.

Miro beugte sich etwas vor und runzelte die Stirn. «Mein Geschichtsprofessor hat mir dieses Wappen einmal gezeigt», murmelte er verwirrt. «Aber er sagte, es gäbe kein Original mehr davon. Es wäre im Lauf der Jahrhunderte verloren gegangen.»

«Nun, das ist es offensichtlich nicht», schmunzelte das Mütterchen. «Und sämtliche Propheten, die der großen Hexenverbrennung entkommen sind, besitzen noch heute einen Originalabdruck davon.»

«Einen *Originalabdruck*?», stieß Miro verblüfft aus. «Wie meint Ihr das?»

Anstatt ihm eine Antwort zu geben, fasste das Mütterchen ihr widerspenstiges graues Haar mit der rechten Hand, hob es hoch und entblößte ein Brandmal. Es saß in ihrem Nacken und zeigte unverkennbar dasselbe Wappen wie im Buch.

«Beantwortet das Eure Frage, mein Sohn?»

Sie ließ ihr Haar wieder über den Nacken fallen, und das Zeichen verschwand darunter. Miro biss sich verwirrt auf den Lippen herum und grübelte dumpf vor sich hin. Ephrion inspizierte indessen das Buch der Prophetie. Er war so beeindruckt davon, dass er sogar die Schokoladenkekse für einen Moment links liegen ließ. Sorgfältig blätterte er die erste Seite um und blickte wie gebannt auf die verschnörkelte Schrift, die zum Vorschein kam.

Auch Katara wurde neugierig. Sie beugte sich etwas vor und versuchte, die handgeschriebenen Zeichen zu entziffern, was ihr allerdings nicht gelang.

«Was ist das für eine Sprache?», fragte sie.

«Niemand kennt diese Sprache, niemand kennt ihren Ursprung. Und nur wenige können sie lesen, geschweige denn sprechen», sagte die dicke Alte.

«Und Ihr? Versteht Ihr, was da geschrieben steht?», wollte Ephrion wissen, ohne seinen Blick von der geheimnisvollen Schrift abzuwenden.

Die Alte lächelte. «Meine Erkenntnis ist nur bruchstückhaft. Es gibt keinen Propheten, der das gesamte Buch versteht. Jedem ist eine gewisse Einsicht gegeben, dem einen mehr, dem andern weniger.»

«Lest uns etwas vor!», forderte Aliyah sie auf.

«Nicht jetzt», winkte die Frau ab. «Die Zeit drängt. Unschuldiges Blut wird fließen, wie es seit tausend und abertausend Jahren vorherbestimmt ist. Die Mauer muss fallen. Die Finsternis muss weichen. Das Ende naht – und damit der Anfang.»

· 30 ·

Jetzt hatten ihre Füße Feuer gefangen. Doch kein Schrei drang aus ihrer trockenen Kehle. Mit hängenden Schultern und gesenktem Kopf blickte Isabella an ihrem gefesselten Körper hinunter auf die hochschlagenden Flammen. Sie spürte, wie die

Wärme an ihren Beinen hochkroch, unaufhaltsam, tödlich. Ein Windstoß blies ihr das lange weiße Haar ins Gesicht, und im nächsten Augenblick loderte und qualmte das Feuer noch höher um sie herum. Ihre Haare kräuselten sich und wurden von der bloßen Hitze versengt. Ihr zerfetztes Gewand fing Feuer und fraß sich in ihre Haut. An ihren Füßen bildeten sich Brandblasen. Es roch nach verbranntem Fleisch, und es war ihr eigenes. Der süßliche Geruch war Ekel erregend, der Schmerz unbeschreiblich. Ihre Hände, die hinter dem Holzpfosten zusammengebunden waren, verkrampften sich. Ihr Körper rebellierte. Ihr Mund schäumte. Sie zerrte an den Fesseln, versuchte ihrem furchtbaren Schicksal zu entrinnen.

«Brenn, Hexe, brenn!», hörte sie die Menschen aus allen Richtungen durch den Nebel schreien. Sie klatschten und johlten wie in fiebrigem Wahn. Sie alle waren gekommen, um ihren qualvollen Tod zu feiern. Sie stöhnte und wünschte, es möge nicht mehr lange dauern. Durch den beißenden Rauch und die immer höher züngelnden Flammen, die sie von allen Seiten einschlossen, sah sie, wie sich ihr jemand näherte. Es war derselbe schwarze Ritter, der unter tosendem Beifall das aufgeschichtete Holz mit einer Fackel in Brand gesteckt hatte. Er saß hoch zu Ross und musterte sie mit sichtlicher Genugtuung.

«Ihr habt wohl geglaubt, wir würden Euch nie finden. Wie töricht von Euch. Wo sind jetzt Eure Zauberkräfte, Hexe? Wo ist Euer Sieg?» Er lachte.

Ihr ganzer Körper stand nun in Flammen. Sie hatte sich in eine brennende Feuersäule verwandelt. Die Menge tobte. Die schier unvorstellbaren Qualen drohten ihr den Verstand zu rauben. Ihr Kopf hing schlaff herab und baumelte leicht zur Seite, als sie mit röchelnder Stimme durch die Feuersbrunst flüsterte:

«Ihr seid es, der mir … der mir zum Sieg verholfen hat.»

«Welcher Sieg?», spottete der Ritter. «Ihr seid des Todes, Hexe! Es ist aus. Selbst Eure Magie reicht nicht über die Grenzen dieses irdischen Lebens hinaus.»

«Ihr täuscht Euch», entgegnete Isabella gurgelnd, den Blick gesenkt, «meine Mission … hat soeben begonnen.» Ein verzerrtes Lächeln zeichnete sich auf ihrem Gesicht ab, als ihr Geist ein letztes Mal in ihr aufflackerte. Sie hob langsam den Kopf, wie in Trance. Sie spürte, wie eine Kraft von ihr Besitz ergriff, die nicht die ihre war. Dann riss sie die Augen auf.

Mit einem Schlag war alle Farbe aus dem Gesicht des Ritters gewichen. Er starrte die Frau entgeistert an, sein Kinn begann zu beben. Er konnte ihrem Blick nicht standhalten. Sein Pferd wieherte laut, bäumte sich auf und warf ihn aus dem Sattel. Die Kraft, die von ihr ausging, war so gewaltig, dass es den schwarzen Ritter regelrecht zu Boden drückte. Schließlich rappelte er sich hoch und stolperte davon wie ein Wahnsinniger.

Isabella blickte in Richtung Tribüne, fixierte mit ihren Augen Drakar den Zweiten und zwang ihn, sie anzusehen. Sie spürte die Verwirrung, die Panik in Drakars Blick. Sie wusste, dass er den Sieg in ihren Augen sehen konnte. Trotz der Nebelschwaden und des Qualms. Er spürte die Erfüllung der Prophezeiung wie ein Schwert im Nacken und erschauderte. Sein Gesicht war kreideweiß, seine Hände umklammerten die Lehne seines Sessels. Schweißperlen traten ihm auf die Stirn.

Es war ein gespenstischer Moment. Ihre Muskeln strafften sich. Sie holte tief Luft und atmete den Geruch von Rauch und geröstetem Fleisch ein. Die Augen nach oben gerichtet, schrie sie mit messerscharfer Stimme triumphierend durch das prasselnde Feuer in die Arena hinaus:

«Aaaaaarloooooo!»

Das Echo ihrer Stimme hallte von den Felsen wider, mächtig und schauerlich zugleich. Für einen kurzen Augenblick schien die Existenz von Dark City auf ein einziges Wort zusammengeschrumpft zu sein. Es war ihr letztes in dieser Welt.

Die tanzenden Flammen verschwammen vor ihren Augen. Ihr Kopf sank schwer auf ihre verbrannte Schulter. Sie spürte, wie sich ihre Seele von ihrem Körper löste, und fühlte sich auf einmal leicht. Sie war am Ziel. Dies war ihr Ende. Und zugleich der Anfang.

· 31 ·

Aliyah, Katara, Ephrion und Miro zuckten zusammen. Sie hörten den Schrei ganz klar und deutlich, obwohl sie nicht hätten sagen können, ob sie ihn mit den Ohren hörten oder mit ihrer Seele spürten. Es ging ihnen durch Mark und Bein. Aliyah glaubte, der Schrei würde ihr das Herz aus der Brust reißen. Ephrion stöhnte vor Schmerz. Katara schrie auf, als hätte sie jemand mit einer Peitsche ins Gesicht geschlagen. Miro war leichenblass geworden, und sein ganzer Körper wurde von Krämpfen geschüttelt. Aliyah begann zu wimmern, und Nayati heulte entsetzlich.

Draußen wurde es mit einem Schlag finster. Ein brausender Sturm zog auf. Der erste Donner grollte, und gleichzeitig zuckten mehrere wilde Blitze. Es krachte ohrenbetäubend. Es hörte sich an, als würden mehrere Felsbrocken von den Bergen ins Tal stürzen. Der Boden unter ihnen begann zu zittern und zu beben. Die Tassen und das Geschirr auf dem Küchentisch klapperten. Die Kochkerze wurde von einem heftigen Windstoß ausgeblasen. Mehrere Teller fielen vom Regal und zersprangen auf dem Fußboden. Gespenstische Dunkelheit legte sich über das Wohnzimmer. Und dann knallte es so gewaltig, als würde der Himmel in zwei Teile zerrissen.

Aliyah kreischte schrill und hielt sich die Ohren zu. Nayati heulte. Miro rang nach Luft, als wäre ihm jemand an die Gurgel gegangen. Ephrion glaubte, sein letztes Stündchen hätte geschlagen, und die Angst schnürte ihm die Kehle zu. Katara spürte einen Stich, als würde ein Schwert durch ihre Brust gehen. Sie beobachtete, wie sich die Lippen der alten Frau bewegten. Fast lautlos murmelte sie Worte vor sich hin. Doch Katara konnte nicht verstehen, was das Mütterchen sagte. Anovan hatte im Dunkeln eine Streichholzschachtel gefunden und zündete die neun Dochte der Kochkerze wieder an.

Die Prophetin musterte die Jugendlichen der Reihe nach. Sie wirkten, als wären sie aus einem Alptraum aufgewacht. Ephrion zitterte wie Espenlaub. Miros weißes Satin-Hemd war vollkommen durchgeschwitzt. Katara atmete heftig. Und Aliyah hatte ihre Hand in Nayatis Fell gegraben. Die unerträglichen Qualen ließen nach, doch der Schrecken stand ihnen nach wie vor ins Gesicht geschrieben. Bestürzung und Unsicherheit spiegelte sich in ihren Augen.

«Was ... was war das eben?», stammelte Ephrion.

«Isabellas Todesschrei», erklärte die Prophetin, und ein tiefes Seufzen wölbte ihre Brust. «Sie hat ihren Auftrag erfüllt. Die Prophetin hat ihr Leben geopfert, um *seinen Namen* nach Dark City zurückzubringen. Mit ihrem Tod beginnt eure Mission. So ist es prophezeit, und so wird es sein.»

Das Mütterchen senkte den Kopf und verharrte einen Moment in andächtiger Stille. Sie weinte nicht, doch der tiefe Schmerz ihrer Seele war beinahe greifbar. Die vier Hünen schauten emotionslos geradeaus und schwiegen. Keiner der Jugendlichen wagte das Schweigen zu brechen. Es schien jetzt nicht angebracht, irgendetwas zu sagen. Isabella war tot.

Merkwürdige Gefühle stiegen in den vier Teenagern auf, Empfindungen, die sie selbst nicht richtig einordnen konnten. Bis vor Kurzem hatten sie Isabella für eine Hexe gehalten, die nichts anderes verdiente, als elendiglich und qualvoll zu sterben. Doch jetzt, wo sie tot war, kamen ihnen Zweifel. Ja, mehr als das. Es warf Fragen auf. Konnte es sein, dass sie ein Leben lang einer Lüge geglaubt hatten? War es möglich, dass die alte schwarze Frau die Wahrheit sprach? Waren sie tatsächlich etwas Besonderes und Teil einer Prophezeiung, die seit tausend und abertausend Jahren verheißen war und sich durch sie erfüllen würde?

Die Jugendlichen waren aufgewühlt, und es fiel ihnen schwer, gefasst zu bleiben. Sie hatten alle den Eindruck, als müssten sie sich gleich übergeben. Etwas war mit ihnen geschehen. Etwas, das sie nicht verstanden.

«Was ist mit uns passiert?», stammelte Aliyah leise. «Dieser, uhh, dieser ... Schrei. Noch nie habe ich einen solchen Schrei gehört. Was ist es, das sie geschrien hat?»

Die Prophetin sah auf. «Sie hat *den* Namen ausgesprochen, der vor dreiunddreißig Jahren aus Dark City verbannt wurde. Sie hat gewagt, was sich niemand mehr traute, seit Drakar der Erste die Todesstrafe verhängte über alle, die von ihm reden.»

«Die von wem reden?», fragte Katara.

«Von einem König, der regierte, bevor Drakar der Erste an die Macht kam. Er ist der rechtmäßige König Shaírias, und er wird zurückkommen, um das Paradies auf unserer Insel und in den Herzen der Menschen wiederherzustellen.»

Die Brust der Alten wölbte sich. Ihre trüben Augen wurden erneut von einem seltsamen Glanz erfasst, als sie verkündete:

«Sein Name ist Arlo. König Arlo.»

Eine eigenartig majestätische Atmosphäre legte sich über das bescheidene Wohnzimmer. Selbst die Jugendlichen spürten einen Hauch von Ehrfurcht, obwohl sie es sich nicht erklären konnten. Der Wolf begann sehnsüchtig zu winseln, und die blonden Männer in ihren schwarzen Anzügen strafften ihre athletischen Körper und sagten in respektvollem Tonfall:

«Lang lebe der König.»

Ephrion schüttelte verwundert den Kopf. «Ich hab den Eindruck, ich hätte diesen Namen schon irgendwo gehört.»

«Dein Großvater hat dir von ihm erzählt», klärte ihn die Alte auf. «Aber er hat ihn Olra genannt, nicht wahr?» Wieder wunderte sich Ephrion, woher das Mütterchen all diese Dinge wusste. Ja, sein Großvater hatte ihm von diesem geheimnisvollen König erzählt. So war es gewesen. Und das war der Tag gewesen, als Ephrion ihn zum letzten Mal gesehen hatte, damals vor sieben Jahren.

«Wir alle haben in den vergangenen Jahren seinen Namen rückwärts ausgesprochen», ergänzte die schwarze Frau. «Es ist zu gefährlich für uns Propheten, offen über ihn zu reden. Nicht nur, weil Drakar überall seine Spione hat und uns dafür töten lassen könnte. Es gibt noch einen anderen Grund. Seit Drakar der Erste die Regierung übernommen hat und Olra untergetaucht ist, gewann sein Name eine unerklärliche Kraft. Der Name ist so mächtig, dass niemand ihn leichtfertig in den Mund nehmen sollte. Daher befolgt meinen Rat und nennt den König ‹Olra›, bis die Zeit reif ist, um seinen wahren Namen wieder auszusprechen.»

«Und wann wird das sein?», fragte Aliyah.

«Ihr werdet es wissen, denn ihr seid es, die diese Zeit herbeiführen werdet.»

«Wir?», zweifelte Miro.

Die Prophetin nickte. «Schon vor eurer Geburt seid ihr dazu bestimmt worden, diese Mission zu erfüllen. Ihr seid es, die dem König von Shaíria das Buch der Prophetie und auch sein Schwert bringen werdet, damit er nach Dark City zurückkehren kann.»

«Was denn für ein Schwert?», erkundigte sich Katara.

«Ein besonderes Schwert. Es wurde aus einem Metall geschmiedet, das nicht von dieser Welt ist. Man nennt es ‹das flammende Schwert›, weil Olras Geist auf ihm ruht. Ein außergewöhnliches und sehr gefährliches Schwert. Olra ließ es in der Grolchenhöhle, am östlichsten Hang des Atha-Gebirges, verstecken. Ein Mann hat sein Leben geopfert, um es dorthin zu bringen. Dort sollte es ruhen, bis die Zeit gekommen wäre für den letzten Kampf. Und *ihr* werdet es aus dieser Höhle holen.»

Ephrion schluckte. Es wurde ihm auf einmal ganz elend zumute bei diesen großen Worten. «Könnt Ihr nicht jemand anders schicken, um das zu erledigen? Klingt alles irgendwie ein wenig gefährlich, wenn Ihr mich fragt.»

«Ihr braucht Euch nicht zu fürchten, Ephrion», versicherte ihm die Alte, «die Prophezeiung wird Euch schützen.»

«Und wie finden wir diese Grolchenhöhle?», erkundigte sich Miro.

«Der Wolf wird euch führen», sagte das Mütterchen, streckte die Hand aus, und Nayati kam folgsam auf sie zugetrabt. Sie streichelte ihm das weiße Fell, beugte sich zu ihm hinunter und raunte ihm etwas ins Ohr in einer Sprache, die die Teenager nicht verstehen konnten. Nayati kläffte daraufhin zweimal laut, als hätte er alles begriffen.

«Ich habe ihm den Weg erklärt. Er wird sich nicht verirren.»

Die Jugendlichen trauten ihren Ohren nicht.

«Ihr habt ihm den Weg erklärt?», fragte Katara, «einem Wolf?»

«Nayati ist kein gewöhnlicher Wolf», erwiderte das Mütterchen. «Ihr solltet ihn nicht unterschätzen.»

«Ich glaube, mich überrascht gar nichts mehr», meinte Ephrion, während er sich einen neuen Keks in den Mund steckte.

«Das Einzige, was ich nicht verstehe, ist, warum ausgerechnet *wir* das Schwert aus dieser Höhle holen müssen. Höhlen sind unheimlich, finde ich. Da gibt es bestimmt Spinnen und Fledermäuse, und vor Fledermäusen ekelt es mich am meisten.»

«Weichei», grinste Miro und nahm sich ebenfalls einen weiteren Schokoladenkeks. Langsam, fand er, begann die Sache interessant zu werden. Die pummelige Schwarze warf ihm jedoch einen ernsten Blick zu.

«Wähnt euch niemals in Sicherheit. Euer Weg ist gesäumt von Gefahren. Und was die Grolchenhöhle betrifft: Ich muss euch warnen. Es ist nicht ganz ungefährlich, sie zu betreten.»

«Warum?», fragte Aliyah. «Was ist so gefährlich an ihr?»

Die Prophetin runzelte die Stirn. «Nicht jeder, der sie betritt, schafft es, sie lebend wieder zu verlassen.»

«Na prima», murmelte Ephrion. «Da fühle ich mich doch gleich viel besser.»

«Vermeidet jedes Geräusch», warnte sie das Mütterchen, während sie jeden der Reihe nach anblickte, um sicherzugehen, dass sie die Ernsthaftigkeit ihres Ratschlages erkennen würden, «geht langsam und schaut nie hinter euch, auf keinen Fall.»

«Warum nicht?», fragte Miro.

«Haltet euch an diese Regeln, Kinder, und es wird euch nichts geschehen.»

«Und wo genau finden wir das Schwert?», erkundigte sich Katara.

«Folgt einfach dem Hauptgang bis zur Mitte der Höhle. Aber denkt daran: kein Lärm, keine schnellen Bewegungen und kein Blick zurück.»

«Keine Bange», versprach Miro und plusterte sich auf wie ein stolzer Hahn. «Wir werden das schon hinkriegen. Schließlich sind wir jetzt so was wie Helden, hab ich Recht?»

«Seid einfach vorsichtig», ermahnte die Alte sie erneut, und zum ersten Mal schwang in ihrer Stimme eine Spur von Besorgnis mit. «Das Schwert ist nur der erste Teil eurer Aufgabe. Ihr habt wenig Zeit. Wenn ihr Drakars Burg nicht bis morgen Abend erreicht, ist alles verloren.»

«Moment», meinte Katara. «Was sollen wir in Drakars Burg?»

«Oh, habe ich es nicht erwähnt? Ich werde wirklich langsam vergesslich! Es gibt noch einen fünften, der zu euch gehört. Sein Name ist Joash. Leider war es uns nicht möglich, ihn rechtzeitig herzubringen. Er sitzt im Kerker in Drakars Burg und soll übermorgen hingerichtet werden.»

«Bei Shaíria», murmelte Ephrion, «das wird ja immer besser.» Und Katara fiel ein:

«Ihr verlangt doch nicht etwa von uns, dass wir einen Gefangenen aus dem Kerker befreien?»

Das Mütterchen lächelte sanft. «Es bleibt euch nichts anderes übrig, mein Kind. Ohne den Burschen könnt ihr eure Mission nicht antreten. Ihr werdet ihn brauchen.»

Katara erhob sich voller Erregung von ihrem Stuhl und nahm mehrere Anläufe, etwas zu sagen. Sie war aber so perplex, dass sie es erst beim dritten Mal schaffte. «Ist Euch eigentlich klar, was Ihr da von mir verlangt? Ihr wisst ganz genau, wer mein Vater ist, und da glaubt Ihr allen Ernstes, dass ich mich wie ein Dieb in die Burg schleiche?»

«Bei Shaíria», murmelte Miro, dem auf einmal ein Licht aufging, «du bist Gorans Tochter.»

«Gorans Tochter?», fragte Aliyah. «Du meinst, *der* Goran?»

«Ja, *der* Goran», bestätigte Ephrion zwischen zwei Bissen mit großen Augen, stolz darauf, dass er dies schon vor den andern gewusst hatte. «Da staunt ihr, was? Sie hat es mir im Kartoffelkeller erzählt. Ihr Vater ist die rechte Hand des Königs. Ansgar würde vor Neid erblassen, wenn er wüsste, mit wem ich an einem Tisch sitze.»

«Du bist mir von Anfang an irgendwie bekannt vorgekommen», fuhr Miro fort. «Ich meine, nicht, dass ich dich kenne, ich war auch noch nie in Drakars Burg, aber gehört hab ich schon einiges über dich.»

Katara ging nicht auf Miros Bemerkungen ein. Stattdessen stiefelte sie wie ein gefangener Tiger im Raum hin und her. Sie war in ganz andere Gedanken vertieft.

«Tag und Nacht ist es die einzige Sorge meines Vaters, dass der König in Sicherheit ist und niemand ungesehen in die Burg kommt oder sie ohne Genehmigung verlässt. Und ausgerechnet ich, die Tochter des ersten schwarzen Ritters, soll mich heimlich in den Kerker schleichen?»

«Es wäre nicht das erste Mal», sagte das Mütterchen schlicht.

«Das war etwas anderes», knurrte Katara. «Außerdem, in der Burg wimmelt es von Wachen. Und jeder kennt mich. Glaubt mir, wir würden es nicht mal lebend bis in den Burghof schaffen. Es geht nicht. Was Ihr von uns verlangt, ist absolut unmöglich.»

Die Prophetin seufzte tief. «Dann, fürchte ich, wird wohl auf Shaíria nie mehr die Sonne aufgehen. Dark City wird für immer dunkel bleiben. Die Mission ist gescheitert, bevor sie überhaupt begonnen hat.»

«Das ist nicht fair», grollte Katara und verschränkte die Arme. «Ihr verlangt zu viel von uns. Eindeutig zu viel.»

«Isabella hat ihr Leben geopfert, damit die Prophezeiung in Erfüllung geht. Sie hat an Euch geglaubt, Katara. Ihr wart bei ihr. Ihr wisst, wovon ich spreche.»

Katara senkte den Kopf und biss sich auf die Lippen. Sie spürte ihren Herzschlag bis in die kleinste Zehe. Sie wusste, dass sie sich entscheiden musste, hier und jetzt. Sie spürte, dass eine große Aufgabe auf sie wartete. Doch die Vorstellung, sich dabei gegen ihren eigenen Vater stellen zu müssen und gegen alles, woran sie bisher geglaubt hatte, verwirrte sie. *Ist dies tatsächlich der richtige Weg?*, fragte sie sich. *Bin ich im Begriff, den größten Fehler meines Lebens zu begehen? Was ist, wenn alles eine Lüge ist? ... Und wenn nicht?*

«Ich zwinge euch nicht, keinen von euch», sagte die Alte und sah jeden von ihnen an. «Jeder Mensch will etwas Großartiges aus seinem Leben machen. Aber nur wenige sind bereit, den Preis dafür zu bezahlen. Und je größer die Berufung, desto größer der Preis. Ich weiß, ich verlange viel von euch. Ich verlange, dass ihr euer Leben, wie ihr es bis vor wenigen Stunden gekannt habt, aufgebt und es gegen ein Leben voller Ungewissheit und Gefahren eintauscht. Aber eines kann ich euch versprechen: Alles, was ihr um der Prophezeiung willen erdulden werdet, ist nichts im Vergleich zu dem triumphalen Tag, wenn die Prophezeiung ihre letzte Erfüllung erlangt.»

Ephrion, Miro, Aliyah und Katara hörten dem Mütterchen gebannt zu. Katara blieb stehen und grübelte mit gerunzelter Stirn vor sich hin. Sie fühlte sich innerlich hin und her gerissen und wusste einfach nicht, was sie von alledem halten sollte. Schließlich sah sie die Prophetin direkt an.

«Selbst wenn ich es wollte, es ist nicht zu schaffen. Aus Drakars Burgverliesen ist noch nie jemand entkommen. Noch nie, versteht Ihr?»

«Das kann ich bestätigen», mischte sich Miro großspurig ein. «Drakars Kerker gilt als das sicherste Gefängnis Dark Citys. Die Gitter der Zellen sind aus einem hochwertigen Spezialmetall angefertigt, die selbst dem Gewicht eines hinunterstürzenden Felsens von mehreren Tonnen standhalten würden. Hab ich in einem Buch gelesen.»

«Ganz zu schweigen von den vielen Wachen und Zwischentüren, die selbstverständlich alle verschlossen sind», ergänzte Katara. «Und woher sollen wir wissen, welcher Gefangene es ist? Der Kerker ist ein Irrgarten von Gängen und Zellen. Wir wüssten nicht mal, wo wir mit dem Suchen beginnen sollten.»

«Joash sitzt in Zelle dreiundvierzig», sagte die Alte.

«Trotzdem. Das klappt nie und nimmer», murmelte Katara kopfschüttelnd. «Wir gehen besser alle nach Hause und vergessen das Ganze.»

«Wenn Ihr Euch der Aufgabe nicht stellt, werdet Ihr vielleicht bald kein Zuhause mehr haben», erklärte das Mütterchen. «Und bis die Prophezeiung nicht erfüllt ist, dürft Ihr wohl nicht nach Hause zurückkehren. Es wäre unser aller Untergang.»

«Wir sterben so oder so. Ihr schickt uns in den sicheren Tod, das ist Euch hoffentlich bewusst.»

«Glaubt mir, Katara. Wenn es einen anderen Weg gäbe, würde ich es Euch sagen», antwortete die Alte. «Es kommt, wie es kommen muss.»

«Wir Ihr meint», sagte Katara entschieden, «dann wollen wir mal aufbrechen.»

«Äh … kurze Zwischenfrage», meldete sich nun Ephrion zu Wort, «wie sieht es eigentlich mit der Verpflegung aus? Ich denke, so ganz ohne Proviant sollten wir nicht aufbrechen, finde ich. Ich möchte nicht auf halber Strecke tot umfallen vor Hunger.»

«Wenn du sterben wirst, dann bestimmt nicht vor Hunger», bemerkte Katara sarkastisch. «So viel kann ich dir garantieren.»

«Trotzdem, ich meine, so ein paar Schokolade-Zimt-Kekse für zwischendurch wären schon ganz nett.»

Das Mütterchen gab Anovan einen Wink, worauf dieser in der Vorratskammer verschwand.

«Anovan wird euch Brotfladen und etwas Trockenfleisch einpacken. Das sollte fürs Erste genügen. Shonovan und Liovan werden euch mit der Kutsche bis zum Toten Fluss fahren. Von dort aus müsst ihr alleine weitergehen. Ihr überquert eine Hängebrücke und folgt einem Pfad in Richtung Nordosten. In weniger als einer Stunde erreicht ihr den Fuß des Atha-Gebirges. Wenn ihr durstig seid, trinkt auf keinen Fall Wasser aus einem Bach, selbst wenn es noch so klar und rein aussieht. Ihr könntet krank davon werden. Das Wasser ist auch in den Bergen nicht mehr so rein, wie es einmal war. Ich habe noch vier alte Wasserschläuche im Keller gefunden. Ich gebe euch also abgekochtes Wasser mit, das euch für zwei Tage reichen sollte.»

Sie nahm vier prallgefüllte Wasserschläuche von einem Haken und übergab jedem von ihnen einen davon. Sie hatte offensichtlich an alles gedacht. Die Jugendlichen hängten sich die Schläuche schräg über die Schultern, und als Anovan wenig später Katara und Miro je eine Ledertasche mit dem nötigen Proviant überreichte, wurde es ihnen doch etwas mulmig zumute.

Auf einmal wurde ihnen bewusst, dass es jetzt tatsächlich ernst wurde. Es war kein Spiel, auf das sie sich einließen, es war nicht irgendeine Mutprobe, es ging um alles oder nichts. Bei allen Fragen, die ihnen durch den Kopf gingen, an einer Tatsache gab es nicht den geringsten Zweifel: Wenn sie sich dieser Aufgabe stellten, würde ihr junges Leben nie mehr dasselbe sein.

Das Mütterchen lief um den Tisch herum, blieb hinter jedem Einzelnen stehen und legte ihnen ihre mit vielen Ringen geschmückte rechte Hand auf die Schulter. Ihre Handfläche war so heiß wie glühendes Eisen. Die Alte murmelte einige unverständliche Worte vor sich hin, während sie gemächlich von einem zum andern watschelte und schließlich stehen blieb.

«Der König braucht das Schwert», sagte sie. «Und er braucht das Buch der Prophetie. Die Zeit drängt. Bald werdet ihr euch nicht mehr ungehindert bewegen können. Drakar wird euch suchen lassen. Ihr müsst euch beeilen.» Sie schob das Buch zu Ephrion hin und gab ihm mit einem Kopfnicken zu verstehen, er solle es an sich nehmen.

«Ephrion, mein Ephrion. Ich weiß, dass Ihr Euch schwach fühlt. Doch Eure Hände sind stark. Ihr wisst es nur nicht.» Die Alte berührte seine Hände und sah ihn an. «Beschützt das Buch mit Eurem Leben. Es darf nicht verloren gehen, es darf nicht in falsche Hände kommen. Von diesem Buch hängt die Zukunft unseres Volkes ab.»

Zögerlich und mit einer gewissen Ehrfurcht griff Ephrion nach dem uralten Buch und drückte es an sich. Es war schwer und brannte wie Feuer auf seiner Brust. Ephrions Herz begann schneller zu schlagen. Es wurde ihm sogar etwas schwindlig.

«Und wo finden wir die andern Teile des Buches?», fragte er. «Und König Ar..., ich meine Olra?»

«Alles zu seiner Zeit, mein lieber Ephrion. Alles zu seiner Zeit. Erst muss eure Zahl vollständig sein.»

Ephrion wickelte das Buch in den groben Stoff, in dem es verwahrt worden war, und Anovan reichte ihm eine große Ledertasche, um es darin mit auf die Reise zu nehmen.

Die Alte wandte sich Aliyah zu und legte ihr die Hand auf die Schulter. «Meine Aliyah», sagte sie. «Euer Herz ist wie eine schillernde Perle, geformt in der Dunkelheit, verborgen für viele und doch erkennbar am unvergleichlichen Glanz Eurer Augen.» Sie griff in die Schatulle auf dem Tisch und klaubte zwei kleine, glänzende Münzen heraus. Sie legte die Geldstücke in Aliyahs Hand hinein. «Diese Münzen sind aus purem Gold. Verwendet sie nur im dringendsten Notfall.»

Aliyah nickte und legte schweigend die Faust um die Münzen.

Das Mütterchen wandte sich an Miro. «Miro, mein kluger Miro. Ihr seid wie ein roher Edelstein. Es gibt noch vieles, das an Euch geschliffen werden muss. Aber Edelsteine werden nicht von heute auf morgen geschaffen. Alles braucht seine Zeit. Ihr habt einen scharfen Verstand. Doch Intelligenz und Arroganz liegen nahe beieinander. Euer Scharfsinn wird erst zur echten Gabe, wenn Demut darin pulsiert. Vergesst das nicht.»

«Ich werde es mir merken», murmelte Miro, obwohl ihm nicht ganz klar war, wie sie das meinte – was er natürlich niemals zugegeben hätte.

Die Frau wandte sich Katara zu und legte ihr die Hand auf die Schulter. «Katara, meine mutige Katara. Ihr könnt kämpfen wie ein Tiger und kennt keine Furcht. Findet das flammende Schwert und bringt es sicher aus der Höhle. Und bedenkt: Was auch immer geschieht, vergesst nie, wer Ihr seid. Niemals.»

Katara runzelte die Stirn und schluckte trocken. Ihr Kopf drohte angesichts der tausend Fragen zu explodieren. Das Wissen um die Gefahr, in die sie sich begeben würde, war schier unerträglich.

Die pummelige Schwarze beugte sich zum Wolf hinunter. «Komm her, Nayati», sagte sie, und der Wolf kam winselnd zu ihr und ließ sich von ihr am Hals kraulen. «Geh ihnen voran. Und bleibe immer ganz dicht bei ihnen, damit sie sich nicht verlaufen.»

Der Wolf sah sie mit seinen wachsamen blauen Augen verständig an und bellte zweimal zur Bestätigung, dass er seine Aufgabe verstanden hatte.

«Es wird ein beschwerlicher Weg», erklärte die Prophetin mit ernster Miene und blickte die Jugendlichen eindringlich an. «Ein Weg voller Drangsal und Entbehrung. Ihr werdet vielleicht trotz meines Proviants Hunger leiden und Durst. Verzweiflung und Einsamkeit werden euren Weg säumen. Ihr werdet um der Prophezeiung willen auf Unverständnis, Ablehnung und Hass stoßen. Freunde werden zu Feinden, und diejenigen, denen ihr vertraut habt, werden euch verraten. Eure Augen werden nur sehr wenig Schlaf finden, euer Herz keine Ruh, bis nicht erfüllt ist, wozu ihr ausgesandt seid. Ihr werdet alles verlieren und doch alles gewinnen.»

Sie machte eine Pause und suchte den Blickkontakt mit jedem Einzelnen. Ihre alten Augen waren gefüllt mit Hoffnung und tiefstem Vertrauen. «Ich lege eine große Verantwortung auf eure Schultern. Sobald ihr die Schwelle dieses Hauses überschritten habt, gibt es kein Zurück mehr. Und ich kann euch nicht einmal versprechen, dass ihr alle lebend zurückkehren werdet. Wenn ihr die Herausforderung nicht annehmen wollt, dann gebe ich euch die Möglichkeit, nach Ablauf der Frist nach Hause zurückzukehren. Ich werde euch nicht im Wege stehen, noch meine Begleiter. Die Entscheidung liegt ganz bei euch.»

Das Heulen des Windes verstummte. Für ein paar Sekunden herrschte Stille. Das Einzige, was zu hören war, war das Ticken des Weckers, und es klang nicht mehr wie ein gewöhnliches Ticken, sondern wie der Pulsschlag eines neuen Zeitalters. Die Jugendlichen erhoben sich zögernd von ihren Stühlen, hängten sich die Taschen um die Schultern und blieben unsicher und schweigend in der Mitte des Wohnzimmers stehen. Als sich niemand zu Wort meldete, ergriff Aliyah die Initiative.

«Ich denke, wir sind bereit», sagte sie mit zartem Stimmchen.

Nayati heulte, und fast gleichzeitig zuckte ein wilder Blitz. Der darauf folgende Donnerschlag krachte so gewaltig, dass der Boden erzitterte. Die Prophetin reckte voller Stolz und Würde ihr Kinn.

«So sei es», flüsterte sie geheimnisvoll. «Das Ende hat begonnen. Das Schicksal von Dark City liegt jetzt in euren Händen.»

· 32 ·

Der Wind peitschte den Regen schräg über die karge Ebene. Der Boden war aufgeweicht und matschig. Obwohl es kaum zwölf Uhr mittags war, erschien es, als wäre es kurz nach Mitternacht. Der Sturm hatte auch noch das letzte schummrige Licht verschluckt. Es herrschte eine unheimliche Stimmung. Das Mütterchen verabschiedete sich von jedem persönlich mit einem warmen Lächeln und einem festen Händedruck. Anovan und Ishavan öffneten die Haustür und nickten den vier Teenagern zu, als sie eskortiert von Shonovan und Liovan das Haus verließen. Die beiden jungen Männer schienen auf Wolken zu schweben, so leicht war ihr Gang. Sie halfen den vier Jugendlichen und dem Wolf in die geschlossene Kutsche, die nur ein paar Armspannen vom Eingang entfernt stand. Die Pferde waren bereits eingespannt.

Plötzlich kam das Mütterchen ganz aufgeregt in ihren Pantoffeln aus dem Haus gestürmt, eine Tüte in der rechten Hand, und rief:

«Kinder, Kinder, beinahe hätte ich vergessen, euch die restlichen Kekse mitzugeben. Ich kann euch doch unmöglich ziehen lassen ohne einen Notvorrat meiner Schokolade-Zimt-Kekse.»

Ephrion lief das Wasser im Mund zusammen beim Gedanken an das köstliche Gebäck der alten Frau. Er hatte bereits am Küchentisch kräftig zugelangt, weil ihm die Kekse so gut schmeckten. Und dass sie ihnen sogar noch welche mit auf den Weg gab, fand er äußerst aufmerksam von der alten Frau. *Sie ist tatsächlich wie eine Großmutter,* dachte er. *Immer besorgt um das leibliche Wohl ihrer Enkel.*

«Ihr könnt die Kekse mir überlassen», stellte er sich großzügig zur Verfügung und streckte seine Hand vor. «Ich packe sie zu dem Buch der Prophetie.»

«Das halte ich für keine gute Idee», mischte sich Katara ein, die gleich neben ihm in der Kutsche saß. «Ich hab dich beobachtet im Häuschen. Du hast doppelt so viele Kekse gegessen wie wir. Du willst sie doch nur tragen, damit du sie heimlich aufessen kannst.»

«Ich verspreche dir hoch und heilig, ich werde die Kekse hüten wie meinen Augapfel», sagte Ephrion mit treuherzigem Blick.

«Na gut», schmollte Katara, «aber ich werde dich trotzdem im Auge behalten.»

Triumphierend nahm Ephrion die Kekse entgegen und steckte sie in seine Tasche, die er sich schräg über die Schulter gehängt hatte.

«Meine Lieben», sagte das Mütterchen mit sanfter Stimme, «Liovan und Shonovan werden euch jetzt leider nochmals betäuben müssen für die Fahrt. Es ist zu eurer und zu meiner Sicherheit, damit ihr euch nicht an den Weg zu meinem Haus erinnert. Es wäre zu gefährlich, wenn diese Information in die falschen Hände käme. Und was ihr nicht wisst, könnt ihr auch niemandem verraten.»

Katara schnaubte bei dieser Aussage. «Ich würde Euch nie verraten!», entrüstete sie sich. «In meiner Familie zählt Ehre zu den wichtigsten Charaktereigenschaften, die sich jemand erwerben kann.»

«Ich weiß, Katara, ich weiß. Trotzdem, es ist eine reine Vorsichtsmaßnahme.» Sie lächelte. «Es holpert sowieso zu stark in dieser alten Karosse. So wird euch wenigstens nicht schlecht.» Sie gab den Männern mit dem Kopf ein Zeichen, und ehe sich die Jugendlichen dagegen wehren konnten, schwangen sich die blonden Hünen zu ihnen in die Kutsche und legten ihnen der Reihe nach ein mit einer Flüssigkeit getränktes Tuch über Mund und Nase. Lautlos sanken die vier gegen die Rückenlehnen der Sitzbänke. Der Wolf machte es sich hechelnd neben Aliyah bequem und legte seinen Kopf auf ihren Schoß.

«Dass ihr mir gut auf sie aufpasst», ordnete das Mütterchen an und nickte den Männern in ihren schwarzen Anzügen freundlich zu. «Möge der Friede mit euch sein.»

Die Hünen senkten ehrerbietig den Blick. Dann kletterte Shonovan auf den Kutschbock und schnalzte mit der Zunge. Die vorgespannten Pferde wieherten laut und preschten los.

Sie erreichten den Toten Fluss am frühen Nachmittag. Der Sturm hatte kaum nachgelassen, und es regnete nach wie vor in Strömen.

«Wir sind da», verkündete Shonovan, zog an den Zügeln und brachte die schnaubenden Pferde zum Stehen. Die Jugendlichen reckten ihre Köpfe und stiegen etwas taumelnd aus der Kutsche. Es tat gut, wieder festen Boden unter den Füßen zu haben. Die Teenager waren erst vor wenigen Minuten aus der Betäubung aufgewacht und brauchten eine Weile, bis sie realisierten, wo sie sich befanden und was mit ihnen geschehen war. Es kam ihnen vor, als hätten sie sich alles nur eingebildet.

Nayati sprang frisch und munter aus der Kutsche und tänzelte ungeduldig vor den Jugendlichen herum. Neugierig betrachteten sie die Umgebung oder zumindest das, was überhaupt zu sehen war. Denn der starke Regen und der Nebel machten es unmöglich, weiter als einen Steinwurf zu sehen. Alles, was man erkennen konnte, waren der breite Fluss und eine Hängebrücke, die darüberführte und irgendwo im Nebel verschwand.

Ephrion bekam weiche Knie, als er die Brücke sah. Sie sah aus, als würde sie jeden Moment in sich zusammenstürzen.

«Sagt bloß, wir müssen über diese Hängebrücke.»

Shonovan nickte und deutete mit dem Zeigefinger in den Nebel hinein. Sein Anzug war klitschnass, die weißblonden Haare klebten auf seiner Stirn, und doch hatte der Hüne nichts von seiner Eleganz eingebüßt.

«Folgt Nayati», sagte er einfach.

«Das werden wir», versprach Aliyah.

Bevor die Teenager Zeit hatten, weitere Fragen zu stellen, schnalzte Shonovan mit der Zunge und straffte die Zügel. Die Kutsche wendete, und die Pferde fielen eben in leichten Trab, als Katara dem Gefährt ganz plötzlich hinterherrannte und den Mann zwang, die Kutsche noch einmal anzuhalten.

«Hey», rief sie, und sprang zum Kutschbock vor, auf dem der eine der beiden in seinem klatschnassen Anzug saß. «Eine Frage hätte ich noch. Wie viele sind bis jetzt lebend aus dieser Höhle zurückgekehrt?»

Shonovan sah das Mädchen kurz an und wandte dann seinen Blick ab.

«Wie viele?», wiederholte Katara ihre Frage.

«Holt das Schwert», antwortete Shonovan nur, ohne eine Miene zu verziehen. Dann nahm er die Zügel straffer in seine Hände und wandte sich von den Jugendlichen ab. «Hüaa! Vorwärts!» Mit diesen Worten trieb er die Pferde an, und in rasendem Tempo sprengten die Tiere auf dem holprigen Feldweg auf und davon. Die Karosse mit ihrem Kutscher wurde schon nach wenigen Armspannen vom Nebel verschluckt, und sie verschwand so gespensterhaft, als hätte es sie nie gegeben.

Alles, was zurückblieb, war das Prasseln des Regens, das Heulen des Windes, das Rauschen des Flusses und eine seltsame Verlassenheit, die von den Jugendlichen jäh Besitz ergriff. Für einen Augenblick schien es ihnen, als wäre alles nur ein Traum gewesen, die Entführung, das Mütterchen, die schweigsamen Vierlinge, die Prophezeiung. Es war alles so verworren und unbegreiflich. Und doch standen sie hier, mitten im Regen, vier bunt zusammengewürfelte Jugendliche, die sich noch nie zuvor begegnet waren und dennoch auf eine gemeinsame Mission geschickt wurden; eine Mission, die gefährlicher war als alles, was sie in ihrem Leben jemals unternommen hatten. Es fröstelte sie bei diesem Gedanken.

· 33 ·

Mehrere Meilen entfernt saß ein schlanker junger Mann in einem Polstersessel vor einem Kaminfeuer und starrte nachdenklich und brütend in die knisternden Flammen. Der Raum war gemütlich, obwohl er komplett fensterlos war. Ein langes Bücherregal zierte die eine Längswand neben dem Kamin. Unmittelbar über dem Kaminsims hing ein großes Ölgemälde mit vergoldetem Rahmen. Es war das Portrait eines alten Mannes mit langem Bart und langem seidigen Haar, das aussah wie gesponnenes Mondlicht. Sein Blick war gefüllt mit Stolz und der Gewissheit seines eigenen Ruhmes. In einer Ecke befand sich ein schwerer Schreibtisch mit Drehsessel. Eine steinerne Treppe, deren unterste Stufen knappe sechs Fuß in die Kammer hineinreichten, führte schräg nach oben.

Es klopfte.

«Ja?»

Ein Kopf erschien in der Tür. «Eure Hoheit, Ihr habt mich hergebeten.»

«Tretet ein, Goran.»

Der schwarze Ritter betrat den Raum und schloss die Tür hinter sich. Drakar der Zweite erhob sich von seinem Sessel und ging ihm entgegen.

«Eure Hoheit», sagte Goran und verneigte sich ehrerbietig.

«Nehmt Platz, mein Freund.» Er deutete mit der Hand auf den zweiten Sessel vor dem Kamin, und Goran setzte sich. Der Ritter trug noch dieselbe schwarze Kleidung wie bei der Hexenverbrennung, nun allerdings ohne Helm. Drakar war etwas legerer gekleidet. Er trug glänzende braune Lederhosen und ein weißes, halb offenes Baumwollhemd.

«Schnaps?»

«Einen Schnaps könnte ich allerdings vertragen.»

Drakar ging zu seinem Schreibtisch, öffnete einen kleinen Schrank und holte zwei Gläschen und eine Flasche heraus. Er füllte die Gläser zur Hälfte, stellte die Flasche wieder unter den Tisch und kam mit dem starken Trunk zum Kamin zurück. Er machte es sich in seinem Sessel bequem, und die beiden Männer kippten das Feuerwasser in einem Schluck hinunter. Sie stellten die Gläser auf einen kleinen Tisch zwischen den Sesseln, und Drakar wandte sich dem Ritter zu.

«Nun, habt Ihr sie gefunden?»

Goran seufzte tief. Er wirkte müde und besorgt. «Nein, Eure Hoheit. Sie ist nicht wieder aufgetaucht.»

«Dann haben ihre Freundinnen die Wahrheit gesagt?»

«Xenia und Yolanda? Ich fürchte, ja, das haben sie.»

«Katara wurde also entführt.»

«Alles deutet darauf hin, Eure Hoheit.»

Sie schwiegen eine Weile.

«Gibt es irgendwelche Forderungen?»

«Nein, Eure Hoheit.»

«Irgendwelche Vermutungen, wer dahintersteckt?»

Kataras Vater schüttelte den Kopf. «Ich kann es mir beim besten Willen nicht erklären. Wer auch immer den Job ausgeführt hat, war clever genug, sich in die Burg zu schleichen.»

«Bedenklich», meinte Drakar. «Ich bin immer davon ausgegangen, dass dies nicht möglich ist.»

«Eure Hoheit, es *ist* nicht möglich.»

«Und doch ist es geschehen.» Drakars Stimme klang scharf und vorwurfsvoll. «In *meiner* Burg, die Tag und Nacht von Hunderten von Soldaten bewacht wird, hat sich jemand unbemerkt durch *mein* Sicherheitssystem geschleust und die Tochter *meines* obersten schwarzen Ritters gekidnappt.» Er kniff die Augen leicht zusammen. «Was hatte Katara eigentlich nachts in den Verliesen zu suchen? Ich dachte, ich hätte mich diesbezüglich klar genug ausgedrückt.»

«Eure Hoheit, ich hatte nicht die geringste Ahnung davon», erklärte Goran. «Ich drohte ihr sogar, sie eigenhändig in den Turm zu sperren, wenn sie zur Hexe ginge. Aber sie hat es trotzdem getan.»

«Einen sturen Kopf hatte sie schon immer», meinte Drakar. Er rutschte auf dem Sessel etwas vor und faltete die Hände zusammen. «Goran, wie Ihr wisst, glaube ich nicht an Zufälle. Und ich muss gestehen, der Zeitpunkt von Kataras Verschwinden beunruhigt mich. Wäre dies alles vor ein paar Wochen oder Monaten geschehen, hätte ich angenommen, jemand wolle Euch erpressen, um an vertrauliche Informationen zu gelangen.»

«Das habe ich auch schon in Erwägung gezogen.»

«Doch anscheinend hat unser Entführer kein Interesse an einer Erpressung. Sonst hätte er sich bereits gemeldet, richtig?»

«Es ist anzunehmen.»

«Seht, Goran, und das ist es, was mir zu denken gibt.» Drakar knackte mit den Fingern, ohne seinen Blick vom schwarzen Ritter abzuwenden. «Katara verschwindet am selben Tag, wie die Hexe Isabella auf dem Scheiterhaufen verbrannt wird. Ist das nicht merkwürdig?»

«Ihr denkt, die *Hexen* haben damit zu tun?»

Drakars Augen blitzten. «Ich denke, es ist eine Verschwörung im Gange.»

Goran runzelte die Stirn. «Ich verstehe nicht, Eure Hoheit. Wir wissen seit Jahren, dass die Hexen einen Putsch planen. Die Idee ist nicht neu.»

«Es geht hier nicht um eine Idee.» Drakar erhob sich von seinem Sessel und begann nervös in dem antik möblierten Raum hin und her zu laufen. «Ich habe so ein eigenartiges Gefühl im Magen, Goran. Und dieses Gefühl sagt mir, dass etwas im Gange ist. Ich kann es förmlich riechen.»

«Aber was? Und was hat Katara damit zu tun?»

Der König wendete sich dem Ritter zu. «Ist euch irgendetwas

aufgefallen? Ist euch gestern irgendetwas Ungewöhnliches zu Ohren gekommen?»

Goran dachte angestrengt nach. «Yolanda und Xenia sagten, Katara hätte sich äußerst seltsam verhalten, als sie auf Isabella trafen.»

Drakar hielt inne. «War sie etwa *alleine* mit der Hexe?»

«Ich fürchte, ja.»

Drakars Wangen strafften sich. Es war ihm anzumerken, dass ihm diese Neuigkeit nicht passte. «Was hat die Hexe zu ihr gesagt?»

«Das wussten die beiden Mädchen auch nicht. Sie sagten mir nur, dass Katara danach leichenblass im Gesicht war und irgendwie ... anders ... als wäre sie verhext.»

«Verhext», wiederholte der junge König. Sein Gehirn schien auf Hochtouren zu laufen. «Was ist mit der Hinrichtung? Ihr habt Isabella angezündet. Ich sah, wie Ihr mit ihr gesprochen habt.»

Goran nickte und versetzte sich innerlich zurück in die eigenartigen Geschehnisse im Stadion, die erst wenige Stunden zurücklagen. Er erinnerte sich an jedes schauerliche Detail. «Eure Hoheit, ich muss gestehen, es war eine Hinrichtung, wie ich sie noch nie erlebt habe. Ich habe schon viele Hexen verbrannt, aber keine war wie Isabella. Diese Würde ...»

«Was hat sie gesagt?», zischte Drakar ungeduldig.

«Sie sagte, *ich* wäre es, der ihr zum Sieg verholfen habe. Und dann sagte sie noch, ihre Mission hätte soeben begonnen.»

Drakar wirbelte herum und sah den schwarzen Ritter mit stechendem Blick an.

«Bei Shaíria», flüsterte er, «die Prophezeiung. Sie berief sich auf die uralte Prophezeiung!» Seine Gesichtszüge veränderten sich. Er wirkte wie unter Strom. «Mein Freund, nicht nur Eure Tochter ist in Gefahr. Wir müssen handeln, bevor Schlimmeres passiert.»

«Schlimmeres?» Goran wurde unruhig. «Ich verstehe nicht. Wovon sprecht Ihr?»

Drakar erhob sich, legte die Hände auf den Rücken und schritt nervös im Raum auf und ab.

«Wir müssen sie finden, mein Freund. Wie müssen sie aufhalten, bevor die Prophezeiung … Bringt mir Soralja her.»

Der schwarze Ritter runzelte die Stirn. «Wie Ihr wünscht, Eure Hoheit. Wann wollt Ihr sie sehen?»

Drakar sah Goran direkt an. Seine Stimme klang messerscharf und eisig kalt.

«Unverzüglich! Bringt sie mir her! Jetzt gleich!»

· 34 ·

«Auf, Leute», ergriff Katara spontan das Kommando. «Suchen wir uns einen Weg ins Gebirge.»

«Ich hoffe nur, der Wolf weiß tatsächlich, wo es langgeht», meinte Miro. «Ich habe keine Lust, mich zu verlaufen, noch dazu mit einem blinden Mädchen im Schlepptau. Wie war dein Name doch gleich?»

«Aliyah», sagte die Angesprochene und schob sich eine Haarsträhne hinter die Ohren. «Und von wegen Schlepptau: Du brauchst dir keine Sorgen zu machen. Ich werde euch nicht zur Last fallen. Das ist es doch, was du befürchtest, hab ich Recht?»

«Na ja», murmelte Miro achselzuckend. «Du bist … blind. Ich weiß nicht, ob es eine gute Idee ist, dass ein blindes Mädchen im Gebirge herumklettert. Ich meine, das soll jetzt keine Beleidigung sein oder so. Ich sehe die Dinge einfach realistisch.»

«Nayati ist mein Blindenwolf. Er wird mich sicher führen.»

«Wie du meinst», sagte Miro. «Aber wenn du über einen Stein stolperst und dich verletzt, will ich dich nicht jammern hören.» Er warf einen Blick auf seine Armbanduhr. «Es ist bereits halb zwei. Wir sollten aufbrechen. Sag deinem Wolf, er soll uns den Weg zeigen.»

«Mein Wolf hat einen Namen», gab Aliyah zurück. «Er heißt Nayati.»

«Na schön, dann sag Nayati, er soll uns vorangehen.»

Aliyah rief gehorsam den Wolf zu sich. «Nayati, führe uns zur Grolchenhöhle.»

Der weiße Wolf bellte zweimal kräftig und trabte Richtung

Hängebrücke davon. Aliyah sprang unverzüglich hinter ihm her wie eine Gazelle, und sowohl Katara wie auch Miro und Ephrion staunten nicht schlecht, als sie sahen, mit welcher Leichtigkeit sich das blinde Mädchen fortbewegte.

«Donnerwetter», murmelte Katara. «Das soll ihr mal einer nachmachen.»

Unmittelbar vor der Brücke wirbelte Aliyah herum und rief den andern amüsiert zu:

«Na, was ist? Sind wir euch zu schnell?»

«Nein, das Tempo ist durchaus angemessen», antwortete Miro zerknirscht. «Geht nur weiter. Wir sind gleich bei euch.»

Die Teenager überquerten die Hängebrücke und folgten dem Weg nach Nordosten. Er führte zwischen einigen bewaldeten Hügeln hindurch und war für die erste halbe Stunde ziemlich flach und angenehm zum Gehen. Ephrion bestritt die Unterhaltung. Er erzählte Geschichten über Geschichten, und hinter jeder Kurve fiel ihm wieder etwas Neues ein, was er noch erzählen konnte.

«Einmal, da hab ich mir den Fuß verstaucht. Da konnte ich vier Wochen lang nicht mehr laufen. Vier Wochen lang. Er ist ganz dick angeschwollen und war blau und grün und gelb und violett. Habt ihr euch auch schon mal den Fuß verknackst? Ich hoffe, dass sich keiner den Fuß verstaucht, wenn wir hier in den Bergen herumsteigen. Sonst müssten wir noch eine Trage bauen. Ich weiß zwar schon, wie man eine Trage baut, aber ...»

«Ephrion», unterbrach ihn Katara, «wäre es zu viel verlangt, wenn du wenigstens für eine Minute den Mund halten würdest? Danke.»

Ephrion sah sie ziemlich verdutzt an und schwieg einen Moment, allerdings nur einen kleinen Moment.

«Habt ihr auch schon einmal den Schluckauf gehabt, und er ist dann einfach nicht mehr weggegangen?»

«Ephrion!», knurrte Katara genervt. «Musst du eigentlich immer reden?»

Aber der dicke Junge hörte ihr gar nicht zu. «Also, mir ist es einmal passiert, da hatte ich einen Schluckauf, meine Herrschaften, ich kann euch sagen, ich hab geglaubt, ich krieg die Krise.»

Katara blieb stehen und packte wütend Ephrions Arm.

«Ich breche dir gleich den Arm, wenn du nicht endlich damit aufhörst!»

Ephrion holte Luft und wollte sogleich etwas Wichtiges hinzufügen, aber Katara ließ ihn gar nicht erst zu Wort kommen und fauchte:

«Kein Wort! Hörst du? Du hast für die nächsten zwanzig Minuten Sendepause.»

Ephrion warf sauer den Kopf zur Seite und kickte mit dem linken Fuß einen Stein von der Straße. Mit gesenkten Schultern trottete er hinter den andern her und schwieg beharrlich, in der Hoffnung, Katara damit ein schlechtes Gewissen zu machen. Doch diese reagierte überhaupt nicht mehr auf ihn, und das nervte Ephrion umso mehr.

Nach einer weiteren Meile schlug der Wolf abrupt einen Haken nach links. Flink sprang er einen steilen Geröllhang hoch, und die Jugendlichen trabten voller Mut und Abenteuerlust hinter ihm her. Aber schon nach den ersten paar Schritten merkten sie, dass dies keine Bergtour von der leichten Sorte werden würde. Obwohl es mittlerweile nicht mehr regnete, hatte die Nässe die Steine doch sehr glitschig gemacht, und jeder Schritt musste wohlüberlegt sein, um keinen Erdrutsch auszulösen und selbst noch hinterherzupurzeln. Selbst Katara, die klettern konnte wie eine Katze, hatte Mühe, sicheren Halt zu finden.

Aliyah hielt sich dicht hinter Nayati, und hinter ihr quälte sich Miro den Hang hoch. Der Junge versuchte verzweifelt, seine teuren Lederschuhe nicht schmutzig zu machen, was natürlich ein Ding der Unmöglichkeit war. Hinter ihm kam Ephrion. Er keuchte wie eine alte Dampfmaschine, und selbst wenn er es gewollt hätte, er wäre nicht mehr in der Lage gewesen, auch nur ein Wort zu sagen. Katara machte den Abschluss, um von unten eingreifen zu können, falls jemand stürzen sollte. Schritt um Schritt kämpften sie sich den Abhang hoch. Sie konzentrierten sich auf jeden Atemzug, jede Gewichtsverlagerung und jeden neuen Schritt.

Als Miro versuchte, sich an einem etwas größeren Stein abzustützen, brach dieser ab, löste einen Erdrutsch aus und riss

Miro mitsamt Ephrion und Katara mehrere Armspannen schräg den Hang hinunter. Ephrion schrie auf, Miro schimpfte und spuckte, was das Zeug hielt. Nayati blieb stehen und bellte.

«Was ist geschehen?», rief Aliyah besorgt. «Ist irgendjemand verletzt?»

«Nein, alles in Ordnung!», antwortete Katara, während sie Ephrion wieder auf die Beine half. Miro rappelte sich auf und betrachtete voller Bestürzung seine Kleidung. Sein Hemd wies einen langen Riss auf. Sein Jackett aus schwarzem Baumwollsamt sah aus, als hätte ein Elefant darauf herumgetrampelt. «Mein schönster Anzug ist ruiniert! Habt ihr eine Ahnung, wie viel der gekostet hat? Und seht euch bloß mein weißes Satin-Hemd an!»

«Welches weiße Hemd?», grinste Ephrion.

«Das ist nicht witzig, Dicker», keifte Miro wütend. «Das ist überhaupt nicht witzig. Das sind Edelklamotten, ja? Die haben meinen Vater ein kleines Vermögen gekostet. Außerdem stand ich heute Morgen eine geschlagene Stunde vor dem Spiegel, um mein Haar zu stylen. Und jetzt? Ich sehe furchtbar aus!»

«Ich glaube nicht, dass es irgendeine Rolle spielt, wie du zurzeit aussiehst», bemerkte Katara trocken. «Und wer hat doch vorhin zu Aliyah gesagt, sie sollte nicht jammern, wenn sie über einen Stein stolpert? Genau. Daher heb gefälligst deinen Hintern hoch und klettere weiter. Sonst kommen wir heute nicht mehr diesen Hügel hinauf.»

«Phh. Von einem Mädchen werde ich mir bestimmt nicht vorschreiben lassen, was ich zu tun habe», grollte Miro, nur um nicht zugeben zu müssen, dass er einen Fehler gemacht hatte, Aliyah so herablassend zu behandeln. Er suchte mit der rechten Hand nach einem Stein in Griffnähe und zog sich daran ein Stück hoch. Ephrion und Katara folgten ihm. Das kräftezehrende Kraxeln ging weiter.

Nach einer knappen Stunde erreichten die fünf eine Anhöhe, die mit eigenartig geformten Moosbüscheln übersät war. Der Wind war stärker und bedeutend kühler geworden. Trotz des Nebels war die Sicht, die sich ihnen bot, beeindruckend. Sie befanden sich in einem Kessel, der auf drei Seiten von spitzen Felsen eingeschlossen war. An einigen Stellen sah das gezackte Gestein aus wie ein überdimensionales Feld aus Haifischzähnen, an anderen Stellen gab es senkrechte Felswände oder gespenstisch geformte Gebilde, die wie versteinerte Riesen aus den steilen Hängen hervorragten. Die imposanten Bergketten waren so hoch, dass man den Eindruck hatte, sie müssten den Himmel berühren. Und so weit das Auge reichte, gab es nichts als graue Felsen, kantig und messerscharf und alles andere als einladend für eine Besteigung. Es war ein majestätischer und zugleich erdrückender Anblick.

«Das Atha-Gebirge», murmelte Katara fasziniert.

«Sind wir schon da?», fragte Aliyah.

«Kurze Zwischenfrage», keuchte Ephrion mit erhobenem Zeigefinger. «Wäre es im Bereich des Möglichen, eine kurze Pause einzulegen? Ich falle gleich auf der Stelle tot um.»

«Pause klingt gut», nickte Miro heftig atmend und fuhr sich durch sein feuerrotes Haar. «Ich bin auch für eine Pause.»

Sie ließen sich erschöpft auf dem feuchten Boden nieder und verschnauften erst einmal eine Runde. Nayati war der Einzige, dem der Aufstieg offensichtlich keine Mühe bereitet hatte. Seine blauen Augen leuchteten abenteuerlustig wie zuvor, und sein schneeweißes Fell hatte kaum einen Dreckspritzer abgekriegt.

Sie tranken ein paar Schlucke aus den Wasserschläuchen und genehmigten sich jeder einen Schokoladenkeks. Miro begutachtete erneut voller Wehmut seine teure Kleidung und konnte sich nicht damit abfinden, in welch erbärmlichem Zustand sie sich jetzt befand. Und sein Haar hing ihm in Strähnen in die Stirn.

«Mach dir nichts draus», versuchte ihn Ephrion zu trösten. «Jetzt sehen wir wenigstens alle gleich aus: nass und schmutzig, fast wie nach einer Schlammschlacht. Hast du eigentlich schon mal an einer Schlammschlacht teilgenommen? Das ist das Größte überhaupt.»

«Schlammschlachten? An so was kann man tatsächlich Gefallen finden?», gab Miro mit gerümpfter Nase herablassend zurück. «Du bist es vielleicht gewohnt, dich wie ein Schwein im Dreck zu wälzen, Dicker. Ich komme aus einem noblen Haus. Meine Freizeitbeschäftigung besteht aus organisierten Partys.

Gute Musik, hübsche Mädchen, Cocktails, ein Buffet voller leckerer Speisen, gebratene Kartoffeln, das beste gegrillte Fleisch, Tomaten, Paprika, Früchte ...»

Ephrion lief das Wasser im Mund zusammen. «Klingt ja verlockend. Lädst du mich mal zu einer deiner Partys ein?»

Miro grinste. «Ich verkehre nicht mit dem gemeinen Pöbel. Die stinken und haben Läuse.»

«Es reicht», mischte sich Katara ein. «Wenn du dich für etwas Besseres hältst, dann kehr doch zu deinen Schickimicki-Freunden zurück. Ich komme auch aus einem noblen Haus, aber wenigstens hat mir mein Vater Anstand beigebracht.»

«Aber das mit den Läusen stimmt nun mal», rechtfertigte sich Miro. «Oder sag mir, dass es nicht stimmt, Dicker.»

Jetzt meldete sich Aliyah mit ihrer sanften Stimme zu Wort. «Ich finde, wir sollten versuchen, miteinander auszukommen, anstatt aufeinander rumzuhacken. Keiner von uns hat sich ausgesucht, in welchem Umfeld er aufwächst. Und trotzdem hat uns das Schicksal heute zusammengeführt. Warum ausgerechnet uns, das fragen wir uns bestimmt alle. Wir sind so verschieden, wie man nur verschieden sein kann. Aber ich bin trotzdem dafür, dass wir versuchen, Freunde zu werden. Feinde werden wir noch mehr als genug antreffen.»

«Aliyah hat Recht», stimmte ihr Katara zu. «Und ich finde, Miro, du solltest dich bei Ephrion entschuldigen.»

«Phh», machte Miro und streckte die Nase in die Luft. «Ich habe nur die Wahrheit gesagt.»

«Du hast ihn verletzt, mit Absicht.»

«Ich sage nun mal offen, was ich denke. Ist das etwa ein Verbrechen?»

«Miro!», knurrte Katara und sah ihn so eindringlich an, dass er glaubte, sie würde ihm jeden Moment an die Kehle springen wie ein Raubtier.

«Na schön», brummte Miro, und ohne Ephrion dabei in die Augen zu sehen, murmelte er: «Es tut mir leid, Dicker.»

«Und sein Name ist Ephrion», ergänzte Katara zischend.

«Ist schon in Ordnung», winkte Ephrion ab, während er Miro

kameradschaftlich das offene Tuch mit den Schokolade-Zimt-Keksen entgegenstreckte, «ein Versöhnungskeks gefällig?»

«Nein, danke», grummelte der rothaarige Junge und wich Ephrions Blick bewusst aus. Ephrion zuckte die Achseln und nahm dafür selber eines der Plätzchen.

«Sonst noch jemand?»

Aliyah nahm ebenfalls einen Keks, dann klappte Ephrion das Tuch zu und verstaute das Gebäck sorgfältig in seiner Tasche. Nayati, der bisher hechelnd neben Aliyah auf dem Boden gelegen hatte, stand plötzlich auf und spitzte die Ohren.

«Was hast du?», fragte das blinde Mädchen.

Nayati gab einen seltsamen Laut von sich, den Aliyah noch nie zuvor gehört hatte, dann tappte der Wolf zielstrebig auf Katara zu und stupste sie am Bein.

«Was ist denn?», fragte Katara. Der Wolf deutete mit seiner Schnauze in die Ferne. Katara kniff die Augen leicht zusammen und spähte angestrengt in die angegebene Richtung. Zuerst sah sie nichts als steile Felswände. Doch dann entdeckte sie etwas.

«Ich glaube, ich sehe sie!», verkündete sie. «Ich glaube, ich sehe die Grolchenhöhle.» Sie streckte die Hand aus, um den anderen die Höhle zu zeigen, doch natürlich konnten die andern in der trüben Nebelsuppe nichts erkennen.

«Dort über dem Felsen, der aussieht wie eine Hakennase. Ich sehe sie ganz deutlich. Vor dem Eingang ist eine flache Felsplatte, vielleicht zwanzig Ellen breit.»

Miro schaute das Mädchen verwundert an. «Wie kannst du etwas erkennen? Ist doch nichts als Nebel um uns herum.»

Katara lächelte. «Hab ich es nicht erwähnt? Ich kann durch den Nebel hindurchsehen.»

«Wie bitte?», fragte Miro ungläubig.

«Und sie sieht im Dunkeln», ergänzte Ephrion.

«Aber nur schwarz-weiß», schwächte Katara ihre Fähigkeit etwas ab. Miro glaubte ihr kein Wort.

«Du willst mich auf den Arm nehmen. Kein Mensch sieht durch diesen Nebel hindurch, geschweige denn im Dunkeln.»

«Kein Mensch kann einen kaputten Wecker in einer Minute wieder zum Ticken bringen», entgegnete Katara keck.

«Ich hab mir einfach vorgestellt, es wäre ein dreidimensionales Puzzle», sagte Miro achselzuckend, als wäre es das Selbstverständlichste auf der Welt. «Ich hab ein fotografisches Gedächtnis. Ich kann mir Dinge einprägen und erinnere mich noch Jahre später an jedes Detail.»

«Moment mal.» Aliyah wirbelte auf einmal herum und hob ihren Zeigefinger. «Vielleicht ist es das, was uns alle verbindet: Jeder von uns besitzt eine herausragende Fähigkeit. Katara sieht im Dunkeln und durch den Nebel hindurch. Miro hat ein fotografisches Gedächtnis. Auch ich habe eine Gabe. Ich kann Dinge spüren.»

«Wie meinst du das?», fragte Katara.

«Ich kann es nicht erklären. Es ist so eine Art sechster Sinn. Als meine Mutter noch lebte, sagte sie mir, ich würde mit dem Herzen sehen.»

«Und was ist mit dir, Ephrion?», fragte Katara neugierig. Der Junge zupfte an einem Moosbüschel herum und wirkte auf einmal nervös.

«Was soll schon mit mir sein?»

«Deine Gabe. Was ist *deine* Gabe?»

«Ich habe keine.»

«Du lügst», sagte Miro. «Ich habe genau gehört, was das Mütterchen zu dir sagte. *Wir können es nicht riskieren, Euch zu verlieren.* Das waren ihre exakten Worte. Ich habe sie mir eingeprägt, weil ich ihre Ausdrucksweise so sonderbar fand. Irgendeine Bewandtnis muss es damit haben. Sie wählte diese Worte sicher nicht zufällig.»

Ephrion zuckte nur die Achseln.

«Also, was ist dein Geheimnis?»

«Ich habe kein Geheimnis.»

«Und warum würde das Mütterchen so etwas sagen? Was hat sie damit gemeint?»

Ephrion zupfte ein ganzes Moosbüschel aus dem Boden und wurde so nervös, dass er sich beim Sprechen verhaspelte.

«Ich ... ich ... ich weiß beim besten Willen nicht, was sie damit gemeint hat!»

«Sie sagte auch, du hättest eine kostbare Gabe, und es wäre

Zeit, sie einzusetzen», fuhr Miro fort. «Also, was verheimlichst du uns?»

«Nichts!» Jetzt brauste Ephrion endgültig auf. «Ich verstehe es ja genauso wenig.»

«Was verstehst du nicht?», erkundigte sich Katara.

«Alles. Es muss ein Irrtum sein. Es kann nur ein Irrtum sein.»

«Du zweifelst an der Prophezeiung?», fragte Aliyah.

«Ich zweifle an mir.» Seine Stimme bebte leicht. «Seht mich an. Sehe ich aus wie ein Held?»

«Darauf kommt es doch nicht an», bemerkte Aliyah.

«Aber ihr alle habt Gaben, die euch befähigen.»

«Die hast du bestimmt auch», meinte Aliyah, «sonst hätte dich das Mütterchen nicht holen lassen.»

Ephrion war nicht überzeugt. «Und wenn sie sich täuscht? Ich meine, es wäre doch möglich, dass die blonden Männer in den schwarzen Anzügen sich in der Tür geirrt haben. Es wäre doch denkbar, dass sie den Falschen erwischt haben, oder? Ich meine, warum ich? Warum ausgerechnet ich?» Er redete immer schneller. Es sprudelte förmlich aus ihm heraus. «Ich ... ich fühle mich weder befähigt, dieses wertvolle Buch mit mir herumzutragen, noch ein flammendes Schwert aus einer Höhle zu holen, geschweige denn einen Gefangenen aus einem Kerker zu befreien. Das ist alles zu viel für mich. Versteht ihr? Ich ... ich kann einfach nicht glauben, dass ich ... dass ich dazugehören soll.»

«Warum nicht?», fragte Aliyah.

«Weil ... ich bin nicht besonders gut in der Schule ... meine Eltern sind arm. Ich ... ich bin viel zu jung für eine so große Aufgabe.»

«Wir sind alle jung», sagte Aliyah.

«Aber ihr seid mutig, ich bin es nicht. Ich kann überhaupt nichts vorweisen, das von Nutzen wäre.»

«Und von welcher kostbaren Gabe hat dann das Mütterchen bitte schön gesprochen? Sicher nicht vom Essen und vom Tischdecken, oder?!», hakte Miro nach.

«Ich weiß es nicht, ehrlich nicht.»

«Ich glaube dir nicht», sagte Miro trocken. «Du traust dich bloß nicht, es uns zu sagen.»

«Ich bin kein Genie wie du, Miro! Ich kann weder im Dunkeln sehen wie du, Katara, noch habe ich den sechsten Sinn wie du, Aliyah. Ich habe keine Gabe wie ihr. Was ich kann, ist … ist nichts Besonderes.»

«Also hast du *doch* eine Gabe», stellte Katara fest.

«Nicht wirklich», murmelte Ephrion verlegen und widmete sich wieder dem Auszupfen von Moos.

«Spann uns nicht auf die Folter», sagte Miro ungeduldig. «Was ist dein Geheimnis?»

Ephrion senkte den Kopf. «Ihr werdet mich bloß auslachen.»

«Ich werde dich nicht auslachen», versprach ihm Aliyah mit zarter Stimme.

«Komm schon», forderte ihn Miro heraus. «Hast du Schwimmhäute zwischen den Zehen? Oder kannst du vielleicht Feuer spucken oder Elefanten in Mäuse verwandeln?»

«Ich …» Ephrion zögerte und zupfte wie ein Weltmeister an einem weiteren Moosbüschel herum.

«Nun spuck es endlich aus!», rief Miro.

«Also gut», gab Ephrion schließlich nach und verkündete seufzend: «Ich … ich kann Schmetterlinge heilen.»

Darauf war niemand gefasst gewesen. Ein paar Sekunden lang war es peinlich still. Dann prustete Miro los.

«Schmetterlinge heilen?! *Das* ist deine Gabe? Du kannst *Schmetterlinge heilen?*»

«Ich hab doch gesagt, ihr werdet mich auslachen», brummte Ephrion beschämt. «Ja, ich kann Schmetterlinge heilen. Das ist alles, was ich kann. Tut mir leid. Mehr ist es nicht.»

«Interessant», meinte Katara, da ihr nichts Besseres einfiel.

Miro kugelte sich vor Lachen. «Schmetterlinge heilen. Ich wette, das wird auf unserer Reise *sehr* nützlich sein.»

«Miro, hör auf damit», wies ihn Aliyah zurecht. «Ich finde, es steht uns nicht zu, über die Gaben des anderen zu urteilen.»

«Das tue ich auch nicht», winkte Miro überheblich ab. «Ich meine, es ist großartig, dass Ephrion Schmetterlinge heilen kann. Findet ihr es nicht auch großartig? Ich meine, jeder sollte einen Schmetterlingsheiler mit dabeihaben. Für alle Fälle. Man weiß ja nie, was einem unterwegs so alles zustoßen kann.»

Aliyah legte ihre Hand auf Ephrions Arm. «Das Mütterchen wusste haargenau, wie wertvoll du für diese Mission bist, sonst hätte sie dich nicht holen lassen», sagte sie mit ihrem sanften Stimmchen.

Ephrion zog seufzend den Mund schief. «Du brauchst mich nicht zu verteidigen, Aliyah. Miro hat ja Recht.»

«Vielleicht geht es gar nicht darum, wie großartig deine Gabe ist», ergänzte Aliyah, «vielleicht ist es nur wichtig, dass du *weißt*, dass du eine Gabe hast.»

Ephrion schwieg betreten. *Ich weiß nicht einmal, ob man das als Gabe bezeichnen kann,* dachte er. *Vielleicht ist alles nur ganz zufällig geschehen und hat überhaupt nichts mit mir zu tun.*

Er erinnerte sich noch gut an den Tag zurück, als es zum ersten Mal geschah. Er war etwa sieben Jahre alt gewesen und hatte mit ein paar Freunden Verstecken gespielt. Auf der Suche nach einem Unterschlupf kauerte sich Ephrion hinter eine große Mülltonne. Und da sah er auf dem Boden einen Schmetterling, der verzweifelt versuchte davonzufliegen. Es war selten, dass ein Schmetterling sich nach Dark City verirrte. Denn in der Stadt gab es keine Blumen, jedenfalls hatte Ephrion noch nie welche gesehen. Und wo es keine Blumen gab, gab es auch keine Schmetterlinge.

Aber hier saß nun dieser wunderschöne farbige Schmetterling und konnte nicht mehr fliegen. Sein linker Flügel war gebrochen, und das arme Tierchen drehte sich nur flatternd im Kreis und kam nicht von der Stelle. Ephrion hob den Schmetterling vorsichtig vom Boden auf und legte ihn in seine rechte Hand. Dann schloss er die linke darum und kroch aus seinem Versteck hervor. Er wollte einen sicheren Ort finden, wo er das zarte Geschöpf absetzen konnte. Also lief er ein Stück die Straße hinauf und hielt Ausschau nach einem Plätzchen, das ihm geeignet schien für das verletzte Tier.

Und dann geschah etwas Eigenartiges. Ephrion spürte plötzlich, wie die hauchdünnen Flügelchen ganz wild gegen seine Finger schlugen. Vorsichtig öffnete er die Hand, und bevor er wusste, wie das möglich war, flatterte der Schmetterling in die Höhe. Sein linker Flügel war geheilt, und das schillernde Wunder tanzte leicht wie eine Feder durch die Luft und entschwand schließlich Ephrions Blickfeld.

Der Junge hatte keine Ahnung, was passiert war, doch der Schmetterling war geheilt. Und es blieb nicht bei dem einen Schmetterling. Ein paar Monate später fand Ephrion erneut einen verletzten Schmetterling. Diesmal lag er auf seinem Fenstersims, und er war schon so schwach, dass er nicht einmal mehr die Kraft hatte, seine Flügel zu gebrauchen. Wieder nahm Ephrion das Tierchen in seine warmen Hände, und wenige Sekunden später flatterte der Schmetterling voller Lebensfreude gen Himmel.

«Wir sollten weitergehen. Die Zeit läuft uns davon. Und bis zur Höhle sind es bestimmt nochmals zwei Stunden.» Es war Katara, die das sagte und Ephrion ziemlich abrupt aus seiner Gedankenwelt holte.

Sie brachen auf. Der Wolf jaulte freudig und trabte über die weite Ebene davon. Die Jugendlichen folgten ihm im Laufschritt.

· 35 ·

Sie überquerten die Ebene schneller, als sie gedacht hatten. Aber dann sank ihnen der Mut. Die Felswand unterhalb der Grolchenhöhle, die aus der Ferne wie eine Hakennase ausgesehen hatte, glich aus der Nähe eher einem riesenartigen überhängenden Pilz. Die Jugendlichen betrachteten das bizarre Felsmassiv beunruhigt von unten.

«Da kommen wir nie hoch», murmelte Miro. «Für so was braucht man Kletterschuhe, Seil und Haken. Wir haben nicht mal etwas, aus dem man ein Seil improvisieren könnte.»

«Es muss einen Weg geben», sagte Katara. «Wartet hier. Ich bin gleich zurück.»

«Aber ... Katara!»

Bevor jemand etwas einwenden konnte, sprang das Mädchen davon. Wenige Minuten später erschien sie wieder und berichtete den anderen von ihrem Plan.

«Wir können es schaffen. Es gibt eine Spalte, die sich keilförmig durch den gesamten Felsen zieht. Darin hängen kleinere Steinbrocken fest, die eine Art überdimensionale Treppe bilden. Ich glaube, es müsste uns gelingen, von einem Brocken zum nächsten zu kommen und schließlich auf das Felsplateau vor der Höhle. Es ist wenigstens einen Versuch wert.»

«Klingt vernünftig», beurteilte Miro ihre Erläuterung. «Und eine andere Wahl haben wir nicht, wenn ich das richtig sehe.»

«Nein, haben wir nicht», bestätigte Katara und strich sich ihr Zöpfchen aus dem Gesicht. «Ihr seid doch alle schwindelfrei, hoffe ich?»

Ephrion schluckte trocken. «Wieso? Wie tief geht die Spalte?»

«Tief genug, dass ich niemandem wünsche, hineinzufallen», sagte Katara nur.

«Sehr beruhigend», murmelte Ephrion vor sich hin. «Ungemein beruhigend.»

Es stellte sich heraus, dass Kataras Beschreibung nicht übertrieben war. Gleich hinter dem nächsten Felsen tat sich vor ihnen ein Abgrund auf, der einem wahren Höllenschlund glich. Wie ein mächtiger schwarzer Blitz zog sich der Spalt von oben nach unten durch die Felswand und hatte sogar den Boden mehrere Armspannen breit auseinandergerissen. Der Riss verlor sich in der Horizontalen irgendwo in der weiten Ebene und in der Vertikalen in einer bodenlosen Tiefe. Es sah aus, als hätte jemand mit einem Beil den gesamten Berg wie ein Holzscheit der Länge nach durchgespalten. Und irgendwie wurden die Jugendlichen den Verdacht nicht los, dass vielleicht sogar dieses schwere Unwetter für die Spaltung des Felsens mitverantwortlich war.

Der Anblick der Spalte war gigantisch, sowohl nach oben wie auch nach unten. Miro nahm einen Stein und warf ihn in den Schlund. Sie hörten, wie er gegen einige Hindernisse prallte, doch sie hörten nicht, wie er am Boden aufschlug.

«Ziemlich tief», murmelte Miro, und um seine eigene Angst zu verbergen, fügte er hinzu: «Nichts für schwache Nerven. Vielleicht wäre es besser, Aliyah würde zurückbleiben. Ich meine, sie ist blind.»

«Ich dachte, wir hätten das mit der Blindheit geklärt», gab Aliyah zurück. «Ich schaffe das schon.»

Ephrion knabberte indessen nervös an seinen Fingernägeln. Seine Stimme wurde hastig und stockend. «Und ihr seid sicher, dass dies der einzige Weg nach oben ist? Da seid ihr euch ganz sicher, ja? Ich meine … ich meine, vielleicht gibt es ja doch noch eine andere Möglichkeit, irgendwie …»

Katara klopfte ihm aufmunternd auf den Rücken. «Ich werde persönlich dafür sorgen, dass du da hochkommst, Ephrion. Vertrau mir. Im Klettern bin ich gut.»

Ephrion lächelte unsicher. «Also, wenn es nicht unbedingt sein muss, bleibe ich lieber hier unten. Der Aufstieg hierher ins Atha-Gebirge war ja schon anstrengend. Aber so steil nach oben? Mit dieser furchtbaren Spalte, die was weiß ich wie tief in die Erde geht? Ich habe keine Lust, da hineinzufallen, ganz ehrlich nicht. Außerdem habe ich Höhenangst. Und überhaupt, ihr schafft das auch ohne mich.»

«Wir sind ein Team», sagte Katara. «Du kommst mit.»

«Aber vielleicht …»

«Memme», grinste Miro kaum hörbar. Aber Katara hatte es gehört und warf ihm einen bösen Blick zu.

«Gehen wir», befahl sie. «Je länger wir hier herumtrödeln, desto weniger Zeit bleibt uns. Los!»

Und so begannen sie zu klettern, von einem Felsen zum nächsten, von einer Steinplatte zur andern, immer wieder Lücken zwischen den Felsen überspringend. Nayati ging an der Spitze, gefolgt von Katara. Dann kamen Aliyah und Miro und zum Schluss Ephrion. Sie redeten nicht viel. Das Klettern und Springen forderte höchste Konzentration. Ephrion war der Einzige, der alle zehn Sekunden ein «Oje!» und «Bei Shaíria!» und «Wie weit ist es noch?» von sich gab, bis Katara ihn hart zurechtwies, er solle endlich schweigen und gefälligst nicht mehr nach unten schauen.

Der Regen peitschte wieder über die Berge und machte die Felsbrocken zeitweise ziemlich glitschig. Nayati setzte vorsichtig eine Pfote vor die andere, immer wieder einen prüfenden Blick zurückwerfend, ob die Teenager ihm zu folgen vermochten. Katara klammerte sich wie eine Eidechse mit ihren Fingern an den Felsen und fand selbst in den kleinsten Ritzen Halt. Es war absolut erstaunlich, wie sicher sie sich vorwärts bewegte und dabei immer eine Hand frei hatte, um alle andern zu stützen und auf den nächsten Felsbrocken zu ziehen. Sämtliche ihrer Muskeln waren angespannt, und in ihren Augen flackerte ein zäher Wille. Keine Spur von Furcht oder Bedenken. Ihre Souveränität verlieh den Jugendlichen Sicherheit und Ruhe.

Ohne Katara hätten sie den gefährlichen Aufstieg in dem Spalt nie in Angriff genommen, geschweige denn geschafft. Immer höher und höher kletterten sie, ohne sich auch nur eine Pause zu gönnen, immer nur wenige Fingerbreit von dem Furcht erregenden Abgrund entfernt. Die scharfen Kanten der Felsen schnitten ihnen die Hände auf. Doch sie kümmerten sich nicht darum und hielten sich an jedem Vorsprung fest, den sie finden konnten. Denn nur ein einziger Fehltritt, nur ein kleiner Ausrutscher, und sie wären in den sicheren Tod gestürzt. Manchmal löste sich Geröll von den seitlichen Felswänden, und sie hörten, wie die Steine irgendwo tief unter ihnen an den Felsen zerschmetterten. Ephrion glaubte jedes Mal, sein Herz würde stehen bleiben. *Nur nicht nach unten gucken,* redete er auf sich selbst ein, *einfach gut durchatmen und nach vorne schauen. Du schaffst das. Du kannst das. Denk nicht an die Höhe. Du brauchst keine Angst zu haben. Katara wird dich halten. Sie hat alles im Griff. Einfach nicht die Nerven verlieren. Setze einen Fuß vor den andern. Wir sind gleich oben. Nur noch ein paar Armspannen …*

Der Aufstieg dauerte eine Ewigkeit. Irgendwann hörte Ephrion über sich, wie Nayati freudig heulte, und ging davon aus, dass der Wolf die Felsterrasse vor der Höhle erreicht hatte. Katara bestätigte seine Vermutung.

«Wir sind oben!», rief sie und schwang sich flink wie ein Berglöwe auf das flache Plateau. «Wir haben es geschafft, Freunde!» Sie ergriff Aliyahs Arm und zog sie zu sich auf den glatten Felsvorsprung, danach Miro. Zuletzt streckte sie ihre Hand aus, um Ephrion zu helfen.

Und in diesem Moment geschah es. Es passierte das, wovor sich Ephrion die ganze Zeit gefürchtet hatte: Beim Sprung vom letzten

Felsen hinauf aufs Felsplateau rutschte er aus. Nur wenige Fingerbreit vor dem Ziel rutschte der Junge aus, und hätte er nicht im letzten Augenblick die Wurzel eines abgestorbenen Strauches zu fassen gekriegt, wäre dies sein Ende gewesen. Jäh schrie er auf, als er den Boden unter den Füßen verlor. Verzweifelt suchte er nach einem Halt und zappelte hilflos in der Luft herum.

«Ephrion!», rief Aliyah besorgt.

«Bei Shaíria!», stieß Miro hervor. Er war gelähmt vor Schreck und drückte sich nur unbeholfen an die Felswand hinter sich, unfähig, irgendetwas zu unternehmen.

Katara war die Einzige, die angesichts der dramatischen Situation einen klaren Kopf behielt. Geistesgegenwärtig warf sie sich zu Boden und beugte sich so weit über den Felsvorsprung, wie es ihr irgend möglich war. «Nimm meine Hand!», rief sie Ephrion zu. «Ich ziehe dich hoch!»

«Ich kann nicht!», stammelte Ephrion.

«Komm schon! Du kannst das! Ich weiß, dass du es kannst!»

«Ich rutsche! Die Wurzel hält mich nicht!»

«Nimm meine Hand!», befahl ihm Katara erneut. Sie robbte noch ein Stückchen weiter nach vorne, so dass fast ihr ganzer Oberkörper frei über dem offenen Abgrund schwebte. Mit der linken Hand bekam sie einen Ast desselben Strauches zu fassen, an dem Ephrion hing, und mit der rechten griff sie nach dem Vierzehnjährigen, erreichte ihn aber um einen halben Fingerbreit nicht.

«Lass die Wurzel los und greife nach meiner Hand!», rief sie ihm zu.

«Ich ... ich kann die Wurzel nicht loslassen!», stotterte Ephrion. «Sonst stürze ich ab!»

«Hör mir zu, Ephrion», sagte Katara und gab sich Mühe, möglichst ruhig zu bleiben. «Du musst die Wurzel jetzt loslassen. Nur mit einer Hand. Vertrau mir. Ich werde dich nicht fallen lassen.»

«Ich habe Angst!», wimmerte Ephrion aus trockener Kehle. «Ich will nicht sterben!»

«Lass den elenden Ast los, Dicker!», rief jetzt Miro von hinten. «Katara weiß, was sie tut. Sie wird dich halten!»

Ephrion baumelte über dem gähnenden Abgrund, die Hände um die nasse Wurzel geklammert, und seine Verzweiflung war so groß, dass er nicht mehr klar denken konnte. So hing er an dem senkrecht abfallenden Felsen, und seine glitschigen Hände rutschten immer mehr von der Wurzel ab. Geröll löste sich vom Felsen. Ephrion sah nach unten, und alle Farbe wich aus seinem Gesicht. Es war, als würde er geradewegs in den Rachen des Todes hineinblicken. Es war, als würde ihn der Tod selbst in die Tiefe reißen wollen. Noch nie in seinem Leben hatte Ephrion mehr Angst empfunden als in diesem Augenblick.

«Sieh nicht nach unten!», schrie Katara. «Sieh nach oben, Ephrion! Sieh mich an! Nimm meine Hand!»

Ephrion zwang sich, nach oben zu schauen, und da sah er, dass sich unmittelbar neben Katara noch jemand anders über den Felsvorsprung beugte. Es war Aliyah, die blinde Aliyah. Besorgt und furchtlos zugleich saß sie da, dicht vor dem Abgrund, und ihr grünes und ihr blaues Auge schillerten wie zwei klare Bergseen und strahlten eine ansteckende Ruhe aus.

«Aliyah, geh zurück!», befahl ihr Katara. «Es ist zu gefährlich für dich!»

«Wir sind ein Team, Katara», entgegnete Aliyah und begann die beiden losen Ärmel ihres Kleidchens von ihren Oberarmen loszuschnüren.

«Aliyah, du wirst abstürzen!», rief Katara. «Was machst du denn da?»

Das blinde Mädchen tastete sich weiter vor und legte sich neben Katara auf den flachen Stein.

«Da, nimm. Damit kriegen wir ihn.» Sie reichte Katara eines der feinen, aber sehr reißfesten Tücher, während sie selbst das Ende des zweiten Tuches fest um ihre Hand wickelte und das andere Ende verknotete und Ephrion zuwarf.

Katara verstand, was ihr Plan war, und tat dasselbe. Die beiden Tücher hingen jetzt über den Felsvorsprung und berührten Ephrions Arme wie die zarten Flügel eines Schmetterlings.

«Ephrion, wir brauchen dich!», rief ihm Aliyah mit sanfter Stimme zu. «Denk an die Prophezeiung! Denk an deine Berufung!»

«Ich … ich kann nicht!», schrie Ephrion weinerlich.

«Greif endlich nach dem Tuch, Dicker!», rief Miro von hinten.

«Miro, hilf uns besser!», schnaubte jetzt Katara, ohne sich nach ihm umzudrehen. «Halte Aliyahs Beine fest, damit sie nicht auch noch abrutscht.»

«Und was ist mit dir?», fragte Miro zurück.

«Jetzt mach schon!», antwortete Katara ungeduldig. «Schnell!» Sie sah mit wachsender Besorgnis, wie sich ein paar seitliche Wurzeln vom Felsen zu lösen begannen. Es war eine Frage von Sekunden, bis die Wurzel, an der sich Ephrion festhielt, nachgeben und der Junge in den sicheren Tod stürzen würde. Miro ging hinter Aliyah in die Hocke, den Rücken dem Höhleneingang zugekehrt, und hielt mit beiden Händen ihre Beine fest. Dabei lehnte er sich wie beim Seilziehen schräg zurück, um sich gegen Ephrions Körpergewicht stemmen zu können, falls dieser Aliyah Richtung Abgrund zerren würde. Für einen Moment überlegte er sich, ob sich Aliyah durch seine Stütze sogar noch weiter vorbeugen könnte, um Ephrions Hand zu ergreifen, doch bevor er überhaupt dazu kam, seine Idee anzubringen, gab die Wurzel nach. Kataras Augen weiteten sich vor Entsetzen.

«Ephrion! Jetzt!»

Ephrion reagierte instinktiv. Er packte die beiden Tücher wie einen Rettungsring. Aliyah spürte ein heftiges Reißen in ihrem Arm und fürchtete, sich durch den starken Ruck die Schulter auszukugeln. Doch sie biss sich auf die Zähne und hielt eisern an dem Tuch fest. Katara tat dasselbe. Miro versuchte als Gegengewicht zu dienen und lehnte sich so weit zurück, wie es ihm möglich war. Gemeinsam begannen sie, Ephrion Fingerbreit um Fingerbreit hochzuziehen, bis es dem Jungen gelang, sich selbst an der Kante des Felsvorsprungs festzuklammern. Sie hievten ihren Gefährten auf die Felsplatte und blieben eine Weile mit ausgestreckten Armen und Beinen liegen wie vier gestrandete Schiffbrüchige am Ufer einer Insel. Dann setzten sie sich auf und sahen sich für einen langen Moment einfach nur gegenseitig an – drei mit ihren Augen, eine mit ihrem Herzen –, keuchend und ohne ein Wort zu sagen.

· 36 ·

«Danke», murmelte Ephrion, nachdem er wieder zu Atem gekommen war. «Ihr habt mir das Leben gerettet.»

«Gern geschehen», meinte Aliyah bescheiden.

«Keine Ursache», sagte Katara. «Ich halte meine Versprechen.»

Miro eierte herum und wusste nicht so recht, was er sagen sollte. Schließlich meinte er mit einem Blick auf seine Armbanduhr: «Wir sollten aufbrechen. Wir müssen das flammende Schwert aus der Grolchenhöhle holen.»

«Die Grolchenhöhle», sagte Katara und betrachtete den Höhleneingang hinter ihnen eingehend. «Irgendwo dort drin ist also das flammende Schwert versteckt.»

«Ich frage mich bloß, wie wir es im Dunkeln finden sollen», überlegte Miro.

Katara klopfte ihm grinsend auf die Schulter. «Schon vergessen, dass ich im Dunkeln sehen kann?»

Miro lächelte fasziniert. «Du bist echt das krasseste Mädchen, das mir je begegnet ist, Katara. Und du siehst tatsächlich im Dunkeln? Ohne Scherz?»

«Ich kann die Führung übernehmen», schlug Katara vor.

Miro fand das eine gute Idee. «Ich schlage vor, Katara, Ephrion und ich gehen in die Höhle und holen das Schwert. Und Aliyah wartet mit Nayati hier draußen.»

«Warum willst du nicht, dass ich mitgehe?», fragte Aliyah.

«Du würdest bloß herumstolpern im Dunkeln.»

Aliyah schob sich ihr glänzendes kupferrotes Haar hinter die Ohren und streckte beleidigt die Nase in die Luft. «Wann verstehst du es endlich: Meine Blindheit ist keine Behinderung, sondern eine Stärke. Wenn sich jemand in der Dunkelheit zurechtfindet, dann bin ich es. Und zwar immer. Vergiss das bitte nicht.»

«Na schön, dann kommst du eben mit», willigte Miro ein. «Aber dein Wolf bleibt draußen.»

«Warum?»

«Die Hexe oder Prophetin – oder wer auch immer sie sein mag – sagte uns, wir sollten leise sein. Und wenn dein Wolf da drinnen plötzlich loszuheulen beginnt, wäre das wohl nicht sehr geschickt.»

«Nayati ist ein kluger Wolf. Wenn ich ihm sage, er soll leise sein, dann tut er das auch», wandte Aliyah ein.

Ephrion räusperte sich.

«Also ... also, wenn ich auch mal was sagen darf: Ich stelle mich freiwillig zur Verfügung, um mit Nayati draußen zu bleiben. Da drin wimmelt es bestimmt von Fledermäusen und Spinnen und all so was. Und ... um ehrlich zu sein, bin ich im Moment nicht sehr scharf darauf, auf Höhlentour zu gehen. Und außerdem ...» Er überlegte kurz, um noch ein weiteres Argument zu finden, «außerdem könnte ich auf eure Taschen aufpassen, damit ihr sie nicht mit in die Höhle nehmen müsst.»

«Alles nur Ausreden.» Miro grinste abschätzig. «Du hast doch einfach nur die Hosen voll, gib's zu.»

«Miro, lass ihn doch», mischte sich Katara ein. «Ephrion wäre beinahe abgestürzt. Es ist verständlich, wenn er sich davon erst einmal erholen muss. Wir finden das Schwert auch zu dritt.»

Miro zog den Mund schief. Er war es nicht gewohnt, sich von einem Mädchen vorschreiben zu lassen, was zu tun war. Aber im Moment war es wohl besser, sich zu fügen.

«Meinetwegen. Dann bleib eben hier, Dicker. Du kannst ja Schmetterlinge heilen, wenn dir langweilig wird.»

«Sehr witzig», murmelte Ephrion gekränkt. Als hätte Nayati das gesamte Gespräch verstanden, trottete er zu Ephrion, ließ sich neben ihm nieder und sah ihn mit seinen eisblauen Augen treuherzig an. Ephrion krallte sich mit den Händen an seinem Fell fest und fühlte sich durch die Nähe des Wolfes sicherer.

«Dann wollen wir mal», sagte Katara, legte ihre Tasche mit dem Proviant und auch den Wasserschlauch ab und schritt mutig und abenteuerlustig zum Höhleneingang. «Mir nach!»

Auch Miro und Aliyah ließen ihr Gepäck bei Ephrion und folgten Katara eilends. Sie kletterten über ein paar hüfthohe Steine, die wie eine Reihe stumpfer Zähne vor dem Eingang lagen, und begaben sich dann aufrechten Ganges in die Grolchenhöhle rein.

Die Eingangshalle glich dem offenen Rachen eines steinernen Ungeheuers und war in ein rötliches Dämmerlicht getaucht. Bizarr geformte Felsen hingen von der Decke. Der Boden war einigermaßen eben und glich dem Rücken einer rauen Zunge. Dicht beim Eingang waren die Wände und sogar die drei Armspannen hohe Decke mit Moosen und Farnen bedeckt. Weiter hinten verengte sich die Höhle, und der Felsen wurde kahl und trocken. Es war kalt, dunkel und geheimnisvoll.

«Bleibt dicht hinter mir», sagte Katara. «Miro, halte dich an meinem Mantel fest, damit ich dich besser führen kann. Aliyah, vielleicht hältst du dich an Miros Gürtel fest.»

«Ich komme schon zurecht, danke», sagte Aliyah.

«Hast du Berührungsängste?», fragte Miro.

«Nein, aber ich verlasse mich lieber auf meine Echo-Technik.»

«*Echo-Technik?* Sag bloß, du orientierst dich genauso, wie die Fledermäuse es tun?!»

«Nur wenn Nayati nicht bei mir ist.»

«Ich habe noch nie gehört, dass ein Mensch zu so etwas in der Lage ist», meinte Miro skeptisch. «Wie machst du das?»

«Ganz einfach», erklärte Aliyah. «Ich schnalze mit der Zunge und sende dadurch Signale aus. Mein Gehirn wandelt dann die Reflexion des Schalls in Bilder um. So kann ich Distanzen schätzen und Hindernisse erkennen.» Sie schnalzte mit der Zunge und lächelte. «Miro, pass auf, dass du nicht den Kopf an den spitzen Felsen vor dir stößt.» Erst jetzt bemerkte Miro eine zapfenförmige Felsformation, die sich, genau wie das Mädchen es gesagt hatte, unmittelbar vor seinem Kopf befand.

«Oh», murmelte der schlanke Junge. «Dein System scheint ja tatsächlich zu funktionieren.»

«Seid jetzt still und lasst uns weitergehen», sagte Katara. «Wir müssen die Mitte der Höhle finden.»

Sie verließen die große Eingangshalle und folgten dem Lauf der Höhle weiter nach hinten. Ein Luftzug schlug ihnen aus der Tiefe des Berges entgegen wie der Atem eines schlummernden Riesen, nur eisig kalt. Miros Schritte wurden zaghafter. Das diffuse Licht von draußen war einer pechschwarzen Nacht gewichen. Als Miro die eigene Hand nicht mehr vor den Augen erkennen konnte, wurde ihm erst die Ironie seiner Situation bewusst. Aliyah hatte ein trainiertes Gehör wie das einer Fledermaus, Katara ihre unwahrscheinliche Nachtsicht, die sogar das Sehvermögen einer Katze übertraf, und er war jetzt so blind wie ein Maulwurf. Er klammerte sich an Kataras Mantel und hoffte, dass sie bald die Mitte der Höhle erreichen würden. Von anderen abhängig zu sein, passte ihm ganz und gar nicht.

«Siehst du das Schwert irgendwo?», fragte er Katara mehrere Male.

«Du musst dich schon etwas gedulden», antwortete das Mädchen. «Die Höhle scheint ziemlich tief zu sein. Schwer zu sagen, wie weit sie in den Berg hineingeht.»

«Irgendwelche Risse oder Spalten im Boden? Ich habe keine Lust, plötzlich ins Leere zu treten.»

«Das wirst du nicht. Der Boden ist einigermaßen flach, jedenfalls bis jetzt.»

«Wir sollten uns Mühe geben, keine Geräusche zu machen», ermahnte Aliyah die andern im Flüsterton. «Das Mütterchen hat uns ausdrücklich gesagt, wir sollten ganz leise sein.»

«Das ergibt einfach keinen Sinn», überlegte Miro. «Warum sollten wir leise sein? Um keine Fledermäuse aufzuschrecken?»

Aliyah wich einer seitlich hervorstehenden Felsennase aus. «Vielleicht würden die Geräusche Felsbrocken von den Wänden lösen und uns unter sich begraben.»

«Sei nicht so dramatisch», meinte Miro.

Katara kletterte über einen großen Stein und half Miro darüber. «Irgendeine Gefahr muss es wohl geben», gab sie zu bedenken. «Immerhin hat jemand sein Leben geopfert, um das Schwert herzubringen.»

«Das kann auch symbolisch gemeint sein», schwächte Miro ihr Argument ab.

«Und wenn nicht? Das Mütterchen sagte, nicht jeder käme lebend aus dieser Höhle heraus.»

«Wir schon», sagte Miro. «Ich habe nicht die Absicht, hier drin zu vermodern. Warum seid ihr bloß so pessimistisch?»

«Ich bin bloß realistisch», sagte Katara.

Aliyah blieb stehen und atmete tief durch. «Miro, Katara, ich spüre etwas.»

Katara drehte sich dem blinden Mädchen mit gerunzelter Stirn zu.

«Was meinst du damit?»

«Ich weiß es nicht genau. Ich spüre es, seit wir die Höhle betreten haben. Erst dachte ich mir nichts dabei. Doch je tiefer wir in den Berg vordringen, desto stärker wird es.»

«Seht ihr», meinte Miro, «genau deswegen wollte ich nicht, dass die Blinde mitkommt. Sie hält uns nur auf. Nächstes Mal solltet ihr auf mich hören, Mädels.»

Aliyah schenkte seiner Bemerkung keine Beachtung. Katara sah, dass ihr Gesicht von Furcht gezeichnet war. Ihre Augen zuckten merkwürdig.

«Etwas wird geschehen», flüsterte sie abwesend. «Etwas Unheimliches. Ich kann es nicht erklären, aber ich fühle es. Ich fühle es ganz deutlich.»

· 37 ·

Als Soralja dem König vorgeführt wurde, umspielte ein zufriedenes Lächeln seine Mundwinkel. Die Gefangene war an Händen und Füßen mit schweren Ketten gefesselt. Sie war zu schwach, um sich auf den Beinen zu halten und wurde von zwei Soldaten unter den Achselhöhlen festgehalten und wie ein lebloser Körper in den Thronsaal geschleift. Ihr langes, rostbraunes Haar reichte ihr bis fast zu den Hüften. Es war feucht, zerzaust und ungepflegt. Ihre Wangen waren eingefallen, ihr Körper ausgemergelt, ihre Augen waren ausdruckslos und wirkten, als hätte sie jeglichen Lebenswillen verloren. Die Frau war barfuß und trug ein langes, zerschlissenes Hemd, das wohl einmal weiß gewesen war. An ihrem Kleid waren Blutspritzer, und die noch nicht verheilten Striemen in ihrem Gesicht zeugten von der Brutalität, mit der sie behandelt worden war. Ihr Körper glühte wie von einem starken Fieber befallen. Das ehemals weiße Hemd war ihr etwas über die rechte Schulter gerutscht und gab den Blick frei auf ein Brandmal. Es zeigte einen aufrecht stehenden Löwen mit einem Schild, aus dem Strahlen nach allen Richtungen hervorgingen.

Drakar erhob sich von seinem Thron und schritt gemächlich auf die Frau zu. Er umkreiste sie wie ein Raubtier seine Beute und spürte ihren gebrochenen Willen. Dann stellte er sich mit gewölbter Brust vor sie hin, und ohne Vorwarnung schlug er sie ins Gesicht. Ihr Kopf drehte sich zur Seite. Sie schmeckte Blut auf ihren Lippen.

«Ihr habt mich belogen, Hexe!», knurrte er. «Ihr habt behauptet, alle Bücher wären zerstört worden. Ihr wisst genau, dass noch eines übrig ist. Und ich will von euch wissen, wo ich es finden kann.»

Die Lippen der Frau bebten, doch sie schwieg, worauf Drakar ihr eine zweite Ohrfeige verabreichte.

«Wo ist das letzte Buch der Prophetie? Wer hat es?»

«Ich weiß es nicht, Eure Hoheit!», stammelte die Frau schwach, ihren erloschenen Blick auf einen Flecken auf dem steinernen Boden gerichtet.

Drakar lächelte. «Seid nicht albern, Hexe. Ihr habt Eure Leute schon einmal verraten, als Ihr mir geholfen habt, Isabella zu finden. Ihr werdet mir auch helfen, das Buch zu finden. Denkt an Eure Familie. Noch ist sie am Leben. Aber ein Wort von mir genügt, und ich werde jedem Einzelnen die Kehle durchschneiden – begonnen mit eurem Jüngsten. Wie war sein Name doch gleich?»

Soraljas Atem wurde heftig. Ihre zarten Hände verkrampften sich zu zitternden Fäusten. Schweiß rann ihr über die fiebrige Stirn.

«Tut meiner Familie nichts an, ich bitte Euch, Eure Hoheit. Ich habe Euch alles gesagt, was ich weiß.»

«Ihr seid eine schlechte Lügnerin», knurrte Drakar. «Wir beide wissen, dass es noch tiefere Geheimnisse gibt, die Ihr mir verschwiegen habt. Ihr wisst mehr über die Prophezeiung. Ich glaube, Ihr wisst eine ganze Menge.»

Sie richtete ihre Augen auf den Boden und schluckte. Drakar hob ihr Kinn hoch und zwang sie, ihn anzusehen. Er war so dicht an ihrem Gesicht, dass sie seinen Atem spüren und seine kleinen, stechenden Augen sehen konnte, die ausdrückten, dass er zu allem entschlossen war. Seine Stimme war leise, aber unmissverständlich:

«Ich glaube, es ist Euch nicht bewusst, wie ernst es mir ist. Ich brauche nur einmal mit den Fingern zu schnipsen, und Eure Familie stirbt. Wollt Ihr wirklich schuld am Tod Eures Ehegatten sein – und an dem Eurer Kinder? Ist das Euer Lebenstraum?»

Für einen kurzen Moment flammte ein geheimnisvolles Licht in ihren erloschenen Augen auf.

«Er … er wird … zurückkommen», hauchte sie, und ein Lachen stieg aus ihrer Kehle.

Drakar schrie auf, als hätte ihn jemand mit der Peitsche geschlagen. Er packte die Frau am Hals, und seine Zähne knirschten, als er sie anfauchte: «Nie wieder werdet Ihr davon sprechen! Nie wieder! Habt Ihr mich verstanden?»

Er schüttelte sie wie eine Puppe, und sein Griff war so stark, dass Soralja rot anlief und keine Luft mehr bekam.

«*Ich* bin der König von Dark City. Ich weiß, was ihr Hexen im Schilde führt. Aber es wird euch nicht gelingen. Ich werde jeden in Stücke reißen, der seine Hand nach meinem Thron ausstreckt. Und wenn Ihr mir nicht augenblicklich sagt, wo ich das Buch der Prophetie finde, werde ich Eure Kinder herbringen lassen und vor Euren Augen zu Tode foltern.»

Er stieß die Frau grob von sich, und sie fiel schlaff in die Arme der Soldaten, die sie stützten. Sie schnappte nach Luft wie ein Fisch auf dem Trockenen.

«Schafft mir ihren jüngsten Sohn her.»

Die Soldaten verbeugten sich leicht. «Jawohl, Eure Hoheit.»

«Nein!!!» Soralja hob den Kopf und schaute den König mit vor Verzweiflung weit aufgerissenen Augen an. Tränen rollten ihr über das zerkratzte Gesicht.

«Ich sage Euch alles, was Ihr wissen wollt. Aber verschont meinen Sohn, ich flehe Euch an. Verschont das Leben meines Kindes.»

Mit einem triumphierenden Lächeln gab der junge König den Soldaten ein Zeichen.

«Wartet draußen, bis ich Euch rufe. Ich möchte mit der Hexe alleine sein.»

Die Soldaten ließen die Gefangene los, worauf sie auf der Stelle zu Boden sank. Mit einer ehrfürchtigen Verbeugung entfernten sich die Krieger und verließen den Saal. Drakar verschränkte zufrieden die Arme und stellte sich breitbeinig vor die Frau hin.

«Wo ist das Buch?», fragte er scharf. «Und was wird als Nächstes geschehen?»

Ein Schluchzen schüttelte Soraljas Brust. Sie stützte sich mit den gefesselten Händen vom Boden ab und murmelte ein paar Worte in einer Sprache, die Drakar nicht verstehen konnte. Dann begann sie zu reden.

· 38 ·

Es hatte aufgehört zu regnen. Ephrion saß auf der Felsplatte und betrachtete seine Schürf- und Schnittwunden an den Innenflächen seiner Hände. Seine kurzen blonden Haare standen ihm durch die Feuchtigkeit wie die Stacheln eines Igels vom Kopf ab. Nayati saß neben ihm und hechelte.

«Findest du auch, dass ich ein Schwächling bin, Nayati?» Der Wolf legte den Kopf schräg und winselte. Ephrion seufzte. «Ich kann nichts dafür. Ich mache mir schier in die Hosen vor Angst, wenn ich nur schon an eine gefährliche Situation denke. Ich weiß beim besten Willen nicht, was ich hier soll. Ganz ehrlich, Nayati. Ich habe nicht das Zeug zu einem Helden. Ich werde die Mission nur behindern.»

Der Wolf kroch näher zu ihm hin und legte ihm den Kopf in den Schoß. Ephrion kraulte ihn hinter den Ohren. «Mir wird jetzt schon schlecht, wenn ich daran denke, dass wir hier wieder irgendwie runterkommen müssen. Am besten versuche ich einfach, an etwas anderes zu denken.» Er betrachtete die Ledertaschen, die neben ihm auf dem Felsen lagen, und musste an den Proviant denken, den ihnen das Mütterchen mitgegeben hatte. Sein Magen begann wie auf Kommando zu knurren.

«Meinst du, wir sollten uns etwas Trockenfleisch genehmigen?» Nayati hob augenblicklich den Kopf und hechelte freudig. «Du findest es also auch eine gute Idee?» Der Wolf kläffte zweimal, als wäre er hundertprozentig mit Ephrion einverstanden.

«Dann sind wir uns ja einig. Ich meine, nach einem solchen Aufstieg braucht man einfach eine Stärkung, findest du nicht auch?» Nayati bestätigte jede seiner Aussagen mit eindeutigem Kläffen.

«Die andern werden bestimmt nichts dagegen haben», rechtfertigte Ephrion sich selbst, um sein Gewissen zu beruhigen. Er zog Miros Tasche zu sich her, in der das Trockenfleisch verstaut war. «Ist ja genug für alle da. Außerdem nehmen wir nur ein klitzekleines Stück, nur gegen den ärgsten Hunger.»

Der Wolf kläffte freudig und schaute erwartungsvoll auf die Tasche. Ephrion fischte das Stoffbündel heraus, in dem die Trockenfleisch-Streifen eingewickelt waren, schnürte es auf und ein herrlich salziger Duft stieg ihm in die Nase und ließ ihm das Wasser im Mund zusammenlaufen. Mit einem Klappmesser, das er in Kataras Tasche fand, schnitt Ephrion ein Stück von einem großen Streifen ab und warf es Nayati zu. Der Wolf fing es geschickt auf, schlang das Fleisch mit einem einzigen Bissen hinunter und sah den dicken Jungen bettelnd an, um noch mehr zu bekommen.

«Also gut, noch ein kleines Stück», sagte Ephrion und säbelte an dem harten Streifen herum, «aber dann ist Schluss.» Dann schnitt er sich selbst ein Stück ab und kaute geduldig. Das getrocknete Fleisch war zäh wie Leder, doch Ephrion hatte nach dem langen Aufstieg einen Heißhunger und war froh, endlich etwas zwischen die Zähne zu kriegen.

«Wenn es bei uns zu Hause Trockenfleisch gibt», erzählte er zwischen zwei Kaubewegungen, «ist das Fleisch immer so hart wie eine Schuhsohle und schmeckt nach überhaupt nichts. Was meinst du, soll ich mir noch ein Stück genehmigen?»

Nayati bellte überzeugt. Natürlich blieb es nicht bei dem einen Stück, und im Nu war ein Drittel des Trockenfleisches verschwunden. Gerade hatte Ephrion den Rest wieder in Miros Tasche verstaut, als Nayati plötzlich die Ohren spitzte und seltsam zu winseln begann.

«Was ist los, Nayati? Etwas nicht in Ordnung?»

Der Wolf sprang auf und trabte zum Rand der Höhle. Dort lief er unruhig hin und her wie ein Tiger in einem Käfig, ohne jedoch in die Höhle hineinzugehen. Zwischendurch blieb er stehen, starrte winselnd in die Dunkelheit hinein und setzte dann die merkwürdige Zeremonie fort.

«Nayati?» Der Wolf drehte ihm den Kopf zu, und auf einmal jaulte er auf, als hätte ihn jemand mit der Peitsche geschlagen. Er drehte sich mehrmals im Kreis und wand sich schließlich in eigenartigen Zuckungen am Boden. Er knurrte, jaulte und winselte, dass es Ephrion angst und bange wurde. Das bislang so edle Tier verhielt sich auf einmal wie ein tollwütiger Hund und schien völlig außer Kontrolle zu sein. Er rollte die Augen, die Nackenhaare waren aufgestellt, und Schaum klebte an seinen Lefzen. Aus sicherem Abstand beobachtete Ephrion das seltsame Verhalten des Wolfes. Es war, als würde Nayati einen Alptraum durchleben. Es war, als würde er gegen etwas ankämpfen, das man nicht sehen konnte und das dennoch existierte. Es war, als würde er eine Gefahr wittern.

Etwas geht hier nicht mit rechten Dingen zu, dachte Ephrion mit pochendem Herzen. Und je länger das Schauspiel andauerte, desto größer wurde seine Angst. Da war etwas. Und was auch immer es war, es war nichts Gutes.

«Du hast bestimmt nur Angst, genau wie Ephrion. Ist es nicht so?», meinte Miro.

Aliyah verneinte. Sie fasste Miros Arm, und er spürte, wie ihr ganzer Körper vibrierte.

«Ist dir nicht gut?», fragte der Junge. «Willst du dich einen Augenblick hinsetzen?»

«Wir sind in Gefahr», flüsterte Aliyah entsetzt. «Etwas wird geschehen.»

«*Was* wird geschehen?», fragte Katara.

«Ich weiß es nicht. Etwas … etwas Grauenvolles.» Das Mädchen begann auf einmal zu wimmern und taumelte, als würde es ohnmächtig werden. Katara und Miro hielten Aliyah fest und setzten sie auf den Boden. Katara legte ihr die Hand auf die Stirn. Sie glühte.

«Was ist los mit dir, Aliyah? Was hast du?»

Aliyah zog Katara zu sich heran. Ihre Augen waren weit aufgerissen. «Das Schwert», stammelte sie, «wir brauchen das Schwert!»

«Ja, deswegen sind wir hier», sagte Katara ruhig. «Wir sind hier, um das flammende Schwert zu holen.»

«Es ist unsere einzige Chance!», fuhr Aliyah fort. Sie starrte voller Entsetzen in die Dunkelheit, ihr Atem ging unregelmäßig, und Tränen rannen über ihre Wangen. «Der rote Rubin, Katara. Der rote Rubin kann uns retten.»

Katara war verwirrt. «Welcher Rubin, Aliyah?»

Was um alles in der Welt geht hier vor?, dachte sie. *Ich glaube, Aliyah verliert den Verstand.*

«Das Schwert, Katara», hauchte Aliyah, «nimm das Schwert.» Ihre Augen verdrehten sich, ihr Körper zuckte unkontrolliert, als würde sie unter Strom stehen.

«Es ist nicht Wasser», murmelte sie, und Panik stand in ihr Gesicht geschrieben. «Es ist nicht Wasser!»

Sie atmete tief durch, und mit einem Mal wurde ihr angespannter Körper schlaff und ihre Augen schlossen sich, als würde sie in einen tiefen Schlaf sinken. Sie war ohnmächtig geworden.

※

Jäh hob Nayati den Kopf und schaute zum Höhleneingang. Er spitzte die Ohren, horchte, und dann sprang er plötzlich wie von der Tarantel gestochen auf und hechtete in die Höhle hinein.

«Nayati!», rief Ephrion. «Komm zurück, Nayati!»

Er hörte, wie der Wolf im Innern der Eingangshalle knurrte, und dachte daran, was ihnen die Prophetin eingeschärft hatte, nämlich jedes Geräusch zu vermeiden. Er musste den Wolf so schnell wie möglich da rausholen, bevor es ihm einfiel, ein Heulkonzert zu veranstalten. Kurz entschlossen erhob sich Ephrion, überwand seine eigene Angst und betrat die Höhle. Er rechnete damit, dass im nächsten Augenblick eine Schar Fledermäuse um seinen Kopf schwirren würde, doch dem war nicht so. Nayati stand einen Steinwurf vom Eingang entfernt und starrte auf etwas, das sich hinter einem Felsen befand. Er knurrte und fletschte die Zähne. Die Nackenhaare standen ihm zu Berge, und es sah ganz so aus, als würde er jeden Moment zum Angriff übergehen.

«Nayati, was hast du nur? Was siehst du da?» Vorsichtig näherte sich Ephrion dem Wolf, der mit gesenktem Kopf und hochgezogenen Lefzen dastand, ohne sich von der Stelle zu rühren. Was auch immer seine Aufmerksamkeit erregte, es schien eine Bedrohung darzustellen. Anders war Nayatis Verhalten nicht zu erklären. Fledermäuse konnten es nicht sein, die würden nicht am Boden sitzen, sondern an der Decke hängen. Aber was war es dann?

Ephrion nahm all seinen Mut zusammen und tastete sich weiter vor, bis er schließlich selbst einen Blick hinter den Felsen werfen konnte. Als er sah, was Nayati anknurrte, bekam er weiche Knie. Mit einem Mal ahnte er, warum sie keinen Lärm machen sollten. Dort hinter dem Felsen, in einem Nest aus trockenem Moos und Zweigen, lagen drei Eier. Es waren keine gewöhnlichen Eier. Sie sahen beinahe aus wie Totenschädel und hatten die Proportionen eines Brückenballs, wenn nicht sogar noch größer! Ein Ei hatte einen langen gezackten Riss, und aus dem Riss lugte etwas hervor. Ephrion glaubte, sein Blut würde in den Adern gefrieren.

· 39 ·

«Bei Shaíria», murmelte Miro. «Was geht hier vor?»

«Ich weiß es nicht», sagte Katara. «Aliyah ist völlig durchgeknallt. Und ihre Stirn ist glühend heiß …»

«Aliyah?», fragte Miro verunsichert in die pechschwarze Finsternis hinein. «Ist alles in Ordnung mit dir? Aliyah?»

Katara fasste ihr Handgelenk. «Ihr Puls rast.» Sie fühlte nochmals ihre Stirn und erschrak. «Das kann nicht sein. Eben war ihre Stirn heiß, jetzt ist sie eisig kalt.»

«Atmet sie?»

«Ja, aber ihre Augen sind geschlossen. Ich glaube, sie ist in Ohnmacht gefallen.»

«Leg sie hin und heb ihre Beine hoch. Das verbessert die Blutzufuhr zum Gehirn.» Katara tat, was Miro vorgeschlagen hatte. Der Junge runzelte die Stirn. «Wie konnte das passieren?»

«Keine Ahnung. Irgendwie ist das alles etwas seltsam. Und die Dinge, die sie sagte. Es war so verwirrend. Sie war wie in Trance.»

«Bewegt sie sich?»

«Sie scheint zu schlafen. Nein, warte … ich glaube, sie kommt zu sich.»

Aliyah schlug die Augen auf. Sie lag auf dem trockenen Höhlenboden und schien genauso verwirrt zu sein wie ihre Gefährten. «Wo bin ich?», fragte sie mit schwacher Stimme.

«In der Grolchenhöhle», antwortete Katara und ließ die Beine des Mädchens los.

«Wo ist Nayati?»

«Draußen vor der Höhle.»

«Ich dachte, er wäre hier», flüsterte Aliyah. «Ganz nahe bei mir.» Sie wirkte erschöpft wie nach einem furchtbaren Alptraum. «Was ist mit mir passiert?»

«Ich hab keine Ahnung. Du hattest ganz plötzlich so eine Art Fiebertraum, und dann bist du ohnmächtig geworden», erklärte Katara.

«Habe ich fantasiert?»

«Allerdings», bestätigte Miro. «Du hast eine Menge wirres Zeug gefaselt. Geschieht so etwas öfters?»

«Ich kann es nicht beeinflussen», erklärte Aliyah und atmete ein paar Mal tief durch. «Tut mir leid, dass ich euch nicht vorgewarnt habe.»

«Fühlst du dich jetzt besser?»

Aliyah setzte sich langsam auf. «Ich habe Kopfschmerzen, das ist eigentlich alles.»

«Ganz schön heftig, deine Gabe», bemerkte Miro. «Äußert sich dein sechster Sinn immer so drastisch?»

Aliyah nickte. «Manchmal ist es sogar noch schlimmer. Manchmal sind es Visionen, die so echt sind, dass ich nachts schreiend aufwache. Es ist, als würde meine Seele ein Stück in die Zukunft vorgreifen und fühlen, hören und sehen, was geschehen wird. Meistens beginnt es mit einem mulmigen Gefühl in der Magengegend. Und manchmal empfinde ich körperliche Schmerzen dabei.»

«Und was fühlst du jetzt?», fragte Katara, während sie Aliyah auf die Beine half. «Ist die Gefahr vorbei?»

«Ich fürchte nein», antwortete Aliyah leise und schluckte trocken. «Ich fürchte, wir gehen geradewegs darauf zu.»

«Willst du umkehren?», fragte Miro.

Das Mädchen verneinte. «Wir müssen das Schwert holen. Es kann nicht mehr weit sein.»

«Du hast von einem roten Rubin gesprochen», sagte Katara. «Was hast du damit gemeint?»

«Ich erinnere mich nicht», antwortete Aliyah.

«Du erinnerst dich an gar nichts mehr?», meinte Katara verblüfft.

«Nein. Ist alles weg.»

«Ich will ja nicht drängen», sagte Miro. «Aber diese Finsternis wird langsam beengend. Holen wir uns das flammende Schwert und verschwinden von hier. Irgendwie ist mir diese Grolchenhöhle nicht geheuer.»

Das Trio setzte seinen Weg fort: Katara an der Spitze, Miro dicht hinter ihr und Aliyah zuhinterst.

Nach wenigen Minuten weitete sich der Gang zu einer gigantischen Halle. In der Mitte ragte ein einzelner Felsen hervor wie ein von der Natur geschaffener Obelisk. Unmittelbar davor saß ein menschliches Skelett, und mit seinen Knochenhänden hielt es eisern etwas fest.

«Das flammende Schwert!», flüsterte Katara ehrfürchtig. «Wir haben es gefunden.»

«Du siehst es?», fragte Miro.

«Ja. Und auch den Mann, der sein Leben dafür geopfert hat», bestätigte Katara. «Oder besser gesagt, was von ihm übrig ist.»

«Du meinst, ein Skelett?»

«Ja, und es klammert sich noch immer an das Schwert. Das nenne ich Einsatz.»

Sie näherten sich dem Obelisken. Katara konnte ihre Augen nicht von dem Schwert abwenden. Es war ein Schwert, wie sie es noch nie in ihrem Leben gesehen hatte. Es war groß, größer als normale Schwerter. Und an der überdurchschnittlich breiten Parierstange zwischen Klinge und Heft befanden sich sechs weitere Klingen. Es waren lange Messer, drei auf jeder Seite. Sie zeigten wie die Zacken einer riesigen Gabel in dieselbe Richtung wie die zweischneidige Mittelklinge. Ein geschliffener Edelstein von der Größe einer Glasmurmel war in die Mitte der verzierten Parierstange eingelassen.

Katara beugte sich über das Skelett und versuchte, das Schwert aus seiner Umklammerung zu lösen.

«Keine Frage, der Mann hat seine Mission ernst genommen», murmelte sie, während sie mit seinen sterblichen Überresten um das Schwert rang. Es schien tatsächlich, als würde das Knochengerippe es bis über seinen Tod hinaus verteidigen. Endlich gelang es Katara, das Schwert aus seinen Fingern zu lösen.

«Was für ein Schwert», murmelte sie fasziniert und wog es in ihren Händen. Es war schwerer als ein gewöhnliches Schwert, und gleichzeitig fühlte es sich leichter an als jede Waffe, mit der Katara jemals zuvor gekämpft hatte. Da war etwas Unbeschreibliches, das von dem Schwert ausging, ja, es war, als würde tatsächlich König Arlos Geist darauf ruhen, so wie es das Mütterchen gesagt hatte.

Katara hielt das Schwert mit beiden Händen fest und spürte eine seltsame Wärme in sich aufsteigen. Sie fühlte sich auf einmal unbesiegbar und von einer neuen Kraft beflügelt.

Neben dem Skelett lag die Scheide des Schwertes, mit eingraviertem Emblem, dazu ein Ledergürtel mit einer schweren Schnalle. Katara hob beides auf, band sich den Gürtel um die Hüfte und steckte das Schwert in die Scheide.

«Hast du es?», fragte Miro.

«Ja», antwortete Katara. «Lasst uns umkehren.»

Erneut setzte sich Katara an die Spitze, um den Rückweg anzutreten. Sie hatten sich erst wenige Schritte von dem großen Stein entfernt, als etwas auf Miros Schulter platschte. Er betastete es. Es war nass und schleimig.

«Igitt», machte Miro.

«Was ist?», fragte Katara.

«Etwas Ekliges ist auf meine Schulter getropft», sagt Miro.

«Wasser?»

«Nein, das ist kein Wasser.» Er hob seinen Blick, und obwohl es stockdunkel war, beschlich ihn ein äußerst ungutes Gefühl. «Ich glaube, da ist etwas. Direkt über uns.»

Katara sah zur Decke hoch und erstarrte augenblicklich. «Bei Shaíria!», flüsterte sie.

«Was ist los?», fragte Miro.

«Wir müssen raus hier», hauchte Katara. «Und zwar so schnell wie möglich.»

«Was siehst du?»

«Ich weiß nicht, was das für eine Kreatur ist», antwortete Katara leise und mit einem kaum erkennbaren Beben in der Stimme. «Aber ich möchte keinen Ärger mit ihr.»

Wie gebannt fixierte sie die Höhlendecke. Unmittelbar über ihren Köpfen hing eines der schauerlichsten Geschöpfe, das Katara jemals zu Gesicht bekommen hatte. Es sah aus wie ein Alligator, nur war es nicht gepanzert, sondern weiß behaart. Sein Schwanz rollte sich über dem Körper zusammen, und an seinem Ende befand sich ein Stachel wie der eines überdimensionalen Skorpions. Das Reptil war gut vier Ellen lang und hing kopfüber an der Decke wie eine Eidechse. Es hatte seine riesige Schnauze geöffnet und zeigte seine spitzen Zähne. Speichel rann aus seinem furchterregenden Gebiss. Sein langer Skorpionschwanz zuckte hin und wieder gefährlich wie die Rassel einer Klapperschlange. Ansonsten bewegte sich das Tier nicht und gab auch keinen Laut von sich. Seine Augen waren geschlossen.

«Ich glaube, es schläft», wisperte Katara. «Vermeidet jedes Geräusch. Wir wollen das Biest nicht aufwecken.»

Aliyah schluckte ängstlich. «Was ist es?»

«Keine Ahnung. Aber seid leise, bei Shaíria.» Sie hielt das Schwert mit beiden Händen fest und drängte die beiden Gefährten mit ihrem Körper zurück, ohne das Tier an der Decke aus den Augen zu lassen. Aliyah tastete nach Kataras fledermausartigem Mantel und hielt sich daran fest. Miro tat es ihr gleich. Zitternd drückten sich die Jugendlichen aneinander und entfernten sich rückwärts aus der Kammer.

Auf einmal stellte jedes noch so leise Geräusch eine potenzielle Gefahr dar. Aliyahs Herz schlug so heftig, dass sie glaubte, es müsste zu hören sein. Sie erschauerte bei der Vorstellung, was mit ihnen geschehen würde, falls sie dieses Tier aus seinem Schlaf aufschreckten. Obwohl sie das Ungeheuer weder sehen, hören noch riechen konnte, hatte der Tonfall in Kataras Stimme genügt, um ihre Fantasie anzuregen.

Und dann, als sie sich schon mehrere Schritte entfernt hatten und sich beinahe in Sicherheit wähnten, geschah, was nicht hätte passieren dürfen: Der Alarm von Miros Armbanduhr ging los. Die Teenager schraken zusammen wie drei aufgescheuchte Rehkitze.

«Das darf doch nicht ...», murmelte Miro und fuchtelte nervös an seiner Uhr herum. Wie auf ein Kommando hin öffnete der Skorpion-Alligator die Augen und schien aus der Distanz genau in ihre Richtung zu schauen. Miro kriegte weiche Knie, als er sah, wie zwei giftgrün fluoreszierende Schlitzaugen in der Dunkelheit aufblitzten. Das friedlich schlummernde Monster war aufgewacht, und ein tiefes Schnaufen, gemischt mit einem leisen Knurren, drang aus seiner Kehle.

«Grrrrrrrrraaaaahhhh ... grrrrrrrrraaaaahhhh.» Es klang wie das schwerfällige Röcheln eines alten Mannes kombiniert mit dem Hecheln eines Hundes. Noch nie hatten die Jugendlichen etwas Ähnliches gehört. Aliyah glaubte, ihr Herz müsste stillstehen. Miro starrte wie hypnotisiert auf die glimmenden Augen. Und Katara reagierte instinktiv.

«Nichts wie raus hier!», rief sie. «Schnell!»

· 40 ·

Katara stürmte los, Aliyah ebenfalls. Nur Miro blieb stehen und konnte sich einfach nicht von der Stelle rühren. Schleichend setzte sich die Bestie in Bewegung und kam an der Höhlendecke auf ihn zugekrochen. Ihre Augen leuchteten böse und gefährlich. Die glimmenden Augen, verbunden mit dem tiefen Keuchen des Tieres, brachten Miro beinahe um den Verstand.

Wir sind erledigt!, dachte er. *Der dämliche Alarm wird uns das Leben kosten!*

«Miro! Komm schon!», schrie Katara und packte den Jungen am Arm.

«Der Alarm!», stammelte Miro und drückte verzweifelt ein paar Knöpfe seiner Armbanduhr. «Ich muss unbedingt den Alarm ausschalten!»

«Vergiss den Alarm und komm endlich!»

«Grrrrrrrrrraaaaahhhh … grrrrrrrrrraaaaahhhh!», schnaufte der Skorpion-Alligator und beschleunigte sein Tempo wie eine schwerfällige Dampflokomotive. Er war höchstens noch drei Armlängen von ihnen entfernt. Katara überlegte blitzschnell, ob ihr noch genug Zeit blieb, Miro aus der Gefahrenzone zu ziehen, oder ob sie sich der Bestie zum Kampf stellen sollte. Sie entschied sich für Letzteres. Sie zog das Schwert aus der Scheide und stellte sich der großen Echse mutig in den Weg. Miro riss sich indessen die summende Uhr vom Handgelenk und schleuderte sie quer durch die Höhle auf die andere Seite der Felsenkammer. Und da geschah etwas völlig Unerwartetes: Das Monster schwenkte seinen Kopf herum, wandte sich von den Jugendlichen ab und folgte dem Summen der Armbanduhr in die andere Richtung der Höhle. Als die Uhr am Boden aufschlug, hörte das Piepen auf, doch das Reptil hielt noch immer danach Ausschau, ohne sich auch nur einmal nach ihnen umzudrehen. Katara traute ihren Augen nicht.

«Das gibt es doch nicht», murmelte sie zu sich selbst.

«Was ist geschehen?», fragte Miro leise.

«Du hast uns gerade das Leben gerettet», flüsterte Katara und packte den ziemlich erstaunten Jungen erneut am Arm. «Komm!»

Sie zog ihn mit sich fort und gesellte sich wieder zu Aliyah, die nicht weit von ihnen entfernt auf sie gewartet hatte. Doch kaum hatten sie das blinde Mädchen erreicht, erschauerte Katara bis ins Innerste.

«Aliyah! Rühr dich nicht vom Fleck!», hauchte sie ihr kaum hörbar zu. «Und kein Ton! Miro, du auch!»

Die beiden wagten nicht, sie nach dem Grund zu fragen. Als ekliger Speichel auf Aliyahs Arm tropfte, wusste sie Bescheid. Und als es dicht über ihnen zu schnaufen und zu knurren begann, machte sich Miro beinahe in die Hosen vor Angst. Da war also *noch* ein Biest in der Höhle! Und es hing direkt über ihnen an der niedrigen Decke! Ein Grolch?…

Jetzt ist alles aus, dachte Miro. *Deswegen schafft es nicht jeder, die Grolchenhöhle lebend zu verlassen. Und wir werden die nächsten Opfer der Biester sein. Sie werden uns bei lebendigem Leibe auffressen!* Ihm wurde schwindlig bei dem Gedanken. Er schloss die Augen, um die glühenden Pupillen der Grolche nicht sehen zu müssen. Davonlaufen hätte nichts gebracht. Er konnte nur warten, bis die Bestie zum Angriff übergehen würde. Doch sie tat es nicht. Miro hörte, wie sie sich über den Felsen vorwärts schleppte, er hörte ihren furchtbaren Atem, das schauerliche Knurren.

«Grrrrrrrrrraaaaahhhh … grrrrrrrrrraaaaahhhh!»

Es klang so nahe, dass Miro glaubte, er könnte seine Hand ausstrecken und das von der Decke hängende Tier berühren. Ja, der Grolch war unmittelbar über ihm, und als erneut Speichel aus seinem Maul tropfte und auf Miros Schulter platschte, machte sich der Junge tatsächlich ein bisschen in die Hosen.

Das war das Ende. Er wusste es. Er spürte es bis in die Knochen. Der Grolch, was auch immer er für ein Ungeheuer war, würde sich jeden Moment auf ihn stürzen. Er hatte keine Chance. Und das Warten auf den Tod war furchtbar.

Auch Aliyah schlotterte am ganzen Leib. Tränen der Panik rollten ihr übers Gesicht. Sie hielt die Spannung kaum noch aus. Wenn dieses Tier noch länger über ihrem Kopf hängen würde, würde sie vor Angst in Ohnmacht fallen. Das Knurren brachte sie beinahe um den Verstand.

Katara beobachtete die Szene mit klopfendem Herzen. Sie sah, wie der Skorpion-Alligator unmittelbar über Aliyah und Miro hinwegkroch, ohne die beiden auch nur eines Blickes zu würdigen. Er hatte die Augen geöffnet. Er hätte die Jugendlichen unweigerlich sehen müssen. Doch er sah sie nicht. Trotz seiner geöffneten glimmenden Augen war er nicht in der Lage, sie zu sehen!

Die Tiere sind blind!, dachte Katara triumphierend. *Sie können uns nicht sehen! Deswegen hat das Mütterchen uns gesagt, wir sollten leise sein. Diese Riesenechsen orientieren sich an Geräuschen!* Sie war fasziniert von ihrer Erkenntnis. Dies konnte ihre Rettung bedeuten. *Wenn sie uns nicht sehen, können wir uns aus der Höhle schleichen, ohne dass sie uns entdecken. Wir müssen nur langsam gehen und leise sein. Wir können es schaffen!*

Ungeduldig wartete sie, bis das Monster sich weit genug entfernt hatte, um die andern in ihren Plan einzuweihen. Aber sie kam nicht dazu. Das Tier, das dem summenden Alarm gefolgt war, stieß auf einmal einen seltsam krächzenden Laut aus. Es klang, wie wenn man mit den Fingernägeln über eine Wandtafel kratzt. Der Ton war schier unerträglich. Und das zweite Tier, das immer noch in unmittelbarer Nähe war, antwortete dem ersten mit demselben ohrenbetäubenden Gekreisch. Es war, als würden die beiden miteinander kommunizieren, und auf einmal drehte sich der über ihnen hängende Grolch um und begann systematisch mit seinem Skorpionschwanz in der Luft herumzustechen.

«Duckt euch!», rief Katara, während sie selbst dem gefährlichen Stachel seines Schwanzes auswich. Im selben Moment schrie Miro gellend auf. Ein stechender Schmerz durchzog ihn vom rechten Arm über die Brust und in den ganzen Körper. Der Junge stöhnte vor Pein und krümmte sich auf dem Boden zusammen.

«Miro! Miro, was ist passiert?», fragte Aliyah und kroch auf allen vieren zu ihm hin.

«Mein Arm», klagte Miro, «ich kann meinen Arm nicht mehr bewegen! Es tut so schrecklich weh!»

«Katara!», rief Aliyah. «Miro ist verletzt! Wir müssen hier raus!»

Katara hatte mitangesehen, wie das Monster Miro in den rechten Arm gestochen hatte, und war sich bewusst, dass sie rasch handeln musste. Sie wirbelte herum, und da stand sie, das flammende Schwert in den Händen, jeden Muskel ihres durchtrainierten Körpers angespannt, die Zähne zusammengebissen, wild entschlossen, die Bestie, die ihren Gefährten verletzt hatte, zu töten. Sie schwang das Schwert über ihrem Kopf und wirbelte damit herum wie ein Orkan. Was auch immer der zweischneidigen Klinge des flammenden Schwertes in die Quere kam, wurde zerschnitten, als wäre es aus Teig.

Der Alligator fauchte, knurrte und stach mit seinem Giftschwanz immer und immer wieder zu. Mit seinem gewaltigen Kiefer schnappte er von der Decke her mehrmals nach Katara, und es war bloß eine Frage der Zeit, bis sein scharfes Gebiss oder sein Skorpionstachel sie ebenfalls erwischen würde.

Wenn ich bloß wüsste, was es mit den sechs Messern auf sich hat, schoss es Katara durch den Kopf. *Die können doch nicht nur zur Verzierung des Schwertes gedacht sein, oder?!*

Das Monster war zäh und flink. Katara kämpfte wie ein Tiger. Sie schlug wild um sich, hieb und stach zu, sprang zur Seite, bückte sich, wich den Angriffen des Stachels geschickt aus wie ein biegsames Schilfrohr. Der Grolch krächzte, und sein Gebiss schnappte erneut krachend zu. Katara konnte sich gerade noch rechtzeitig vor den scharfen Zähnen in Sicherheit bringen und holte zu ihrem nächsten Schlag aus. Mit einem einzigen wuchtigen Schwerthieb und lautem Gebrüll hieb sie dem Tier seinen Skorpionschwanz ab. Es war, als würde sie eine Knetmasse durchtrennen. Die Bestie kreischte, und das abgetrennte Glied fiel zu Boden, unmittelbar vor Kataras Füße, wo es zuckend liegen blieb.

Der Schrei der Echse war so markerschütternd, dass Katara glaubte, ihr Trommelfell müsste zerplatzen. Es tropfte von der Decke, aber es war kein Speichel mehr, sondern Blut, eine

Menge Blut. Der Grolch torkelte wie betrunken an der Decke hin und her. Es schien, als hätte er ohne seinen langen Schwanz die Balance verloren. Katara traf ihn erneut mit der scharfen Schneide des flammenden Schwertes und riss dem Tier eine weitere klaffende Wunde in die Seite. Es verlor das Gleichgewicht und schlenkerte quer über die Seitenwand auf den Boden, wo es sich taumelnd und knurrend auf Aliyah und Miro zubewegte.

«Lauft!», rief Katara den beiden zu. «Es kriecht auf euch zu!»

«Ich kann nicht!», stöhnte Miro. «Ich fühle meine Glieder nicht mehr!»

«Bei Shaíria!», stotterte Aliyah, von Panik erfüllt. «Wir müssen weg hier, Miro!»

Katara rammte dem Ungeheuer das Schwert in den Rücken. Doch es reichte nicht aus, um es zu töten. Das Mädchen stach erneut zu. Der Grolch quietschte wie ein Schwein am Spieß, und es war deutlich zu sehen, dass seine Kräfte nachließen. Aber noch immer schleppte es sich weiter, eine Blutspur hinter sich herziehend, wütend und schnaubend, eine wilde Bestie, die nicht gewillt war zu sterben, ohne jemanden mit sich in den Tod zu reißen.

Aliyah fasste Miro unter den Achseln und schleifte ihn über den Boden, während sie hörte, wie das Monster sich ihnen röchelnd näherte. Miro sah dessen Augen in der Finsternis glühen und wusste, dass es um ihn geschehen war. In einem letzten Akt von rasender Wut schnellte das Biest vor, und seine gewaltigen Kiefer schnappten zu.

· 41 ·

Miros Gebrüll, als sich die scharfen Zähne des Grolches in sein rechtes Bein gruben, war durchdringend und ging bis in die tiefsten Spalten und Gänge der Grolchenhöhle. Kataras Schrei, als sie zu einem letzten tödlichen Stoß ausholte, war schrill und zornig. Das Ungetüm brach endlich tot zusammen, während Miros Bein wie in einer Bärenfalle in seinem fürchterlichen Gebiss hängen blieb. Der Schmerz trieb ihm die Tränen in die Augen. Er ächzte und weinte, und er fürchtete, jeden Moment das Bewusstsein zu verlieren.

«Helft mir!», wimmerte er. «Bitte bringt mich aus dieser Höhle! Ich will nicht sterben!»

«Halte durch», sagte Aliyah und drückte seine Hand. Sie fühlte sich kalt und schlaff an.

Katara ließ das Schwert im behaarten Rücken des Tieres stecken und kam ihren Gefährten zu Hilfe. Sie beugte sich über den erlegten Grolch, um zu sehen, wie schlimm es Miro erwischt hatte. Die Bestie hatte sich in seinen gesamten Oberschenkel gebissen. Es sah nicht gut aus. Katara stellte einen Fuß auf den Unterkiefer des Tieres, packte den Oberkiefer mit beiden Händen und zerrte mit aller Kraft daran. Vergeblich. Miro saß fest. Der schwere Kiefer war wie eingeschnappt und unverrückbar. Und bei jeder Bewegung jaulte Miro vor Schmerzen auf.

«Ich krieg dein Bein nicht los!», sagte Katara. «Der Alligator hat sich festgebissen.»

«Alligator?!», meinte Aliyah erschrocken. «Ddd… das ist ein Alligator?»

«Mit einem Skorpionschwanz», ergänzte Katara, während sie verbissen versuchte, die eiserne Umklammerung so weit zu lockern, dass Miro sein Bein befreien konnte. Allerdings ohne Erfolg. «Aliyah, pack mit an. Wir müssen seine Kiefer aufstemmen. Schnell, bevor das andere Tier kommt.»

Kaum gesagt, hörten sie ein grässliches Quietschen hinter sich.

Katara wirbelte herum und erstarrte. Dort, wo sie der Bestie den Schwanz abgetrennt hatte, stand stämmig und kampflustig der zweite Grolch mit rachsüchtig blitzenden Augen. Vielleicht waren sie ja nicht völlig blind? Auf jeden Fall hatte Katara ihn nicht kommen hören. Die Echse hatte sich lautlos angeschlichen, ein geschickter Jäger auf der Suche nach Beute. Drohend riss das Reptil seinen fürchterlichen Rachen auf und stach dazu mit seinem giftigen Skorpionschwanz wild in der Luft herum. Es war bereit zu töten.

«Aliyah, geh in Deckung!», befahl Katara, ohne das Biest aus den Augen zu lassen. Und noch etwas anderes ließ sie nicht aus den Augen: das Schwert, das flammende Schwert, das nur eine gute Armspanne von ihr entfernt im toten Körper des erlegten Skorpion-Alligators steckte. Ohne das Schwert war sie verloren. Aber in den wenigen Sekunden, die sie brauchen würde, um das Schwert aus dem Rücken des einen Grolches zu ziehen, würde der andere sie entweder mit dem Stachel seines Schwanzes erwischen oder sich auf sie stürzen und in Stücke reißen.

Ich muss es riskieren, dachte Katara. *Er ist blind, er kann weder mich noch das Schwert sehen. Wenn ich kein Geräusch mache, kann ich es schaffen, ohne dass er mich entdeckt. Ich habe keine Wahl.*

Vorsichtig streckte sie ihren Arm in Richtung Schwert aus. Doch sie zog ihn gleich wieder zurück. Der Grolch zerstach die Luft mit seinem Schwanz mit der Präzision und Geschwindigkeit einer Nähmaschinennadel, systematisch, wütend und ohne Katara auch nur eine Lücke offen zu lassen. Gleichzeitig kroch das Monster über den Körper seines toten Artgenossen auf das Schwert zu. Katara wusste, dass sie unbewaffnet gegen das Tier keine Chance hatte. Sie brauchte das Schwert! Sie war so nahe an ihm dran, dass es sie schier wahnsinnig machte, es nicht ergreifen zu können.

Jetzt berührte der Giftstachel die Klinge des flammenden Schwertes, und im selben Moment zog das Tier den Schwanz zurück, als hätte es einen elektrischen Schlag erhalten. Ein zorniges Knurren stieg aus seiner Kehle.

Geh weg, dachte Katara. *Geh doch endlich weg!*

Aber der Skorpion-Alligator ging nicht weg. Im Gegenteil. Als hätte er die Gefahr gewittert, die von der scharfen Metallklinge ausging, schnellte er vor und packte das Schwert mit seinem Maul.

«Oh nein», flüsterte Katara. «Nicht das Schwert! Bitte nicht das Schwert!»

Machtlos musste sie zusehen, wie das Tier seine Schnauze hin- und herwälzte, bis das Schwert sich aus dem Körper des toten Grolches löste. Triumphierend hielt das Ungetüm die tödliche Waffe zwischen seinen Zähnen und kroch damit zurück, als wäre seine Mission erfüllt. Die Bestie schien genau zu wissen, was sie tat. Und Katara wusste weder ein noch aus.

«Es hat das Schwert!», rief sie ihren Gefährten zu, und es war ihr egal, ob der Skorpion-Alligator sie hören konnte. «Das elende Biest hat das Schwert im Maul!»

«Und was machen wir jetzt?», fragte Aliyah voller Angst.

Ich habe keine Ahnung, dachte Katara. *Wir können nicht ohne das Schwert weg!*

«Gib es zurück!», fauchte Katara den Grolch an. «Gib es zurück, du Miststück!»

«Grrrrrrrrrraaaaahhhh … grrrrrrrrrraaaaahhhh!», knurrte der Grolch lautstark, während er sich mit seiner Beute immer weiter zurückzog.

«Katara!», ließ sich Aliyah mit zitternder Stimme hören. «Miro sagt nichts mehr! Ich glaube, er ist bewusstlos geworden! Wir müssen raus hier!»

«Nicht ohne das Schwert, Aliyah», antwortete Katara entschlossen. «Ich muss das Schwert zurückholen!»

«Wir haben keine Zeit», sagte Aliyah verzweifelt. «Miro stirbt uns sonst!»

«Halte ihn wach!»

«Das versuche ich ja, aber er reagiert nicht!» Aliyah war den Tränen nahe. Sie hielt Miro in den Armen und tätschelte ihm die Wange. Doch er gab keinen Laut von sich. Katara fixierte das Riesenreptil mit ihren Augen und überlegte krampfhaft, wie sie ihm das Schwert abluchsen konnte. Sie hob einen faustgroßen Stein vom Boden und schleuderte ihn dem Tier wütend entgegen. Der Stein prallte an seinem Körper ab wie an einer metallenen Rüstung.

«Du elendes Ungeheuer!», zeterte Katara. «Gib mir das Schwert zurück!»

«Katara, beeil dich!», schrie Aliyah weinend. «Ich glaube, Miro stirbt! Miro! Miro, so wach doch auf! Bitte!»

Katara war kurz davor, völlig durchzudrehen. Sie spürte, dass ihre Nerven nicht mehr lange mitspielen würden. Ihre Hände begannen zu zittern. Das Maß war voll. Noch vor wenigen Minuten war Ephrion beinahe zu Tode gestürzt, und jetzt lag Miro am Boden, das Bein im Maul eines Höhlenmonsters eingeklemmt, und nach Aliyahs panischer Stimme zu urteilen, war es fraglich, ob er es überhaupt lebend bis zum Ausgang der Höhle schaffte. Und das Schwert, um dessentwillen sie ja hergekommen waren, lag im Rachen eines Skorpion-Alligators und würde für immer in den Tiefen der Grolchenhöhle verschwinden. Die Mission war gescheitert. Und es gab nichts, was sie hätte tun können, um das Biest zu stoppen.

Eine unglaubliche Wut, gemischt mit zorniger Hilflosigkeit, machte sich in Katara breit. Sie war nicht gewillt, sich geschlagen zu geben. Noch nicht. Wenn sie etwas gut konnte, dann war es, sich durchzubeißen, egal, wie überlegen der Feind war.

«Ich hol mir dieses Schwert», knurrte sie entschlossen und ballte ihre Hände zu Fäusten. «Und wenn es mich mein Leben kostet.» Ihre Muskeln spannten sich wie die eines Tigers, bevor er zum Sprung ansetzt. Und dann nahm sie all ihre Kraft zusammen, all ihren Mut, oder was davon übrig war, all ihren Hass gegen die beiden Kreaturen und das, was sie angerichtet hatten, und stieß einen Furcht erregenden Kriegsschrei aus. Es war ein Urschrei, wie er noch nie zuvor in dieser Höhle gehört worden war. Er hallte von den Wänden wider, und sein Echo drang bis in die tiefsten Tiefen der Grolchenhöhle. Gleichzeitig fiel etwas klirrend zu Boden. Es war das flammende Schwert. Die Bestie hatte es mit einem eigentümlichen Quietschen ausgeworfen und kroch auf einmal ein Stück weit zurück, als hätte sie den Kampf um das Schwert aufgegeben. Aber Katara traute dem Reptil nicht. Es war listig und intelligent. Womöglich war es nur eine Falle, um Katara näher an sich heranzulocken. Und sobald sie das Schwert nähme, würde der Skorpion-Alligator vorschnellen und sie mit seinen Kiefern zerquetschen.

Trotzdem zögerte Katara keinen Augenblick, das zu tun, was sie tun musste. Mit einem gewaltigen Sprung hechtete sie nach vorn und warf sich platt auf den Boden, um möglichst außer Reichweite des Skorpionschwanzes zu sein. Sie streckte ihre rechte Hand aus, kriegte das Schwert zu fassen, und wie sie dort der Länge nach auf dem Boden lag, die Schwertspitze gegen den Grolch gerichtet, schaute sie mitten in seinen aufgerissenen Rachen hinein. Das Biest stieß einen schauerlich schrillen Ruf aus und ging zum Angriff über. Katara zog ihre linke Hand nach, packte den Griff des Schwertes und drückte dabei ungewollt auf den Kristall in der Mitte der Parierstange. Es klickte, und im selben Moment löste sich eines der sechs seitlichen Messer aus der Parierstange, surrte wie ein Pfeil durch die Luft und grub sich in den offenen Schlund der Bestie. Mit einem erstickten Krächzen brach das Tier tot zusammen.

· 42 ·

Katara traute ihren Augen nicht. Sie betrachtete das Schwert in ihren Händen, das sich gerade in eine Art Armbrust verwandelt hatte, und schaute auf die fünf übrig gebliebenen seitlichen Messer, die sie für nutzlos gehalten hatte.

«Was für ein Schwert!», murmelte sie fasziniert.

Sie rappelte sich auf und eilte zu Aliyah und Miro zurück. Aliyah war völlig aufgelöst.

«Hast du es erwischt?», fragte sie.

«Ja. Die Monster sind tot. Wie geht es Miro?»

«Nicht gut.»

«Miro?» Der Junge hatte die Augen geschlossen und rührte sich nicht. Katara legte ihren Kopf auf seine Brust und fühlte einen schwachen Herzschlag.

«Er lebt», sagte sie. «Wir müssen ihn hier rausschaffen. Fass mit an, Aliyah. Wir müssen irgendwie den Rachen dieses Monsters öffnen!»

Gemeinsam stemmten sie sich gegen den Kiefer des Skorpion-Alligators und versuchten, sein Maul aufzureißen. Fingerbreit um Fingerbreit hoben sie den schweren Oberkiefer an.

«Jetzt!», befahl Katara, als sie glaubte, die Öffnung müsste groß genug sein. «Zieh ihn heraus!»

Während Katara mit aller Kraft den Oberkiefer hochstemmte, machte sich Aliyah an Miros eingeklemmtem Bein zu schaffen und konnte es tatsächlich aus dem Gebiss befreien. Katara ließ den Oberkiefer los, und die tödliche Falle schnappte krachend zu.

Seufzend ließen sich die Mädchen neben der Echse zu Boden fallen und gönnten sich ein paar Sekunden Verschnaufpause. Irgendwo aus der Tiefe der Höhle vernahmen sie plötzlich erneut ein Knurren und Keuchen. Das bekannte Geräusch ließ sie augenblicklich erstarren.

«Oh nein», flüsterte Aliyah. «Das darf doch nicht wahr sein.»

Katara sprang auf. «Nichts wie raus hier!», sagte sie. Mit der einen Hand packte sie das flammende Schwert, mit der anderen hielt sie Miro unter der linken Achselhöhle fest. Aliyah übernahm die rechte Seite, und gemeinsam schleiften sie ihren Gefährten über den Höhlenboden Richtung Ausgang. Das knurrende Geräusch wurde lauter und dehnte sich rasch wie ein Klangteppich über die gesamte Höhle aus. Es knurrte, schnarrte und keuchte aus allen Ecken und Winkeln, so dass den Mädchen angst und bange wurde.

«Grrrrrrrrrraaaaahhhh ... grrrrrrrrrraaaaahhhh!»

Sie kommen auf uns zu, dachte Aliyah, und Panik stieg in ihr auf. *Wir haben keine Chance. Wir kommen hier nicht lebend raus!* Sie spürte förmlich, wie sich die Bestien aus allen Richtungen an sie heranschlichen. Katara konnte bereits hinter sich die ersten funkelnden Augen in der Dunkelheit sehen. Und diesmal waren es nicht nur zwei Monster, es war mindestens ein Dutzend von ihnen.

«Schneller!», trieb Katara Aliyah an. In Zeitlupentempo krochen die Grolche über die Höhlendecke, an den Wänden und auf dem Boden entlang, tauchten aus allen Spalten und Löchern auf und nahmen knurrend die Verfolgung auf. Kein Zweifel, der Mann, der sein Leben geopfert hatte, um das flammende Schwert in diese Höhle zu bringen, war im Kampf gegen diese Monster gestorben. *Und uns wird dasselbe Schicksal ereilen,* dachte Katara. *Wir müssen schneller laufen!*

«Los! Los!», rief sie. «Sie holen auf!» Sie liefen, so schnell sie ihre Beine tragen konnten, Miro zwischen sich herschleifend. Aliyah hörte deutlich, wie die Echsen ihr Tempo beschleunigten. Ihr Knurren und Keuchen wurde aggressiver. Ein außerordentlich großes Exemplar löste sich aus der Gruppe und kam an der Decke auf sie zugerannt wie eine sich beschleunigende Dampflokomotive. Das Biest quietschte, dass es Aliyah und Katara bis ins Innerste fröstelte. Katara zielte mit dem Schwert auf das Tier, drückte den Kristall im Handgriff, ein Messer schwirrte durch die Luft und traf das Ungetüm mitten im offenen Rachen. Es jaulte laut auf, fiel von der Decke und prallte dumpf auf den harten Höhlenboden.

Kommt uns bloß nicht zu nahe, dachte Katara, *ich werde euch abschlachten wie Vieh.* Sie wartete ein paar Sekunden, bis der nächste Skorpion-Alligator nahe genug war, und schoss das dritte Messer ab. Schon wurde der Höhlenausgang sichtbar, und da wurde den Mädchen erst bewusst, dass es trotz allem kein Entkommen gab. Das Felsplateau war ja wie ein silbernes Tablett, auf dem sie den Monstern geradezu serviert werden würden, sie alle, sogar der Wolf! Es gab kein Entrinnen. Hinter ihnen waren gut zwei Dutzend blutrünstiger Monster, vor ihnen lag der jähe Abgrund. Es war aus. Selbst das flammende Schwert würde sie nicht retten können. Die Erkenntnis war grauenhaft und vernichtend zugleich. Sie würden alle sterben, aufgefressen von den fürchterlichsten Kreaturen, denen sie jemals begegnet waren.

Eben feuerte Katara das letzte Messer ab und erledigte einen weiteren Grolch. Doch auf jede getötete Echse krochen zwei neue heran, und es wurden immer mehr. Sie kamen immer näher. In blinder Wut zerstachen sie mit ihren Skorpionstacheln die Luft, verfehlten die Teenager nur um Haaresbreite. Katara hieb mit dem Schwert mehrere Schwänze ab und kämpfte sich den Weg frei. Mit letzter Kraft hievten sie sich über die Steinreihe am Höhlenausgang, gerade rechtzeitig, bevor mehrere Skorpionstacheln gleichzeitig zustachen. Aliyah kreischte auf und fiel rückwärts auf die Felsplatte. Nayati sprang augenblicklich zu ihr hin und leckte ihr übers Gesicht. Ephrion schaute das Trio entgeistert an.

«Was ... was ist passiert?»

«Es tut mir leid, Ephrion», keuchte Katara und deutete mit dem Kopf Richtung Höhleneingang. «Wir konnten sie nicht abhängen.»

Die Grolche formierten sich beim Eingang.

«Grrrrrrrrrraaaaahhhh ... grrrrrrrrraaaaahhhh!», knurrten sie. Nayati stellte sich schützend vor Aliyah, die Nackenhaare aufgerichtet, und knurrte zähnefletschend. Katara umklammerte das Schwert, die Spitze der Klinge zitternd auf die Höhle gerichtet, bereit, sich den Bestien in den Weg zu stellen und ihr Leben und das ihrer Gefährten so lange zu verteidigen, wie es irgend möglich war. Wenn sie sterben musste, dann wenigstens im Kampf.

Miro lag reglos und mit blutendem Bein auf dem Felsen, und Ephrion starrte mit weit geöffneten Augen auf die weißen Skorpion-Alligatoren mit ihren riesigen Kiefern und Schwänzen und glaubte, er müsse sterben.

«Bei Shaíria …»

Die Echsen belagerten den Eingang von allen Seiten. Sie hingen von der Decke, klebten an den Wänden, standen fauchend auf dem Boden, warfen zornig ihre Köpfe hin und her und zerstachen mit ihren Skorpionschwänzen hektisch die Luft. Alles taten sie, nur eines nicht: Sie kamen nicht aus der Höhle heraus. Ja, aus welchem Grund auch immer setzten sie keinen Fuß auf die Felsplatte. Und schließlich erklang erneut dieses ohrenbetäubende Geräusch, als würde jemand mit den Fingernägeln über eine Wandtafel kratzen, und die Bestien zogen sich lautlos in die Höhle zurück wie ein Heer, das nach einer verlorenen Schlacht den Rückzug antritt.

Katara blieb noch eine Weile mit gezücktem Schwert stehen, gefasst darauf, dass die Tiere jeden Moment zurückkommen würden. Aber sie kamen nicht zurück. Und endlich entspannte sich das Mädchen und ließ das Schwert zu Boden gleiten. Sie hatten es geschafft. Sie waren in Sicherheit.

· 43 ·

«Sind sie weg?», flüsterte Aliyah.

«Ja», antwortete Katara. «Ja, sie sind weg.» Die Erleichterung in ihrer Stimme war nicht zu überhören, wurde jedoch von einer neuen Besorgnis überschattet, als sie sich nach Miro umdrehte. Der Junge bewegte sich nicht. Es hatte ihn böse erwischt. Der Skorpion-Alligator hatte ihm eine tiefe Wunde ins Fleisch gerissen. Sein rechter Oberschenkel war praktisch zerfetzt. Es blutete so stark, dass Ephrion ein paar Armspannen weit wegrannte und sich übergeben musste.

Aliyah und Katara knieten indessen neben dem verletzten Jungen nieder. Katara fühlte seinen Puls. Er war schwach.

«Wie schlimm ist es?», fragte Aliyah.

«Er hat eine Menge Blut verloren», antwortete Katara und gab sich Mühe, angesichts der Situation gefasst zu bleiben. «Ich weiß nicht, ob er es schaffen wird.»

«Du meinst …» Aliyah unterdrückte ihre Tränen. Sie biss sich auf die Lippen und versuchte sich einzureden, dass alles nur halb so schlimm war.

«Ich hätte das Biest eher töten sollen. Ich habe zu lange gezögert. Bei Shaíria, wir müssen irgendwie den Blutverlust stoppen. Gib mir deine Ärmel, Aliyah.»

Aliyah löste die Ärmel von ihrem Kleid, Katara verknotete sie und wickelte das Tuch, so straff es nur ging, um Miros Oberschenkel oberhalb der schrecklichen Wunde. Doch es schien nichts zu nützen. Das Blut floss ungebremst weiter.

«Und?», fragte Aliyah besorgt.

Katara wusste weder, was sie sagen noch was sie tun sollte. Sie fühlte sich auf einmal elendiglich machtlos. Sie schluckte und spürte, wie sich ein Knoten in ihrem Hals bildete. Sie kämpfte darum, stark zu bleiben.

«Diese Mistviecher. Diese elenden Grolche, oder wie auch immer sie heißen. In ihrem Stachel muss Gift gewesen sein. Deswegen konnte sich Miro nicht mehr bewegen. Sie haben ihn betäubt, um ihn danach in Stücke zu reißen. Und es wäre ihnen beinahe gelungen. Bei Shaíria, es sieht nicht gut aus. Es sieht nicht gut aus. Ich weiß wirklich nicht, ob …» Sie sprach den Satz nicht zu Ende.

Aliyah fasste Miros linke Hand und merkte, dass sie völlig schlaff war.

«Miro!», flüsterte das Mädchen. «Komm zu dir, Miro! Du darfst nicht sterben! Hörst du?!» Die Tränen rollten nun doch über Aliyahs Gesicht, während sie seine kalte Hand nahm. «Bitte, Miro», flüsterte sie und drückte seine Hand, «wach auf, Miro.

Wach auf!» Nayati legte behutsam seinen Kopf und die rechte Pfote auf Miros Bauch und winselte leise. Auch er spürte den Ernst der Lage.

Ephrion kauerte ein paar Schritte weit von den andern entfernt auf dem Boden und presste sich die Arme in den Unterleib. Er schmeckte Galle in seinem Mund. Noch nie hatte er eine derart böse Wunde gesehen. Und allein bei der Vorstellung der Schmerzen, die Miro erleiden musste, würgte es ihn erneut. Schließlich hatte er mit eigenen Augen gesehen, welch fürchterliches Gebiss diese Tiere besaßen. Es brauchte nicht viel Fantasie, um sich vorzustellen, wie schmerzhaft es sein musste, von den starken Kiefern einer solchen Bestie zerquetscht zu werden.

Ephrion nahm sich zusammen, schluckte den bitteren Geschmack auf der Zunge hinunter und ging zu den anderen zurück. Er kniete rechts neben Miro nieder, warf einen angeekelten Blick auf die grässliche Wunde und betrachtete dann Miros farbloses Gesicht. Seine Augen waren geschlossen, sein Mund leicht geöffnet. Er sah aus wie tot.

«Er wird leben», murmelte Ephrion plötzlich, von einer seltsamen Ruhe erfasst, die er sich selbst nicht erklären konnte.

Katara sah ihn kopfschüttelnd an. «Wir sollten uns nichts vormachen, Ephrion.»

«Vielleicht kann ich die Blutung stoppen», warf Ephrion ein.

«Wie denn?», fragte Katara. «Wir haben sein Bein abgebunden, aber es nützt nichts. Er hat schon zu viel Blut verloren. Wir können nichts mehr für ihn tun.»

«Vielleicht doch», meinte Ephrion zaghaft. Er legte seine Hände auf Miros Brust und atmete tief durch. «Miro», hauchte er kaum hörbar, «atme!» Er beugte sich vor, legte seinen Kopf zwischen seine Hände, um Miros Herzschlag zu hören, schloss die Augen und atmete erneut tief durch. Und da schnappte Miro plötzlich nach Luft wie ein Fisch auf dem Trockenen und schlug die Augen auf. Nayati hob den Kopf und kläffte freudig.

«Miro!», rief Aliyah und lächelte ihn zwischen Tränen an.

Ephrion zog seine Hände zurück und war auf einmal ziemlich

in Gedanken versunken. Aliyah spürte, wie die Wärme in Miros Hand zurückkehrte. Der verletzte Junge atmete keuchend und unregelmäßig. Panik und Verzweiflung spiegelten sich auf seinem leichenblassen Gesicht. «Sind sie weg?»

Katara nickte. «Ja, sie sind weg. Wir sind in Sicherheit.»

«Ich ... ich spüre meinen Körper nicht.»

«Du bist von einem Skorpionstachel erwischt worden. Sein Gift hat dich gelähmt. Aliyah und ich haben dich aus der Höhle getragen.»

Miro sah die blutverschmierten Kleider der beiden Mädchen, und eine dunkle Ahnung stieg in ihm auf.

«Woher ... woher stammt das Blut?»

«Es wird alles gut werden», wich Katara seiner Frage aus. Miros Blick wanderte an seinem tauben Körper hinunter, und als er die klaffende Wunde an seinem Oberschenkel sah, fiel ihm auf einmal alles wieder ein. Er erinnerte sich an die glühenden Augen und den brennenden Schmerz, als das Tier in der Dunkelheit zugeschnappt hatte. Entsetzt betrachtete er sein blutüberströmtes Bein, und es kam ihm vor, als wäre es nicht das seine.

«Ich fühle nichts», hauchte er, während er gegen die Bewusstlosigkeit ankämpfte. «Ich möchte ... schlafen ...»

«Nein», sagte Aliyah und tätschelte ihm die Wange, «du darfst nicht schlafen. Du musst wach bleiben, Miro. Wir lassen uns etwas einfallen.»

Miro war nahe daran wegzutreten. «Ich werde es nicht schaffen», röchelte er.

«Doch, das wirst du», antwortete Ephrion mit erstaunlich fester Stimme. «Du wirst durchkommen. Ich werde dafür sorgen, dass du wieder gesund wirst.»

Miro hatte unendlich große Mühe, die Augen offen zu halten. «Du kannst mir ... nicht helfen, Ephrion», wisperte er, ohne seine Lippen zu bewegen.

Ephrion sah Miro mit seinen hellblauen Augen an, und auf einmal durchströmte ihn eine unglaubliche Gewissheit, als er verkündete:

«Ich werde dich heilen, Miro.»

«Das ist kein guter Zeitpunkt, um Scherze zu machen, Ephrion.» Katara warf ihm einen vorwurfsvollen Blick zu.

«Aber ich habe ihn zum Atmen gebracht. Eben gerade. Ich habe meine Hände auf seine Brust gelegt, und er hat die Augen geöffnet. So war es. Du hast es gesehen, Katara. Du hast es doch mit eigenen Augen gesehen!»

«Ephrion, bitte.»

Ephrion betrachtete seine Hände. «Es liegt an meinen Händen. Sie sind ganz warm geworden, genau wie damals, als ich die Schmetterlinge heilte.»

«Ich bin … kein Schmetterling», murmelte Miro, und seine Augenlider wurden immer schwerer.

«Miro, halte durch!», flehte ihn Aliyah an. Sie merkte, wie sein Atem schwächer wurde.

«Lass es mich wenigstens versuchen», bat Ephrion, und Katara wunderte sich über seine plötzliche Selbstsicherheit, die so gar nicht zu ihm passte. «Ich glaube wirklich, dass ich es tun kann.»

«Wenn du darauf bestehst», willigte Katara ein und machte ihm Platz.

Ephrion kniete sich unmittelbar neben dem verletzten Bein hin, überwand den Ekel vor der offenen Wunde und legte die Hände mit gespreizten Fingern auf die blutdurchtränkte Hose. Dann schloss er die Augen und atmete tief durch. In Gedanken hörte er auf einmal Miros spöttisches Lachen, als er sich über seine Gabe lustig gemacht hatte. Seine Worte hatten ihn wie Messerstiche getroffen. *Schmetterlinge heilen? Das ist deine Gabe? Du kannst Schmetterlinge heilen? Ich wette, das wird auf unserer Reise sehr nützlich sein.*

Ephrion spürte Zweifel in sich aufsteigen. Seine Hände begannen leicht zu zittern.

Was tust du hier eigentlich?, dachte er bei sich selbst. Warum bildest du dir ein, Miro retten zu können? Dass Miro wieder atmet, ist doch ein reiner Zufall. Wahrscheinlich kannst du nicht einmal Schmetterlinge heilen. Du hast dir alles nur eingebildet.

«Es funktioniert nicht», hörte er Katara neben sich sagen. «Du hast keine heilenden Hände, Ephrion.»

Aliyah sah mit ihren blinden Augen erwartungsvoll zu Ephrion hinüber, während sie weiter Miros Hand festhielt.

«Ich glaube an dich, Schmetterlingsheiler», murmelte sie leise. Doch Ephrion überhörte ihren Zuspruch und kämpfte gegen die Stimmen in seinem Kopf an.

Du bist ein Narr. Sieh den Tatsachen in die Augen. Finde dich damit ab! Miro wird sterben! Und dein lächerlicher Versuch wird sein Schicksal nicht wenden können. Gib auf!

«Ich darf nicht aufgeben», murmelte Ephrion zu sich selbst, «ich habe eine kostbare Gabe. Die Zeit ist gekommen, sie einzusetzen.» Sein Pulsschlag beschleunigte sich. Er fühlte, wie seine Hände warm wurden, und gleichzeitig begann Miros Körper seltsam zu zucken. Dann riss Miro plötzlich die Augen auf und brüllte vor Schmerzen. Katara schaute verunsichert von Ephrion zu Miro und verstand nicht, was das zu bedeuten hatte.

«Miro?!», rief sie verwirrt.

Miro gab keine Antwort, begann sich stattdessen auf dem Boden zu winden und stöhnte und weinte vor Schmerzen. Aliyah hielt seine linke Hand fest, die sich an der ihren festklammerte wie an einem Rettungsanker.

«Sein Gefühl ist wieder da!», stellte Aliyah verblüfft fest. «Er kann sich wieder bewegen!»

«Nicht berühren!», schrie Miro und fasste mit seiner rechten Hand Ephrions Arm. «Bitte nicht berühren!» Wieder bäumte er sich auf vor Qualen. Schweiß rann ihm über die Stirn. Ephrion spreizte seine Finger noch mehr und strich langsam über den Oberschenkel. Er hatte die Augen geschlossen und ließ sich nicht aus der Ruhe bringen. Seine Hände waren feurig warm, und das anfängliche Zittern war verschwunden. Er atmete tief und gleichmäßig und konzentrierte sich nur auf seine Hände, auf Miros Bein und dann auf dessen Stichwunde am Arm.

Ein letztes Mal schrie Miro aus Leibeskräften, dass sein Schrei von den umliegenden Bergwänden widerhallte. Dann sank er zurück und blieb reglos liegen.

· 44 ·

«Neeeein!!!», schrie Katara, packte Miros Schulter und hielt den Jungen fest, während sie Ephrion wütend anschnaubte: «Du hast ihn umgebracht!»

Ephrion zog die Hände zurück und wirkte völlig erschöpft. «Mir ist schwindlig», sagte er leise. Und ohne jede Vorwarnung verdrehte er plötzlich die Augen und kippte zur Seite. Jetzt begann Katara doch langsam die Nerven zu verlieren.

«Ephrion! Was soll das?» Verunsichert ließ sie ihren Blick zwischen den beiden bewusstlosen Jungen hin und her schweifen und wusste nicht, was jetzt zu tun war. Aliyahs Gesicht hellte sich indessen auf.

«Ich fühle seinen Puls!», sagte sie. «Katara, sein Herz schlägt völlig normal!»

«Bist du sicher?»

Aliyah nickte. «Was auch immer Ephrion getan hat, es scheint zu wirken.»

Katara schaute kurz zu Ephrion, der langsam wieder zur Besinnung kam, dann ging ihr Blick weiter zu Miros verletztem Bein, und dann, ja dann traute sie ihren Augen nicht mehr.

«Die Wunde!», raunte sie. «Sie wächst zu!»

«Was sagst du da?», fragte Aliyah.

«Ich sehe es», meinte Katara völlig perplex, «ich sehe, wie sie zuwächst! Es ist ein Wunder! Ein Wunder ist geschehen!»

Nayati legte seinen Kopf schief, betrachtete Miros Bein und kläffte zweimal freudig. Aliyah wischte sich die Tränen aus den Augen. Sie sagte nichts, hielt einfach nur Miros Hand fest.

Ephrion richtete sich mühsam auf und stützte sich auf seine Ellbogen. Er war noch immer blass im Gesicht und fühlte sich entkräftet und furchtbar schwach, als hätte ihm jemand sämtliche Energie entzogen. Und dann sah er es auch. Ja, er sah mit seinen eigenen Augen, wie die grässliche Wunde sich von ganz alleine nach und nach schloss. Tränen der Freude und Verblüffung liefen ihm über die Wangen.

«Ich habe ... ihn geheilt!», murmelte er glücklich, sah von seinen Händen auf die Wunde und wieder zurück auf seine Hände, brachte aber vor Erschöpfung nur ein klägliches Lächeln zustande, bevor er wieder zu Boden sank. Diesmal schenkte ihm Katara keine Beachtung mehr. Fasziniert beobachtete sie, wie die Verletzung sich von alleine schloss und die Haut über dem Fleisch nachwuchs. Der Vorgang dauerte keine Minute, bis die Wunde vollständig zugeheilt war und nichts zurückblieb als eine breite Narbe. Katara löste das Tuch von Miros Oberschenkel und warf es weg.

Ein paar Momente später erlangten sowohl Miro als auch Ephrion wieder das Bewusstsein. Ephrion war es noch immer etwas schwindlig, und er hatte keine Kraft zum Sprechen. Keuchend blieb er noch eine Weile liegen, bevor er sich mühsam aufsetzte. Miro fühlte sich, als würde er aus einer starken Narkose aufwachen. Er wirkte bleich und abwesend. Er sah zu Aliyah hoch, die zu seiner linken Seite kniete, dann zu Katara und Ephrion zu seiner rechten Seite, und war ziemlich verwirrt.

«Bin ich tot?»

Katara lachte. Es tat gut, nach all der Aufregung endlich einmal entspannt lachen zu können.

«Den Gefallen kann ich dir nicht tun», sagte sie. «Wie es aussieht, müssen wir uns weiterhin über deine herablassende Art ärgern. Aber wer weiß, vielleicht lernst du eines Tages doch noch Manieren.»

«Was ist passiert?», fragte Miro mit schwacher Stimme.

«Ephrion hat dich geheilt», sagte Aliyah

«Ephrion?!»

Ephrion schlug die Augen nieder. «Der Schmetterlingsheiler zu Euren Diensten», sagte er schmunzelnd mit einer leichten Verbeugung und spürte dabei, wie seine Kräfte langsam zurückkehrten.

Aliyah drückte Miros Hand. «Spürst du das?»

«Ja», hauchte Miro voller Verwunderung. «Ich spüre es. Ich spüre es. Aber …»

Er stützte sich auf seine Ellbogen und schaute an seinem Körper hinunter. Als er sein Bein sah, blieb ihm für einen Moment die Spucke weg. Seine Hose war zerfetzt und blutgetränkt. Doch sein Bein schien vollkommen intakt zu sein. Außer der

Narbe, die sich der Länge nach über seinen ganzen Oberschenkel zog, erinnerte nichts mehr an die schwere Verletzung, die ihm der Grolch zugefügt hatte.

«Bei Shaíria», murmelte er. «Wo ist die Wunde? Hab ich mir das alles nur eingebildet?»

«Ohne Ephrion wärst du gestorben», sagte Katara. «Er hat dir das Leben gerettet, Miro.»

Miro konnte kaum fassen, was er sah. Er versuchte, das Bein und den Arm zu bewegen, und stellte mit Erstaunen fest, dass er tatsächlich gesund war. Er verspürte keinerlei Schmerzen oder Taubheit. Es war, als wäre nie etwas geschehen. Miro richtete sich auf und betastete vorsichtig und völlig durcheinander seinen gesunden Oberschenkel.

«Wie hast du das gemacht, Ephrion?»

Ephrion zuckte bescheiden die Achseln. «Es ist meine Gabe, schätze ich. Ich kann es dir nicht erklären.»

Miro sah Ephrion an und zog verlegen den Mund schief. «Danke», murmelte er und rang sich sogar zu einer Art Entschuldigung durch. «Ich habe dich total unterschätzt, Schmetterlingsheiler.»

«Ich mich auch», gestand Ephrion und grinste zufrieden. «Ich habe tatsächlich geglaubt, ich könne bloß Schmetterlinge heilen. Aber wie es scheint, reicht meine Kraft sogar, um noch ganz anderes Ungeziefer zu heilen.» Er klopfte Miro kameradschaftlich auf die Schulter. «Ist nur ein Scherz. Ich bin froh, dass du am Leben bist, Miro.»

«Das bin ich auch», ergänzte Aliyah. Nayati kläffte und wedelte freudig mit dem Schwanz. Und Katara meinte:

«Ich will ja nicht drängen. Aber ich finde, wir sollten so schnell wie möglich von hier verschwinden. Du bist nur haarscharf am Tod vorbeigeschrammt, Miro. Wir wollen es nicht riskieren, diesen Monstern nochmals zu begegnen.»

«Allerdings nicht», murmelte Miro und war schlagartig zurück in der brutalen Realität. Er warf einen Blick hinüber zur Grolchenhöhle, und es fröstelte ihn beim bloßen Gedanken an das, was sich dort in der Dunkelheit verbarg. «Hätte ich gewusst, was da drinnen auf uns lauert, ich weiß nicht, ob ich die

Höhle betreten hätte. Das Mütterchen wusste wohl, warum sie uns nichts von den Monstern erzählt hat.»

«Ein todsicheres Versteck für ein so gefährliches Schwert», meinte Katara. Sie griff nach dem flammenden Schwert und wog es in ihrer Hand.

«Das ist also das sagenhafte Schwert König Olras», bemerkte Ephrion ehrfürchtig. «Darf ich es mal halten?»

«Aber nur kurz», sagte Katara. «Dann müssen wir aufbrechen.» Sie legte das Schwert sorgfältig in Ephrions Hand, und der Junge betrachtete es eingehend.

«Das Schwert, das über all die Jahre in der Grolchenhöhle verschollen war. Und wir sind die Ersten, die es in Händen halten, seit der König es verbergen ließ.»

«Abgesehen von demjenigen, der sein Leben opferte, um es herzubringen», ergänzte Katara und erinnerte sich an das Skelett, das es in seinen Knochenhänden gehalten hatte.

«Ein solches Schwert habe ich noch nie gesehen», sagte Ephrion und bewunderte den verzierten Handgriff. «Und seht euch diesen wunderschönen roten Rubin an!»

«Ein roter Rubin?», wiederholte Katara. «Du siehst einen roten Rubin?»

«Ja, hier in der Mitte der Parierstange.»

«Der rote Rubin!», rief Katara verblüfft und nahm Ephrion das Schwert ungefragt wieder aus der Hand. «Es ist tatsächlich ein roter Rubin. In der Höhle habe ich seine Farbe nicht erkannt.»

«Ich dachte, du *siehst* im Dunkeln», wandte Miro ein.

«Aber nur schwarz-weiß, schon vergessen? Aliyah, *davon* hast du also in deiner Vision gesprochen.»

«Du hattest eine Vision?», fragte Ephrion.

«Ich dachte, du würdest nur wirres Zeug reden. Dabei hast du von diesem Edelstein gesprochen. Der rote Rubin kann uns retten, hast du gesagt. Erinnerst du dich jetzt?»

«Ehrlich gesagt, nein», gestand Aliyah.

«Egal. Jedenfalls hat er das getan. Er verwandelte das Schwert in eine Armbrust. Und damit konnte ich sechs Messer wie Pfeile abschießen.»

«Welche Messer?», fragte Miro.

«Ich verstehe kein Wort», murmelte Ephrion.

«Ich erkläre es euch später», sagte Katara, steckte das Schwert in die Scheide und erhob sich. «Jetzt müssen wir erst einmal von dieser Felsplatte herunterkommen. Wir haben einen langen Weg vor uns.»

«Und bald wird es dunkel», fügte Miro hinzu. Und damit hatte er Recht.

Katara warf einen letzten Blick von dem Felsvorsprung hinunter auf die Ebene. Zwischen den Felsen hindurch bot sich ihr eine gigantische Sicht auf die Stadt. Hoch ragten die schwarzen Gebäude aus dem Nebel. Es sah aus, als würden sie auf dem grauen Dunst schweben. Sie konnte in der Ferne sogar das Stadion erkennen, und etwas weiter hinten lag die Burg Drakars wie ein mächtiges Schiff auf einem Felsen.

Unwillkürlich musste sie an ihren Vater denken. Was würde ihm wohl in diesem Moment durch den Kopf gehen? Bestimmt würde er am Fenster seiner Dienstwohnung sitzen, in den Nebel hinausstarren und hoffen, dass seine Tochter noch am Leben war. Sie wünschte sich, sie hätte ihm durch die Dämmerung zurufen können, wie sehr sie ihn liebte. Sie vermisste ihren Vater, und doch wusste sie, dass sie ihren Gefühlen keinen Raum geben durfte, nicht jetzt, nicht wo sie im Begriff war, ihren Vater und alles, wofür er kämpfte, zu verraten. Ja, morgen schon würde sie zurück sein, aber nicht als Tochter Gorans – sondern als Verräterin. Es schnürte ihr die Kehle zu bei dem Gedanken, und sie wollte sich zwingen, nicht mehr daran zu denken. Doch es gelang ihr nicht.

Sie warf einen letzten Blick auf die Burg in der Ferne. Sie dachte an ihren Vater, und sie dachte an die Aufgabe, die ihnen bevorstand und die alles von ihr fordern würde. Es würde schwierig werden, unbemerkt in die Burg und in den Kerker zu gelangen. Aber noch schwieriger würde es werden, in ihr eigenes Zuhause einzubrechen wie eine Diebin.

Die Worte fielen ihr ein, die das Mütterchen ihr gesagt hatte, bevor sie sie auf ihre Mission sandte. *Was auch immer geschieht, vergesst nie, wer Ihr seid. Niemals.*

Aber wer bin ich?, überlegte Katara mit pochendem Herzen. *Wer bin ich wirklich?*

Goran saß in seinem Arbeitszimmer am Schreibtisch und blickte dumpf vor sich hin. Sein Gesicht war grau. In seinen großen Händen hielt er ein Bild. Es zeigte Katara als Baby, gehalten von zwei kräftigen Händen. Goran starrte die Darstellung an, und sein Mund begann zu zucken. Mit aller Kraft kämpfte er gegen die Gefühle an, die in ihm hochstiegen. Ein Knoten bildete sich in seinem Hals, und seine Augen wurden feucht. Er sträubte sich dagegen und versuchte, stark zu bleiben. Sein Ruf als schwarzer Ritter verbot es ihm, die Fassung zu verlieren. Doch er konnte die Träne nicht mehr zurückhalten, die sich von seinem Auge löste. Sie tropfte auf das Baby und auf die Hände, die es auf dem Bild in die Höhe hielten. Es zerriss Gorans Seele, als er diese Hände betrachtete. Denn er wusste: Es waren nicht seine.

«Lasst mich raus!»
 «Haltet gefälligst Euer Mundwerk!»
 «Ich bin unschuldig!»
 «Das könnt Ihr übermorgen dem Henker sagen!»
 Der Gefangene zerrte an den Gitterstäben seiner Zelle und schrie und fluchte. Seine Zelle war drei Armspannen tief und eine Armspanne breit. Links und rechts befanden sich weitere Zellen, die durch dicke Wände voneinander abgetrennt waren. Die Vorderseite war mit einem Eisengitter versehen, das vom Boden bis zur Decke reichte.
 Der Bursche war in Lumpen gehüllt, und sein verfilztes Haar hing ihm in dicken dunkelblonden Filzlocken bis zu den Hüften. Ein Ring zierte seinen linken Nasenflügel. An seinem rechten Handgelenk befand sich ein breites Lederarmband mit Nieten. Seine Haut war kaffeebraun, seine Augen stechend wie zwei goldbraune Diamanten. Sein Alter war schwer zu schätzen. Er

wirkte jung und kräftig und gleichzeitig zu erwachsen, um noch als Teenager durchzugehen. Er mochte um die neunzehn, zwanzig Jahre alt sein.

Die Soldaten, die im Gang Wache hielten, standen in ihren roten Waffenröcken breitbeinig vor ihm und grinsten ihn unverhohlen an. Der eine der beiden leuchtete mit der Fackel in das muffige Verlies hinein.

«Ihr haltet Euch wohl für was ganz Besonderes, wie?»

«Ihr habt kein Recht, mich hier festzuhalten», schnaubte der Gefangene, «ich hab nichts getan, was gegen das Gesetz verstößt.»

«Ihr habt aus der königlichen Bäckerei Brot gestohlen. Darauf steht der Tod.»

«Mann, Alter, wie oft soll ich es noch sagen: Ich hab kein Brot gestohlen», zischte der Gefangene. «Ich schwör's bei der Seele meiner Mutter.»

«Schwört besser auf jemanden, der eines Schwurs würdig ist.»

Der Gefangene ballte die Hände zu Fäusten. «Sagt ja nichts gegen meine Mutter, klar? Sie war eine ehrbare Frau. Sie hatte Achtung vor dem Leben, im Gegensatz zu euch Schweinehunden, die unschuldige Bürger ohne jeden Grund zum Tode verurteilen.»

Er klammerte sich mit seinen schmutzigen Händen an das Gitter und durchbohrte die Soldaten mit einem vernichtenden Blick. «Wenn ich hier rauskomm, dann werd ich eure dämlichen Pickelgesichter so übel zurichten, dass ihr euch für den Rest eures Lebens wünscht, mir nie begegnet zu sein.»

«Eine große Klappe und wenig Hirn», winkte der eine Soldat amüsiert ab. «Ihr werdet hier schneller rauskommen, als Euch lieb ist. Der Henker schleift bereits sein Schwert für Euch. Übermorgen in der Früh wird Euer Kopf rollen, Nummer dreiundvierzig. Vergesst das nicht.» Sie lachten geringschätzig und entfernten sich von dem Gefangenen. Provozierend spuckte er hinter ihnen her, doch sie sahen es nicht.

· 45 ·

Der Abstieg durch den keilförmigen Spalt im Felsen war nicht weniger gefährlich als der Aufstieg. Und die aufkommende Dämmerung erschwerte das Klettern zusätzlich. Erschöpft und müde erreichten die Jugendlichen schließlich die weite, moosbewachsene Ebene unterhalb der Grolchenhöhle, und Miro sprach ihnen aus dem Herzen, als er meinte:

«Heute gehe ich keinen Schritt mehr weiter. Lasst uns hier übernachten.»

Sie fanden ein vom Wind geschütztes Plätzchen am Fuße der Steilwand mit ein paar losen Felsbrocken. Hier ließen sie sich nieder und hatten das erste Mal an diesem Tag das Gefühl, sich endlich entspannen zu dürfen. Ihre Kleider waren zerrissen, blutbeschmiert und feucht. Ihre Füße pulsierten, waren voller schmerzhafter Blasen und fühlten sich schwer wie Blei an. Sie spürten jeden Muskel und konnten sich kaum noch bewegen. Die scharfen Felskanten hatten ihnen beim Klettern die Innenflächen der Hände zerschnitten, und auch an den Armen, Beinen und im Gesicht hatten sie sich einige brennende Schürf- und Schnittwunden zugezogen.

«Ich glaube, es gibt keine Stelle an meinem Körper, die *nicht* wehtut», jammerte Ephrion.

«Das kannst du laut sagen, Dicker», bestätigte Miro. «Mir tun Muskeln weh, von denen ich nicht einmal gewusst habe, dass sie existieren. Und beim Abstieg hab ich mir auch noch das Knie aufgeschlagen.»

«Zeig mal her», sagte Ephrion.

«Wozu?»

«Damit die Wunde schneller verheilt», erklärte Ephrion mit größter Selbstverständlichkeit. «Du musst morgen fit sein für den Marsch zu Drakars Burg.»

«Schmetterlingsheiler», meinte Miro nur und hielt ihm das Knie hin, damit er es sich ansehen konnte.

Der Reihe nach legte Ephrion Miro, Katara und Aliyah die Hände auf die wunden Körperstellen, und sämtliche Verletzungen wurden innerhalb weniger Minuten geheilt. Hinterher fühlte sich der Junge ziemlich ausgelaugt und musste sich erst einmal gegen einen Felsen lehnen, um wieder zu Kräften zu kommen.

«Darum sagte das Mütterchen, wir könnten es nicht riskieren, dich zu verlieren», meinte Aliyah. «Du bist unglaublich, Ephrion. Danke.»

«Keine Ursache», antworte Ephrion, und auf einmal merkte er, wie hungrig er eigentlich war. «Kurze Frage: Ich weiß ja nicht, wie es euch geht, aber was meine Person betrifft, ich habe einen Bärenhunger. Jetzt, wo keine Gefahr mehr droht, könnten wir uns doch einen kleinen Happen gönnen, was meint ihr?»

«Hungrig bin ich auch», sagte Katara, während sie sich auf einen Stein setzte und ihre Tasche von der Schulter nahm. «Dann wollen wir mal sehen, was uns das Mütterchen mitgegeben hat.»

Sie machten es sich auf einigen losen Steinen bequem und legten ihre eingepackten Vorräte in die Mitte auf ein Tuch. Ihr Proviant bestand aus Brotfladen, ein paar Schokolade-Zimt-Keksen und Trockenfleisch. Als Miro und Katara den sichtlich geschrumpften Fleischvorrat sahen, war ihnen sofort klar, wer heimlich daran geknabbert hatte. Ephrion hingegen setzte eine Miene auf, als wäre er sich keiner Schuld bewusst.

«Etwas Trockenfleisch gefällig?» Er gab jedem von ihnen einen großen Streifen Fleisch. Natürlich entgingen ihm die düsteren Blicke nicht, die ihm sowohl Katara als auch Miro zuwarfen, und deshalb fragte er mit Unschuldsmiene: «Was ist? Warum guckt ihr so?»

«Du weißt ganz genau, warum wir so gucken», sagte Miro und steckte sich ein Stück Trockenfleisch in den Mund. «Du konntest es nicht lassen, was, Dicker?»

«Ich verstehe nicht ganz», tat Ephrion, noch immer mit einem Engelsgesicht. «Ihr unterstellt mir doch nicht etwa … Also bitte, so etwas würde ich nie im Leben tun.»

«Natürlich nicht», meinte Katara, während sie jedem ein Stück Fladenbrot reichte. «Ich würde dich jetzt liebend gerne erwürgen, Ephrion, das kannst du mir glauben. Aber da du Miro das Leben gerettet hast, lasse ich Gnade walten.»

Ephrion lächelte erleichtert.

«Ist ja noch genug für alle da», gab er seine Nascherei zu, «ich hatte so einen furchtbaren Hunger, als wir vor der Höhle saßen. Und der Duft war so verlockend. Ich konnte einfach nicht widerstehen. Übrigens hat Nayati auch davon gegessen.»

Nayati gab einen winselnden Laut von sich und schaute die Teenager mit treuherzigen Augen an, dass es ihnen unmöglich war, wütend auf ihn zu sein.

«Nächstes Mal werde ich mir eine hübsche Strafe für dich ausdenken», drohte Katara. «Ich könnte dich zum Beispiel kopfüber in einen Baum hängen, bis dein Gesicht so rot anläuft wie eine Tomate.»

Ephrion blieb bei der Vorstellung prompt ein Brotkrümel im Hals stecken, und er bekam einen Hustenanfall, dass er auch ohne Kataras Methode rot anlief.

«Wart's ab, ich kenne noch ganz andere Foltermethoden.»

Ephrion winkte ab und hustete mit tränenden Augen: «Ist schon in Ordnung, ich werde es nicht wieder tun. Ich schwöre es bei jedem Gramm Körpergewicht, das ich mit mir herumschleppe.»

«Das ist aber ein richtig großer Schwur», meinte Miro.

Katara grinste zufrieden. «Von nun an lässt du die Finger von unserem Essen. Es ist für alle da, nicht nur für dich. Ist das klar?»

Ephrion nickte folgsam, und als er sich von seinem Anfall erholt hatte, langte er kräftig zu und verschlang gierig und schweigend seine Portion Brot und Trockenfleisch.

In der Zwischenzeit war es dunkel geworden. Obwohl sie ihren ärgsten Hunger gestillt hatten, waren sie alle noch ziemlich erledigt von den Strapazen des Tages. Es hätte noch viel zu bereden gegeben, aber Katara mahnte sie, dass es besser wäre, sich jetzt auszuruhen, damit sie genug Kräfte für die Weiterreise sammeln konnten. Und so suchte sich jeder ein bequemes Plätzchen. Sie rollten sich auf dem blanken Felsboden zusammen und versuchten zu schlafen.

Aus Ephrions Ecke war schon bald ein lautes Schnarchen und Schmatzen zu hören. Auch Katara wurde rasch von einem tiefen Schlaf überwältigt, sie hielt jedoch das flammende Schwert umklammert, um jederzeit gegen wilde Tiere oder sonstige böse Überraschungen gewappnet zu sein. Miro nörgelte leise herum, da er noch nie in seinem Leben die Nacht unter freiem Himmel, geschweige denn auf einem harten Boden und erst recht nicht ohne Daunendecke verbracht hatte. Es zwackte und piekte ihn überall. Immer wieder drehte er sich von der einen auf die andere Seite und klaubte kleine spitze Steinchen aus dem Boden, die ihm in den Bauch stachen. Einmal landete ein Insekt mitten auf seinem Gesicht, ein anderes Mal krabbelte ihm etwas am Bein hoch, und jedes Mal fuchtelte der Junge nervös in der Luft herum und musste sich wieder eine neue Stellung suchen.

Nayati kuschelte sich ganz dicht an Aliyah, und obwohl er ebenfalls die Augen schloss, blieben seine Ohren in Alarmbereitschaft, um die Teenager beim kleinsten Anzeichen einer Gefahr warnen zu können.

Aliyah konnte lange nicht einschlafen. Sie musste an all die merkwürdigen Dinge denken, die in den vergangenen zwölf Stunden geschehen waren. Es war kaum zu glauben, wie wenig Zeit verstrichen war, seit sie auf der Suche nach ihrem Wolf von einem dieser schweigsamen Männer in die Kutsche gezerrt und zum Haus der geheimnisvollen Alten gebracht worden war. Ihr Leben hatte von einem Moment auf den andern eine radikale Wende genommen. Was für ein seltsames Schicksal. Was für eine wundersame Geschichte, in die sie so plötzlich verwickelt war. Was für eine unglaubliche Aufgabe, dem König Shaírias sein Schwert und das letzte Buch der Prophetie zurückzubringen, damit er die Insel endlich von dem Fluch befreien konnte, der seit so vielen Jahren auf ihr lastete.

Aliyah wurde ganz warm ums Herz, als sie darüber nachsann. *Wenn Onkel Fingal das wüsste,* dachte sie, und eine tiefe Zufriedenheit breitete sich in ihr aus. *Ich bin kein blinder, lebensuntauglicher Nichtsnutz mehr. Nein, das bin ich nicht mehr. Und ich werde es nie wieder sein.*

«Nie wieder», murmelte sie und spürte, wie ihre Augen schwer wurden. Sie strich Nayati im Halbschlaf über sein dickes, weiches Fell. Dann schlief sie ein.

Während alle andern bereits tief und fest schliefen, war Miro der Einzige, der noch immer wach lag. Er brachte einfach kein Auge zu. Nicht nur machte ihm der harte Untergrund zu schaffen, sondern auch das, was am heutigen Tag mit ihm geschehen war. Er sah sich wieder frisch herausgeputzt in der Luxuskutsche seines Vaters sitzen, mit seinen teuren Klamotten, die schicke Armbanduhr am Handgelenk, eingehüllt in den Duft eines berauschenden Parfüms, das feuerrote Haar aufwendig gestylt. Was für ein krasser Gegensatz zu seiner gegenwärtigen Lage. Noch vor wenigen Stunden war er als Sohn eines einflussreichen Großhändlers mit Privatchauffeur zur Hexenverbrennung kutschiert worden, und jetzt lag er mit zerrissenen Kleidern, nach Schweiß und Urin stinkend, irgendwo im Gebirge, zusammen mit drei Teenagern, die so völlig anders waren als die Jugendlichen aus den Kreisen, in denen er normalerweise verkehrte.

Wenn mich meine Freunde jetzt sehen könnten, dachte Miro, *ich glaube, sie würden die Krise kriegen. Und mein Butler würde mich erst mal in ein dampfendes Bad stecken und mich mit Fruchtsäften aufpäppeln. Und mein Vater ...* Er stutzte. Er war sich nicht sicher, wie sein Vater reagieren würde. *Wahrscheinlich wird er mir sagen, er müsse zu einer wichtigen Besprechung und würde sich später mit mir unterhalten. Wahrscheinlich wird er mein Verschwinden nicht einmal bemerkt haben. Er wird denken, ich wäre mit Freunden auf irgendeiner Party gewesen und hätte mich amüsiert. Solange ich rechtzeitig zurück bin, um die Firma zu übernehmen, ist die Welt in Ordnung.*

Sein Vater hatte nie viel Zeit für ihn gehabt. Alles drehte sich in seinem Leben um Geld und Erfolg, und eigentlich hatte Miro sich nie überlegt, ob es noch andere Maßstäbe gab, nach denen man sich richten konnte. Gab es tatsächlich so etwas wie eine Bestimmung? War diese neue Dimension des Lebens, die er heute geschmeckt hatte, es wert, sie weiter zu erforschen? Und war sie es wert, den Preis dafür zu bezahlen?

Er betastete die lange Narbe an seinem Oberschenkel und musste daran denken, dass er jetzt genauso gut hätte tot sein können. Ein Schauer durchfuhr ihn, als er an das Biest zurückdachte, das sich in seinem Bein festgebissen hatte. Er wusste bis jetzt nicht, wie die Grolche eigentlich aussahen. Aber er wollte es auch gar nicht wissen. Hauptsache, er war mit dem Leben davongekommen. Doch war es das alles wert gewesen? *Wäre ich gestorben, was hätte wohl auf meinem Grabstein gestanden?*, überlegte sich Miro. *Wofür hätte ich mein Leben gelassen? Für Dark City? Oder für eine Hexe, die sich selbst Prophetin nennt? Was ist, wenn sie uns angelogen hat? Was ist, wenn es keine Prophezeiung gibt? Aber warum haben wir dann das Schwert gefunden? Und was ist mit dem Buch? Warum würde sie es uns anvertrauen? Und Isabellas Todesschrei? Warum habe ich ihn an meinem ganzen Körper gefühlt, obwohl sie meilenweit von uns entfernt war? Was hat das alles zu bedeuten?* Fragen über Fragen schossen ihm durch den Kopf, Fragen, auf die er keine Antwort wusste, so sehr er auch darüber nachgrübelte. Es war ihm, als würden die Ereignisse des Tages gegen seine Vernunft ein Tauziehen veranstalten, und es verwirrte ihn, dass er nicht wusste, auf welcher Seite des Seils er ziehen sollte.

Verstört und verunsichert starrte er vor sich hin, während er vergeblich versuchte, an etwas anderes zu denken. Es dauerte lange, bis er endlich in einen unruhigen Schlaf fiel.

Die schwarzen Ritter erreichten das Haus der alten Frau lange nach Mitternacht. Sie sprangen von ihren Pferden, zückten ihre Schwerter und verteilten sich mit ihren Fackeln um das Haus. Auf das Zeichen ihres Anführers hin stießen einige mit ihren schweren Stiefeln die Tür auf und betraten das Haus. Der Holzboden knirschte unter ihren Füßen. Ein Fenster stand offen, und der Wind blähte die weißen Vorhänge auf, die sich davor befanden. Ein Wecker stand auf einer Kommode und tickte laut und penetrant vor sich hin. Die Tür zur Vorratskammer knarrte und drehte sich in ihrer Angel. Einer der Ritter öffnete sie mit der Faust und durchleuchtete sie mit der Fackel. Die Regale waren leer.

Zwei andere Ritter durchsuchten die Schlafkammer und durchwühlten sämtliche Schränke, konnten allerdings niemanden finden. Ein dritter Ritter klopfte währenddessen systematisch den Boden ab, bis er in der Mitte des Wohnzimmers auf das stieß, wonach er suchte. Er kniete sich hin, schob den Teppich zurück, klaubte eine lose Leiste aus dem Boden und fischte eine Metallschatulle aus dem Hohlraum. Triumphierend überbrachte er sie seinem Vorgesetzten. Als dieser sie öffnete, stieß er einen Fluch aus und schleuderte die leere Schatulle wütend in die Ecke.

«Stellt hier alles auf den Kopf. Lasst keinen Stein auf dem anderen. Klopft Wände, Fußboden, Decke, einfach alles ab! Wir müssen es finden!»

Man gehorchte ihm, aber ohne Erfolg. Es gab hier nichts mehr zu entdecken.

Dann gab der Ritter den Befehl, das Haus niederzubrennen. Mit großer Genugtuung steckten die Männer die Vorhänge, die Holzregale, die Stühle und den Küchentisch in Brand und kehrten zu ihren Pferden zurück. Aus sicherer Entfernung beobachteten sie, wie das Feuer sich rasch ausbreitete. Gierig sogen sie das viele Licht in sich hinein. In wenigen Minuten züngelten die Flammen bis zur Decke hoch und fraßen sich durch die dicken Holzbalken. Das Haus ächzte und stöhnte. Immer höher schlugen die Flammen, bis das ganze Haus lichterloh brannte. Als der erste Balken krachend in die Küche stürzte und das halbe Dach über dem Wohnzimmer zusammenbrach, wendeten sich die Ritter zufrieden ab und galoppierten mit wehenden Umhängen in die Nacht hinein.

· 46 ·

Der Morgen kam viel zu früh. Ephrion war als Erster wach und fühlte sich außer einem furchtbaren Muskelkater erstaunlich fit. Rein gefühlsmäßig mochte es kurz nach sechs Uhr in der Früh sein. Die anderen schliefen tief und fest, und Ephrion fand es besser, sie noch etwas schlafen zu lassen. Der Weg bis zu Drakars Burg war weit, und sie traten ihn besser ausgeruht an. Da er selbst aber keine Lust hatte, einfach nur untätig herumzusitzen, beschloss er, die Zeit für einen kleinen Erkundungsgang zu nutzen. Kaum hatte er sich aufgerafft, gesellte sich Nayati zu ihm.

«Guten Morgen, Nayati», sagte Ephrion gutgelaunt. «Na, wie wäre es mit einem Wettlauf? Sagen wir, bis zu jenem Felsen da drüben?»

Der Wolf sah den Jungen erwartungsvoll an und wedelte unternehmungslustig mit dem Schwanz.

«Auf drei geht es los», erklärte Ephrion. Er begann zu zählen, und fast gleichzeitig sprinteten der Wolf und der Junge los. Leichtfüßig setzte sich Nayati an die Spitze. Ephrion war noch keine drei Schritte weit gelaufen, als er plötzlich mit dem rechten Bein einknickte und der Länge nach hinfiel. Dabei platzte ein frischer Schnitt in der Handinnenfläche auf und begann erneut zu bluten.

«Autsch!», machte Ephrion. «Wie ungeschickt von mir.»

Nayati kehrte um und betrachtete den am Boden sitzenden Jungen mit schiefgelegtem Kopf. Ephrion legte die Hand auf die Wunde und versuchte sie zu heilen, wie er es am Abend zuvor mit den Wunden seiner Gefährten getan hatte. Doch irgendwie schien es nicht zu klappen. Der Junge dachte nicht weiter darüber nach und wollte eben aufstehen, als ein stechender Schmerz durch sein rechtes Bein raste. Ephrion stieß einen spitzen, hohen Schrei aus.

«Was zum Kuckuck …» Er schüttelte das Bein, massierte es ein wenig und stand vorsichtig auf. Dann verlagerte er langsam sein Körpergewicht auf das eine Bein, um den Schmerz auszutesten. Wieder durchzuckte es das ganze Bein wie von einem elektrischen Schlag.

«Also, Muskelkater ist das definitiv nicht. Wirklich seltsam. Hoffentlich geht das wieder weg. Tut verflixt weh.» Er wandte sich dem Wolf zu. «Lassen wir uns ein anderes Spiel einfallen. Du darfst wählen.»

Nayati sprang freudig auf und rannte zielstrebig auf Miros Ledertasche zu. Ephrion grinste. Er wusste genau, worauf Nayati es abgesehen hatte.

«Ach, dieses Spiel möchtest du spielen? Ich glaube nicht, dass die anderen darüber erfreut wären.»

Nayati legte seine Pfote auf die Tasche und warf Ephrion einen dieser flehenden Blicke zu, denen man nicht widerstehen kann. Ephrion blieb trotzdem fest.

«Nein, Nayati. Du hast es doch gehört. Katara hängt uns beide kopfüber an einen Baum, wenn wir noch mehr von dem Trockenfleisch wegessen. Mit dem Mädchen legen wir uns besser nicht an, das sag ich dir. Sie ist die Tochter des ersten schwarzen Ritters von Dark City, weißt du?» Er warf einen prüfenden Blick auf Katara, um zu sehen, ob sie noch schlief. Dabei wurde seine Aufmerksamkeit auf das Schwert gelenkt, das neben ihr auf dem Boden lag. Offensichtlich war es ihr im Schlaf aus der Hand geglitten. Ephrion humpelte darauf zu und hob es auf. Es war ein tolles Gefühl, das Schwert in Händen zu halten. *Da fühle ich mich doch beinahe wie ein Held,* dachte er. Er entfernte sich ein paar Schritte von den Jugendlichen, überzeugte sich noch einmal, dass ihn auch wirklich niemand beobachtete, und ging mit dem Schwert in Position.

«Komm doch, wenn du dich traust», grollte er, als würde er einem gefährlichen Feind gegenüberstehen. Dabei versuchte er selbst so finster wie irgend möglich dreinzublicken, was ihm zwar nicht wirklich gelang, aber er gab sich wenigstens Mühe. Dann zerschnitt er mit ein paar wilden Hieben die Luft. «Ich werde dich in Stücke hauen und dein Fleisch den Geiern zum Fraß vorwerfen!»

In Zeitlupe drängte er seinen Feind Richtung Felswand, hieb, stach, säbelte und spielte seine Rolle als humpelnder Held mit Bravour. Schließlich stellte er sich vor, wie sein Gegner unbewaffnet und um sein Leben winselnd vor dem Felsen stand. Mit beiden Händen hielt Ephrion die Spitze des flammenden Schwertes auf seine Kehle gerichtet.

«Du hast es nicht anders verdient», sagte er, verzog sein Gesicht zu einer grimmigen Fratze und stach erbarmungslos zu.

Die Klinge traf den Felsen, und dabei geschah etwas Unerklärliches: Die Schwertspitze prallte nicht wie erwartet am Felsen ab – sie blieb darin *stecken!* Ephrion zog völlig erstaunt die Augenbrauen hoch.

«Was um alles in der Welt …» Er ließ den Griff los, und das

Schwert blieb zitternd im Stein stecken wie ein Messer in einem Stück Holz. «Unmöglich», murmelte Ephrion und zog das Schwert mit einem Ruck aus dem Felsen. «Das bilde ich mir bloß ein.» Er holte zu einem weiteren Schlag aus, und die Klinge bohrte sich in den Felsen, als wäre er aus Teig. Ephrion traute seinen Augen nicht. Er ließ das Schwert in der Felswand stecken und eilte zu den andern. Die Schmerzen in seinem rechten Bein waren auf einmal nebensächlich.

«Aufwachen, ihr Schlafmützen!», rief er und rüttelte einen nach dem andern ziemlich unsanft aus seinen Träumen. «Das müsst ihr euch ansehen! So etwas habt ihr noch nie gesehen!»

Aliyah räkelte sich. «Ist es schon Morgen?»

«Was schreist du denn so herum, Dicker?», beklagte sich Miro. «Lass uns noch ein Weilchen schlafen.»

«Nein, das müsst ihr euch ansehen. Jetzt gleich.»

Miro streckte sich und gähnte laut. «Du bist unmöglich, weißt du das? Es war schon schwierig genug einzuschlafen auf diesem harten Boden. Ich wette, es ist noch nicht mal sechs Uhr.» Er wollte seine Vermutung mit einem Blick auf seine Armbanduhr bestätigen und erinnerte sich plötzlich, dass sie ja in der Grolchenhöhle geblieben war. «So ein Mist aber auch!», brummte er verärgert und trauerte im Halbschlaf dem extravaganten, äußerst kostbaren Schmuckstück nach. «Warum musste nur dieser dämliche Alarm losgehen!»

Katara rieb sich mit der linken Hand verschlafen die Augen, während sie mit der rechten nach dem Schwert tastete. Als sie es nicht finden konnte, setzte sie sich kerzengerade hin und war augenblicklich hellwach.

«Das Schwert ist weg!», rief sie. «Wo ist das flammende Schwert?»

«Es steckt da drüben in der Felswand», erklärte Ephrion aufgeregt. «Dieses Schwert kann durch Stein schneiden!»

Katara glaubte sich verhört zu haben. «Wie bitte?»

«Durch *Stein* schneiden?», wiederholte Aliyah und setzte sich ebenfalls auf.

Nur Miro zeigte keinerlei Interesse. «Was du nicht sagst», brummelte er und drehte sich auf die andere Seite.

«Es stimmt wirklich!», rief Ephrion und deutete zur Felswand hinüber. «Seht doch!» Miro döste weiter, während Katara neugierig zur Felswand hinüberspähte und skeptisch feststellte:

«Du willst uns bloß zum Narren halten. Das Schwert steckt in einer Felsspalte, hab ich Recht?»

«Tut es nicht», antwortete Ephrion. «Erinnerst du dich noch, was das Mütterchen sagte? Dieses Schwert wurde aus einem Metall geschmiedet, das nicht von dieser Welt ist. Es schneidet durch Stein, Katara. Tatsache.»

«Davon will ich mich erst selbst überzeugen», gab sie zurück, sprang auf, begab sich zur Felswand und beäugte die Stelle, wo das Schwert im Felsen steckte, mit kritischem Blick.

«Es steckt tatsächlich in der Wand», bestätigte Katara verblüfft, und Ephrion grunzte zufrieden.

«Sage ich doch. Aber mir glaubt ja keiner.»

«Deswegen durchtrennte es die Skorpionschwänze wie Knetmasse», bemerkte Katara fasziniert. Sie zog das Schwert mit beiden Händen aus der Wand, und nur zum Testen holte sie selbst zu einem Schlag aus. Als würde sie sich eine Scheibe Brot abschneiden, durchtrennte sie den Felsen und hieb ein großes Stück Stein ab.

«Wo hat man schon so etwas gesehen», murmelte Katara und kam mit dem Schwert zu den anderen zurück. Sie stellte sich vor Miro hin und rammte das Schwert unmittelbar vor seinem Kopf eine halbe Elle in den felsigen Untergrund. Miro war mit einem Schlag wach.

«Sag mal, spinnst du?», rief er, als er jäh aufsprang und mit weit aufgerissenen Augen auf das Schwert starrte, das nur eine Handbreit vor ihm zitternd im felsigen Untergrund steckte.

Katara stand mit verschränkten Armen grinsend vor ihm. «Ebenfalls einen schönen guten Morgen, Miro. Wünsche gut geruht zu haben.»

«Du hättest mich beinahe umgebracht!»

«Dafür bist du jetzt wach.»

«Glaubst du mir jetzt, dass das Schwert durch Stein schneidet?», fragte Ephrion triumphierend.

Miro warf ihm und Katara einen mürrischen Blick zu, widmete seine Aufmerksamkeit dann aber doch dem Schwert, das vor ihm im Boden steckte. Er packte es mit beiden Händen und zog es mit Leichtigkeit aus dem Felsen. Beeindruckt und mit dem prüfenden Blick eines Wissenschaftlers betrachtete er die Klinge eingehend.

«Eines ist sicher», meinte er. «Jetzt werden wir keine Mühe haben, den Gefangenen aus Zelle dreiundvierzig zu befreien. Wir schneiden einfach die Gitterstäbe durch, und sämtliche verschlossenen Türen ebenfalls.»

Katara widersprach ihm sogleich. «Du weißt nicht, wovon du redest, Miro. Wir haben zwar ein Schwert, das durch Stein schneidet, aber wir werden es nicht einmal unbemerkt bis in die Burg schaffen. Die Soldaten würden uns schon an der Zugbrücke abfangen.»

«Gibt es keinen zweiten Eingang?», erkundigte sich Aliyah.

Katara verneinte. «Nur diese eine in den Fels gehauene Straße führt zur Burg hoch. Und am Tor wird jeder überprüft, der das Burggelände betreten möchte. Ich sage euch: Die Burg ist eine uneinnehmbare Festung. Um uns an den Hunderten von Wachen vorbeizuschleichen, bräuchten wir Tarnmäntel.»

«Tarnmäntel», murmelte Miro und runzelte die Stirn. Er dachte eine Weile scharf nach, und plötzlich hellte sich sein Gesicht auf. «Ich glaube, ich habe eine Idee.»

· 47 ·

«Essen fassen!», brüllte ein breitschultriger Soldat mit Fackel und rasselte mit seiner Lanze über die Gitter der Kerker. Eifrig krochen hagere Gestalten aus den düsteren Ecken ihrer Gefängniszellen und streckten ihre Becher und Schalen zwischen den Gitterstäben hindurch. Zwei Soldaten hielten einen Suppentopf, ein dritter klatschte den unappetitlichen Brei in die vorgestreckten Metallschälchen, und der letzte füllte die Becher mit lauwarmem Wasser. Der Vorgang verlief mechanisch, bis die Soldaten vor einer Zelle Halt machten.

«Essen fassen, Zweiundvierzig!»

Der Gefangene in Zelle zweiundvierzig lag zusammengekrümmt am Boden und rührte sich nicht.

«Hey, Alter. Schieb seine Ration zu mir rüber», meldete sich der junge Gefangene mit den dunkelblonden Filzlocken von nebenan.

«Schnauze, Dreiundvierzig!», knurrte der Soldat mit der Fackel und streckte sie etwas vor, um die Zelle auszuleuchten. «Da hat mal wieder einer den Löffel abgegeben.»

«Krieg ich ihn dann?», lenkte der Bursche aus Zelle dreiundvierzig rasch ein. «Ich meine, Tote essen nichts, ey? Gäbe es vielleicht die Chance, dass ich seine Ration noch dazukrieg, Alter? Ich hab einen Mordshunger.»

Der Soldat mit der Fackel wandte sich ihm zu. «Wenn Ihr nicht endlich Eure Klappe haltet, kriegt Ihr überhaupt nichts zu essen!»

Der Gefangene ließ sich davon nicht einschüchtern. Kaum stand der Soldat mit der Schöpfkelle vor ihm, versuchte er sein Glück aufs Neue. «Nun habt Euch nicht so. Nur eine Schöpfkelle mehr. Nur eine klitzekleine Kelle mehr. Was macht das schon für einen Unterschied? Ihr werft den Rest ja ohnehin weg.»

«Dreiundvierzig, es reicht!»

«Okay, okay. Eine halbe Schöpfkelle mehr tut's auch.»

«Genug, Dreiundvierzig!»

«Eine Viertel Schöpfkelle?»

«Eure Ration wurde soeben gestrichen!», zischte der breitschultrige Mann und gab den anderen Soldaten ein entsprechendes Zeichen.

Der junge Gefangene aus Zelle dreiundvierzig stieß ein paar laute Fluchworte aus. «Mann, ich bin nicht auf Fresspause, Alter! Was hab ich getan? Zuerst steckt man mich unschuldig ins Gefängnis, und jetzt verweigert Ihr mir auch noch das Essen? Der Typ ist hinüber. Abgekratzt. Ende. Mause. Ihr könntet mir wirklich seine Ration geben!»

«Schweigt endlich, Ihr elende Ratte!», rief der Soldat verärgert und kam ihm mit der Fackel so nahe, dass er sich in die Zelle zurückzog, um nicht vom Feuer erfasst zu werden. «Euer Kumpel da drüben war wenigstens erfinderisch in seinem Verbrechen, nicht so erbärmlich einfallslos wie Ihr.»

«Es kratzt mich nicht, was er getan hat.»

«Ich verrate es Euch trotzdem. Illegaler Lichthandel.»

«Juckt mich das? Ich will mein Essen, Alter! Ihr habt kein Recht, es mir zu verweigern! Mann, im Ernst, Ihr seid so was von stur!» Er schimpfte wie ein Rohrspatz und schlug verärgert mit den Fäusten gegen die Gitterstäbe seiner Zelle. Doch die Soldaten schenkten ihm keine weitere Beachtung. Der Soldat mit der Fackel leuchtete nochmals in Zelle zweiundvierzig und betrachtete kopfschüttelnd den Toten, der zusammengekauert in einer Ecke lag.

«Lichthandel. Wozu die Menschen doch fähig sind, um an ein paar lächerliche Kerzen zu kommen. Sie setzen ihr Leben so sinnlos aufs Spiel. Es ist immer dasselbe.» Er drehte sich zurück zum Gefangenen mit den Filzlocken, der fluchte und spuckte, was das Zeug hielt, um an seine Ration zu kommen. «Aber für ein lausiges Brötchen seinen Kopf riskieren, das grenzt nun wirklich an Dummheit, Dreiundvierzig.»

«Mann, ich sagte Euch schon: Ich *hab* kein Brot gestohlen! Fünf-Finger-Rabatt ist nicht mein Ding. Großes Ehrenwort. Ich bin unschuldig!»

«Das sagen sie alle», grinste der Soldat. «Bis sie das Schwert des Henkers im Nacken spüren.»

«So weit wird es nicht kommen», antwortete der Bursche, und seine Schultern strafften sich.

«Träumt schön weiter, Dreiundvierzig.» Der Soldat drehte ihm den Rücken zu, und zu den andern gewandt ordnete er an: «Wenn wir mit dem Essen durch sind, schaffen wir den Toten weg.» Dann setzten sie die Essensverteilung fort, und die Zellen zwei- und dreiundvierzig verschwanden hinter ihnen in der Finsternis, während der Gefangene mit den Filzlocken weiterhin geiferte und stampfte, bis ihm die Luft ausging.

· 48 ·

«Wir ziehen uns Kutten über!», verkündete Miro.

«Was für Kutten?», fragte Ephrion.

«Solche, wie die Eolithen, die Weisen Drakars, sie tragen», erklärte Miro eifrig. «Und dann mischen wir uns einfach unter sie, wenn sie heute Nacht zur Burg pilgern.»

«Und woher willst du wissen, dass sie das ausgerechnet heute Nacht tun?», erkundigte sich Aliyah.

«Heute ist der erste Tag im neuen Monat. Da pilgern die Weisen Drakars vom Eolithen-Kloster zur Burg und feiern mit Drakar eine Mitternachtsmesse. So ist es doch, nicht wahr, Katara?»

«Jeden ersten Tag im Monat um Mitternacht», bestätigte Katara. «Drakar hat dafür seine eigene kleine Kapelle auf dem Burggelände errichten lassen.»

«Warst du schon mal dabei?», fragte Aliyah.

«Nein. Die Messe ist exklusiv für ihn gedacht. Niemand außer ihm selbst nimmt daran teil. Nicht einmal mein Vater darf ihn stören. Die Mitternachtsmesse ist Drakar heilig. Es heißt, er holt sich bei den Eolithen Gebet und Rat. Aber was sich da wirklich abspielt, das weiß niemand so genau.»

«Und, was hältst du von meiner Idee, Katara?», fragte Miro.

Katara überlegte eine Weile, dann nickte sie. «Es könnte klappen. Wir borgen uns ein paar Kutten aus der Klosterwäscherei und stellen uns einfach hinten an, wenn sich die Eolithen vor dem Kloster versammeln.»

«Bin ich nicht gut?», lobte Miro sich selbst und reckte stolz seine Brust. «Bin ich nicht einfach gut? Gebt es zu, eine Idee wie diese *musste* von mir kommen.»

«Wir machen uns besser auf den Weg», meinte Katara, ohne auf Miros Selbstbeweihräucherung einzugehen, «die Eolithen versammeln sich schon um zehn Uhr abends vor dem Kloster. Wenn wir zum Abmarsch nicht dort sind, fällt unser Plan ins Wasser.»

«*Mein* Plan», berichtigte Miro. «Es war *mein* genialer Plan.»

«Wie auch immer, wir haben wenig Zeit», sagte Katara. «Ich schätze, wir werden gute zwölf Stunden unterwegs sein, vorausgesetzt, der Weg macht nicht zu viele Kurven. Ich schlage vor, jeder greift sich ein bisschen Fladenbrot, und dann brechen wir schnellstmöglich auf.»

Katara schnitt jedem mit dem Messer ein Stück Brot ab, und nachdem sie schweigend gegessen und einen Schluck aus ihren Wasserschläuchen getrunken hatten, marschierten sie los. Nayati trabte wie immer unternehmungslustig an der Spitze und schien genau zu wissen, in welche Richtung sie gehen mussten. Schon nach wenigen Minuten bemerkte Katara, dass Ephrion leicht hinkte.

«Ephrion, was ist mit deinem Bein?»

Ephrion winkte lächelnd ab. Er wollte nicht wehleidig erscheinen. «Ist nichts Schlimmes. Vielleicht eine kleine Zerrung oder so.»

«Kannst du es nicht heilen?», fragte Aliyah.

«Das hab ich schon versucht», gestand Ephrion. «Auch die Schnittwunden an meinen Händen. Aber irgendwie klappt es nicht.»

«Anderen kannst du helfen, aber dir selbst nicht?», wunderte sich Miro. Ephrion zuckte bloß die Achseln. Er wusste nicht, was er hätte erwidern sollen.

Sie verließen das Gebirge und erreichten einen breiten Fahrweg, der ungefähr in die Richtung ging, wo sie hinmussten. Es wurde ein weiter und anstrengender Fußmarsch. Gegen Mittag rasteten sie an einem Bach und wuschen sich das Blut und den gröbsten Schmutz aus den Kleidern und von ihrem Körper ab. Es war ein gutes Gefühl, wieder einigermaßen sauber zu sein. Die Versuchung war groß, ein kleines Mittagsschläfchen zu halten, doch Katara gönnte ihnen nur eine kurze Pause.

«Wir haben noch einen weiten Weg vor uns», sagte sie. «Ausruhen können wir uns später.»

Bald erreichten sie die ersten Häuser der äußeren Stadtviertel. Die Luftqualität veränderte sich spürbar. Zum ersten Mal fiel ihnen auf, wie unsauber die Luft in der Stadt war. Bis sich ihre Nasen daran gewöhnt hatten, kam es ihnen vor, als würden sie nichts als puren Schmutz einatmen. Auch der Nebel schien dichter zu werden, je weiter sie sich dem Zentrum näherten. Und noch etwas anderes nahm zu: ein Gefühl von Gleichgültigkeit, Mutlosigkeit und Bedrücktheit. Nie zuvor hatten sie diese Grundstimmung so stark empfunden wie jetzt. Sie war in jeder Gasse zu spüren, an jeder Hausecke, in jedem Kind, in jedem Erwachsenen, dem sie unterwegs begegneten. Und sie spürten, wie diese eigenartige Melancholie auch von ihnen Besitz ergreifen wollte. Das beklemmende Gefühl startete im Herzen und breitete sich von dort über den ganzen Körper aus.

«Fühlt ihr das auch?», fragte Ephrion schließlich. «Es drückt mich schier in den Boden.»

«Es ist, als würde jeder eine Last mit sich herumschleppen», versuchte Aliyah es zu beschreiben.

«Ist mir vorher nie aufgefallen», stellte Ephrion fest.

«Mir schon», sagte Aliyah. «Aber ich glaubte immer, ich wäre die Einzige, die es spürt.»

«Woher kommt das?», fragte Ephrion.

«Es hängt wohl mit dem Nebel zusammen», meinte Aliyah.

«Seht nur, wie gebückt die Leute sich durch die Straßen schleppen», bemerkte Ephrion. «Und ihre Augen. Irgendwie ist ihr Blick so ... so erloschen ... ohne Perspektive.»

«Nur zur Erinnerung», mahnte sie Katara, «die Burg befindet sich auf der anderen Seite der Stadt. Wenn wir es rechtzeitig zum Kloster schaffen wollen, müssen wir einen Zahn zulegen.»

Sie beschleunigten ihren Schritt. Doch irgendwie kamen sie kaum voran. Alles war so schwer und erdrückend, und jeder Schritt kostete so viel Kraft, wie wenn man durch tiefen Schnee stapft. Miro war es nicht wohl in seiner Haut. Sie kamen durch düstere Viertel, in die er sich niemals alleine gewagt hätte, schon gar nicht zu Fuß. Er kannte solche elenden Viertel nur vage und hatte sie bisher nur aus sicherem Abstand, etwa durch die Glasscheibe seiner Kutsche, gesehen. Auch den Gestank nach Müll, Kanalisation und verwesten Tieren hatte er nicht gekannt. Es wurde ihm schlecht, als er eine tote Katze am Straßenrand sah, deren offener Bauch von Würmern zerfressen wurde.

«Das ist ja fürchterlich. Und hier leben Menschen?»

«Willkommen in unserer Welt», sagte Ephrion.

«Wie haltet ihr diesen Gestank aus?»

«Mit der Zeit gewöhnt man sich dran», erklärte Aliyah. «Wir haben uns damit abgefunden.»

«Damit abgefunden?», entsetzte sich Miro. «Da muss man ja krank werden, wenn man unter solchen Bedingungen lebt.»

«Da hast du Recht», bestätigte Ephrion. «Viele sind krank und haben seltsame Geschwüre oder Wunden, die nicht zuheilen wegen des Nebels und der schlechten Luft. Viele sterben. Auch wegen der Dunkelheit. Es ist ziemlich übel.»

«Warum beschwert sich niemand bei den Stadtbaronen?»

«Die haben kein Gehör für das Schreien des gemeinen Volkes», sagte Aliyah. «Warum sollten sie sich um uns kümmern? Tausende von Menschen schuften sich in Drakars Fabriken zu Tode, damit die Stadtbarone und einige Adlige den Luxus von Veolicht genießen können. Und der armen Bevölkerung bleiben nur ein paar jämmerliche Kerzen, und häufig nicht mal das. Du solltest einmal die Schreie hören, wenn Drakars Sicherheitsgarde kommt und den Leuten das wenige Licht entzieht, das sie zum Überleben brauchen. Du kannst dir nicht vorstellen, wie schrecklich es ist, so leben zu müssen.»

Sowohl Miro wie auch Katara schwiegen verlegen, als das blinde Mädchen ihnen die Situation schilderte. Keiner von ihnen hatte geahnt, welche Zustände in der Stadt herrschten. Es war nicht so, dass sie die Wahrheit verdrängt hätten. Sie waren ganz einfach nie damit in Berührung gekommen. Es war kein Thema gewesen, sie hatten sich nie Gedanken darüber gemacht. Zum ersten Mal waren sie mit einer Realität konfrontiert, die in ihrer Welt schlicht nicht existiert hatte: eine Welt voller Armut, Elend und Dunkelheit. Der Kontrast hätte nicht größer sein können zwischen dem Leben, das sie kannten, und dem Leben dieser Menschen hier, die wie Tiere dahinvegetierten und jeden Tag ums nackte Überleben kämpften.

«Ich habe nicht gewusst, dass es so schlimm ist», murmelte Katara beschämt.

Sie kamen an einer Bar vorbei, aus der lautes Gegröle drang. Ein paar düstere Gestalten hockten davor, brüteten dumpf über ihren Getränken und warfen den vier Jugendlichen verächtliche Blicke zu, als sie sich ihnen näherten. Miro schauderte es bei ihrem Anblick. Er glaubte, sie würden jeden Moment von den kleinen Tischchen aufstehen und sie auf offener Straße ausrauben. Einer grinste unverhohlen und spuckte provokativ auf den Boden, als sie an der Bar vorbeigingen. Katara ballte instinktiv ihre Fäuste und musste sich zusammennehmen, um dem Typen nicht eine Lektion für diese Frechheit zu erteilen. Aber Aliyah spürte ihre Wut und fasste sie fest am Arm.

«Beachte sie nicht», raunte sie ihr zu. «Sie sind es nicht wert, dass wir unsere Zeit mit ihnen vergeuden.»

Kaum waren sie an der Bar vorbei, krachte es im Innern, als hätte jemand eine Flasche zerbrochen. Ein lautes Fluchen war zu hören, und Sekunden später landete ein betrunkener alter Mann kopfüber auf den Pflastersteinen. Die Kerle, die draußen saßen, grölten und ließen den Mann einfach am Boden liegen. Keiner half ihm, sich aus der Pfütze zu erheben, in die er der Länge nach gefallen war.

Die Teenager liefen schnell weiter. Sie kamen an mehreren Landstreichern, zahnlosen Weibern und Straßenkindern vorbei, die fast an jeder Ecke hockten und um ein Almosen bettelten. Sie trugen keine Schuhe, und ihre Füße waren schwarz vor Dreck. Die meisten von ihnen waren bis auf die Knochen abgemagert und hatten große, traurige Augen. Sie rochen nach Urin, und ihre Haare war so verfilzt, dass sich bestimmt eine gesamte Läusekolonie in ihnen angesiedelt hatte. Miro wich ihrem erbärmlichen Anblick bewusst aus und versuchte, bloß stur geradeaus zu schauen. Ihre Gegenwart war ihm peinlich und unangenehm.

Etwas weiter vorne befand sich ein Berg aus Müll und Essensresten. Tausende von Schmeißfliegen umkreisten die Abfälle, und zwei streunende Hunde sowie mehrere fette, hässliche Ratten suchten den Berg nach etwas Essbarem ab.

Und dann sahen sie sie. Sie saß in Lumpen gehüllt unter einem Torbogen und hielt einen kleinen Jungen im Arm, dessen Beine völlig verkrüppelt waren. Die Frau war noch recht jung, und unter all dem Schmutz der Straße und ihren zerschlissenen Kleidern war zu erkennen, dass sie bestimmt mal sehr schön gewesen war. Der Knabe in ihrem Arm mochte um die sechs Jahre alt sein. Er hatte große dunkelblaue Augen, und sein Blick war so unendlich traurig und verloren, dass es Ephrion das Herz zerriss, als er an den beiden vorbeiging. Die Frau streckte ihm die hohle Hand entgegen und bat ihn mit leiser Stimme:

«Eine Gabe. Bitte habt Erbarmen. Nur eine kleine Gabe.»

Ephrion blieb stehen, von Mitleid erfüllt. Erwartungsvoll schauten die Frau und das Kind ihn an.

«Ich habe kein Geld», sagte Ephrion und kniete neben den beiden nieder. «Aber was ich habe, das möchte ich Euch geben.»

Er streckte seine Hände aus und legte sie dem Knaben auf seine verkrüppelten Beine. Katara, Miro, Aliyah und Nayati waren schon ein paar Schritte weitergegangen, als sie merkten, dass Ephrion fehlte. Sie gingen zu ihm zurück, und Katara meinte in vorwurfsvollem Ton:

«Ephrion, du weißt doch, dass wir knapp an Zeit sind. Was machst du denn da?»

Ephrion atmete tief ein und schloss die Augen. Er konzentrierte sich. Er spürte, wie seine Hände heiß wurden. Und dann geschah etwas Wundersames: Die Füße des kleinen Jungen, die zurückgebogen waren wie gestutzte Flügel, begannen sich auf einmal zu verformen. Sie drehten sich mit einem seltsamen Knacken nach vorne. Und seine krummen Beine, die nichts als Haut und Knochen waren, wurden auf einmal dicker. Muskeln bildeten sich, und die Beine wurden gerade. Der Junge blickte staunend an seinen wohlgeformten Beinen hinunter, und mit einem Satz sprang er auf seine Füße und begann zu laufen. Ja, er lief und sprang und machte Luftsprünge vor Freude. Er jauchzte so fröhlich, dass die Leute begannen, sich nach ihm umzudrehen. Neugierige Köpfe erschienen an den Fenstern der Gebäude. Es wurde getuschelt und mit Fingern gezeigt. Die Mutter des Kleinen saß einfach nur fassungslos da, und Tränen kullerten über ihr Gesicht.

«Mein Junge kann gehen!», stammelte sie und wischte sich über ihre feuchten Augen. «Ein Wunder ist geschehen! Mein Junge kann gehen!»

Sie blickte zu Ephrion, der heftig keuchend neben ihr am Boden kniete und ganz bleich im Gesicht war.

«Ihr habt meinen Jungen geheilt!», sagte die Mutter, und zwischen Freudentränen kam ein Lächeln auf ihr von Leid durchfurchtes Gesicht. «Ihr ... Ihr habt meinen Jungen geheilt! Danke! Habt tausend Dank!» Sie ergriff Ephrions Hände und küsste sie. Dann begann sie zu schluchzen wie ein kleines Kind, während sie ihren Jungen beobachtete, der lachend die Straße hinauf- und hinunterrannte. Er war so unbeschwert wie ein kleiner Vogel, der sein Leben lang in einem Käfig eingesperrt war und die Freiheit wiedererlangt hatte.

«Ich kann gehen!», rief er. «Mama, sieh doch: Ich kann gehen!» Er kam hüpfend zurück, blieb völlig außer Puste vor Ephrion stehen und streckte ihm seine kleine Hand entgegen. Sie war so dreckverschmiert, dass Ephrion den klebrigen Schmutz förmlich spüren konnte, als er seine Hand ergriff. Doch aus den großen dunkelblauen Augen des Jungen strahlte eine Lebensfreude, die unbeschreiblich war.

«Danke», sagte der kleine Knirps mit einem Stimmchen so zart wie ein Glöckchen. Er lächelte. Es war das schönste Lächeln, das Ephrion je gesehen hatte. Er strahlte zurück.

«Gern geschehen.» Und schon war der Kleine wieder fort, tanzte wie ein Wirbelwind über die Straße und quietschte vor Lebensfreude.

Ephrion spürte, dass ihm schwindlig wurde. Er fühlte sich auf einmal unendlich schwach und müde.

«Er kann tatsächlich gehen», flüsterte er, und dann, ehe er sich dagegen wehren konnte, kippte er zur Seite und verlor das Bewusstsein.

Als er wieder zu sich kam, kniete Aliyah neben ihm und hielt seine Hand.

«Du bist ein Held, Ephrion», sagte sie mit sanfter Stimme. Er rappelte sich auf und lehnte sich erschöpft gegen die Mauer.

«Ich habe ihn geheilt, nicht wahr?»

«Ja, das hast du. Das hast du, Ephrion.»

«Ich musste es einfach tun», murmelte Ephrion. «Du hättest seine Beine sehen sollen, ganz verkrüppelt. Er hat mir fürchterlich leidgetan.»

In der Zwischenzeit hatten sich von überall Schaulustige um den Ort des Geschehens gesammelt.

«Ist das nicht das verkrüppelte Kind, das hier immer mit seiner Mutter saß und bettelte?», fragte einer.

«Warum kann es jetzt laufen?», wunderte sich ein anderer.

«Ich hab es genau gesehen», verkündete eine Frau, während die Menschentraube immer größer wurde. «Der Junge da hat es getan. Er hat seine Beine berührt, und ganz plötzlich wurden sie gerade.»

«Wie ist so etwas möglich?»

«Es ist ein Wunder!»

«Wer ist der Junge?»

Von allen Seiten begannen die Leute, Ephrion zu bedrängen. Miro und Katara war es nicht mehr wohl angesichts des ganzen Menschenauflaufs.

«Na großartig», meinte Katara lakonisch, «Aufmerksamkeit ist genau das, was wir jetzt brauchen können!» Sie wandte sich Ephrion zu, der noch immer am Boden saß. «Wir müssen weiter, bevor die Leute dich hier auffressen», drängte sie ihn.

«Er ist ziemlich erschöpft», sagte Aliyah fürsorglich. «Gib ihm etwas Zeit.»

«Wir haben aber keine Zeit!», knurrte Katara und zog Ephrion unsanft vom Boden hoch. Im selben Moment jaulte der Junge auf. Ein stechender Schmerz durchzuckte ihn von den Hüften bis in die Zehenspitzen. Seine Beine fühlten sich schwer wie Blei an, und seine Füße schmerzten, als würde er auf Messern stehen.

«Alles in Ordnung mit dir?», fragte Katara.

«Ist bestimmt nur ein Wadenkrampf oder so was», versuchte Ephrion die plötzlichen Schmerzen herunterzuspielen. «Das wird schon wieder.»

«Wer seid Ihr?», fragte ihn ein älterer Mann. Ephrion sah einen eigenartigen Schimmer von Hoffnung in den wässrigen Augen des Alten. Bevor er jedoch dazu kam, ihm zu antworten, packte ihn Katara am Arm und zerrte ihn von den Leuten weg.

«Komm jetzt», sagte sie streng. «Wir müssen los. Es wird bald dunkel.»

«Wartet!», rief jemand und schnappte sich Ephrions Hemdsärmel. «So wartet doch!»

Katara wirbelte herum und warf der Frau, die sich an Ephrion festklammerte, einen bösen Blick zu.

«Lasst ihn in Ruhe!»

Erschrocken über so viel Unhöflichkeit, ließ die Frau von ihm ab. Aber schon hatte ihn jemand anders am Hemd zu fassen gekriegt, diesmal von hinten. Mehrere Hände berührten ihn. Der arme Junge wurde von einer Seite zur andern gerissen und verlor beinahe das Gleichgewicht. Miro und Katara warfen sich in dem Chaos besorgte Blicke zu. Die Situation begann langsam, aber sicher gefährlich zu werden. Sie mussten so schnell wie möglich von hier verschwinden. Kurz entschlossen griff Miro nach Aliyah, während Katara versuchte, Ephrion all die Leute vom Leib zu halten, die immer aufdringlicher wurden.

«Lasst uns durch, bei Shaíria!», rief sie wütend und fuchtelte mit den Armen in der Luft herum, als würde sie von einem wilden Wespenschwarm angegriffen.

Nayati hatte sich schon aus der Menge gelöst und wartete in einiger Entfernung ungeduldig auf seine Schützlinge. Mit einiger Mühe kämpften sie sich den Weg frei. Aber die ständig wachsende Menschentraube war nur schwer abzuschütteln.

«Lauft!», rief Katara schließlich. «Lauft!»

Und das taten sie. So schnell sie konnten liefen sie über die gepflasterte Straße, bis die Leute hinter ihnen im Nebel verschwanden. Erst ein paar Blocks weiter schlugen sie wieder ein normales Tempo ein. Ephrion keuchte und stöhnte und verzerrte das Gesicht vor Schmerzen.

«Mann oh Mann. Ich glaub, ich sterbe.»

«Was ist?», fragte Aliyah.

«Meine Beine tun so furchtbar weh», erklärte Ephrion.

«Das kommt von deinem Übergewicht», spöttelte Miro. «Etwas mehr Sport würde dir nicht schaden, Dicker.»

«Sei einfach ruhig», wies ihn Katara zurecht und wandte sich dann vorwurfsvoll an Ephrion. «Weißt du eigentlich, wie gefährlich deine Aktion vorhin war? Du kannst von Glück reden, dass uns niemand erkannt hat.»

«Entschuldige», sagte Ephrion betreten. «Ich konnte ja nicht wissen, dass daraus gleich ein Volksauflauf entsteht. Ich wollte doch nur dem Jungen helfen.»

Er machte einen Schritt, und der stechende Schmerz, der erneut durch seine Beine fuhr, trieb ihm die Tränen in die Augen.

«Ich versteh das nicht», stöhnte er. «Woher kommen nur diese Schmerzen?»

«Wir müssen noch die halbe Stadt durchqueren. Also reiß dich zusammen», sagte Katara trocken. Ephrion nickte mit zusammengepressten Lippen.

«Ich versuch's», versprach er tapfer.

Sie gingen weiter. Langsam krochen die ersten Schatten an den Hausmauern entlang. Bald würde es dunkel sein. Sie mussten sich beeilen, wenn sie ihr Ziel rechtzeitig erreichen wollten.

※

Das Kloster der Eolithen befand sich neben dem Toten Fluss, am Fuße des gewaltigen Tufffelsens, auf dem Drakars Burg ruhte, unmittelbar dort, wo die geschlungene, in den Fels gehaune Straße zur Burg hochklomm. Die Eolithen waren bekannt für ihre Gesänge und ihren selbstgebrannten Schnaps. Drakar der Erste hatte das Kloster zu Beginn seiner Regierungszeit errichtet und versorgte die Eolithen mit allem, was sie brauchten.

Die Jugendlichen erreichten das Kloster nach Einbruch der Dunkelheit. Schon von weitem war eintöniger Chorgesang zu hören. Als sie näher kamen, sahen sie, dass die Eolithen sich bereits mit ihren Glocken und Weihrauchgefäßen vor der Kapelle versammelt hatten. Sie konnten jederzeit aufbrechen.

Katara sah, dass ihnen die Zeit davonlief, und beschränkte sich auf wenige Worte.

«Ephrion, Aliyah, ihr bleibt hier. Miro, du kommst mit mir. Wir brauchen so rasch wie möglich vier Kutten.»

Sie zog den Jungen mit sich fort und verschwand mit ihm im Nebel. Aliyah, Ephrion und Nayati setzten sich auf den Boden und warteten. Ephrion legte die Tasche mit dem Buch der Prophetie neben sich hin und massierte seine müden Beine. Der stechende Schmerz hatte etwas nachgelassen. Aber die Beine taten noch immer so sehr weh, dass Ephrion sich ernsthaft fragte, ob es mit den beiden großen Heilungen zusammenhing, die er gestern und heute vollbracht hatte. Muskelkater war es jedenfalls nicht, auch kein Wadenkrampf. Es war etwas anderes, etwas, das ihm doch ein wenig Sorgen machte.

Aliyah riss ihn aus seiner Gedankenwelt. «Ich fand es großartig, was du getan hast.»

Ephrion lächelte matt. «Ich ertrage es einfach nicht, Menschen leiden zu sehen. Ich habe schon als Kind sehr stark mitgelitten, wenn jemand verletzt oder traurig war, weißt du. Manchmal habe ich sogar den Schmerz des anderen an meinem eigenen Körper gefühlt. Das hört sich für dich wahrscheinlich ziemlich dumm an.»

«Überhaupt nicht», sagte Aliyah.

«Heute Nachmittag zog es mich mit allen Fasern zu diesem kranken Jungen hin. Ich konnte nicht an ihm vorbeigehen, ohne etwas für ihn zu tun. Verstehst du, was ich meine?»

«Ich glaube schon», nickte Aliyah. «Es ist ein Teil von dir, eine Art Instinkt. So ist es jedenfalls bei meinen Visionen. Wenn sie kommen, dann kommen sie. Ich kann es nicht beeinflussen.»

«Schon beeindruckend», meinte Ephrion. «Du siehst tatsächlich die Zukunft voraus, ja?»

Aliyah zuckte die Achseln. «Aber nur sehr verschwommen. Meistens habe ich selbst keine Ahnung, was ich sehe. Es ist häufig ziemlich verworren und manchmal auch beängstigend, was ich sehe.»

«Kannst du aus der Hand lesen?»

Aliyah musste lachen. «Ich bin keine Wahrsagerin, Ephrion. Ich kann das nicht auf Kommando oder so. Ich spüre und sehe einfach Dinge, die anderen verborgen sind.»

«Siehst du, ob wir es bis in Drakars Burg schaffen?»

Aliyah verneinte. «Ich sagte dir doch, ich bin keine Hellseherin. Die Visionen kommen meistens dann, wenn ich es am wenigsten erwarte.»

«Vielleicht musst du dich nur besser konzentrieren. So habe ich es bei Miros Bein gemacht. Und es funktionierte.»

Aliyah schüttelte zweifelnd den Kopf. «Das ist etwas anderes, Ephrion.»

«Versuch es doch einfach», ermutigte der Junge sie und ergriff kurzerhand ihre Hände. «Konzentrier dich.»

«Worauf?»

«Keine Ahnung. Auf Drakars Burg zum Beispiel. Vielleicht siehst du etwas, das uns helfen könnte.»

«Ach, Ephrion, ich weiß nicht.»

«Komm schon», spornte Ephrion sie an, selbst begeistert von der Idee. «Wer nichts wagt, gewinnt auch nichts.»

«Also gut», willigte Aliyah schließlich ein und rutschte etwas näher zu Ephrion. «Drakars Burg also.» Sie atmete tief ein und versuchte sich innerlich auf die Burg zu konzentrieren. Ephrion fragte sie fast alle zehn Sekunden, ob sie schon eine Vision hätte, und jedes Mal verneinte das Mädchen.

«Du machst mich ganz nervös mit deinem Drängeln. Ich sagte dir doch, das geht nicht einfach so.»

«Versuch es nochmals», ermunterte Ephrion sie und rutschte ganz aufgeregt hin und her. «Ich werde diesmal auch ganz leise sein. Großes Ehrenwort.»

Aber Aliyah schüttelte den Kopf. «Es klappt nicht, Ephrion.» Sie ließ seine Hände los und seufzte beinahe ein wenig enttäuscht. «Hoffentlich kommen Katara und Miro rechtzeitig zurück. Die Eolithen können jeden Moment ...» Sie brach mitten im Satz ab. Stocksteif saß sie da, mit weit aufgerissenen Augen, und schien geradewegs durch Ephrion hindurchzublicken.

«Was hast du?»

«Ich sehe etwas», flüsterte sie.

«Du siehst etwas?»

Aliyah tastete nach Ephrions Händen und begann sie so stark zu drücken, dass er leise aufschrie.

«Aua! Meine Schnitte!»

Aliyah achtete nicht darauf. Sie richtete ihre blinden Augen auf Ephrion und wirkte auf einmal sehr beunruhigt.

«Aliyah? Willst du mich jetzt verulken, oder was?»

«Ephrion, ich sehe etwas», wiederholte das Mädchen wie in Trance und ohne ihren steifen Blick von Ephrion abzuwenden.

Ephrion merkte, dass es ihr ernst war. Ihr grünes und ihr blaues Auge zuckten merkwürdig, als sie ein paar zusammenhanglose Worte vor sich hinmurmelte. «Feuer ... das Schwert ... bitte nicht ... bitte tu es nicht! Nein!»

Nayati winselte und ließ seine Herrin nicht mehr aus den Augen. Mit wachsender Unruhe beobachtete auch Ephrion ihre Wandlung. «Was redest du da, Aliyah? Was siehst du?»

Aliyah atmete heftig, wiederholte die Worte, ihr Körper schwankte etwas, und es dauerte ein paar Sekunden, bis sie wieder zu sich kam. Sie sah Ephrion so intensiv an, dass es ihm schwerfiel zu glauben, einem blinden Mädchen gegenüberzusitzen. Dann sagte sie zu ihm:

«Ephrion, etwas stimmt hier nicht. Ich fühle einen Schatten über uns.»

Ephrion runzelte die Stirn. «Was für einen Schatten, Aliyah?»

Sie schüttelte den Kopf. «Einen dunklen Schatten, etwas Bösartiges. Ich ... ich kann es nicht erklären.»

Nayati legte sich dicht neben Aliyah hin, und das Mädchen ließ Ephrions Hände los und krallte sich im weichen Fell des Wolfes fest.

«Ich sah Flammen ... Flammen und ein Gesicht ... ich sah ...» Sie stockte.

«Was?», fragte Ephrion. «*Was* hast du gesehen?»

Sie runzelte die Stirn, fixierte Ephrion eindringlich und sagte schließlich: «Ephrion, hör mir jetzt genau zu. Du musst etwas tun.» Sie beugte sich zu dem Jungen hinüber und flüsterte ihm etwas ins Ohr.

Ephrion war verwirrt. «Aber die Prophetin hat doch gesagt ...»

«Ich weiß, dass es riskant ist. Aber wir haben keine andere Wahl.»

Ephrion schluckte. «Also gut. Ich werde es tun. Aber auf deine Verantwortung.»

· 49 ·

Eine dumpfe Glocke erklang, das Zeichen der Eolithen zum Aufbruch. Aliyah und Ephrion wurden nervös.

«Wo stecken sie bloß?», fragte Aliyah besorgt.

«Hoffentlich waren sie erfolgreich», meinte Ephrion, während er sich vom Boden erhob und suchend in den Nebel spähte. Es knackte, und dann, genau mit dem letzten Glockenschlag, tauchten die beiden Jugendlichen plötzlich aus dem Nebel auf, völlig außer Puste, aber mit braunen Kutten über den Schultern.

«Schnell», ordnete Katara an und warf Ephrion ein Gewand zu. «Schlüpf rein. Die Eolithen sind bereits am Aufbrechen.»

«Ihr seid spitze», sagte Ephrion. «Ich wollte schon immer mal so was tragen. Wo habt ihr die Dinger her?»

«Aus 'ner Truhe im Refektorium», erklärte Miro knapp und gab Aliyah eine Kutte.

Kataras Blick blieb an Nayati hängen. «Nayati muss hierbleiben. Die Wachen werden definitiv keinen Wolf in die Burg einlassen.»

Nayati legte den Kopf schief und winselte enttäuscht. Aliyah grub ihre Hand in sein Fell.

«Wann versteht ihr endlich, dass Nayati und ich zusammengehören?», meinte sie gekränkt. «Ihr habt uns schon in der Grolchenhöhle getrennt. Dabei wäre Nayati doch eine große Hilfe gewesen.»

«Das mag wohl sein», bestätigte Katara ihr Argument, während sie sich die Kutte überstülpte. «Trotzdem bleibt Nayati hier. Keine Widerrede. Ich kenne die Spielregeln. Mit einem Wolf im Schlepptau kommen wir nicht mal bis zur Zugbrücke.»

Aliyah seufzte und kniete sich schweren Herzens vor Nayati hin. Sie streichelte ihm liebevoll über seinen Kopf. «Nayati, es tut mir leid. Du darfst nicht mitkommen.» Der Wolf sah sie verständnisvoll an und leckte ihr übers Gesicht. «Pass gut auf dich auf. Wir sind bald zurück, das verspreche ich dir.»

«Wir müssen los», mahnte sie Katara zur Eile.

Miro sah, wie Ephrion sich noch immer mit dem Eolithengewand abmühte. «Zieh endlich die Kutte an, Dicker!», rief er hektisch. «Das kann doch nicht so schwer sein.»

«Sie ist mindestens zehn Nummern zu groß!», beschwerte sich Ephrion. «Ich sehe darin aus wie ein wandelnder Kartoffelsack.»

«So siehst du doch immer aus», spöttelte Miro. «Jetzt mach endlich!»

Ephrion stellte sich furchtbar ungeschickt an. Er wollte einen Schritt tun, stolperte prompt und fiel der Länge nach hin. Die andern hatten sich bereits etwas entfernt, und nur noch ihre Umrisse waren im Nebel zu sehen.

«Ephrion, warum dauert das denn so lange?», rief ihm Katara ungeduldig zu.

«Tut mir leid», entschuldigte sich Ephrion und schlüpfte wieder aus dem Gewand heraus. «Ich glaube, ich habe es verkehrt rum angezogen!»

«Das ist wieder mal typisch!», schnaubte Miro aufgebracht. «Wegen dir verpassen wir noch den Anschluss, und mein supergenialer Plan fällt ins Wasser.»

«Ich komm gleich. Einen Augenblick noch!» Ephrion tätschelte dem Wolf den Kopf, dann zog er sich das Gewand über und stolperte hinter den anderen her. Die Kutte war ihm viel zu groß, und er musste sie mit beiden Händen hochhalten, um nicht andauernd auf den Saum zu treten. Zudem hing ihm die Kapuze so weit ins Gesicht, dass er Mühe hatte, überhaupt etwas zu sehen. *Wenn das nur gutgeht,* dachte er.

Mit wehenden Kutten eilten sie der Prozession hinterher. Die Dunkelheit und der starke Nebel machten es relativ einfach, sich den Weisen Drakars unbemerkt anzuschließen. Gerade als sie die Kapelle erreichten, setzte sich der braune Menschenzug summend und singend in Bewegung. Die Teenager hatten die Kapuzen ihrer Gewänder tief in die Stirn gezogen, die Hände über der Brust gefaltet, und wippten im Rhythmus der schweren Schritte ihre Körper leicht vor und zurück, so wie sie es die Eolithen tun sahen. Viel zu langsam für ihren Geschmack wälzte sich die Menschenschlange feierlich die Straße zur Burg hoch. Der süßlich schwere Geruch von Weihrauch hing in der Luft.

Ein paar Eolithen schwenkten Glocken, einige trugen Fackeln, um den Weg zu beleuchten, und alle summten denselben monotonen Singsang, der von einem der Eolithen irgendwo aus dem Nebel vorgesungen wurde.

Je näher sie der Burg kamen, desto nervöser wurde Katara. Es war ein seltsames Gefühl, sich wie eine Diebin in ihr eigenes Zuhause einschleichen zu müssen. Wie gerne hätte sie doch alle überholt, um einfach nur heimzulaufen und sich ihrem Vater in die Arme zu werfen. Sie fühlte das Schwert unter ihrer Kutte und erinnerte sich daran, wie sie es unter Lebensgefahr aus der Grolchenhöhle geholt hatte. Doch jetzt erschien ihr das Abenteuer im Atha-Gebirge beinahe belanglos im Vergleich zu der neuen Herausforderung, die ihr bevorstand. *Tu ich auch wirklich das Richtige?*, dachte sie mit pochendem Herzen. *Oder bin ich im Begriff, den größten Fehler meines Lebens zu begehen? Wenn ich bloß wüsste, was ich glauben soll!*

Die Straße, die zur Burg hochführte, wand sich in Schlangenlinien den Felsen entlang. Dort, wo der Weg mitten durch den Tuffstein führte, war der Berg durchlöchert wie ein Käse. An manchen Stellen war die Straße mit dicken Stahlseilen an überhängenden Felsen gesichert, an anderen Stellen führte sie über Stahlträger, die waagerecht aus dem Berg ragten. Auf einer Seite schmiegte sie sich an die steile Felswand, auf der anderen ging es Hunderte von Armspannen in die Tiefe. Es gab kein Geländer. Ein falscher Schritt, und man stürzte in den Tod. Die Eolithen hielten sich denn auch möglichst nahe an die Bergwand, und Aliyah, Katara, Ephrion und Miro taten es ihnen gleich.

Es schien eine Ewigkeit zu dauern, bis sie endlich das Haupttor erreichten. Zwei Soldaten mit Speeren und langen Umhängen tauchten aus dem Nebel auf. Sie standen breitbeinig nur wenige Armspannen vor dem gähnenden Abgrund, der sich zwischen dem Ende der Straße und dem monumentalen Eingangstor befand. An schweren Eisenketten befestigt hing eine Zugbrücke schräg in der Luft wie eine halbaufgeklappte Theke.

Ohne die Erlaubnis der Soldaten kam hier keiner durch, so viel stand fest.

Die uniformierten Männer mit ihren Kettenhemden, roten Waffenröcken und Kampfstiefeln griffen nach den Fackeln, die in Halterungen in der Felswand steckten. Während der eine murmelnd ein paar Worte mit dem vordersten Eolithen wechselte, spazierte der andere durch die Reihen, eine Hand auf dem Rücken, und musterte die vermummten Gestalten skeptisch. Katara, Miro, Ephrion und Aliyah standen wie auf Nadeln, als der Soldat sich ihnen näherte. Seine Kleidung und sein Schuhwerk knarzten bei jedem Schritt.

Wenn er bloß keinen Verdacht schöpft, dachte Ephrion mit weichen Knien. Der Soldat war riesig, und im Schein der Fackel wirkte sein vernarbtes Gesicht unheimlich. Ephrion konnte seinen üblen Atem riechen, als er in seine Nähe kam und ihn von Kopf bis Fuß beäugte.

Geh einfach weiter, Soldat, dachte Ephrion, *bleib bloß nicht stehen.* Nervös und angestrengt starrte er vor sich auf den Boden, die Hände in den weiten Ärmeln der Kutte vergraben, und gab sich Mühe, nicht zu steif dazustehen. *Er durchschaut uns,* dachte er dabei die ganze Zeit, *er weiß, dass wir nicht dazugehören. Gleich werden sie uns verhaften. Es ist aus.*

Aber sie wurden nicht verhaftet. Die Soldaten beendeten ihre Inspektion und gaben den Durchgang frei. Sie winkten ihren Kollegen auf dem Burgtor mit den Fackeln zu, worauf diese die Zugbrücke rasselnd herunterließen. Gleichzeitig wurde das schwere Tor geöffnet. Summend und singend wallten die Eolithen über die knarrende Brücke auf das Burggelände. Als der letzte durch war, schloss sich das Tor hinter ihnen krachend.

«Wir sind drin», raunte Miro Katara zu, die neben ihm herging. «Mein Plan hat funktioniert!»

«Fragt sich bloß, ob wir jemals wieder hier rauskommen», murmelte Katara zurück.

Sie pilgerten zusammen mit den Eolithen bis zur Kapelle, dann gab ihnen Katara ein Zeichen, sie lösten sich von der Gruppe und huschten flink hinter eine Mauer.

«Und was machen wir jetzt?», flüsterte Ephrion.

«Der Eingang zu den Verliesen ist da drüben», erklärte Katara und deutete mit dem Kopf in eine bestimmte Richtung. «Aber er wird Tag und Nacht streng bewacht. Da kommen wir nicht durch.»

«Gibt es einen zweiten Eingang?», fragte Miro.

Das Mädchen schüttelte den Kopf. «Nein, aber ich glaube, es gibt einen Geheimgang.»

«Du glaubst es?», erkundigte sich Aliyah. «Bist du dir nicht sicher?»

«Hundertprozentig nicht, nein», gestand Katara. «Ich hab ihn selber nie betreten. Aber es muss ihn geben. Drakar hat sich einmal mit meinem Vater darüber unterhalten, und ich hab zufällig ein paar Brocken des Gesprächs aufgeschnappt. Der Geheimgang beginnt in der Bibliothek, soviel ich weiß.»

«Und wie kommen wir in diese Bibliothek?», wollte Miro wissen.

«Folgt mir», erklärte Katara knapp. «Und lasst euch nicht von den Wachen erwischen.»

Sie schlichen sich der Mauer entlang, eilten mehrere Treppen hinauf und hinunter, kamen an einem Pferdestall vorbei, überquerten einen weiten Burghof und glitten schließlich durch eine unscheinbare Tür in die Burg hinein. Weiter ging es über verwinkelte Gänge und Treppen, bis sie endlich die Tür zur Bibliothek erreichten. Es war eine wunderschöne zweiflügelige Tür mit Ornamenten und goldenen Klinken.

«Und wenn es doch keinen Geheimgang gibt?», zweifelte Ephrion.

«Es gibt ihn», versicherte ihm Katara und öffnete leise die Tür. «Wir müssen ihn bloß finden. Los, rein.»

Sie schob die anderen vor sich in den Raum und schloss die Tür hinter sich. Es roch nach altem Leder und Staub. Katara betätigte den Lichtschalter, und weißes Veolicht erhellte die ansonsten antike Bibliothek. Es war ein gigantischer Raum von mindestens zehn Ellen Höhe. Er war bis unter die Decke angefüllt mit antiken Büchern, und es gab mehrere bewegliche Leitern, die an Querstangen an der ganzen Wand herumgeschoben werden konnten, um an die entsprechenden Regale heranzukommen.

«Die Bibliothek wird kaum benutzt», sagte Katara. «Hier wird uns niemand entdecken. Hoffe ich jedenfalls.»

«Wow», staunte Miro fasziniert, ging zu einem der vielen Regale und strich mit dem Finger über ein paar Buchrücken. «Hier könnte ich verweilen.»

Ephrion starrte indessen mit offenem Mund an die langen, weiß glimmenden Röhren an der Decke.

«So etwas habe ich noch nie gesehen», murmelte er.

«Du hast noch nie Veolicht-Röhren gesehen?», wunderte sich Katara.

«Wir haben rationierte Kerzen zu Hause, was denn sonst.»

Er ging zum Lichtschalter und schaltete die Beleuchtung mehrere Male ein und aus.

«Lass das!», rief Katara. «Was machst du da?»

Ephrion war fasziniert wie ein kleines Kind und konnte seinen Blick nicht von den Lampen abwenden. «Guckt euch das an. Damit könnte man mehrere Menschen mit Licht versorgen. Und Drakar beleuchtet damit vergilbte Bücher.»

«Wir haben jetzt wirklich keine Zeit für so was», meinte Katara genervt. «Wir müssen den Geheimgang finden.»

«Und dann noch den Gefangenen aus Zelle dreiundvierzig befreien», ergänzte Aliyah.

«Falls wir nicht vorher erwischt werden», murmelte Katara, mehr zu sich selbst als zu den andern.

Miro hatte einen dicken Schmöker aus dem Regal geklaubt und blätterte kopfschüttelnd darin herum.

«Bei Shaíria, das ist Lord Tjorbens Originalhandschrift! Tjorben war einer der größten Wissenschaftler Shaírias. Er lebte lange vor unserer Zeit. Mein Chemieprofessor hat mir von ihm erzählt. Tjorben war ein Genie. Und in Drakars Bibliothek stehen seine Werke. Ist das zu fassen? Die Bücher sind ein Vermögen wert. Habt ihr auch die Werke von Lord Khisom und den Brüdern Ono und Jano?»

«Ich weiß es nicht», antwortete Katara. «Ich habe mich nie für Bücher interessiert.»

«Sollten wir nicht besser den Geheimgang suchen?», erinnerte sie Aliyah an den Grund, warum sie hier waren. «Katara? Wie sollen wir vorgehen?»

«Ich bin mir nicht sicher», entgegnete Katara zögernd, «wir könnten die Wände abklopfen. Wenn eine irgendwo hohl klingt, müsste dahinter der Geheimgang sein. Etwas Besseres fällt mir im Moment nicht ein.»

Die Jugendlichen verteilten sich also im Raum und begannen, systematisch die Wände zu untersuchen. Aliyah blieb an der Tür stehen und lauschte, ob jemand vorbeikam. Mehrere Minuten vergingen. Von einem Geheimgang keine Spur.

«So kommen wir nicht weiter», seufzte Katara nach einer Weile frustriert.

«Und du bist sicher, dass der Gang in der Bibliothek beginnt?», fragte Miro.

Katara schob sich ihr Zöpfchen hinters Ohr und zog verlegen den Mund schief.

«Wie gesagt, ich hab ihn selber nie betreten. Aber er muss hier irgendwo sein, da bin ich mir sicher.»

«Aber wo?», fragte Aliyah.

Ephrion meinte mit hochgezogenen Augenbrauen: «Ich hab's! Es muss einen Mechanismus geben, durch den sich eine geheime Tür öffnen lässt. So ist es doch immer in diesen Spukgeschichten mit Gespenstern und Geheimgängen und Spinnweben und all dem Zeug. Ich liebe Gespenstergeschichten, die sind immer so herrlich spannend und gruselig. Kennt ihr die Geschichte vom einäugigen Monster?»

«Halt einfach die Luft an, Dicker», unterbrach ihn Miro. «Falls du es noch nicht bemerkt haben solltest: Keiner interessiert sich für deine blöden Geschichten.»

«Also, da ist ein einäugiges Monster, das nur ein Auge hat», fuhr Ephrion fort und wollte gerade genügend Luft holen, um seine Erzählung an den Mann zu bringen, als Katara ihm das Wort abschnitt.

«Ephrion, bitte hör auf. Du redest eindeutig zu viel.»

«Ich rede zu viel?», meinte der Junge verblüfft. «Ist mir noch nie aufgefallen. Also die Geschichte von diesem Monster war folgendermaßen ...»

«Ephrion», knirschte Katara genervt und warf ihm einen so harten Blick zu, dass der dicke Junge freiwillig den Mund zuklappte.

«Ist ja gut. Ich erzähl sie euch ein andermal», murmelte er kleinlaut.

«Vielleicht finden wir etwas hinter den Büchern», überlegte Miro. «Einen versteckten Öffnungsmechanismus oder so was in der Art.»

«Sag ich doch die ganze Zeit», schmollte Ephrion, «aber auf mich hört ja keiner.»

«Na, dann machen wir uns mal an die Arbeit», meinte Katara.

Die Teenager kletterten an den Leitern hoch und begannen eifrig und ziemlich planlos, die vielen Bücherregale zu durchstöbern. Ephrion beschäftigte sich mehr damit, auf der Leiter an der Wand entlangzurollen, als sich der wirklichen Aufgabe zu widmen. Erst als ihm Katara ein paar strenge Blicke zuwarf, konzentrierte er sich darauf, einen Hinweis auf einen Geheimgang zu finden.

Miro konnte es nicht unterlassen, immer mal wieder in einem der vielen interessanten Bücher zu stöbern, und war ebenfalls nicht voll bei der Sache. Auch Katara musste sich zusammennehmen, um sich nicht von ihren zwiespältigen Gefühlen beeinflussen zu lassen, die sich verstärkt hatten, seit sie sich auf dem Burggelände befanden.

Die Einzige, die ihre Aufgabe wirklich ernst nahm, war Aliyah. Sie hielt nach wie vor an der Tür Wache, und plötzlich hielt sie inne. Auf dem Korridor waren Geräusche von schweren Stiefeln zu hören.

«Ich glaube, es kommt jemand!»

Katara reagierte sofort. «Mach das Licht aus, Aliyah! Der Schalter ist gleich neben dir. Versteckt euch! Schnell!»

Aliyah löschte das Veolicht und presste sich neben der Tür gegen die Wand. Miro und Katara duckten sich hinter zwei große Bücherregale, und Ephrion hechtete hinter eine Marmorskulptur, die einen lesenden alten Mann darstellte. Sie hörten

Schritte und Stimmen auf dem Korridor. Zwei Soldaten machten ihren Patrouillengang durch die Burg.

Wenn sie nur nicht auf die Idee kommen, einen Blick in die Bibliothek zu werfen, dachte Ephrion mit pochendem Herzen. Näher und näher kamen die Stimmen, bis sie sich unmittelbar vor der Tür zur Bibliothek befanden. Die Teenager wagten es kaum zu atmen. Für einen kurzen Augenblick waren die Soldaten so nahe, dass die Jugendlichen fürchteten, jeden Moment würden sie die Türklinke herunterdrücken und den Raum betreten. Aber nichts dergleichen geschah. Die Männer unterhielten sich über irgendwelche Belanglosigkeiten und entfernten sich dann so rasch, wie sie gekommen waren. Katara und Miro kamen erleichtert hinter den Regalen hervor.

«Aliyah, du kannst das Licht wieder einschalten», sagte Katara. Das blinde Mädchen betätigte den Schalter, und das Veolicht tauchte die gesamte Bibliothek wieder in jenes unsympathische, kalte Licht, das selbst dem gemütlichsten Wohnraum die Atmosphäre eines sterilen Labors verlieh. Ephrion zog sich an der Statue hoch.

«Wenn die uns entdeckt hätten, du liebes bisschen», murmelte er und stützte sich mit der rechten Hand auf den steinernen Kopf des lesenden Alten. Und da geschah etwas Eigenartiges: Der Kopf gab nach, als säße er nicht auf einem Hals aus Stein, sondern als wäre er an einer Metallfeder befestigt.

«Nanu», wunderte sich Ephrion, «was zum Kuckuck ...»

Gleichzeitig war ein kratzendes Geräusch zu hören, wie wenn sich zwei Mühlsteine aneinander reiben.

«Aliyah! Licht aus!», flüsterte Katara. Aliyah gehorchte, obwohl sie diesmal keine Ahnung hatte, was vorgefallen war. Katara und Miro hechteten zurück hinter die Regale. Ephrion sprang zur Seite. Dicht neben ihm löste sich eine Steinplatte wie eine abgebrochene Eisscholle aus dem gemusterten Marmorboden, versank etwa eine Elle tief im Boden und schob sich dann wie der Türflügel eines Aufzugs zur Seite. Mucksmäuschenstill kauerten die Jugendlichen in ihren improvisierten Verstecken und warteten, was geschehen würde.

Das Knarren und Ächzen verstummte. Nichts war mehr zu

hören. Aber in der Mitte des Fußbodens hatte sich ein großes schwarzes Loch aufgetan, und ein warmes Licht flackerte ihnen aus dem Marmorboden entgegen.

«Was war das eben?», wagte Aliyah endlich leise zu fragen.

«Der … der Boden hat sich aufgetan», stammelte Ephrion.

«Was?!», fragte Aliyah bestürzt.

«Ich … ich habe meine Hand auf den Kopf dieser Statue gelegt, und plötzlich … plötzlich fing es an zu rumpeln … gleich neben mir.»

Vorsichtig traten die Teenager aus ihren Verstecken hervor und näherten sich der Bodenöffnung.

«Du hast ihn entdeckt, Ephrion!», stieß jetzt Katara hervor, während sie neugierig in die Öffnung hinunterblickte. «Seht nur! Es ist eine Treppe!»

Es war nicht zu erkennen, wie lang die Treppe war. Aber sowohl links wie rechts hingen mehrere Fackeln in Halterungen an der Wand. Katara stieg zögernd in die Luke hinein und bedeutete den andern, ihr zu folgen. Die Treppe war nicht besonders lang und endete in einem fensterlosen Raum, der ebenfalls von Fackeln beleuchtet war. Zu ihrer Linken befanden sich zwei Sessel mit einem Glastischchen vor einem offenen Kamin, in welchem ein knisterndes Feuer brannte, und ihnen gegenüber entdeckten sie einen Schreibtisch mit Drehsessel. Aliyah fühlte sich je länger je unwohler. *Etwas stimmt hier nicht,* dachte sie und hatte das merkwürdige Gefühl, beobachtet zu werden.

«Wir sollten umkehren», flüsterte sie, als sie die unterste Stufe der Treppe erreicht hatten. Doch es war bereits zu spät. Schräg über ihnen war ein kratzendes Geräusch zu hören, als wenn sich zwei Mühlsteine aneinander reiben. Die Jugendlichen glaubten, ihnen müsste das Herz stillstehen.

«Die Tür!», rief Ephrion entsetzt. Ehe sie Zeit hatten, etwas dagegen zu unternehmen, verschloss sich die Einstiegsluke zur Bibliothek wie von Geisterhand bewegt. Sie saßen in der Falle.

Eingeschüchtert blieben die vier Jugendlichen neben der Treppe stehen und sahen sich suchend in der mit Fackeln beleuchteten Kammer um. Und dann trat jemand aus dem Schatten neben dem Kamin hervor, und die Teenager erstarrten augenblicklich. Katara spürte, wie ihre Knie weich wurden, als sie ihn sah.

«Drakar», hauchte sie.

· 50 ·

Majestätisch stand der junge König vor ihnen, die Hände hinter dem Rücken verschränkt, die Schultern gestrafft, das Kinn vorgestreckt. Die Jugendlichen wichen instinktiv zurück. Drakars Anwesenheit saugte ihnen sämtlichen Mumm aus den Knochen. Er war nicht besonders groß, noch war er sehr kräftig. Doch sein Gesichtsausdruck war so kalt, dass er selbst dampfendes Wasser in Eis verwandelt hätte.

Ephrion merkte, wie ihm schwindlig wurde. So viele Jahre hatte er sich gewünscht, eines Tages auf dem Ehrenplatz zur Linken Drakars zu sitzen, um von ihm vor allen Bürgern von Dark City geehrt zu werden. Jetzt ekelte er sich vor seinem eigenen törichten Wunsch.

Aliyah wurde es eisig kalt. Drakars Gegenwart entriss ihr sämtliche Wärme. Miro war Drakar noch nie persönlich begegnet, doch sein Vater hatte ihn immer als einen Gentleman beschrieben, einen Mann voller Güte und Freundlichkeit, der nur das Beste für sein Volk wollte. Doch von Güte und Freundlichkeit war wenig zu sehen in Drakars kleinen Schlangenaugen. Und seine Stimme, obwohl sie sanft und fein klang wie die eines jungen Knaben, hatte die Schärfe eines Messers.

«Seht an, seht an», sagte er. «Ich wusste, dass sich das Warten lohnt. Habe ich es nicht gesagt, Goran?» Ein zweiter Mann tauchte neben dem König auf, und Katara wäre am liebsten im Boden versunken.

«Vater?!»

Ihr Vater stand beim Kamin, ein Schwert an seiner linken Hüfte hängend, die Hand an dessen Knauf gelegt, und sah seine Tochter streng, aber liebevoll an.

«Meine kleine Feuerblume. Was hast du nur getan?»

«Vater, ich ...» Katara zitterte.

«Ich habe mich zu Tode geängstigt», sagte ihr Vater, ohne auf das Mädchen zuzugehen. «Wir haben die ganze Burg nach dir abgesucht.»

Katara öffnete den Mund und brachte keinen vernünftigen Satz zustande. «Ich … es ist nicht so, wie du denkst, Vater … Wir sollten …»

«Die alte Schwarze hat euch hergeschickt, nicht wahr?»

Katara zuckte kaum merklich zusammen. «Woher … woher weißt du …?»

Goran seufzte tief und wirkte auf einmal sehr ernst. «Also ist es wahr», murmelte er, und ein Hauch von Traurigkeit schwang in seiner Stimme mit. «Ich hoffte, Drakar würde sich täuschen. ‹Nicht meine Tochter›, sagte ich ihm. ‹Meine Tochter verbündet sich nicht mit … einer *Hexe!*›» Er sprach das Wort voller Abscheu aus und blickte seine Tochter dabei mit solcher Strenge an, dass sie innerlich erschauerte. Die Härte in seinen Augen ließ keinen Zweifel offen, dass er sie diesmal wirklich in den Turm sperren würde, und bestimmt nicht nur für eine Nacht.

«Bitte, Vater, lass mich erklären.»

Das Gesicht ihres Vaters war von Enttäuschung gezeichnet. «Du weißt, ich würde dich nie belügen, Katara. Ich sagte dir, die Hexen sind gefährlich, und das sind sie wirklich, meine Tochter. Mit ihnen ist nicht zu spaßen. Sie sind falsch und hinterhältig. Sie wissen, wie sie Menschen manipulieren können. Erinnerst du dich nicht mehr an unser Gespräch und wie ich dir sagte, Isabella wäre eine Nummer zu groß für dich? Erinnerst du dich daran?»

«Ja, Vater», murmelte Katara.

«Katara, Katara, was habt Ihr Euch bloß dabei gedacht?», fragte Drakar und tat einen Schritt in ihre Richtung, «Ihr wisst nicht, mit wem Ihr Euch eingelassen habt. Wie konntet Ihr nur so blind sein und dieser Hexe Glauben schenken?»

Katara schluckte.

«Womit hat Euch die Alte das Gehirn gewaschen? Womit hat sie Euch gelockt, damit Ihr in Euer eigenes Zuhause einbrecht wie ein Dieb? Seht Ihr nicht, wie absurd das alles ist?»

Katara schwieg betreten.

«Hat Euer Vater Euch nicht immer und immer wieder vor den Hexen gewarnt? Hat er Euch nicht ausdrücklich gesagt, Ihr solltet Euch von Isabella fernhalten? Warum habt Ihr sein Vertrauen missbraucht und seid trotzdem hingegangen?»

Drakar sah Katara mit stechenden Augen an. Das Mädchen wich seinem Blick aus und fixierte einen Fleck auf dem Boden. Miro, Ephrion und Aliyah standen neben Katara und fühlten sich elend.

Ephrion schwieg. Sein Herz hämmerte wie wild. Er konnte seine Augen nicht vom König abwenden, der jetzt mit vorgehaltener Hand ein paar Worte in Gorans Ohr raunte. Der schwarze Ritter nickte dabei mehrmals. Aliyah berührte Kataras Schulter von hinten und wisperte ihr zu:

«Du kennst die Wahrheit. Sei stark, Katara.»

Katara rührte sich nicht von der Stelle. Ihr ganzer Körper vibrierte vor Anspannung. Sie grub ihre Fingernägel in ihre Handballen und beobachtete, wie ihr Vater ihr immer wieder einen flüchtigen Blick zuwarf, während Drakar murmelnd auf ihn einredete. Schließlich blieb Goran in aufrechter Haltung neben dem Kamin stehen, die Hand griffbereit an sein Schwert gelegt, und schwieg.

Drakar ließ seine Finger knacken und musterte die Teenager in ihren Eolithenkutten eingehend. Gemächlich schritt er vor ihnen auf und ab. Er ließ sich Zeit. Er genoss es, seine Gefangenen in dieser zermürbenden Ungewissheit zu lassen, was mit ihnen geschehen würde. Wie eine Würgeschlange sich um ihre Beute wickelt und ihr langsam die Luft abschnürt, so erstickte Drakar die Seelen der vier Jugendlichen allein mit seinen kleinen Augen. Die Luft war so dick, man hätte sie schneiden können.

«Meine liebe Katara», hob Drakar an, und sein linker Mundwinkel zog sich dabei zu einem seltsamen Lächeln hoch. «Die Hexe hat Euch eine Falle gestellt. Und Ihr seid blindlings hineingetappt. Die Tochter meines ersten schwarzen Ritters ist einer Hexe auf den Leim gegangen. So schnell hat sie Euch den Kopf verdreht. Innerhalb nur eines Tages habt Ihr alles vergessen, was Euch auf meiner Burg beigebracht wurde. Ist Euch eigentlich klar, was Euer Auftauchen in meiner geheimen Kammer bedeutet? Es bedeutet, Ihr habt Euch mit ihnen verbündet! Mit den *Hexen*! Unseren ärgsten Feinden!»

Seine Stimme klang hart und wehmütig zugleich. Miro, Ephrion und Aliyah hörten der Unterhaltung schweigend zu und wagten kaum zu atmen.

«Sie sagte … sie wäre eine Prophetin», gab Katara leise von sich.

«Prophetin?!» Drakars Augen verengten sich zu zwei schmalen Schlitzen. «Eine *Hexe* ist sie! Eine Hexe, die auf den Scheiterhaufen gehört! Mein Vater hat sein Leben geopfert, um Dark City gegen diese Hexenbrut zu verteidigen!» Der König deutete auf das über dem Kamin hängende Bildnis seines Vaters. «Und auch ich werde alles tun, was in meiner Macht steht, um diese erbärmlichen Kreaturen ein für alle Mal auszurotten. Ich werde sie jagen und öffentlich hinrichten lassen, bis keiner von diesen Verrätern mehr übrig ist!» Er redete sich in Fahrt, und seine Schritte wurden schneller. Er unterstrich seine Aussagen mit leidenschaftlichen Gebärden und Handbewegungen.

«*Sie* haben Dark City ins Unglück gestürzt. *Sie* sind der Grund, warum der Nebel gekommen ist. *Sie* sind schuld an der Dunkelheit, an der Verzweiflung der Menschen! Hätte mein Vater nicht Veolicht erfunden, wir wären nicht mehr hier. Aber mein Vater sah das Leiden der Menschen und hat ihnen gegeben, was sie zum Leben brauchen: Licht.» Er wirbelte herum und blieb unmittelbar vor Katara stehen. Er berührte sie am Kinn und zwang sie, ihn anzusehen.

«Habt Ihr wirklich vergessen, was mein Vater für Dark City getan hat? Habt Ihr wirklich vergessen, Katara, dass jeder Bürger von Dark City meinem Vater sein Leben verdankt?»

«Natürlich nicht, Eure Hoheit», murmelte Katara.

Der König ließ ihr Kinn los und begab sich zum Schreibtisch. Er machte es sich in dem Drehsessel bequem und faltete die Hände über der Brust zusammen. Goran stand stramm wie ein Soldat neben dem Kamin, und Kataras Herz wurde je länger je schwerer. Sie hielt die Spannung kaum noch aus. Tausend Gedanken schossen ihr durch den Kopf. Ihre Kehle war wie zugeschnürt. Drakar wandte sich ihr jetzt erneut zu und lächelte sie sanft an.

«Ich war sechs Jahre alt, als Ihr zur Welt kamt», sagte er mit unerwartet warmer Stimme. «Ich war dabei, als Ihr Eure ersten tollpatschigen Schritte gemacht habt. Ich war dabei, als Ihr zum ersten Mal auf dem Rücken eines Pferdes gesessen habt. Ihr seid in meiner Burg aufgewachsen, Katara. Ihr gehört zur Familie. Ihr habt an meiner Tafel gegessen. Ihr habt freien Zutritt zu allen Räumlichkeiten innerhalb dieser Burgmauern. Ihr genießt die beste Ausbildung, die sich ein Mädchen wünschen kann. Und eines Tages werdet Ihr in die Fußstapfen Eures Vaters treten. Und das alles werft Ihr von einem Tag auf den andern über Bord, nur weil Euch irgendeine Hexe erzählt, Ihr wärt *auserwählt*?»

Katara sah den jungen König verdutzt an. «Woher wisst Ihr das?»

«Ich weiß mehr, als Ihr denkt, Katara», sagte Drakar trocken.

«Ihr seid keine Marionette. Ihr habt es nicht nötig, Euch von anderen vorschreiben zu lassen, was Eure Bestimmung ist. Ich dachte, Ihr seid dazu erzogen worden, kritisch zu denken. Glaubt Ihr wirklich, Euer Vater und ich hätten Euch all die Jahre belogen? Glaubt Ihr wirklich, die Hexen sind die Guten und wir die Bösen? Glaubt Ihr das wirklich, Katara?»

Er sah das Mädchen mit hochgezogenen Augenbrauen an.

«Das ist kein Spiel. Ihr müsst Euch entscheiden, Katara. Entweder Ihr gehört zu uns – oder zu denen. Ich gebe Euch diese Chance nur einmal, weil ich weiß, dass Ihr ein kluges Mädchen seid. Aber ich möchte es aus Eurem eigenen Munde hören, Katara. Wem schwört Ihr die Treue? Mir und meiner Regierung – oder den Hexen?»

Eine atemlose Stille legte sich über die Kammer. Das Einzige, was zu hören war, war das Knistern und Knacken des Feuers im Kamin. Alle Aufmerksamkeit war auf Katara gerichtet. Sie löste sich aus der Gruppe und trat einen Schritt vor. Miro und Ephrion starrten sie erwartungsvoll an. Aliyah biss sich voller Sorge auf ihre Unterlippe. Gorans Brust wölbte sich sichtbar auf und nieder, während er auf die Antwort seiner Tochter wartete. Drakar stützte die Ellbogen auf den Tisch, faltete die Hände zusammen und beobachtete das Mädchen mit schiefem Kopf.

«Nun?»

Katara atmete tief ein. Dann riss sie sich in einer ruckartigen Bewegung die Kutte vom Leib und zog das Schwert aus der Scheide. Die zitternde Spitze auf Drakar gerichtet, stand sie da, umklammerte das flammende Schwert mit beiden Händen und blickte mit ihren smaragdgrünen Augen furchtlos in Drakars Gesicht. Sie kämpfte gegen ihre eigenen Gefühle an.

Aliyah hörte das Geräusch der Klinge und drängte sich näher zu Miro und Ephrion, denen vor Verblüffung und Schrecken schier das Herz stehen blieb. Darauf war niemand gefasst gewesen. Goran, der vor dem Kamin stand, wollte sein Schwert ebenfalls ziehen, um in die gefährliche Szene einzugreifen, aber der König bedeutete ihm mit einer Handbewegung, sich zurückzuhalten.

«Eure Hoheit», sagte Katara trocken. Drakar fixierte das Schwert, das unmittelbar auf seine Brust gerichtet war, und für den Bruchteil einer Sekunde wirkte er tatsächlich verunsichert. Niemand wusste, was in dem Kopf des Mädchens vor sich ging. Niemand wusste, was jetzt kommen würde. Die Spannung stieg mit jeder Sekunde. Die Luft schien förmlich zu vibrieren. Und dann tat Katara etwas, das den drei anderen Jugendlichen das Blut in den Adern gefrieren ließ.

«Hier», sagte sie und legte das Schwert auf den Schreibtisch. «Nehmt es. Vernichtet es, bevor es in falsche Hände kommt.»

«Katara!», rief Aliyah entsetzt. «Was tust du da?»

«Bei Shaíria, Katara!», rief Miro. Alle Farbe war aus seinem Gesicht gewichen.

«Nein», hauchte Ephrion. «Bitte nicht ...»

Ein triumphierendes Lächeln umspielte Drakars Mundwinkel. Er betrachtete das Schwert eingehend von allen Seiten. Dann nickte er Goran zu, der sich entspannte und den Griff seines Schwertes losließ.

«Meine kleine Feuerblume», sagte der schwarze Ritter, seiner Tochter zugewandt. «Ich wusste, dass du das Richtige tun würdest. Ich bin stolz auf dich.» Katara wirbelte herum, stolperte auf ihren Vater zu und warf sich in seine großen, starken Arme.

Ephrion spürte einen Kloß in seinem Hals aufsteigen. Miros Hände zitterten leicht. Aliyah rollte eine Träne übers Gesicht. Drakar beugte sich über seinen Schreibtisch und fuhr mit dem rechten Zeigefinger über die lange Klinge des Schwertes. Die Klinge war so scharf, dass er sich daran verletzte. Reflexartig zog der König die Hand zurück und erhob sich jäh von seinem Drehsessel.

«Das flammende Schwert», raunte er und entfernte sich rückwärts Richtung Wand, ohne seinen Blick von dem Schwert zu nehmen. «Dieses Schwert hätte nie in meine Burg kommen dürfen! Es muss vernichtet werden. Ein Schwert wie dieses darf nicht in meiner Burg bleiben. Goran!»

Goran löste sich von der Umarmung seiner Tochter und nahm Haltung an. «Ja, Eure Hoheit?»

Dakar war auf einmal ziemlich nervös. Sein Gesicht war blass, seine Stimme eisig kalt. «Ich ertrage es nicht, dieses Schwert noch eine Minute länger in meiner Gegenwart zu sehen! Nehmt es weg! Sofort!»

«Wie Ihr wünscht, Eure Hoheit.» Goran schritt auf den Schreibtisch zu, hob das Schwert hoch und stellte es in eine Ecke neben den Kamin.

«Deckt es zu!», befahl Drakar aufgebracht. «Ich will es nicht mehr sehen!»

Goran nahm seinen Umhang von den Schultern und bedeckte das Schwert damit.

«Sorgt dafür, dass dieses Schwert noch heute Nacht vernichtet wird», ordnete der junge König an. «Noch heute Nacht, habt Ihr mich verstanden?»

«Jawohl, Eure Hoheit.»

«Gut», sagte Drakar, und seine Anspannung ließ sichtbar nach. «Und nun zu euch – *Verrätern*.» Die Hände auf dem Rücken, ging er auf Miro, Ephrion und Aliyah zu, die noch immer in derselben Ecke neben der Treppe standen.

«Ihr kennt doch das dritte Gebot Drakars: Alle Bürger von Dark City sind verpflichtet, Hexen an den König auszuliefern.

Wer einer Hexe Obdach gewährt oder sie in irgendeiner Form unterstützt, wird mit dem Tode bestraft.» Breitbeinig stellte er sich vor die drei Teenager in ihren Kutten und sah sie mit zusammengekniffenen Augen an. «Auf euer Vergehen steht die Todesstrafe. Ihr habt euch mit den Hexen verbündet und euch in meine Burg geschlichen. Ihr seid schuldig des Hochverrats an Dark City. In einer Woche werdet ihr auf dem Scheiterhaufen verbrannt werden. Wer mit den Hexen gemeinsame Sache macht, der soll auch sterben wie eine von ihnen.»

«Das ... das könnt Ihr nicht tun, Eure Hoheit!», stotterte Miro, ohne sich von der Stelle zu rühren. «Mein Vater ist Lord Jamiro!»

Drakar zog überrascht die Augenbrauen hoch. «Sieh an, sieh an. Lord Jamiros Sohn. Euer Vater wird beschämt sein, einen Verräter in der eigenen Familie zu haben. Ich werde ihm einen Ehrenplatz im Stadion besorgen, damit er Eure Hinrichtung aus nächster Nähe verfolgen kann.»

Miro war völlig verzweifelt. Mit schlotternden Knien stand er da. Seine Augen wanderten zu Katara, die sich dicht zu ihrem Vater hielt und nur stur vor sich auf den Boden starrte, um jeden Blickkontakt mit den Jugendlichen zu vermeiden.

«Warum sagst du nichts, Katara?», ließ sich jetzt Aliyah mit weinerlicher Stimme hören. «Du bist eine von uns! Du kennst die Prophezeiung!»

«Schweig!», knirschte Drakar. «Ihr werdet Katara nicht noch einmal mit dieser Lüge vergiften.»

«Es ist keine Lüge», fuhr Aliyah fort, obwohl ihre Lippen vor Furcht bebten. «Die Prophezeiung ist wahr. Und selbst Ihr könnt sie nicht aufhalten!»

«Ich kann alles tun, was mir beliebt», fauchte Drakar. Er gab Goran ein Zeichen. «Durchsucht sie. Ich bin gespannt, was sie sonst noch unter ihrer Verkleidung verstecken. Runter mit den Kutten!»

Miro warf Ephrion einen vielsagenden Blick zu, doch Ephrion blieb erstaunlich ruhig. Sie zogen die Eolithenkutten aus, und Miro stellte zu seiner großen Verwunderung fest, dass Ephrions Tasche fehlte.

Der schwarze Ritter nahm ihnen ihre Wasserschläuche ab,

und Miro musste ihm seine Tasche mit dem Proviant aushändigen. Ephrion verzog indessen keine Miene, und erst als der schwarze Ritter sich wieder von ihnen abwandte, zwinkerte er Miro heimlich zu.

«Begleitet Katara in ihre Gemächer», ordnete Drakar nüchtern an. «Und sorgt dafür, dass die Gefangenen in den Kerker kommen. Danach verständigt Ihr die Stadtbarone und Mangol. Ich berufe eine Sitzung am Runden Tisch ein.»

Goran blickte erstaunt auf. «Am Runden Tisch, Eure Hoheit?»

«Die Sache duldet keinen Aufschub, Goran. Wir versammeln uns um drei Uhr im Rittersaal.»

«Was ist mit der Mitternachtsmesse? Werdet Ihr sie absagen? Soll ich die Weisen ins Kloster zurückschicken?»

«Darum werde ich mich selbst kümmern», sagte Drakar knapp. «Tut, was ich Euch befohlen habe, Goran. Und seid bitte pünktlich.»

· 51 ·

Von zwei großen, kräftigen Soldaten wurden Miro, Ephrion und Aliyah ins Verlies eskortiert. Tiefer und tiefer stiegen sie in den Berg hinein, und mit jedem Schritt durch die langen, feuchten Gänge schwand ihre Hoffnung auf Freiheit.

Aus Drakars Burgverliesen ist noch nie jemand entkommen, erinnerte sich Aliyah an Kataras Worte, während sie schweigend neben ihren Gefährten herstolperte. Sie dachte an Nayati und dass sie nie mehr ihre Hände in sein weiches Fell graben könnte, nie mehr seinen warmen Atem spüren würde, wenn er sich dicht an sie kuschelte und ihr mit seiner rauen Zunge das Gesicht ableckte. Wie sehr wünschte sie sich, ihren treuen Wolf jetzt zur Seite zu haben, gerade jetzt, wo alles so finster und hoffnungslos war. Aber er war nicht hier. Und er würde nie erfahren, was aus ihr geworden war. *Wir haben versagt,* dachte Aliyah, *wir haben kläglich versagt. Die Prophezeiung wird sich nicht mehr erfüllen. Drakar hat das flammende Schwert, und wir werden in einer Woche hingerichtet. Es war alles umsonst.*

Ephrion grübelte betrübt vor sich hin, während sie die verschiedenen Eisentore des Kerkers passierten. Er dachte an seine Familie, seine Eltern, seinen kleinen Bruder Nicolo, der ihm so oft auf den Geist gegangen war mit seinen kindischen Nörgeleien. Er vermisste sie. Er vermisste seine Familie so sehr, dass er sich Mühe geben musste, nicht laut loszuheulen vor Kummer. *Und in einer Woche werden sie meiner Hinrichtung beiwohnen,* überlegte er, und ein Kloß bildete sich in seinem Hals. *Das kann ich ihnen nicht zumuten. Es wird ihnen das Herz brechen. Oh, warum musste das alles passieren? Warum habe ich mich darauf eingelassen?*

Miro dachte an seinen Vater. *Ob er versuchen wird, mich vor dem Tod zu retten?,* überlegte er. *Ob ich ihm wichtiger bin als die Schande, die ich über die Familie gebracht habe?* Er weigerte sich zu glauben, dass sein Vater tatenlos zusehen könnte, wenn sein eigener Sohn öffentlich verbrannt würde. Und doch war er sich nicht sicher. Er wusste überhaupt nicht mehr, was er eigentlich denken sollte, von sich, von seinem Vater, von der Prophezeiung. Er wusste nur das eine: In einer Woche würde er sterben. Er würde hingerichtet für etwas, an das er nicht einmal richtig glaubte! *Ich will nicht sterben! Er kann uns nicht öffentlich hinrichten lassen! Nicht mich! Nicht den Sohn von Lord Jamiro! Bei Shaíria, warum bin ich nicht eher ausgestiegen? Warum hab ich der Alten nicht einfach gesagt, dass ich nicht mitmachen will?*

Sie erreichten ihre Zelle, ein miefendes Loch, das an der Vorderseite mit dicken Gitterstäben versehen war. Es roch nach Urin.

«Rein mit euch», sagte der eine der Soldaten und stieß die Teenager unsanft durch die offene Tür. Krachend und quietschend schlug die Zellentür hinter ihnen zu, und die Soldaten entfernten sich mit ihren Fackeln, ohne ein weiteres Wort mit den drei Jugendlichen zu wechseln.

Da saßen sie nun in der Dunkelheit, ohne das flammende Schwert, das durch Stein schneiden konnte, ohne das Buch der Prophetie und ohne den kleinsten Funken von Hoffnung. Sie fühlten sich jämmerlich und am Boden zerstört. Und in einer Woche würden sie auf dem Scheiterhaufen verbrannt werden. Die Vorstellung, vor einem grölenden, lichthungrigen Publikum wie Hexen verbrannt zu werden, war furchtbar und kaum zu ertragen.

Aliyah war es, die als Erste das erdrückende Schweigen brach. «Wenigstens ist das Buch der Prophetie in Sicherheit», sagte sie mit feinem Stimmchen. «Ich hoffe es zumindest.»

«Was habt ihr damit gemacht?», fragte Miro.

«Ich habe das Buch bei Nayati zurückgelassen», erklärte Ephrion. «Aliyah hatte den starken Eindruck, wir sollten es nicht mit in die Burg nehmen. Also habe ich die Tasche mit dem Buch beim Kloster gelassen.»

«Nun, das spielt jetzt auch keine Rolle mehr», meinte Miro bitter. «In einer Woche werden wir ...»

«Sag es nicht», unterbrach ihn Aliyah. «Wir sollten nicht davon sprechen. Nicht jetzt. Noch nicht.»

«Ihr seid wohl auch auf Drakars Todesliste, ey?», sagte jemand aus der hintersten Ecke der Zelle.

Die Jugendlichen drehten sich erschrocken um. Es war die ganze Zeit so still gewesen. Sie hatten nicht damit gerechnet, dass sich noch jemand in der Zelle befinden würde. Außerdem war es derart stockdunkel in dem Kerker, dass man seine eigene Hand nicht vor den Augen erkennen konnte.

«Willkommen im Klub der Todgeweihten», sagte die Stimme mit einem Hauch von Ironie. Ihrem Klang nach zu urteilen, gehörte die Stimme zu einem energischen jungen Burschen, der sich keineswegs in sein Schicksal gefügt hatte. Sein deutlich spürbarer Lebenswille hatte beinahe etwas Ermutigendes an sich.

«Du wirst also auch hingerichtet?», fragte Miro in die Richtung, aus der die Stimme gekommen war.

«Ich soll geköpft werden», antwortete der Fremde. «Sie sagen, ich hätte aus der königlichen Bäckerei Brot gestohlen.»

«Und? Hast du es getan?», fragte Ephrion.

«Mann, natürlich hab ich es getan! Man muss ja schließlich irgendwie überleben in dieser elenden Stadt, ey?! Und wie lautet eure Anklage?»

Die Jugendlichen zögerten mit der Antwort.

«Nun spuckt es schon aus, Leute», drängte sie der Gefangene.

«So schlimm wird es nicht sein. Und selbst wenn. Ich komm von der Straße, Mann. Ich weiß, wie der Hase läuft.»

«Wir sind des Hochverrats beschuldigt worden», sagte Aliyah schließlich.

In der Zelle wurde es für ein paar Sekunden still.

«Hochverrat? Ihr meint … *Hochverrat*?»

«So lautet die Anklage», seufzte Miro. «In einer Woche stehen wir auf dem Scheiterhaufen.»

«Ihr wollt mich verulken. Ihr seid Hexer und Hexen?!»

«Nein, sind wir nicht», versicherte ihm Miro. «Wir sind bloß in etwas reingerutscht …»

«In etwas reingerutscht?», kam es skeptisch aus der Dunkelheit. «Für wie dumm haltet ihr mich eigentlich? Hochverrat ist ja nicht etwas, in das man einfach so reinrutscht, ey?! Wer auf dem Scheiterhaufen verbrannt wird, ist entweder eine Hexe oder hat gemeinsame Sache mit ihnen gemacht. So sieht's aus, wenn ich mich nicht irre. Also, rückt schon raus mit der Wahrheit: Weswegen seid ihr wirklich hier?»

«Wenn du es genau wissen willst: Wir sind hier, um einen Gefangenen zu befreien», sagte Ephrion geradeheraus. «Nur leider sind wir Drakar direkt in die Arme gelaufen, und jetzt sitzen wir selber hier drin.»

«Das wird ja immer besser», murmelte der Gefangene, und es war ihm anzumerken, dass er ihnen kein Wort glaubte. «Und *wen* hättet ihr aus dem Kerker befreien sollen?»

«Einen Typen namens Joash», erklärte Aliyah, worauf der Unbekannte erneut verstummte. Nach einer längeren Pause sagte er schließlich:

«Joash, sagst du? Sein Name ist Joash? Seid ihr sicher?»

«Er soll in Zelle dreiundvierzig sitzen», ergänzte Ephrion. «Kennst du ihn vielleicht?»

«Und ob ich ihn kenne. Seit seiner Geburt», bestätigte der Bursche zu ihrer Verblüffung. «Ich *bin* Joash!»

· 52 ·

«*Du*⸮!», rief Ephrion verblüfft. «*Du* bist Joash⸮ Der Gefangene aus Zelle dreiundvierzig⸮»

«Jep», machte Joash und kam aus seiner Ecke gekrochen, «ich schwöre es bei der Seele meiner Urgroßmutter. Ich bin Joash, und meine Zelle – ääh, natürlich *unsere* Zelle – ist Nummer dreiundvierzig. Ich sitze schon seit über zwei Wochen in diesem Drecksloch. Ihr könnt gerne die Wärter fragen, wenn ihr mir nicht glaubt.»

«Das ist ja ein Ding», murmelte Ephrion. «*Dich* also hätten wir aus dem Kerker befreien sollen⸮»

«Bingo!», sagte Joash. «Ich hab zwar keinen Schimmer, wer ihr seid, aber ihr seid mir auf einmal sehr sympathisch, muss ich sagen. Ich wollte sowieso längst von hier verduften, zumindest bevor sie mir die Rübe abschlagen. Das trifft sich echt gut, dass ihr gekommen seid. Wer hat euch hergeschickt⸮»

«Wir kennen ihren Namen nicht. Aber sie nennt sich Prophetin», erklärte Ephrion.

«Prophetin⸮ Kenn ich nicht. In welcher Gang ist sie⸮»

«Gang⸮»

«Mann, stellt euch nicht so blöd an. Ihr wisst schon, von der Westseite, der Ostseite, was auch immer.»

«Sie ist in keiner Straßengang. Sie ist eine Prophetin», sagte Aliyah. «Sie hat uns hergeschickt, weil du uns auf einer Mission begleiten sollst.»

«Was du nicht sagst, Mädel», meinte Joash ungläubig. «Und das soll ich dir abkaufen, ja⸮»

«Es ist die Wahrheit», antwortete Aliyah. «Sie hat uns deinen Namen gesagt und in welcher Zelle du sitzt. Und sie sagte uns, wir müssten uns beeilen, weil du morgen Früh hingerichtet werden sollst.»

Wieder einmal wurde es still. «Woher wisst ihr, dass meine Hinrichtung morgen Früh ist⸮»

«Weil die Prophetin es uns gesagt hat», wiederholte Aliyah. «Glaubst du uns jetzt, dass wir die Wahrheit sagen⸮»

Joash brummte etwas Unverständliches vor sich hin und schien über das Gehörte nachzudenken.

«Und warum lasst ihr euch dann selbst hier einsperren? Gehört das auch zu eurer genialen Befreiungsaktion?»

«Wir wussten nicht, dass es so kommen würde», sagte Ephrion. «Es ist alles schiefgegangen.»

«Großartig, Mann. Mit andern Worten, ihr habt selbst keinen blassen Schimmer, wie wir hier rauskommen könnten. Da hat sich diese Prophetin aber ein schönes Verliererteam zusammengestellt.»

In der Dunkelheit waren Schritte und Stimmen zu hören. Zwei stämmige Soldaten näherten sich. Sie trugen Fackeln und leuchteten im Vorbeigehen in jede Zelle.

Jäh hechtete Joash ans Gitter, als die Soldaten auf seiner Höhe waren. «Hey, Knochenschleuder! Wann lasst ihr mich endlich frei? Ich bin unschuldig!»

Die Soldaten blieben vor seiner Zelle stehen, und im Schein ihrer Fackeln sahen Miro und Ephrion zum ersten Mal, mit wem sie sich die ganze Zeit unterhalten hatten. Mit seinen blonden Filzlocken, die ihm bis zu den Hüften reichten, und den zerrissenen Lumpen, mit denen er bekleidet war, glich er beinahe einem Höhlenmenschen. Er mochte etwa in Miros Alter sein, vielleicht ein wenig älter.

«Ich bin unschuldig!», verkündete er lautstark. «Ihr habt kein Recht, mich hier festzuhalten.»

«Ihr seid ein Lump, ein Dieb und ein Lügner», antwortete der eine der Soldaten. «Aber was soll's. Ihr habt ja schon die Ablösung in Eurer Zelle sitzen, die sicher schon bald dasselbe Unschuldsliedchen pfeifen wird wie Ihr, Dreiundvierzig. Es ist immer dasselbe Spielchen. Hier.» Er fischte eine Kerze aus der Manteltasche, zündete sie an und befestigte sie mit ein paar Wachstropfen auf einem der Gitterstäbe. «In seiner großen Güte gewährt Euch Drakar ein wenig Licht in Euren letzten Stunden, bevor Ihr hingerichtet werdet.»

«Ich will keine Totenkerze, Mann! Ich will meine Freiheit!»

«Es ist ein letztes Geschenk des Königs für jeden zum Tode Verurteilten.»

«Ihr könnt Euer Geschenk wieder mitnehmen», knurrte Joash, löste die Kerze vom Gitter und schleuderte sie in den Gang hinaus. «Richtet Drakar aus, er kann sich die Kerze von mir aus auf seine Stirn kleben. Ich will sie nicht, okay?»

Der erste Soldat bückte sich, hob die Kerze vom Boden auf, befestigte sie in einem Spalt an der gegenüberliegenden Wand und zündete sie erneut an.

«Die Kerze ist eine Spezialanfertigung. Sie brennt genau so lange, wie Ihr noch zu leben habt, Dreiundvierzig. Eine Sanduhr aus Wachs sozusagen.»

«Nehmt sie weg!», grollte Joash. «Ich will nicht daran erinnert werden, wie lange ich noch zu leben hab.»

Die Soldaten grinsten schadenfroh.

«Aber das ist doch genau der Punkt», sagte der eine, «Ihr sollt *sehen* können, wie sich Euer erbärmliches Leben von Minute zu Minute verkürzt. Sieben Stunden sind es bis zu Eurem Tod. Seht Ihr die Rillen hier? Wisst Ihr, was sie bedeuten?»

Joash hielt sich mit seinen schmutzigen Händen an den Gitterstäben der Zelle fest und sah die Soldaten wütend an.

«Es ist mir schnurzpiepegal, was sie bedeuten!», schnaubte er. «Ich sagte, ich will die Kerze nicht! Kapiert?»

Die Soldaten ließen sich nicht aus der Ruhe bringen. Sie genossen es förmlich, den Gefangenen aufzustacheln.

«Jede Rille ist exakt eine Stunde», erklärte der größere der beiden Soldaten hingebungsvoll. «Wenn die Kerze bis zur untersten Rille abgebrannt ist, bleibt Euch genau noch eine Stunde bis zu Eurer Hinrichtung. Und wenn der Docht erlischt, dann wisst Ihr, dass der Henker vor der Tür steht.»

Joash wurde je länger je zorniger. Seine Nasenflügel bebten. Man konnte ihm dabei zusehen, wie die blanke Wut in ihm aufstieg.

«Ich will die Kerze nicht!», schrie er. «Ich will raus hier! Ich habe nichts getan, was den Tod verdient!»

«Euch bleiben noch exakt sechs Stunden und neunundfünfzig Minuten», informierte ihn der eine Soldat mit einem Blick auf seine Armbanduhr, und der andere ergänzte im Weggehen voller Genugtuung:

«Der Countdown läuft, Dreiundvierzig. Viel Spaß beim Runterzählen.»

Joash ließ einen zornigen Schrei aus seiner Kehle steigen und rüttelte mit seinen Fäusten aufs heftigste am Gitter. Sein langes, zotteliges Haar wirbelte dabei wild hin und her wie die Mähne eines Löwen.

«Ich werde die dämlichen Rillen nicht zählen!», geiferte er mit blitzenden Augen und spuckte hinter den Soldaten her. «Ich werde nicht sterben! Habt ihr mich gehört, ihr elenden Narbengesichter?! Ich werde nicht sterben! *Ihr* werdet sterben, wenn ich euch zwischen die Finger kriege, das schwöre ich bei allem, was mir heilig ist!»

Er brüllte und tobte, dass es Miro, Aliyah und Ephrion beinahe unheimlich wurde. Dann haute er mehrmals mit bloßer Faust auf die Eisenstangen ein, und bei jedem Schlag bebte der gesamte Käfig, in dem sie gefangen waren. Aus den benachbarten Zellen wurden Stimmen laut.

«Halt die Klappe!», rief einer.

«Ruhe!», brüllte ein anderer.

«So beruhige dich doch», versuchte ihn Aliyah zu besänftigen.

Joash schäumte vor Zorn. «Mich beruhigen? Drakar provoziert mich mit seiner gerillten Totenkerze, und ich soll mich *beruhigen*? Ich muss raus hier! Ich brauche Luft! Aaaaah!» Wieder ballte er seine Fäuste und prügelte wie ein Verrückter auf die Eisenstangen ein. Er ließ seine ganze Wut an den Stangen aus. Er kämpfte, als würde er einem Gegner im Boxring den Schädel einschlagen. Und dabei geschah etwas Merkwürdiges: Die Gitterstäbe begannen sich zu verformen …

· 53 ·

«Das … das gibt es doch nicht», murmelte Ephrion, als er im schwachen Schein der Totenkerze die Einbuchtungen in den dicken Stangen entdeckte. «Siehst du, was ich sehe, Miro?»

«Ich fass es nicht», murmelte Miro mit offenem Mund, «der Bursche verformt die Gitterstäbe!»

«Was sagt ihr da?!», fragte Aliyah verblüfft.

Der verrückte Junge mit den Filzlocken war außer sich vor Wut. Und bei jedem Fausthieb gaben die Metallstangen nach, die Ausbuchtungen und Beulen wurden größer. Es war, als würde Joash nicht mit den Fäusten, sondern mit einem tonnenschweren Vorschlaghammer auf die Stangen eindreschen. Und dabei war er derart in seinem Zorn gefangen, dass er nicht einmal merkte, was geschah. Erst nach mehreren Minuten legte sich sein Wutanfall, und er war wieder einigermaßen ansprechbar.

«Wie hast du das gemacht?», fragte ihn Ephrion fasziniert.

«Wie habe ich *was* gemacht?», schnaubte Joash, während er wie ein Tiger in seinem Käfig nervös auf und ab ging.

«Na, die Gitterstäbe!», machte ihn Miro auf sein eigenes Kunstwerk aufmerksam. «Du hast sie einfach ... verbogen! Diese Stangen sind aus einem Spezialmetall gefertigt, das als unzerstörbar gilt. Man könnte einen tonnenschweren Felsen auf sie fallen lassen, und sie hätten keine Delle. Aber du bist imstande, sie einfach so zu verbiegen. Als wären sie aus Gummi, verstehst du?»

«Willst du mich volltexten, Hirn? Ich hab die Stangen nicht verbogen, okay? Niemand kann solche Metallstangen verbiegen.»

«Hast du aber gerade getan», mischte sich nun Ephrion ein. «So etwas habe ich noch nie gesehen. Du bist ... stark, Joash. Bei Shaíria, du bist stark wie ein Löwe.»

«Und wenn du in der Lage bist, diese Stangen zu verbiegen, dann kannst du uns vielleicht hier rausholen», ergänzte Miro.

«Ha!», machte der Gefangene mit den Filzlocken abschätzig. «Ich dachte, der Plan wäre umgekehrt. Ihr habt wirklich nicht mehr alle Tassen im Schrank, Leute. Wie oft soll ich es noch sagen: Ihr habt euch das eingebildet, Mann. Das hier war nicht ich. Ich müsste mich doch daran erinnern, ey?»

Wie zum Beweis nahm er zwei Gitterstäbe in die Hände und zerrte mit aller Kraft daran. Nichts geschah. «Kapiert ihr's jetzt endlich?»

Miro runzelte verwirrt die Stirn und schwieg.

«Aber ...», murmelte Ephrion betreten, «wir haben es doch gesehen ... Du hast ... Ich verstehe das nicht.»

«Vielleicht hat es mit deinem Wutausbruch zu tun», meldete sich Aliyah mit piepsendem Stimmchen zu Wort. «Vielleicht ist es dein Zorn, der dir diese übernatürlichen Kräfte verleiht. Daher kannst du dich auch nicht mehr daran erinnern.»

«Hmm», brummte Joash und betrachtete nochmals die verbeulten Gitterstäbe. «Da ist was dran, Kleine …» Er dachte angestrengt über diese Möglichkeit nach und schüttelte dann entschieden den Kopf. «Nee. Kann nicht sein. Das glaub ich nicht. Ich bin nicht gerade ein Schwächling, aber das hier … nee. Unmöglich, Mann.»

«Und wenn doch?», sagte Miro. «Überleg doch mal: Du könntest die Stangen auseinanderbiegen, wir schlüpfen hindurch und verschwinden alle noch heute Nacht von hier, bevor du morgen Früh hingerichtet wirst.»

«Ihr könnt gut reden, Mann», knirschte Joash, und der Ring in seinem linken Nasenflügel bewegte sich dabei auf und nieder. «Ihr seid es ja nicht, die morgen Früh ins Gras beißt. Ich bin vielleicht nicht der anständigste Bürger von Dark City. Aber ich hab immer noch ein Recht darauf zu leben! Und dann lässt mir der König diese Totenkerze vor die Nase setzen! Pah! Als wäre es ein Spiel! Eins kann ich euch sagen, Mann: Ich hätte die größte Lust, diesem Drakar die Visage zu polieren!»

«Dann tu es!», riefen Miro und Ephrion fast gleichzeitig. «Schlag auf die Stangen ein und denke, es wäre Drakar!»

Das wirkte. Glühend vor Wut ballte Joash seine Fäuste, ließ einen zornigen Schrei vernehmen und versetzte der erstbesten Gitterstange einen wuchtigen Hieb. Die Zelle vibrierte.

«He, was ist da drüben los?», rief jemand aus der benachbarten Zelle. «Wollt ihr, dass die Wache unsere Essensration streicht? Hört gefälligst auf mit dem Quatsch und gebt endlich Ruhe!»

Aber die Jugendlichen aus Zelle dreiundvierzig dachten nicht im Traum daran, Ruhe zu geben.

«Schlag weiter!», feuerten die Jugendlichen Joash an. «Denk an Drakar! Schlag zu! Gib es ihm!»

Joashs Zorn schwoll sichtlich an. Er boxte und schrie sich regelrecht in Fahrt, während er die Stange mit seinen Fäusten bearbeitete. Immer und immer wieder schlug er zu, bis sich der dicke Metallstab derart verbog, dass jeder Irrtum ausgeschlossen war. Heftig atmend und mit offenem Mund blieb Joash davor stehen und war für einen Moment völlig sprachlos.

«Ich hab's getan», keuchte er fassungslos. «Die Kleine hatte Recht ... Mann! Ich kapier das einfach nicht.» Er betrachtete seine Hände, öffnete und ballte mehrmals seine Fäuste und schüttelte immer wieder den Kopf. «Meine Hände tun überhaupt nicht weh. Ich spür nichts. Keinen Schmerz, Mann. Nichts. Ich hab nicht mal Blut an den Knöcheln! Als wären meine Hände aus Stahl. Wie ist so was möglich?»

Verdattert starrte er auf die verbeulte Stange, dann zu den drei Jugendlichen. Und dann stieg plötzlich ein befreiendes Lachen aus seiner Kehle.

«Ich bin stark, Leute! Ich bin bärenstark! Voll krass, Mann! Habt ihr das gesehen? Habt ihr gesehen, wie ich das gemacht habe? Affenstark, Mann!»

«Ruhe, bei Shaíria!», brüllte eine rauchige Stimme von nebenan. «Sonst rufen wir die Wachen!»

«Hör zu, Joash», flüsterte Miro aufgeregt. «Du kannst uns von hier befreien. Uns alle! Aber ich denke, wir sollten uns beeilen.»

«Und wie kommen wir an all den Soldaten vorbei?», gab Ephrion zu bedenken.

Joash plusterte sich auf wie ein Pfau und grunzte zufrieden. «Immer schön cremig bleiben, meine Freunde. Ich weiß genau, wie wir hier rauskommen.»

Er baute sich breitbeinig vor dem Gitter auf, umklammerte zwei Metallstangen, und mit einem lauten Brüllen zerrte er sie auseinander. Sie bewegten sich ein paar Fingerbreit. Joash lief rot an vor Anstrengung. Seine Muskeln strafften sich. Die Adern an seinem Hals schwollen an, als er den Vorgang mehrmals wiederholte. Der Zwischenraum zwischen den Gitterstäben wurde bei jedem Mal größer.

«Unfassbar», flüsterte Ephrion nur mit offenem Mund. «Einfach unfassbar.»

«Weiter!», spornte ihn Miro an, und der Gedanke, schon bald in Freiheit zu sein, machte ihn ganz nervös. «Du schaffst es! Drakars Totenkerze wird dich nicht aufhalten!»

Joash wischte sich mit einer flüchtigen Handbewegung den Schweiß von der Stirn, spuckte in die Hände, packte die Gitterstäbe erneut, und mit zusammengebissenen Zähnen und gestrafften Muskeln verbog er sie so stark, bis die Öffnung groß genug zu sein schien.

Leise kletterten Miro, Aliyah und Joash aus der Zelle. Als jedoch Ephrion sein Glück versuchte, blieb er prompt stecken.

«Die Öffnung ... ist ... zu klein ... für mich ...», röchelte er, und die Verzweiflung in seiner Stimme war nicht zu überhören.

«Ich sag es ja immer: Du bist zu fett», sagte Miro. «Das hast du nun davon, dass du unseren Proviant aufessen musstest.»

«Ihr könnt mich doch nicht hierlassen», wimmerte Ephrion gedrückt. «Das ... das könnt ihr doch nicht machen! Drakar wird mich umbringen!»

Joash stellte sich vor Ephrion hin und presste die beiden verbogenen Gitterstäbe keuchend und zähneknirschend noch weiter auseinander.

«Immer schön cool bleiben, Alter. Dieses Schwein wird dich nicht kriegen, das schwör' ich dir! Uuaaaa!»

Ephrion sah, wie Joashs Adern gleich Striemen anschwollen, seine Muskeln traten gewaltig hervor, er schnaubte und stöhnte vor Kraftanstrengung, während er die Stangen so weit auseinanderbog, wie es ihm irgend möglich war. Endlich war die Lücke groß genug, dass auch Ephrion zwischen den krummen Gitterstäben hindurchkam.

«Nichts wie weg hier!», flüsterte Joash außer Puste, während er einen Haken nach rechts schlug. «Folgt mir!»

Geräuschlos verschwanden die vier in der Dunkelheit. Es war kurz vor Mitternacht.

· 54 ·

«Meine Herren. Ich weiß, es ist mitten in der Nacht. Und ich entschuldige mich, zu so später Stunde eine Krisensitzung einzuberufen. Doch was wir lange befürchtet haben, ist eingetroffen. Der Tod von Isabella hat einen Stein ins Rollen gebracht, dessen Auswirkungen verheerender sein könnten, als wir erst angenommen haben.»

Drakars kleine Augen wanderten langsam im Kreis herum. Seine Unterarme ruhten auf dem Tisch, und seine Hände waren gefaltet, während er sprach. Sechs Männer hatten sich auf seinen Befehl hin im Rittersaal um den runden Tisch zusammengefunden: die vier Stadtbarone, die über die verschiedenen Bezirke von Dark City regierten, Goran, der erste schwarze Ritter, sowie Ritter Mangol, der höchste Kommandant der Sicherheitsgarde. Goran und Mangol trugen ihre Ritterkleidung mit hohen Stiefeln, Kettenhemd, breitem Gürtel und schwarzem Umhang, während die vier Barone in vornehmen Trachten gekleidet waren und Umhänge in den verschiedenen Farben ihrer Bezirke trugen. Die Symbole der einzelnen Bezirke waren auf den Rücken ihrer Umhänge eingestickt. Außerdem trug jeder von ihnen einen Siegelring mit demselben Symbol an seinem Finger. Ihre Schwerter lagen, die Spitzen nach innen gerichtet, in perfekter Symmetrie auf dem runden Tisch.

«Ich habe heute Nacht vier Jugendliche gefasst», berichtete Drakar in kurzen Worten. «Sie haben sich als Eolithen verkleidet in die Burg geschlichen und trugen etwas bei sich, das keinen Zweifel offen lässt: Sie kennen die Prophezeiung. Sie wissen um das Buch.»

Verwirrte Blicke wurden ausgetauscht. Montreal, ein würdevoller, siebzigjähriger Mann, der für den Westbezirk von Dark City zuständig war, räusperte sich. Er hatte schulterlanges graues Haar und strenge Gesichtszüge. An seinen Fingern protzten nebst seinem Siegelring mehrere kostbare Ringe, um seinen Hals hing eine prachtvolle, mit Edelsteinen geschmückte Goldkette. Seine prunkvolle Kleidung und seine aufrechte Haltung spiegelten den Stolz und Einfluss einer der reichsten Familien von Dark City wider. «Ich dachte, die Existenz dieses Buches wäre dem gemeinen Volk gänzlich unbekannt.»

«Wir haben uns offensichtlich getäuscht», entgegnete Drakar.

«Ich verstehe nicht. Wie ist das möglich, Eure Hoheit?», fragte Hevan. Hevan war mit seinen achtzehn Jahren der jüngste Baron in der Runde. Sein Vater war erst vor Kurzem gestorben, und so hatte Hevan die Regierung des Ostbezirks übernommen. Er war ein schlanker Mann mit gewelltem dunkelblonden Haar. Seine sanften Gesichtszüge waren noch nicht von der Härte und dem berechnenden Ehrgeiz der älteren Ratsmitglieder geprägt, sondern noch von jugendlichem Übermut.

«Ich habe immer gehofft, mein Vater hätte damals alle prophetischen Bücher zerstört», sagte Drakar. «Doch die Ereignisse der heutigen Nacht zwingen mich zu der Annahme, dass tatsächlich noch ein letztes Buch irgendwo da draußen ist. Ich habe es in ihren Augen gelesen.»

«Aber woher wissen sie von dem Buch?», erkundigte sich Akshar, der Baron des Nordbezirks. Akshar war ein stämmiger, kleinwüchsiger Mann um die vierzig. Er war kahlköpfig und hatte dicke, buschige Augenbrauen, die sich energisch hoben und senkten, während er sprach. «Wer könnte ihnen diese geheimen Informationen zugespielt haben?»

«Alle Hinweise deuten auf eine Hexe, die wir schon länger festzunehmen versuchen», erklärte Drakar. «Gestern Nacht hätten wir sie beinahe erwischt, doch sie war schneller. Aber wir werden sie kriegen und mit ihr alle anderen Hexen, die hinter dieser Verschwörung stecken.»

Ein Gemurmel ging durch die Runde. Die Barone ließen ein paar Bemerkungen fallen, während Goran und Mangol schwiegen. Goran schien in Gedanken versunken zu sein. Und Mangol saß mit verschränkten Armen in seinem Sessel und beobachtete die Männer, ohne sich am Gespräch zu beteiligen. Drakar sah ernst von einem zum andern.

«Etwas ist im Gange, meine Herren. Ich fürchte, wir stehen kurz vor einem Aufstand der Hexen. Noch nie sind sie so dreist gewesen, um ihre Ziele zu erreichen. Die Lage ist ernst.»

«Mit Verlaub, die Lage war schon unter der Regierung Eures Vaters ernst», sagte Zara, der Baron des Südbezirks, ein dünner langer Mann um die fünfzig, dessen adlige Herkunft leicht an seiner vornehm korrekten Aussprache und seinen eleganten Handbewegungen zu erkennen war. Er trug einen perfekt gedrehten rötlichen Schnurrbart mit Ziegenbärtchen. «Seit Jahren wird über einen neuen Aufstand gemunkelt», meinte er, und ein

Lächeln zog sich über sein knochiges Gesicht. «Bei allem Respekt, Eure Hoheit. Um uns von einem möglichen Regierungsputsch zu überzeugen, braucht Ihr schon etwas bessere Beweise als ein paar verkleidete Teenager.»

«Vielleicht überzeugt Euch das hier», sagte Drakar und gab seinem ersten schwarzen Ritter mit dem Kopf ein Zeichen. Goran bückte sich und hob etwas Schweres vom Boden auf. Es war in ein dunkles Tuch eingewickelt. Er legte den Gegenstand in die Mitte der sieben Schwertspitzen und enthüllte ihn. Reflexartig wichen die Männer zurück. Wie gebannt starrten sie auf das Schwert in der Mitte des Tisches. Es war größer als ihre Waffen. Seine Klinge blitzte gefährlich. Der rote Rubin in der Mitte der Parierstange funkelte wie Blut. Eine seltsame Kraft ging von ihm aus, das war ganz offensichtlich.

Die Männer, die bisher so würdevoll und stolz an dem Tisch gesessen hatten, wirkten auf einmal verkrampft und nervös. Der Anblick des Schwertes war kaum zu ertragen, und dennoch konnten sie ihre Augen nicht davon abwenden. Es hielt sie gefangen.

«Ist das etwa ...»

«Das flammende Schwert», murmelte Baron Montreal. Alle Farbe war aus seinem Gesicht gewichen. Entsetzt schaute er den König an. «Vernichtet dieses Schwert! Es dürfte nicht hier sein! Wie kommt dieses Schwert in Eure Burg¿!»

«Die verkleideten Teenager hatten es bei sich», antwortete Drakar. Auch ihm fiel es schwer, in Gegenwart des Schwertes seine königliche Haltung zu bewahren. Hastig nickte er Goran zu, der das Schwert wieder mit dem Tuch bedeckte. Im selben Moment entspannten sich die Männer. Für ein paar Momente sagte keiner etwas. Das Schwert hatte ihnen sämtliche Kräfte entzogen. Eine seltsam bedrückende Stimmung legte sich über den Rittersaal.

«Stellen wir uns der Realität», ergriff Drakar das Wort, und seine Worte waren genauso scharf wie die Schwerter, die auf dem Runden Tisch lagen. «Es ist kein Zufall, dass noch nicht mal zwei Tage nach Isabellas Hinrichtung vier Jugendliche mit diesem Schwert in meiner Burg aufkreuzen. Ich denke, es ist uns allen klar, was das Auftauchen dieses Schwertes bedeutet.»

Er machte eine Pause, um seiner Aussage das nötige Gewicht zu verleihen. Seine Worte waren klar und eisig kalt.

«Es könnte Krieg geben.»

· 55 ·

Die Nachricht traf die Versammelten wie ein Blitzschlag. Kritische Blicke wurden ausgetauscht. Dann ergriff Mangol das Wort.

Mangols Alter war schwer zu schätzen. Er hatte schon unter Drakar dem Ersten gedient und musste weit über sechzig sein. Doch sowohl körperlich wie auch geistig hätte er es mit jedem Dreißigjährigen aufgenommen. Sein Körper war durchtrainiert, sein Geist hellwach. Nichts entging seinem scharfen Blick, nichts seinem feinen Gehör. Mangol hatte graumeliertes Haar und einen Stoppelbart. Er war bekannt für seine Emotionslosigkeit und seinen stählernen Willen. Es wurde gemunkelt, dass nicht Blut durch seine Adern floss, sondern Eis.

«Die Bürger von Dark City würden es nicht wagen, sich gegen Euch aufzulehnen, Eure Hoheit», sagte er mit schnarrender Stimme. «Die Sicherheitsgarde hat alles unter Kontrolle.»

Akshar räusperte sich. Seine buschigen Augenbrauen zogen sich zusammen. «Nun, wenn Ihr mir die Bemerkung erlaubt, Eure Hoheit, im Nordbezirk ist die Situation in letzter Zeit tatsächlich etwas außer Kontrolle geraten. Wir verzeichnen einen beunruhigenden Anstieg an Kriminalität.»

«Welcher Art?», forschte Drakar.

«Illegaler Lichthandel, Eure Hoheit. Immer mehr Leute sind direkt oder indirekt darin verwickelt. Die Lichthändler schießen wie Pilze aus dem Boden.»

«Und warum wird nichts dagegen unternommen?», fragte Drakar, ohne dabei seine Empörung zu verbergen.

Der Baron fuhr sich über seinen Glatzkopf und suchte nach Worten. «Wir tun, was wir können, um die Situation in den Griff zu bekommen, Eure Hoheit. Die Sicherheitsgarde unseres Bezirks ist ununterbrochen im Einsatz. Erst vor ein paar Tagen flog ein neuer Händlerring auf. Wir haben Hunderte von illegalen Kerzen beschlagnahmt und ein Dutzend Leute verhaftet. Aber es ist wie verhext. Für jede Person, die wir festnehmen, steigen zwei neue ins Geschäft ein. Die Menschen ertragen die Dunkelheit nicht mehr länger. Sie schreien nach Licht, Eure Hoheit. Sie sind unzufrieden.»

«*Unzufrieden?!*», rief Drakar und warf entrüstet sein glänzendes langes Haar zurück. «Ich versorge sie kostenlos mit Kerzen, und sie sind *unzufrieden?!*»

«Sie beklagen sich, sechs Kerzen alle drei Monate würden nicht zum Leben reichen.»

«Das ist ja wohl die Höhe», schnaubte Drakar mit rollenden Augen. «Undankbares Volk! Sie können froh sein, dass ich ihnen *überhaupt* etwas gebe!» Sein Blick wanderte zu den anderen drei Stadtbaronen. «Sagt bloß, die Bürger Eurer Bezirke seien auch so undankbar wie die Leute im Norden!»

«Im Osten ist so weit alles im Lot», berichtete der junge Hevan. «Hier ein Selbstmord, da ein Überfall. Dazu die üblichen mysteriösen Todesfälle, die sich meines Wissens in letzter Zeit im ganzen Land häufen. Aber ansonsten nichts, was aus dem Rahmen fällt. Jedenfalls ist mir nichts zu Ohren gekommen, Eure Hoheit.»

«Und bei Euch, Zara?»

Der lange Baron strich sich nachdenklich über sein rotes Ziegenbärtchen. «Ich muss gestehen, Eure Hoheit, die Bürger im Süden wissen die Großzügigkeit Eurer Majestät nicht mehr so zu schätzen wie früher. Die Beschwerden häufen sich. Die Leute behaupten, sie hätten zu wenig zu essen. Kürzlich nahm die Sicherheitsgarde ein paar Jugendliche fest, die mehrere Läden geplündert hatten. Es ist eine allgemeine Frustration da, ein Umstand, der die Gewaltbereitschaft zunehmend erhöht. Eine gefährliche Entwicklung. Ich kann es nicht leugnen.»

«Eine sehr gefährliche Entwicklung», pflichtete ihm Drakar in knurrigem Ton bei, verschränkte die Arme vor der Brust und trommelte mit den Fingern seiner rechten Hand auf seinem linken Oberarm herum. «Und wie steht es bei Euch, Montreal?»

Der alte Mann rutschte näher an den Tisch heran und atmete tief durch. «Ich gebe es nur ungern zu, Eure Hoheit, aber die Lage scheint sich tatsächlich zuzuspitzen, auch bei uns im Westen. Es brodelt schon lange, aber es gehen neue Gerüchte um, Gerüchte von geheimen Hexenversammlungen. Die Zahl der Hexen hätte sich verdoppelt, so wird gemunkelt. Aber niemand weiß etwas Konkretes. Wir haben mehrere Leute verhaftet und verhört, aber nichts herausgefunden. Die Bevölkerung fürchtet sich. Die Angst ist in allen Gassen spürbar. Es könnte meines Erachtens jeden Moment zu Ausschreitungen kommen.»

Drakar ballte seine Fäuste und wandte sich entschlossen an Mangol. «Wir müssen handeln. Was schlagt Ihr vor, Mangol?»

Mangol beugte sich vor, stützte die Ellbogen links und rechts neben den Knauf seines Schwertes, legte die Fingerspitzen aufeinander und verkündete mit rauer Stimme:

«Ihr wollt meinen Rat? Bereitet Euch auf einen Krieg vor.»

Eine erdrückende Stille legte sich über die Runde. Die Männer blickten sich an, und jeder hoffte, dass irgendjemand eine andere Lösung vorschlagen würde. Aber keiner tat es. Sie alle wussten, dass sie keine Wahl hatten. Die Hexen planten einen Putsch. Arlos Schwert in ihrer Mitte war Beweis genug, dass die Hexen diesmal aufs Ganze gingen. Und das mussten sie verhindern! Um jeden Preis. Zu viel stand auf dem Spiel. Diesmal mussten sie hart durchgreifen. Die Hexen mussten vernichtet werden, ein für alle Mal.

Ein Wächter streckte seinen Kopf zur Tür herein.

«Eure Hoheit, hier ist jemand mit einer wichtigen Nachricht …»

Drakar ließ ihn nicht ausreden. «War ich nicht deutlich genug, als ich sagte, ich wünsche nicht gestört zu werden?»

«Eure Hoheit, die Mitteilung ist von äußerster Dringlichkeit.»

«*Nach* der Sitzung», schnarrte Drakar gereizt.

«Es geht um die Gefangenen, Eure Hoheit.»

Drakar hielt inne und gab dem Wächter schließlich mit einem Kopfnicken zu verstehen, der Bote dürfe eintreten. Völlig außer

Atem betrat ein Soldat den Rittersaal. Im Eilschritt durchquerte er den großen Raum und marschierte zielstrebig auf den König zu. Er beugte sich zu ihm und flüsterte ihm aufgeregt etwas ins Ohr. Drakars Gesichtszüge verfinsterten sich augenblicklich.

«Sie sind *was*?!», brüllte er wutentbrannt und schlug mit den Fäusten auf den Tisch. Sein Gesicht lief rot an vor Entrüstung. «Wie ist so etwas möglich? *Wie*?!»

«Ich ... ich ... ich weiß es nicht, Eure Hoheit», stammelte der Soldat verlegen und trat einen Schritt zurück, um außer Reichweite von Drakars Fäusten zu sein.

«Dafür werdet *Ihr* Euren Kopf hinhalten», donnerte der König und durchbohrte den Soldaten mit einem unmissverständlichen Blick. Der Soldat schluckte und wurde ganz blass um die Nase, versuchte jedoch, seine stramme Haltung beizubehalten. Die Anwesenden beobachteten Drakars plötzliches Aufbrausen beunruhigt.

«Was ist geschehen?», erkundigte sich Goran.

Die Adern an Drakars Schläfen traten deutlich hervor, als er sich seinem ersten schwarzen Ritter zuwandte. «Die Jugendlichen sind geflohen», schnaubte er, und seine Augen blitzten vor Zorn. Die Männer am Tisch rutschten nervös auf ihren Sitzen hin und her.

«Geflohen?!», wiederholte Zara.

«Wie ist so etwas möglich?», wunderte sich Montreal.

«Ich dachte, aus Eurem Kerker wäre noch nie jemand entkommen», warf Hevan ein.

«Und wie um alles in der Welt schaffen es drei unbewaffnete Jugendliche, sämtliche unserer Wachen zu überlisten?», fragte Goran.

«Sie waren ... zu viert, Eure Hoheit», stotterte der Soldat, totenbleich im Gesicht.

Drakars Augen sprühten Funken. «Zu viert? Sie hatten einen Verbündeten?»

«Es war ihr Mitgefangener aus Zelle dreiundvierzig», berichtete der Soldat. «Er ist mit ihnen zusammen geflüchtet.»

«Wann ist das geschehen?», erkundigte sich Mangol sachlich.

«Das ... das wissen wir nicht», gestand der Soldat mit Schweißperlen auf der Stirn. «Vielleicht vor einer Stunde, vielleicht auch vor zwei. Niemand hat etwas gesehen oder gehört. Erst auf dem letzten Rundgang haben die Wachen die leere Zelle entdeckt.»

«Das darf doch wohl nicht wahr sein», mischte sich Montreal ein. «Hat ihnen jemand einen Schlüssel besorgt?»

«Nein, Sir. Die Tür ihrer Zelle war verschlossen. Aber die Gitterstäbe …» Die Worte blieben ihm im Mund stecken.

«Ja was denn?», fragte Drakar scharf.

«Sie … sie waren auseinandergebogen, Eure Hoheit.»

«*Wie* bitte?!»

«Jemand hat sie … verbogen.» Der Soldat senkte beschämt den Kopf. Er ahnte, was diese Nachricht beim König auslösen würde.

«*Verbogen?*», polterte Drakar mit nasser Aussprache. «Wollt Ihr mich zum Narren halten? Wir reden hier vom sichersten Gefängnis in ganz Dark City! Diese Stäbe sind unzerstörbar!»

«Ich … ich weiß, Eure Hoheit», sagte der Soldat in gebückter Haltung. «Dennoch sind die Gefangenen spurlos verschwunden. Wir haben bereits den gesamten Kerker und auch das gesamte Burggelände nach ihnen abgesucht. Erfolglos. Vermutlich haben sie die Kanalisationsröhre als Fluchtweg benutzt. Sie sind weg. Sie … sie sind weg.»

«Hrmpf», knirschte Drakar. Er gab dem Soldaten mit einer flüchtigen Handbewegung zu verstehen, er möge sich zurückziehen. Dann schlug er mehrmals mit der Faust auf den Tisch, um seiner Wut Ausdruck zu verleihen. Keiner wagte es, ihn anzusprechen.

«Ich kriege euch», murmelte er, ohne die sechs Männer am Runden Tisch anzusehen. «Und wenn ich euch quer durch ganz Dark City jagen muss. Ihr entkommt mir nicht!»

· 56 ·

Durch einen Schacht, der von der Kanalisationsröhre wegführte, gelangten Miro, Aliyah, Ephrion und Joash ins Freie. Sie kletterten aus der Öffnung und sahen sich um. Sie befanden sich auf einer Wiese neben einer fast senkrecht aufsteigenden Felswand. Doch viel mehr war infolge des Nebels und der Dunkelheit nicht zu erkennen.

«Wir haben's geschafft!», verkündete Ephrion erleichtert.

«Und wir stinken wie die Pest», ergänzte Miro. «Igitt, ist das eklig.»

«Weiß jemand, wo wir sind?», fragte Aliyah.

Joash lachte indessen still vor sich hin, während er einfach nur dastand, mit ausgebreiteten Armen, den Kopf mit seiner gewaltigen Mähne nach hinten gelegt. Dann füllte er seine Lungen mit kühler Nachtluft und stieß einen gewaltigen Schrei aus. «Freiheit!!!»

«Sei doch leise», mahnte ihn Miro, «wer weiß, wo wir hier gelandet sind.»

Der Bursche mit den Filzlocken zwinkerte ihm vergnügt zu. «Immer schön cool bleiben, Hirn. Wenn die bescheuerten Bergkakerlaken hier aufkreuzen, zerquetsche ich sie mit meinen bloßen Pfoten an der Felswand.»

Ephrion starrte Joash fasziniert an. Er hatte noch nie jemanden so reden hören. Er war absolut begeistert von seinem Slang und versuchte, sich das eine oder andere Wort einzuprägen.

«Äh ... kurze Zwischenfrage ... was genau sind eigentlich Bergkakerlaken?»

Anstatt ihm eine vernünftige Antwort zu geben, lachte Joash nur laut auf.

«Wo sind wir eigentlich?», wiederholte Aliyah.

«Keine Ahnung», sagte Miro und fächerte wie wild mit der Hand vor seinem Gesicht herum, «ich weiß nur, dass ich in meinem ganzen Leben noch nie einem so furchtbaren Gestank ausgesetzt war.»

«Dann wart erst mal ab, bis ich einen fahren lass, Hirn», grinste Joash, gepackt von neuer Lebensfreude.

«Warum nennst du mich dauernd Hirn?»

«Bist du doch, Superhirn», entgegnete Joash. «Wo du über die Stärke der Gitterstäbe Bescheid weißt und all so'n Zeug.»

«Mein Name ist Miro», stellte sich Miro vor und hielt sich nun die Nase mit der linken Hand zu, weil er den ekligen Geruch nicht länger ertrug.

«Miro», wiederholte Joash, ließ den Namen auf sich einwirken und kam zu dem Schluss: «Hirn passt besser. Und wie ist dein Name, Puddingdampfer?»

«Meinst du mich?», fragte der Angesprochene. «Ich heiße Ephrion.»

«Ephrion … cooler Name. Und die Kleine?»

«Aliyah», stellte sie sich vor, und obwohl es dunkel war, merkte Joash, dass das Mädchen ihn gar nicht richtig anschaute.

«Bei Shaíria, sag bloß, du bist …»

«Ja, ich bin blind», bestätigte Aliyah seine Vermutung.

Joash kratzte sich am Kopf und verzog das Gesicht. «Also, ganz ehrlich, ich check das noch immer nicht ganz. Ihr seid wirklich *meinetwegen* im Knast gewesen?»

«Die Prophetin sagte, ohne dich könnten wir unsere Mission nicht antreten», erklärte Aliyah. «Es geht um eine uralte Prophezeiung, die sich durch uns erfüllen soll. Du bist ein Teil davon, so wie jeder von uns und …»

«Spar dir die Details, Kleine», winkte Joash ab, runzelte die Stirn und wurde auf einmal ernst. «Mal ganz ehrlich: Ich finde es echt krass, dass ihr für mich euer Leben aufs Spiel gesetzt habt. Voll Hammer. Ihr seid schwer in Ordnung. Ich werde euch das nie vergessen.» Er schlug sich mit der Faust feierlich auf die Brust. «Ihr könnt mit mir rechnen, was auch immer es ist, das ihr vorhabt. Ich bin dabei.» Er streckte die Faust aus, und als er merkte, dass die Jugendlichen ihn nur verständnislos anschauten, schlug er sich als Demonstration seine Fäuste gegeneinander. Dann streckte er die Faust wieder aus und wartete, bis Ephrion und Miro den Freundschaftsgruß erwiderten.

«Cooool», meinte Ephrion und zog das neue Slang-Wort extra stark in die Länge, damit es genauso frech klang wie bei Joash. «Und was jetzt?»

«Wenn wir uns nicht bald irgendwo waschen können, muss ich mich übergeben», sagte Miro, der sich noch immer die Nase zuhielt. «Vielleicht gibt es in der Nähe einen Fluss oder so.»

In diesem Moment hörten sie durch den Nebel den Klang einer dumpfen Glocke, die zwölfmal schlug. Es war ein Klang, der ihnen wohlvertraut war.

«Das Kloster!», rief Ephrion. «Wir sind beim Kloster gelandet.»

Miro atmete erleichtert auf. «Wunderbar. Die haben einen Brunnen im Klostergarten. Hab ich gesehen, als wir die Kutten holten. Wenn die Eolithen bei der Mitternachtsmesse sind, können wir ungestört unsere Kleidung waschen.»

Sie trabten los in die Richtung, aus der sie die Glocke hörten, und erreichten das Kloster in kürzester Zeit. Sie warteten hinter einer Mauer, bis die Weisen in ihre Kapelle gepilgert waren, und huschten dann über den Klosterhof in den Garten. Tatsächlich befand sich dort ein Ziehbrunnen, genau wie es Miro gesagt hatte, und so schöpften sie Wasser und begannen sich von Kopf bis Fuß gründlich zu waschen.

«Hoffentlich hat uns niemand gesehen», meinte Aliyah. Kaum ausgesprochen, tauchte wie aus dem Nichts ein Schatten im Nebel auf. Leise winselnd kam er direkt auf die vier Jugendlichen zu. Instinktiv griff Joash nach einem Stein, der am Boden lag. Seine Muskeln strafften sich.

«Geht in Deckung, Leute! Es ist ein Wolf!»

«Nayati!», rief Aliyah und strahlte übers ganze Gesicht.

Verwundert beobachtete der Bursche mit den Filzlocken, wie das Mädchen dem Wolf ohne Furcht entgegenlief. Der Wolf jaulte und tänzelte vor Freude, und Aliyah kniete vor ihm nieder und ließ sich ihr Gesicht von ihm ablecken.

«Mein Nayati. Ich bin so froh, dass du da bist.»

«Die Kleine ... hat einen *Wolf*?»

«Es ist ein Mirin-Wolf», klärte ihn Ephrion auf. «Nayati gehört sozusagen zum Team.»

«Bei Shaíria», murmelte Joash perplex und ließ den Stein fallen. «Ihr zieht tatsächlich mit einem Wolf durch die Gegend? Ihr seid wirklich die komischste Crew, die mir je begegnet ist.»

Ephrion ließ Joash und Miro stehen und ging Nayati ebenfalls entgegen. «Na, hast du unseren Schatz gut gehütet?», fragte er.

Nayati kläffte zweimal, trabte davon und kam kurz darauf zurück. In der Schnauze hielt er einen Tragriemen, an dem eine schwere Tasche hing, die der Wolf über den Boden schleifte. Ephrion nahm ihm die Tasche ab und tätschelte ihm zufrieden den Kopf.

«Brav, Nayati. Ich wusste, dass ich mich auf dich verlassen kann.»

Er prüfte nach, ob das Buch der Prophetie unbeschädigt war, und hängte sich die Tasche über die Schulter. Dann fischte er das Tuch mit den restlichen Schokolade-Zimt-Keksen hervor und verteilte sie unter den andern.

«Ich glaube, die haben wir uns jetzt redlich verdient.» Sie setzten sich auf den Rand des Ziehbrunnens und ließen sich die Plätzchen schmecken. Für einen kurzen Moment vergaßen sie beinahe, welch riesige Gefahr noch immer über ihren Köpfen schwebte.

«Ich glaube, wir sollten besser von hier verschwinden», meinte Aliyah, nachdem sie ihren Keks gegessen hatte.

«Und wohin wollt ihr gehen?», fragte Joash. «Es ist euch hoffentlich klar, dass sie nach uns suchen werden. Wahrscheinlich reitet gerade jetzt ein Trupp über die Zugbrücke, um die Verfolgung aufzunehmen. Könnte übel werden, Mann. Ich sag's euch.»

«Wir müssen irgendeinen Unterschlupf finden», überlegte Miro, «wenigstens für den Rest der Nacht.»

«Aber wo sollen wir denn hin?», fragte Ephrion. «Kennt sich irgendjemand hier aus?»

«Wuff! Wuff!», machte Nayati und begann wie auf Kommando aufgeregt zwischen den Jugendlichen hin und her zu trippeln. Dann rannte er ein Stück weit weg, kam zurück, sah sie auffordernd an, bellte, drehte sich um die eigene Achse und rannte wieder weg.

«Wir sollten ihm folgen», sagte Ephrion. «Bestimmt wird er uns zu einem Versteck führen, wo wir in Sicherheit sind.»

«Moment, Moment», winkte Joash ab und zog eine Augenbraue hoch. «Das ist jetzt nicht euer Ernst, ey? Wir sollen einem *Wolf* folgen? Er wird uns in eine Falle locken, Mann.»

«Nayati hat uns noch nie in die Irre geführt», widersprach ihm Aliyah. «Er weiß genau, was er tut.»

«Du musst es ja wissen, Kleine», brummte der Bursche mit den Filzlocken misstrauisch und hob die Hände. «Ich hab bloß keine Lust, von seinem Wolfsrudel als Nachtisch verspeist zu werden.»

«Keine Sorge, die Mirin-Wölfe sind längst ausgestorben», versicherte ihm Aliyah schmunzelnd, «außer Nayati natürlich. Er ist ein besonderer Wolf.»

«Aha», machte Joash nur und schüttelte verständnislos seine Mähne. «Ihr seid voll durchgeknallt, Mann. Wisst ihr das eigentlich?»

«Dann lasst uns gehen, bevor wir der Sicherheitsgarde über den Weg laufen», meinte Miro und sprang vom Brunnenrand.

Nayati bellte noch einmal und wartete hechelnd und ungeduldig, bis die Jugendlichen ihm folgten. Dann drehte er sich um und trabte zielstrebig in den Nebel hinein.

· 57 ·

Sie folgten dem Wolf auf ein verlassenes Feld, und plötzlich tauchten unmittelbar vor ihnen die Umrisse einer Kutsche auf, das Schnauben von Pferdenüstern war zu vernehmen. Zwei große Männer in schwarzen Anzügen standen in strammer Haltung davor und begrüßten die Jugendlichen mit einem leichten Kopfnicken, als hätten sie sie bereits erwartet. Mit dieser Begegnung hatte nun wirklich keiner von ihnen gerechnet.

«Zwei der Vierlinge», murmelte Miro. «Aber woher wussten die ...»

«Ihr kennt die Brüder?», fragte Joash misstrauisch und verlangsamte seinen Schritt. «Wer sind die Typen?»

Nayati kläffte freudig und ging hechelnd und schwanzwedelnd auf die beiden zu. Der eine hatte einen Ring in seiner Unterlippe, der andere in seiner Augenbraue. Doch an ihre Namen konnten sich die Jugendlichen beim besten Willen nicht mehr erinnern. Der mit dem Lippenring nickte ihnen zu und bedeutete ihnen, näher zu kommen.

«Wohin soll die Reise diesmal gehen?», fragte Miro. «Zurück zum Haus der Alten?»

Anstelle einer Antwort öffnete der Hüne die Tür der Kutsche, und Nayati sprang bedenkenlos hinein, streckte seinen Kopf wieder heraus und bellte abenteuerlustig. Aliyah und Miro folgten dem Wolf; Joash musterte die Kutsche und die beiden schweigsamen Fremden eingehend und nickte beeindruckt.

«Die Sache wird ja cooler und cooler.»

Dann stieg auch er in die Kutsche, gefolgt von Ephrion, der noch immer mit den Schmerzen in seinen Beinen zu kämpfen hatte und sich alle Mühe gab, nicht zu stark zu hinken. Als er an den beiden blonden Männern vorbeiging, konnte er es sich nicht verkneifen, sie anzusprechen.

«Könnt ihr nicht wenigstens hallo sagen oder so was in der Art? Taucht einfach hier draußen im Nirgendwo auf und sagt kein Wort. Hmm ... hallo?»

Keine Antwort. «Ich sagte hallo!?» Als die beiden jungen Männer weiterhin beharrlich schwiegen, stieg er schließlich achselzuckend in die Kutsche, drehte sich aber nochmals um und meinte mit erhobenem Zeigefinger: «Ach ... äh ... ich hätte da nur noch eine scheue Frage, bevor wir losfahren: Hat euch die Prophetin ein paar neue Schokolade-Zimt-Kekse für uns mitgegeben? Unser Proviant ist nämlich alle, und ich dachte mir ...»

Anstatt ihm zu antworten, verschlossen die beiden die Tür und verdunkelten die Kabine, indem sie auf jeder Seite der Kutsche einen dunklen Stoff über die Fenster fallen ließen.

«Alles klar», murmelte Ephrion. «War auch nur eine Frage.»

Die Kutsche setzte sich ratternd in Bewegung, und die holprige Fahrt begann.

«Könnte mir vielleicht jemand verklickern, was genau wir hier tun?», erkundigte sich Joash. «Wer sind die Brüder? Und wohin bringen sie uns?»

«Wohin sie uns diesmal bringen, wissen wir auch nicht», erklärte Aliyah, «aber ihre Auftraggeberin ist die Prophetin, von der wir dir erzählt haben.»

«Aha», meinte Joash. «Und was habt ihr doch gleich gesagt, worum es hier eigentlich geht?»

Aliyah schilderte Joash in kurzen Worten, was ihnen das Mütterchen in ihrem Haus offenbart hatte, angefangen von der wahren Identität der Hexen, ihrer eigenen Berufung und der ihnen anvertrauten Mission. Joash hörte sich alles an und meinte dann einfach:

«Klingt zwar alles etwas verrückt, wenn ihr mich fragt, aber wie auch immer. Hauptsache, mein Kopf rollt morgen Früh nicht, ey?»

Ein Gewitter zog herauf. Es begann in der Ferne zu donnern, und wenig später platschten die ersten Regentropfen auf das Holzdach der Kutsche. Ein kühler Wind schlich sich durch die Türritzen in die dunkle Kabine. Die Jugendlichen schwiegen und spürten auf einmal eine starke Müdigkeit in sich aufsteigen. Es war eine lange Reise gewesen, und sie waren alle hungrig, schmutzig, aufgewühlt und eingeschüchtert von den dramatischen Erlebnissen in der Burg und vor allem unendlich müde. Sie wollten nur noch schlafen, schlafen und erst wieder aufwachen, wenn alles vorbei war und Drakar ihnen nichts mehr anhaben konnte. Schon bald fielen ihnen vor Erschöpfung und trotz des nagenden Hungers, trotz der Ungewissheit ihrer Zukunft und tausend unbeantworteter Fragen die Augen zu. Sie verloren jegliches Gefühl für Raum und Zeit.

Sie wachten auf, als jemand die Tür der Kutsche öffnete. Nayati sprang mit einem kräftigen Satz hinaus, blieb unmittelbar vor der Tür stehen und kläffte zweimal.

Es hörte sich an, als würde er sie dazu ermuntern auszusteigen. Verschlafen und durchgeschüttelt von der langen Fahrt stiegen die vier Jugendlichen aus, und kaum hatten sie den ersten Fuß auf den Boden gesetzt, blieben sie mit offenem Mund stehen und glaubten zu träumen.

Sie befanden sich an einem wundersamen Ort. Keiner von ihnen hatte jemals zuvor einen solchen Ort gesehen. Der Nebel war gänzlich verschwunden, und ein gleißendes Licht blendete ihre Augen so sehr, dass sie sich für einen Moment schützend die Hände vors Gesicht halten mussten. Woher die Helligkeit kam, hätten sie nicht sagen können. Jedenfalls war alles von so viel Licht durchflutet, dass ihre Augen zu tränen begannen vor Schmerz.

«Bei Shaíria», murmelte Ephrion, während er fasziniert zwischen seinen dicken Fingern hindurchblinzelte. «Wo sind wir hier?»

Langsam gewöhnten sich ihre Augen an die unerklärliche Helligkeit, und sie sahen sich um. Sie standen inmitten einer Wiese. Das Gras reichte ihnen bis zu den Knien, und es war so saftig grün, dass es ihnen die Sprache verschlug. Noch nie hatten sie so frisches, zartes Gras gesehen. Und wie es erst duftete! Aber nicht nur das Gras. Auch die Luft war so rein und klar und erfüllt von einem Duft nach Blütenstaub und Honig. Die Wiese erstreckte sich, so weit das Auge reichte, bis sie sich irgendwo am Horizont in einer unendlich weiten Ebene verlor. Über ihnen breitete sich der Himmel aus. Blau. Ja, der Himmel war blau, nicht grauschwarz wie in Dark City. Er war tatsächlich blau! Es war ein so leuchtendes, kräftiges Blau, dass man hätte meinen können, jemand hätte den Himmel mit neuer Farbe gestrichen. Miro, Ephrion und Joash konnten sich nicht sattsehen daran. Noch nie hatten sie so etwas gesehen. Und diese Weite! Diese unendliche Weite nach allen Seiten. Und die Düfte, die Farben. Alles war so intensiv und farbenfroh und unberührt. Es war ein Ort von geradezu paradiesischer Schönheit.

Selbst Aliyah fühlte trotz ihrer Blindheit, wie einzigartig der Ort war, an dem sie sich befanden. Irgendwo in weiter Ferne waren seltsame Tierlaute zu hören. Es waren Klänge, die sie noch nie zuvor gehört hatten und mit keinem ihnen bekannten Tier in Verbindung bringen konnten. Ein kleiner Vogel flatterte über ihre Köpfe hinweg, setzte sich auf das Dach der Kutsche und begann ein fröhliches Liedchen zu trillern.

«Das kann nicht echt sein», sagte Miro, völlig verblüfft angesichts der traumhaften Landschaft um sie herum.

«Mein Schüler, seid Ihr es, der bestimmt, was echt ist und was nicht?»

Jäh wirbelten die Jugendlichen herum. Die Stimme gehörte einem alten Mann, der aussah, als wäre er weit über achtzig, vielleicht sogar neunzig Jahre alt. Er hatte einen grauen Schnurrbart und war glatzköpfig, abgesehen von einem langen, geflochtenen schwarzen Zopf, der ihm im Nacken hing. Er trug eine Brille mit einem ganz dünnen Rahmen und ein langes rotes Gewand, auf dessen Vorderseite groß das Wappen von Shaíria aufgestickt war. Der Mann saß in einem Rollstuhl, und es war eindeutig, warum das so war: Er hatte keine Beine.

«Wo sind wir?», erkundigte sich Aliyah.

«Meine Schülerin, Ihr stellt die falsche Frage», antwortete der alte Mann ruhig. «Ihr solltet Euch viel eher fragen: *Warum* bin ich hier?»

«Und warum sind wir hier?», fragte Miro.

«Ihr seid hier, um trainiert zu werden. Und ihr seid trainiert worden, um hier zu sein. In den nächsten Tagen werde ich euer Lehrer sein. Mein Name ist Master Kwando.»

«Ähm ... Entschuldigung», meldete sich nun Ephrion zu Wort, noch völlig überwältigt von all den Eindrücken dieser geheimnisvollen Gegend. «Ich hab das nicht ganz verstanden. Wo genau ist *hier*?»

«Solange ihr hier seid, wird es hier sein, und wenn ihr gegangen seid, wird es nicht mehr sein», antwortete der alte Mann.

Miro begann in Anbetracht seiner verwirrenden Worte etwas gereizt zu werden. «Ihr sprecht in Rätseln. Ihr sagt etwas, und sagt doch nichts. Was meint Ihr damit?»

«Mein Schüler, wenn ich nichts gesagt habe, woher habt Ihr dann die Basis für eine neue Frage? Doch jetzt müssen die Fragen aufhören. Es liegt viel Arbeit vor uns. Und wir haben nur wenig Zeit. Einer der Onovans wird euch auf eure Zimmer bringen. Dort werdet ihr etwas zu essen finden, frisches Wasser und saubere Kleider. Es wird euch nicht erlaubt sein, miteinander zu reden. Erfrischt euch, stärkt euch und ruht euch aus. Morgen Früh beginnt euer Training.»

Joash ballte seine Faust und flüsterte in Miros Ohr: «Ich traue ihm nicht.»

Der Master wandte sich Joash zu und sagte mit einem sanften Lächeln: «Mein Junge, ich bin der Einzige hier, dem Ihr vertrauen *müsst*.»

Einer der blonden Hünen in schwarzem Anzug schritt zu dem alten Mann hinüber, drehte seinen Rollstuhl um und begann ihn langsam über den Kiesweg zu schieben. Erst jetzt bemerkten die Jugendlichen das große Gehöft, das sich auf einem sanften Hügel am Ende des Weges befand. Es war ein Bambushaus, das sich trotz modernster Architektur perfekt in die Landschaft einschmiegte. Die sehr luftige Dachkonstruktion hatte die Form eines in der Mitte geteilten sechszackigen Sterns. An den vorstehenden Dachbalken und Stützpfosten waren kunstvolle Schnitzereien angebracht. Vor dem Haupteingang befanden sich eigenartige Skulpturen. Der Rasen um das Anwesen herum war kurz geschnitten und sehr gepflegt. Ein Springbrunnen stand in der Mitte des frisch gesäuberten Weges, und das Plätschern des Wassers hatte etwas ungemein Beruhigendes und Friedliches an sich.

«Ähm … Master … Sir … Kwando … ähh.» Ephrion versuchte, die Aufmerksamkeit des alten Mannes auf sich zu ziehen, während er und die andern ihm zu dem Anwesen folgten. «Was ich noch fragen wollte: Was ist ein Onovan?»

Der Rollstuhl stoppte, und der blonde Hüne drehte sich nach den Jugendlichen um.

«*Er* ist einer», antwortete der Master, ohne dabei den Kopf zu bewegen. Der Onovan wandte sich wieder ab und schob Master Kwando schweigend den Weg hinauf.

Durch den Haupteingang gelangten sie in einen großen, mit Steinplatten ausglegten Innenhof, in dem sich ein kleiner Teich mit einer Bambusbrücke und allerlei exotische Pflanzen und Blumen befanden. Es zwitscherte aus einem Baum, dessen kräftige Wurzeln einige der Bodenplatten gesprengt hatten. Der Wind spielte mit einem Glockenspiel, das von einer Pergola hing. Über einen mit Efeu bewachsenen Laubengang aus Bambusrohren gelangten sie zu ihren Kammern. An jeder Tür war ein hübsches Namensschildchen angebracht, beinahe so, als wären die vier Jugendlichen schon seit langem erwartet worden.

Master Kwando geleitete die Jugendlichen zu ihren entsprechenden Zimmern. Nachdem sich alle vier in ihre Kammern begeben hatten, wurden die Türen hinter ihnen verschlossen, und jeder war für sich allein. Aliyah war die Einzige, die nicht ganz alleine war. Sie war froh, Nayati bei sich zu haben. Der Wolf rannte sofort zu einem kleinen Tisch, der in der Mitte des schlichten Zimmers stand, und bettelte hörbar um Essen.

«Du bist hungrig, was? Das bin ich auch», sagte Aliyah müde und tastete sich zu dem gedeckten Tisch vor. Es roch verlockend nach frischem Brot und gebratenem Fleisch. Aliyah konnte sich nicht erinnern, wann ihr das letzte Mal ein so herrlicher Duft nach Essen in die Nase gestiegen war. Das Wasser lief ihr im Mund zusammen. Sie nahm ein großes Stück Fleisch vom Teller und warf es in die Luft. Nayati sprang hoch und fing den Happen geschickt auf. Er schlang das ganze Fleischstück in wenigen Bissen hinunter. Und Aliyah langte ebenfalls kräftig zu. Das Essen schmeckte vorzüglich, und Aliyah hatte den Eindruck, noch nie in ihrem Leben etwas so Leckeres gegessen zu haben. Selbst das Wasser, das in einem Tonkrug auf dem Tisch stand, schmeckte tausendmal besser als alles, was sie jemals an Wasser gekostet hatte. Sie aß und trank und dachte dabei über die seltsamen Erlebnisse der vergangenen Tage nach. Sie rief Nayati zu sich, nahm seinen weichen Kopf zwischen ihre Hände und drehte sein Gesicht zu sich hin.

«Nayati ... habe ich dich gefunden? ... Oder hast du auf mich gewartet?»

Der Wolf zog seinen Kopf aus ihren Händen zurück und bettelte um mehr Essen. Sie warf ihm ein zweites Stück Fleisch zu.

«Hast du eine Ahnung, wo wir hier sind? Die Luft ist so rein, es riecht so frisch, alles ist so ... anders ... Können wir diesem Master trauen? Diesem Lehrer? Was meinst du?»

Nachdem Nayati das Fleischstück hinuntergeschluckt hatte, legte er seinen Kopf in ihren Schoß, sah sie mit seinen treuherzigen Augen an und bellte zweimal.

«War das ein Ja, Nayati?», fragte das Mädchen. «War das ein Ja?»

Sie erhob sich, erkundete den Raum und fand schließlich das Bett und ein ordentlich zusammengefaltetes Kleiderbündel am Kopfende. Sie hob es hoch, strich mit ihren sanften Fingern über den zarten Stoff und roch daran.

«Neue Kleider! Nayati, ich bin in meinem ganzen Leben noch nie so verwöhnt worden. Soll ich sie anziehen?»

«Wuff! Wuff!», antwortete Nayati.

Aliyah griff in die Tasche ihres zerrissenen Kleidchens und nahm die beiden Goldmünzen heraus, die ihr das Mütterchen mitgegeben hatte. Ein Glück, dass sie bei ihrer Gefangennahme nicht entdeckt worden waren. Sie würden sie bestimmt noch brauchen auf ihrer Reise. Aliyah legte die Münzen neben sich aufs Bett. Dann schlüpfte sie aus ihren verdreckten Sachen und tauschte sie gegen die neuen Kleider ein. Es war erstaunlich. Sie passten wie angegossen, gerade so, als wären sie extra für sie angefertigt worden. Die Kleidung bestand aus einer feinen Baumwollbluse, einem Ledergürtel, einem eleganten Rock und dazu sehr bequemen Schuhen mit dicken Sohlen.

Aliyah fühlte sich wie neugeboren. Sie steckte die Münzen ein, ließ sich mit einem tiefen Seufzer aufs Bett fallen und lächelte still vor sich hin. Selbst das Bett war ein Traum, weich und flauschig. Was für ein Gegensatz zu der zerschlissenen Matratze, auf der sie in Onkel Fingals Wohnung hatte schlafen müssen. Aliyah schloss die Augen und kam sich tatsächlich vor wie eine Prinzessin aus einem Märchen. Nayati sprang zu ihr aufs Bett und kuschelte sich neben sie. So lagen die beiden eine Weile da, bis Aliyah sich schließlich zur Seite drehte und schon bald erschöpft einschlief.

· 58 ·

Joash wurde von einem lauten Schrei jäh aus dem Schlaf gerissen. Aus den Augenwinkeln konnte er verschwommen die Gestalt eines Onovans ausmachen. Der große Mann stand breitbeinig vor der Tür, als würde er sie bewachen. Sein Mund war weit geöffnet, und der grelle Ton, der aus seiner Kehle drang, klang wie berstendes Metall und war schlimmer als tausend Fingernägel, die über eine Schiefertafel kratzen. Joash erschauerte bis ins Innerste. Er versuchte sich zu bewegen, doch es ging nicht. Er konnte weder seinen Kopf bewegen noch seine Arme, Beine oder seinen Oberkörper. Er war wie ein Geisteskranker in einem Irrenhaus an ein steinhartes Bett gefesselt, und die Fesseln waren nicht aus Leder, sondern aus Metall.

Der Onovan schritt zu einem kleinen Tischchen, auf dem sich ein Diktiergerät befand. Er drückte einen gelben Knopf an der Seite des Geräts, ein grünes Lämpchen leuchtete auf, und das Band begann zu spielen.

«Joash, Euer ganzes Leben lang wart Ihr auf Euch allein gestellt und habt die Dinge im Alleingang erledigt und dabei nur an Euch selbst gedacht. Ihr seid von zuhause weggelaufen und habt auf der Straße gelebt, alleine. Ihr habt Drogen genommen und getrunken, alleine. Ihr seid Euch selbst immer am nächsten gewesen. Ihr habt gestohlen, gekämpft, betrogen und andere Menschen verletzt und nur darauf geachtet, was zu Eurem eigenen Vorteil sein könnte. Nie habt Ihr Euer Herz für andere geöffnet. Ihr habt gewählt, die Schlachten in Eurem Leben im Alleingang zu kämpfen. Ihr habt all diejenigen von Euch gewiesen, die versuchten, sich Euch zu nähern. Am Ende habt Ihr immer nur Euch selbst geholfen. Das Team wird nicht in der Lage sein, Euch zu vertrauen. Ihr werdet es verlassen, gerade dann, wenn es Euch am nötigsten hat. Und wenn es Eure Kraft braucht, werdet Ihr sie nur für Euch selbst einsetzen. Dies könnte dazu führen, dass die Mission scheitert, es könnte gar Leben kosten.

In vierzig Sekunden werden sich die Metallgurte um Eure Arme und Beine langsam zuziehen. Sie werden sich immer mehr zuziehen, bis sie schließlich Eure beiden Arme und Beine brechen. In einigen Monaten werden Eure Verletzungen verheilen, doch Ihr werdet nie mehr gehen können. Ihr werdet meine Schmerzen teilen ... Ihr werdet Beine haben, die nicht einmal fähig sind, den Mann zu tragen, dem sie gehören ... Dies alles wird geschehen, es sei denn, Ihr sagt dem Onovan im Raum diese zwei simplen Worte: ‹Befreit mich.› Wenn Ihr diese Worte ausspreecht, wird der Onovan Euch augenblicklich zu Hilfe eilen und Euch von Euren Qualen erlösen und Euch davor bewahren, ein Leben lang an einen Rollstuhl gebunden zu sein. Ihr werdet frei sein. Ihr werdet zwar nicht mehr an der Mission teilnehmen, doch Ihr werdet das Leben genießen können und das tun, was

Euch am meisten Spaß macht: auf der Straße herumzulungern, in den Tag hineinzuleben und das in Angriff zu nehmen, was Euch gerade beliebt. Alles, was vom heutigen Tag noch zurückbleiben wird, ist eine schwache Erinnerung.

Da ist nur ein einziges wichtiges Detail, das Ihr wissen müsst: Wenn Ihr Euch dazu entschließt, die beiden Worte auszusprechen, die Eure Freiheit bedeuten, wird Ephrion Euren Platz einnehmen müssen. Er wird in Euer Zimmer gebracht und mit Metallgurten an Euer Bett gebunden werden, und die Schlaufen werden sich immer enger zuziehen. Er ist nicht so stark, wie Ihr es seid. Die Folter könnte ihn sogar töten.

Eure physische Kraft wird Euch nichts nützen. Ihr könnt Euch nicht mit Muskelkraft befreien. Nur diese beiden Worte können Euch ein neues Leben bescheren und gleichzeitig ein unschuldiges Leben beenden. Die Wahl ist die Eure. Und Ihr habt genau sechs Minuten Zeit, um Eure Entscheidung zu treffen.

Euer Test beginnt … jetzt!»

Ein ohrenbetäubender, quietschender Schrei schreckte Miro aus dem Schlaf. Er riss die Augen auf und sprang mit einem Satz aus seinem Bett. Noch nie hatte er ein derart furchtbares Geräusch gehört. Der Schrei ging Miro durch Mark und Bein.

Bei Shaíria, was geht hier vor? Er eilte zur Tür, um nachzusehen, was da draußen los war. Er drehte den Türknopf, doch die Tür war verschlossen. Er rüttelte etwas kräftiger, jedoch ohne Erfolg. Die Tür ließ sich nicht öffnen. Nervös lief Miro zum Fenster auf der andern Seite des Zimmers, von dem aus er eine klare Sicht auf den gepflegten Rasen und den Springbrunnen hatte. Doch auch das Fenster war aus ihm unerklärlichen Gründen so verklemmt, dass er es nicht aufkriegte. Beunruhigt lief Miro im Zimmer hin und her, bis er wieder zur Tür rannte und begann, mit seinen Fäusten dagegen zu schlagen.

«Lasst mich raus! Lasst mich raus!» Er schrie, so laut er konnte, und polterte so lange gegen die Tür, bis seine Kehle und seine Hände schmerzten. Dann lehnte er sich gegen die Wand und ließ seinen Körper langsam zu Boden gleiten. Dort hockte er eine Weile und ließ seinen Blick über den Raum gleiten, in dem er gefangen war. An der Wand neben dem Fenster waren drei Uhren. Die erste war eine uralte Standuhr aus dunklem Holz mit verschnörkelten Zeigern. Ihr großes Pendel schwang so langsam hin und her, als hätte es Mühe, mit der Zeit Schritt zu halten. Daneben, ungefähr auf Augenhöhe, hing eine neuzeitliche Uhr mit Digitalanzeige, und gleich neben dem Fenster befand sich eine Uhr, die jeglicher Logik widersprach. Ihr Zifferblatt bestand aus seltsamen Zeichen und Symbolen, die Miro nicht zu interpretieren vermochte. Einer der fünf Zeiger drehte sich lautlos gegen den Uhrzeigersinn, doch welche Zeit er eigentlich anzeigte, vermochte Miro beim besten Willen nicht zu erkennen.

Er konnte sich auch nicht daran erinnern, die Uhren am vorherigen Tag schon gesehen zu haben. Überhaupt schien der Raum über Nacht völlig umgekrempelt worden zu sein. Er war überhäuft mit den verschiedensten Apparaturen und Geräten. Auf einer Kommode standen ein Tintenfass mit Feder, eine uralte Schreibmaschine, daneben eine Art Monitor mit modernem Design und ein Gerät mit diversen Knöpfen an der Vorderseite. Es herrschte ein heilloses Durcheinander zwischen alter und neuer Technologie, und Miro entdeckte Maschinen, die er noch nie zuvor gesehen hatte und von denen er nicht genau wusste, wozu sie eigentlich dienten.

Plötzlich fiel sein Blick auf ein Kärtchen, das auf dem Nachttischchen neben seinem Bett stand und offensichtlich darauf wartete, von ihm gelesen zu werden. Miro erhob sich, setzte sich ans Kopfende des Bettes und las die simple Nachricht, die auf dem Kärtchen geschrieben stand: «Spiel mich ab.»

Neugierig hob Miro das Kärtchen hoch. Darunter lag ein kleines silbernes Diktiergerät. Miro nahm es in die Hand und starrte es eine Weile unsicher an. *Was passiert, wenn ich es abspiele?*, dachte er. *Und was passiert, wenn ich es nicht abspiele?* Sein Blick wanderte zur verschlossenen Tür und wieder zurück zu dem Diktiergerät in seiner Hand. Kurz entschlossen drückte Miro den kleinen gelben Knopf an der Seite des Geräts. Ein grünes Lämpchen leuchtete auf, und das Band begann zu laufen.

«Miro, Ihr habt Euer Leben immer auf Eure Intelligenz abgestützt. Ihr seid klug, und Ihr möchtet, dass die ganze Welt es weiß. In der Schule schreibt Ihr die besten Noten, und tief in Euch drin fühlt Ihr, dass Ihr für alles eine Antwort habt. Ihr seid ein wissenschaftlicher und mathematischer Problemlöser. Es gibt kein Thema, über das Ihr nicht Bescheid wisst – jedenfalls möchtet Ihr, dass die Leute das von Euch denken. Manchmal redet Ihr Euch heraus, findet geschickte Ausreden, lügt. Ihr tut alles, nur um Recht zu behalten. Das Team wird nicht in der Lage sein, Euch zu vertrauen. Wenn sie eine Antwort brauchen, werdet Ihr zwar immer eine Antwort parat haben, aber es wird nicht immer die richtige sein, selbst wenn Ihr es behauptet. Dies könnte dazu führen, dass die Mission scheitert, es könnte gar Leben kosten.

Unter Eurem Bett findet Ihr eine rote Schachtel, und in der Schachtel findet Ihr eine Frage. In genau sechs Minuten wird ein Onovan die Tür zu Eurem Raum öffnen. Bis dahin müsst Ihr die Antwort auf die Frage wissen. Wenn Ihr dem Onovan die falsche Antwort gebt und versagt, wird das Team erfahren, dass Ihr ein Lügner seid, dem man nicht vertrauen kann. Und wegen Eures Stolzes könnte dies für Euch schlimmer sein als Mord. Um Euer Geheimnis zu wahren, braucht Ihr die korrekte Antwort, und es gibt nur eine einzige richtige Antwort auf die Frage in der Schachtel. Findet sie!

Euer Test beginnt ... jetzt!»

Miro griff hastig unter die Matratze und fand die kleine rote Box. Sie hüpfte ihm beinahe aus der Hand, weil er so sehr zitterte. Er wusste: Diesen Test musste er bestehen. Um jeden Preis.

Aliyah wachte auf, als sie einen schrillen Schrei vernahm. Wenig später hörte sie, wie jemand gegen eine Tür hämmerte, und vernahm dumpfe Rufe. Es war eindeutig Miros Stimme, doch sie konnte nicht verstehen, was er sagte. Sie drehte sich um und tastete nach ihrem Wolf. Doch er war nicht da. Sie rief seinen Namen, doch er antwortete nicht und kam auch nicht zu ihr gelaufen, wie er es sonst immer tat. Er war eindeutig nicht im Zimmer, und das verwirrte sie. *Was geht hier vor?,* dachte sie. Ein eigenartiges Gefühl beschlich sie. Sie wusste, dass etwas nicht stimmte. Ruhig blieb sie liegen und wagte es nicht, sich von der Stelle zu rühren. Etwas ging hier nicht mit rechten Dingen zu. Sie fühlte es an ihrem ganzen Körper. Und es lähmte sie.

Plötzlich hörte sie, wie jemand die Tür öffnete. Ein Mann betrat das Zimmer. Sie erkannte es an seinen schweren Schritten. Er kam direkt auf sie zu und blieb unmittelbar neben ihrem Bett stehen. Er roch wie ein Onovan, doch sie war sich nicht sicher. Ihr Herz begann schneller zu schlagen. Sie zog sich die Decke bis weit über die Ohren und stellte sich schlafend. Sie hörte, wie der Fremde etwas auf den Tisch stellte, und kurz darauf ein leises Klicken und ein Rauschen wie von einem Tonband. Der Mann entfernte sich, und die Tür fiel ins Schloss. Vorsichtig kroch Aliyah unter der Decke hervor und drehte sich dem Tischchen zu, von dem das Geräusch kam. Dann hörte sie eine Stimme.

«Aliyah, Ihr seid oft bedrückt, weil Ihr blind seid und die Kinder in der Schule Euch verspotten und Ihr Euch ausgeschlossen fühlt. Aber was Ihr nicht versteht, ist dies: Wirklich blind seid Ihr gewesen, *bevor* Ihr Euer Augenlicht verloren habt. Doch jetzt, jetzt könnt Ihr wahrhaftig sehen. Euer Wolf, Nayati, ist ein prachtvolles Tier. Aber Ihr habt Euch von ihm abhängig gemacht. Er ist es, der Euch das Gefühl von Sicherheit gibt. Ihr stellt ihn über alles und seid daher in Gefahr, unüberlegte Entscheidungen zu treffen. Entscheidungen, die dem Team schaden könnten. Das Team wird auf dieser Basis nicht in der Lage sein, Euch zu vertrauen. Ihr habt die Tendenz, Euren Wolf über die Bedürfnisse des Teams zu stellen. Dies könnte dazu führen, dass die Mission scheitert, es könnte gar Leben kosten.

Auf Eurem Nachttischchen befindet sich ein Buch. Ihr müsst die ersten zwei Sätze aus dem Buch lesen und interpretieren. In exakt sechs Minuten wird ein Onovan hereinkommen. Ihm werdet Ihr die Sätze aus dem Buch vorlesen und ihre Bedeutung erklären. Wenn Ihr versagt und die Worte dieses Buches nicht lesen und auslegen könnt, werdet Ihr Nayati nie wiederbekommen. Wenn Ihr den Test besteht und die Worte versteht, die in diesem Buch geschrieben stehen, so wird Euer Wolf zu Euch zurückkehren. Versucht nicht zu fliehen, die Tür ist verschlossen. Ihr habt genau sechs Minuten Zeit, Eure Aufgabe zu lösen.

Euer Test beginnt ... jetzt!»

Aliyah setzte sich auf und griff nach dem Buch, das auf dem Nachttischchen lag. Als sie das Gewicht des Buches spürte, war ihr augenblicklich klar, um welches Buch es sich handeln musste: Es war das Buch der Prophetie. Wie war es aus Ephrions Tasche in ihr Zimmer gekommen? Und wie sollte sie ein Buch lesen, wo sie doch blind war? In weiter Ferne hörte sie ein lautes, klagendes Heulen.

«Nayati!», flüsterte sie, und es brach ihr beinahe das Herz. Es war, als würde auch er spüren, was sie insgeheim befürchtete: Sie würden sich nie wieder begegnen.

Ephrion war unter sein Bett gekrochen, als er den seltsamen Schrei hörte, Miros Hilferufe und Nayatis verzweifeltes Heulen. Er war kreideweiß vor Schrecken und schlotterte am ganzen Körper. Nur wenige Augenblicke nachdem der Wolf aufgehört hatte zu heulen, vernahm Ephrion ein Ächzen. Die Zimmertür öffnete sich langsam, und Ephrion glaubte, sein letztes Stündchen hätte geschlagen.

«Geht weg!», schrie er mit bebender Stimme. «Lasst mich alleine!» Er verbarg sein Gesicht zwischen den Händen, während die knarrenden Schritte näher und immer näher kamen. Vor lauter Angst machte sich Ephrion fast in die Hosen. Er hörte, wie die Person sich bückte, und wusste, dass sie genau in diesem Moment unters Bett schaute. Mit pochendem Herzen spreizte Ephrion seine Finger, um zu sehen, wer es war. Es war ein Onovan, und er lächelte freundlich.

Er hielt ihm sogar ein Stück warmes Brot hin. Ephrion überlegte ein paar Sekunden, bevor er das Brot nahm und sich in den Mund steckte. Es schmeckte herrlich. Der Onovan gab ihm mit einem Kopfnicken zu verstehen, er solle unterm Bett vorkommen, und streckte ihm seine Hand entgegen. Ephrion ergriff sie, und der blonde Hüne half ihm beim Aufstehen.

«Was geht hier eigentlich vor?», fragte Ephrion mit vollem Mund. Der Onovan lächelte noch immer und sah Ephrion an.

«Kommt», sagte er, drehte sich um und ging zur Tür. Ephrion folgte ihm.

Sie liefen unter der Laube hindurch und erreichten den gepflegten Innenhof. Auf einem runden Platz aus sandfarbenen Steinplatten, zwischen einigen Statuen, zartgrünen Farnen und farbenprächtigen Blumen, befand sich ein großer, reich gedeckter Tisch. Er war überfüllt mit Früchten, frisch gebackenem Brot, Honig, Eiern, Speck, Kaffee und allerlei Säften.

«Wow», staunte Ephrion, überwältigt von diesem großartigen Frühstücksbuffet. So etwas hatte er in seinem ganzen Leben noch nicht gesehen. Er konnte sich nicht sattsehen daran.

Master Kwando saß bereits mit einer Tasse Kaffee in der Hand am Tisch, nickte Ephrion höflich zu und deutete auf einen Stuhl, der mit Ephrions Namen versehen war.

«Habt Ihr gut geschlafen? Setzt Euch, Ephrion. Ihr seid bestimmt hungrig.»

Wie im Traum wandelte Ephrion zu seinem Stuhl und nahm Platz. Obwohl alles so verlockend aussah, traute sich Ephrion erst zuzugreifen, als es ihm Master Kwando erlaubte.

«Bedient Euch. Was möchtet Ihr trinken?»

«Äähhh ... ich nehme ...» Ephrion war noch immer ganz durcheinander von dem Überfluss an Speisen und Getränken und wusste gar nicht, wo er anfangen sollte. «Ich glaube, ich nehme erst mal ... äähh.»

Der Master gab dem Onovan, der Ephrion hergebracht hatte, ein Zeichen. «Schenkt unserem Gast ein Glas frischgepressten Orangensaft ein.»

«Habt Ihr gesagt: Orangensaft?», staunte Ephrion. «Ich habe noch nie Orangensaft getrunken.»

Der Onovan schenkte ihm ein, und als Ephrion den köstlichen Orangensaft trank, glaubte er endgültig im Paradies zu sein.

«Bei Shaíria, schmeckt der lecker! Mmmmmh! Darf ich noch ein Glas davon haben, bitte?» Nachdem er das zweite Glas fast in einem Zug hinuntergespült hatte, klaubte er sich ein Brötchen aus dem Brotkorb. Es war noch immer warm und duftete herrlich frisch.

«Du musst von unserem Honig probieren», ermunterte ihn der Master und reichte ihm den Honigtopf.

«Honig gibt es auch?! Echten Honig? Im Ernst?»

«Von unserem eigenen Bienenstock. Nehmt nur, er wird Euch bestimmt schmecken.»

Ephrion strahlte vor Begeisterung. Hastig schmierte er sich ein Honigbrötchen und begann gutgelaunt zu essen. Alle Angst war verflogen. Er kam sich beinahe vor wie ein Prinz. Erst nachdem er das halbe Brötchen verschlungen hatte, wandte er sich Master Kwando zu und fragte ihn mit vollem Mund:

«Warum bin ich hier?»

Gerade als er diese Frage stellte, flatterte ein kleiner blauer Schmetterling auf Ephrion zu und landete direkt auf seiner Nasenspitze.

«Weil Ihr Schmetterlinge heilen könnt», antwortete ihm Master Kwando und lächelte.

· 59 ·

Miro öffnete die kleine rote Schachtel und fand darin einen gelben, akkurat zusammengefalteten Zettel. Er holte tief Luft und nahm ihn heraus. Es kam ihm vor, als würde das Papier tausend Pfund wiegen. Miro hatte schon viele Prüfungen bestehen müssen, aber vor keiner hatte er sich so gefürchtet wie vor dieser. Allerdings – als er den Wecker zusammenbauen musste, um Kataras Leben zu retten, war das genauso schlimm gewesen. Mit zitternden Händen faltete er das Blatt auf und las die Aufgabe, die darauf geschrieben stand, mit lauter Stimme. Es war eine Frage. Ein Rätsel.

«Welche Antwort beantwortet die Frage, selbst wenn sie nichts beantwortet?»

Miro starrte auf das gelbe Papier und las die Frage mehrmals durch.

«Welche Antwort beantwortet die Frage, selbst wenn sie nichts beantwortet?»

Tausend Möglichkeiten fielen ihm ein, aber er wusste, dass nur eine einzige Antwort die richtige war, und er wusste auch, dass er nur eine einzige Chance hatte. Er grübelte und grübelte, während das große Pendel der Standuhr hin- und herschwang und Miro mit jedem Schlag daran erinnerte, wie wenig Zeit er noch zur Verfügung hatte, um das Rätsel zu lösen.

Er knabberte an seinen Fingernägeln herum, schritt wie ein Tiger im Käfig auf und ab, während er sich die Frage immer und immer wieder raunend stellte. Er zählte im Takt des Uhrenpendels die Sekunden mit und wurde dabei nur umso nervöser. Er schätzte, dass seine Galgenfrist bereits auf drei Minuten geschrumpft war. Er musste sich beeilen.

22 ... 21 ... 20 ... 19 ...

Wie konnte er sich auf die Beantwortung der Frage konzentrieren, wenn das Einzige, das ihm durch den Kopf ging, Nummern waren, die er rückwärts aneinanderreihte?

Was ist die Antwort?, fragte er sich die ganze Zeit. Er schritt zum Fenster, zeichnete mit dem Finger unsichtbare Lösungsmöglichkeiten an die Scheibe. Er rief sich Liedtexte in Erinnerung, Märchen und Sagen.

15 ... 14 ... 13 ... 12 ...

Doch nichts schien die perfekte Antwort auf das dumme Rätsel zu sein. Miro ärgerte sich über sich selbst. Seine Gedanken waren zu komplex für ein so kindisches Wortspiel. Dieses Rätsel war zu einfach für seinen hohen Intellekt. Daher fand er die Lösung nicht. Er suchte viel zu weit weg. Die Antwort musste so lächerlich einfach sein, dass er sie gerade deswegen nicht erkennen konnte. Und das machte ihn umso wütender. Er wusste genau: Der Master hatte ihm absichtlich etwas gegeben, das unter seinem Niveau lag, um ihn genau damit bloßzustellen. Mit einem Spiel, aus dem er sich nicht wie üblich mit klugen Sprüchen und kleinen Lügen herauswinden konnte, sollte er sich vor allen andern blamieren. Dieser Test hatte nur das eine Ziel: dass er scheitern sollte.

Doch was bezweckte der Master damit? Warum spielte er

dieses Spiel mit ihm? Wie konnte er nur so hinterhältig und gemein sein?

Die letzte Minute war angebrochen, und das gleichmäßige Ticken der Standuhr brachte Miro beinahe um den Verstand.

59 … 58 … 57 … 56 …

Sie würden sich köstlich amüsieren über seine Dummheit. Sie würden andauernd blöde Sprüche reißen. Aber noch schlimmer, als vor den andern als Versager dazustehen, würde es für ihn selbst sein, diesen Gedanken ertragen zu müssen. Er hatte noch nie versagt, und sein Stolz ließ es nicht zu, Fehler einzugestehen, weder vor anderen noch vor sich selbst. Er war ein Besserwisser. Er musste auf alles eine Antwort haben, koste es, was es wolle. Überlegen zu sein, war einfach seine Identität. Wenn er auf diese dämliche Frage keine Antwort finden würde, könnte er sich das ein Leben lang nicht verzeihen.

«Welche Antwort beantwortet die Frage, selbst wenn sie nichts beantwortet?»

Die Sekunden schienen immer schneller vorbeizueilen.

11 … 10 … 9 … 8 …

Miro grübelte und grübelte, doch nichts fiel ihm ein. Er schlug seinen Kopf gegen die Wand. Es hörte sich hohl und leer an wie ein ausgehöhlter Stamm ohne Inhalt.

3 … 2 … 1 …

Die Tür sprang auf. Miro fiel auf die Knie, sein Rücken war gekrümmt, sein Kopf gesenkt, sein Gesicht auf dem Boden. Das gelbe Papier mit der Frage lag zerknüllt in seiner rechten Faust und verlangte nach einer Antwort. Der Onovan ging auf Miro zu und berührte ihn an der Schulter. Miro sah beschämt auf. Seine Wangen glühten wie ein feuriger Ofen, die Runzeln auf seiner Stirn waren so tief, als wäre er in den wenigen Minuten um dreißig Jahre gealtert. Er sah den Onovan an und schüttelte den Kopf.

«Bitte, Sir», sagte er flehend, «tut es nicht.»

Der Onovan griff nach seiner Hand, um das Papier entgegenzunehmen. Doch Miro hielt das zerknitterte Papier eisern umklammert und wollte es nicht loslassen.

«Nein», sagte er, «bitte … nein!»

Der Onovan ergriff aufs Neue Miros Hand und sagte streng: «Öffnet sie!»

Widerwillig gab Miro das Papier frei. Der Onovan glättete es mit seinen starken Händen und nickte ihm zu. Miro wusste, was er damit meinte. Onovans konnten mit einem einzigen Nicken mehr aussagen als andere mit tausend Worten. Er wollte die Antwort hören. Miro war am Boden zerstört. Er wagte es nicht, dem Onovan in die Augen zu sehen. Seine Stimme war schwach und bebte leicht, als er die Frage noch einmal formulierte, um das Unabwendbare wenigstens um ein paar Sekunden hinauszuzögern.

«Welche Antwort beantwortet die Frage, selbst wenn sie nichts beantwortet?»

Der Onovan wartete. Miro zögerte, und dann sagte er diese einfachen vier Worte, die auszusprechen er sich noch nie zuvor gestattet hatte, obwohl sie in so vielen Situationen zugetroffen hätten.

«Ich … ich … ich weiß es nicht.»

Er ließ den Kopf hängen und merkte, wie sich ein Kloß in seinem Hals bildete. Der Onovan packte ihn an den Schultern und hob ihn vom Boden hoch. Dann geleitete er ihn schweigend nach draußen. Miro hatte den Test bestanden, und er hatte es nicht einmal gemerkt.

※

Aliyah saß auf ihrem Bett, drehte das Buch in ihrer Hand und betastete es von allen Seiten. Die beiden Buchdeckel waren mit glattem Leder bespannt, an der Seite befanden sich sieben lose Lederriemen, und Aliyah konnte mit ihren Fingern den Siegellack an der Vorderkante des oberen Deckels fühlen, der aufgebrochen worden war. Sie hob das Buch an ihre Nase und roch daran. Es war ein Geruch nach Leder und Harz, vermischt mit hundert eigenartigen Gerüchen, die sich über die Jahrhunderte hinweg zu einem einzigen vereint hatten. Dieses Buch war zweifelsohne schon durch viele Hände gewandert.

Sechs Minuten, dachte Aliyah. Sie war nie jemand gewesen,

der die Eile liebte. Aber dieses Mal blieb ihr keine andere Wahl, als sich zu beeilen. Es ging um ihren geliebten Wolf. Sie konnte sich ein Leben ohne Nayati nicht vorstellen. Rasch öffnete sie das Buch und blätterte ein paar steife, dicke Seiten um. Ein Duft nach altem Pergament stieg ihr in die Nase. Sachte legte sie die rechte Hand auf die aufgeschlagene Seite und spürte das uralte raue Papier unter ihren Fingern.

Doch das war alles, was sie fühlen konnte. Keine Buchstaben, keine Worte und erst recht keine Sätze. Sie hob das Buch erneut hoch, um daran zu riechen. Dann ließ sie wieder ihre Finger über die Seiten gleiten in der Hoffnung, etwas zu finden, das ihr weiterhelfen würde. Nichts. Sie tastete Seite um Seite nach kleinen Erhebungen ab, nach einer verborgenen Schrift, die sie mit ihren Fingern spüren konnte. Nichts. Dieses Buch war nicht für Blinde geschrieben worden.

Das ist nicht fair! Wie soll ich darin lesen?

Sie blätterte Seite um Seite um, fuhr mit ihrer Hand darüber, spürte jede Unebenheit, doch keine Worte. Nichts. Sie spürte nichts. Sie blätterte schneller, ließ ihre Finger auch an den Kanten entlanggleiten. Nichts. Sie blätterte hastig weiter, Seite um Seite. Nichts. Sie erinnerte sich an die Worte der Prophetin, als sie ihnen das Buch gezeigt und gesagt hatte, es wäre in einer Sprache geschrieben, die niemand kennt.

Warum soll dann ausgerechnet ich sie verstehen? Wie soll ich das denn machen?

Sie glaubte, das Hecheln ihres Wolfes außerhalb der Tür zu hören. Das machte sie nur umso nervöser.

Er ist mein einzig wahrer Freund, dachte sie.

Erst jetzt fiel ihr ein, dass Master Kwando nur von den ersten beiden Sätzen gesprochen hatte. Eifrig blätterte sie zurück zu den ersten Seiten des Buches.

Wenn das nicht funktioniert, dann …

Sie atmete tief durch und versuchte sich zu konzentrieren. Ihre Finger zitterten leicht, als sie sie quer über die Seite gleiten ließ. Nichts. Sie wiederholte den Vorgang, diesmal langsamer, von links nach rechts, von oben nach unten, von unten nach oben. Nichts … nichts … nichts! Ihr sank der Mut. Sie legte den

Kopf zurück, schloss die Augen und seufzte. Nur noch wenige Sekunden blieben ihr Zeit. Tränen traten ihr in die Augen.

Ich kann es nicht … niemand kann es … es ist nicht zu schaffen … oh Nayati, mein lieber Nayati. Ich werde dich nie wiederbekommen. Nie wieder …

Sie öffnete die Augen, wischte sich mit dem Handrücken übers Gesicht und wollte das Buch eben zuklappen. Da geschah etwas Seltsames … zwischen ihren verweinten Augen hindurch konnte sie zwei Sätze sehen. Sie *sah* sie! Sie sah sie ganz klar und deutlich! Sie blätterte weiter, doch alle andern Seiten lagen in kompletter Dunkelheit. Nur diese beiden Sätze sprangen ihr in die Augen und redeten zu ihr. Aliyahs Herz begann zu rasen vor Aufregung.

Joash dachte, er würde sich mit Leichtigkeit von den Metallfesseln befreien können. Doch schon bald wurde ihm der Ernst seiner Lage bewusst. Er spürte, dass die Metallgurte langsam enger wurden wie der Griff einer Würgeschlange.

Was kümmert mich dieser Ephrion?, schoss es ihm durch den Kopf. *Warum sollte ich mich dafür entscheiden, ihm das Leben zu retten? Ephrion hat mir nie geholfen … er kennt mich nicht. Was geht mich sein Leben an? Warum sollte ich das meine für ihn aufs Spiel setzen? Was hab ich davon? Warum sollte ich mir selbstlos die Arme und Beine zerquetschen lassen für jemanden, der es nicht einmal zu würdigen wüsste, was ich da eigentlich tue? So'n Quatsch, ich bin doch nicht verrückt, Mann!*

Die Situation war so was von hirnverbrannt. Das würde er nicht mitmachen. Wenn er in Drakars Burgverlies aus seiner Zelle hatte ausbrechen können, dann würde er es auch hier schaffen. Mit links. Er biss die Zähne zusammen und spannte seine Muskeln an. Sein Kopf lief rot an, und vor Anstrengung traten die Sehnen an seinem Hals hervor. Mit aller Kraft versuchte er, die Metallteile zu sprengen, die ihn an sein Bett fesselten, oder wenigstens zu verhindern, dass sie sich weiter zuzogen. Vergeblich. Er zerrte und riss, ballte seine Fäuste und stemmte sich so stark gegen die Laschen, dass er glaubte, er müsste gleich zerplatzen. Aber nichts funktionierte. Im Gegenteil. Es schien das Unabwendbare nur noch zu beschleunigen.

Eure physische Kraft wird Euch nichts nützen. Die Worte hallten in seinem Kopf wider. Sie waren wie der Stich eines zweischneidigen Schwertes mitten ins Herz.

Meine Kraft ist alles, was ich habe, dachte Joash. Er konnte sich nicht vorstellen, an einen Rollstuhl gebunden zu sein. Er konnte sich nicht vorstellen, für den Rest seines Lebens von jemandem in der Gegend herumgeschoben zu werden ... gepflegt zu werden ... auf die Hilfe anderer angewiesen zu sein. Er wollte von niemandem abhängig sein. Er konnte sehr wohl auf sich selber aufpassen. Er war zwanzig und hatte bereits sechs Jahre seines Lebens auf der Straße verbracht. Er brauchte sich von niemandem bemuttern zu lassen. Vielleicht war es doch am besten, die beiden erlösenden Worte auszusprechen. Ephrion war ja genau wie alle andern. Er hatte bestimmt eine gute Familie, ein gutes Leben. Und die andern waren ihm mit Sicherheit egal. Ephrion war doch wie alle andern, die einen weiten Bogen um ihn machten, wenn sie ihn am Straßenrand sahen, und ihm nur böse Blicke zuwarfen, wenn er um Geld bettelte, um sich etwas zu essen zu kaufen. Sie waren alle gleich. Sie hatten ihn nicht aus dem Gefängnis befreit, weil er ihnen irgendetwas bedeutete. Es ging ihnen nur um ihre blöde Mission, auch Ephrion. Warum also sollte er seine Beine für ihn opfern?

Joash lachte bitter. Die Welt hatte ihm ins Gesicht gespuckt und wollte ihn tot. Doch dies war sein Leben, und er würde es so leben, wie es ihm passte. Er würde frei sein. Wirklich frei ... Es war eine einfache Entscheidung.

Der Onovan beugte sich über ihn und zeigte ihm zweimal die gespreizten Finger seiner beiden Hände. Joash verstand, dass er noch genau zwanzig Sekunden Zeit hatte, bis die Metallfesseln seine Knochen zermalmen würden. Die Gurte waren jetzt so eng, dass sie ihm ins Fleisch einschnitten. Blut tropfte auf den Boden. Joash spürte den Druck, spürte, wie das Metall seine Blutbahnen abklemmte und seine Hände und Füße taub machte. Die Schmerzen in seinen Oberarmen und Oberschenkeln waren dagegen unbeschreiblich. Es lag in seiner Hand, dem Ganzen ein Ende zu bereiten. Nur zwei simple Worte, und er hatte seine Freiheit zurück … Ach, Freiheit …

Seine Schläfen hämmerten. Seine Backenknochen arbeiteten. Schnaubend lag er da, während sein Hirn unter Hochdruck arbeitete. Er wusste, was er wollte.

«Kommt her!», sagte er mit zäher und entschlossener Stimme. Der Onovan kam zu ihm und bückte sich, um die Worte zu verstehen, die der Bursche ihm zu sagen hatte.

Die Tür zu Aliyahs Zimmer ging auf, und das blinde Mädchen hörte die unverkennbaren Schritte eines Onovans, der den Raum betrat. Mit einem Lächeln auf den Lippen sprang sie vom Bett, das Buch an ihre Brust gedrückt, und voller Stolz proklamierte sie die Botschaft:

«Bevor Ihr nicht glaubt, könnt Ihr nicht sehen, und was Ihr in dieser Welt seht, ist nichts, woran Ihr glauben könnt. Doch er sieht nicht, wie die Menschen sehen – er sieht des Menschen Herz.»

Sie legte das Buch aufs Bett zurück und wollte weiterreden, doch im selben Moment sprang ihr Nayati in die Arme. Sie lachte und weinte gleichzeitig. Der Duft von frisch gebackenem Brot hing in der Luft, doch Aliyah verspürte keinen Hunger.

Joash holte tief Luft und spuckte dem Onovan ins Ohr, als er knurrend verkündete:

«Befreit *ihn*! … Befreit *ihn*, Ihr Idiot!»

Und dann begann er wie wild an seinen Fesseln zu zerren. Er lachte und fluchte, spuckte und weinte. Die Legende besagte, Gott hätte sich von Shaíria abgewandt, und wegen seiner eigenen schlimmen Vergangenheit hatte Joash eigentlich keinen Zweifel daran, dass Gott sich auch von ihm abgewandt hatte. Er hatte über Freiheit nachgedacht. In diesen wenigen Sekunden, bevor seine Arme und Beine für immer verkrüppelt sein würden, hatte er über sein Leben nachgedacht und darüber, wie erbärmlich es doch war. Er war nicht frei. Er war unglücklich, alleine und wütend. Warum würde er dieses Leben zurückhaben wollen? War es nicht besser, wenigstens *ein Mal* etwas richtig zu machen, als weiterhin ein hoffnungsloses Leben zu führen? Er hatte die Chance, etwas Gutes zu tun. Er hatte die Chance, eine gute Entscheidung zu treffen, vielleicht zum ersten Mal in seinem armseligen Leben. Und er wählte Ephrions Freiheit.

Sein eigenes Leben war ihm egal. Es kümmerte ihn nicht mehr. Sollten die Metallbänder doch seine Knochen brechen, sollte diese grausame Maschine doch heute sein Leben beenden. Er war bereit. Es gab nichts mehr, was ihn noch hätte zurückhalten können. Nur das eine würde er sich nicht nehmen lassen: Er würde sich nicht kampflos dem Tod preisgeben. Er würde schreien und kämpfen bis zum letzten Atemzug.

«Tötet mich! Tötet mich!», brüllte er, während er sich mit aller Kraft gegen die sich zuziehenden Metallfesseln stemmte.

Und da geschah etwas Seltsames. Plötzlich sprangen die tödlichen Gurte mit einem Klicken auf. Seine Arme und Beine waren frei, die Tür stand offen, und der Onovan war verschwunden. Jemand rief ihm von draußen etwas zu. Es war Ephrion.

«Hey, Alter. Wirst du drei Brötchen zum Frühstück essen, oder kann ich eines davon haben?»

Joash setzte sich auf und schüttelte seine Arme und Beine. Sie kribbelten, als würden tausend Nadeln in ihnen stecken, und die Wunden schlossen sich. Er ließ sich zurückfallen, und ein Lächeln breitete sich über seinem Gesicht aus.

«Nein, Alter», rief er zurück. «Du kannst es haben.»

Die morgendliche Luft war klar und kühl, was sehr erfrischend war nach all der Aufregung, die die Jugendlichen bereits hinter sich hatten. Sie waren alle noch etwas durchgeschüttelt und aufgewühlt von ihrem Test, doch jetzt, wo sie ihn bestanden hatten, wartete das beste Frühstücksbuffet auf sie, das sie jemals zu

Gesicht bekommen hatten. Sogar Miro, der von Haus aus sehr verwöhnt war, was Nahrung anbelangte, war völlig platt von der Fülle der Speisen und Getränke, die sich auf der langen Tafel befanden. Er kostete Früchte, die er noch nie zuvor gesehen hatte, und selbst das, was er zu kennen glaubte, schmeckte tausendmal besser als zu Hause.

Am meisten faszinierten die Jugendlichen aber die Eier. Seit der großen Nebelkatastrophe gab es keine Hühner mehr, und es war ihnen allen ein Rätsel, wie Master Kwando zu diesen Eiern gekommen war. Überhaupt war alles an diesem Ort so wundersam und geheimnisvoll, dass die vier jungen Gäste nicht aus dem Staunen herauskamen. Aber keiner wagte es, den Master darauf anzusprechen. Seine Antwort hätte ihnen ohnehin nur ein neues Rätsel aufgegeben. Also begnügten sie sich damit, den Augenblick zu genießen und vor allem das herrliche Frühstück, das Master Kwando ihnen aufgetischt hatte. Er selbst saß mit ihnen am Tisch, trank eine Tasse Kaffee und beobachtete die Jugendlichen eine Weile schweigend.

«Ich bin sehr zufrieden», sagte er schließlich. «Ihr habt eure erste Aufgabe gut gemeistert. Euer Innerstes wurde nach außen gekehrt, und ihr habt euch äußerlich dem stellen müssen, was ihr innerlich zu verbergen suchtet. Ihr musstet einen Teil von euch abgeben oder akzeptieren, um das Training zu bestehen.» Er sah zu Miro hinüber. «Versagen.» Von Miro zu Aliyah. «Mut.» Von Aliyah zu Joash. «Opfer.»

Ephrion, der sich gerade ein paar Trauben in den Mund steckte, sah Master Kwando mit hochgezogenen Augenbrauen an.

«Was hab *ich* getan? … Habe ich auch einen Test bestanden?»

Der Master sah ihn liebenswürdig an und erklärte:

«Mein Schüler, die härtesten Prüfungen im Leben sind diejenigen, deren Ausgang wir nicht beeinflussen können … Dank einem Freund habt auch Ihr den Test bestanden.»

«Echt? Coooool», sagte Ephrion extra langgezogen und grinste zu Joash hinüber. «Ich mag deinen Slang. Bei Gelegenheit musst du mir mehr davon beibringen … Mann.»

Joash schmunzelte nur. «Alles klar, Ephi.»

Über ihren Köpfen zog ein Schwarm zwitschernder schneeweißer Vögel hinweg. Noch nie hatten die Jugendlichen solche Vögel gesehen. Irgendwo in weiter Ferne waren seltsame Tierlaute zu hören, ein Krächzen und Brüllen, gemischt mit den eigenartigsten Klängen, die die vier jungen Schüler jemals gehört hatten. Master Kwando fuhr mit seiner Rede fort.

«Nach dem Frühstück werden euch ein paar Onovans zu einem See begleiten, wo ihr euch waschen und entspannen könnt. Der morgige Tag wird eine große Herausforderung für euch alle sein. Um als ein Team zu funktionieren, müsst ihr fähig sein, die Lasten des andern zu tragen. Aber ihr könnt die Schwierigkeiten des andern nicht tragen, wenn ihr sie nicht kennt. Ein Team zu sein, bedeutet *eins* zu sein. Ihr denkt vielleicht, alleine wärt ihr stark oder klug, aber gemeinsam seid ihr stärker, gemeinsam seid ihr klüger ... Ihr müsst die Leiden des andern sehen ... fühlen ... erleben ... Erst wenn ihr fähig seid, von euch wegzusehen und für die Leiden eines andern Menschen zu weinen, wird es euch gelingen, eure eigenen Verletzungen zu überwinden.

Morgen ist der Tag der Spiegel. Genießt das Essen, esst, so viel ihr könnt, und genießt auch die Zeit am See. Genießt jeden Augenblick, denn es wird unter Umständen für sehr lange Zeit das letzte Mal sein, dass ihr die Möglichkeit dazu habt. Und denkt daran: Es ist euch noch immer nicht erlaubt, miteinander zu reden, wenn ich nicht dabei bin. Gebraucht die Energie stattdessen, um euer Herz und euren Geist zu öffnen. Konzentriert euch auf das, was heute Morgen passiert ist, und denkt darüber nach, was es bedeutet. Warum den Test bestehen, wenn die Lektion dennoch nicht gelernt wurde ...»

Nachdem er diese Worte gesprochen hatte, zog ihn ein Onovan in seinem Rollstuhl rückwärts vom Tisch weg und schob ihn dann Richtung Haus. Der Master nickte seinen Gästen im Vorbeifahren zu. Er wirkte müde und schwach und irgendwie noch älter als am Tag zuvor. Es schien, als würde das Training nicht nur Spuren im Leben seiner Schüler hinterlassen – sondern auch in seinem.

· 60 ·

Katara stand vor dem Spiegel in ihrem Zimmer und starrte durch sich hindurch. Es war halb fünf Uhr morgens, doch sie hatte die ganze Nacht kein Auge zugetan und sich stattdessen nur eine einzige Frage gestellt.

«Wer bin ich?», hauchte sie zum wohl tausendsten Mal in den Spiegel. «Sag mir, wer ich bin.» Ihre Gedanken schweiften in die Vergangenheit zurück zu dem Tag ihrer letzten großen Prüfung mit ihrem Kampflehrer Master Tromar ...

Katara war ganz in Weiß gekleidet gewesen. Zum ersten Mal hielt sie ein echtes zweischneidiges Schwert in Händen, das Schwert eines Ritters. Breitbeinig stand sie da. Ihr Gesicht wirkte furchtlos, doch in ihr drin schienen fünf Herzen gleichzeitig zu schlagen. Das Pochen war so stark, dass sie glaubte, ihre Brust würde sich jeden Moment von ihrem Körper losreißen und durch die Säulenhalle davonrennen. Master Tromar betrat den Raum, schritt langsam auf das Mädchen zu und blieb in einem Abstand von zwei Schrittlängen in der Mitte der Halle vor ihr stehen. Er trug ein weißes, glänzendes Gewand, die Robe eines Masters. Langsam hob er das Schwert über seinen Kopf, und Katara tat dasselbe. Die Luft schien zu vibrieren. Nur ein paar Sekunden standen sie sich so gegenüber, jeden Muskel ihrer durchtrainierten Körper bis zum Äußersten angespannt, doch es schien Katara wie eine Ewigkeit zu sein.

«So soll es beginnen», sagte der Master, und gleichzeitig holte Katara zu ihrem ersten Schlag aus. Es klirrte, und Funken sprangen, als die tödlichen Klingen aufeinandertrafen. Master Tromar parierte Kataras Schlag mühelos und ging seinerseits zum Angriff über. Sein Schwert sauste durch die Luft, doch Katara wich ihm geschickt aus, indem sie ihren Oberkörper wie ein dehnbares Schilfrohr nach hinten fallen ließ, ohne dabei das Gleichgewicht zu verlieren. Tromars Klinge durchtrennte die Luft nur einen halben Fingerbreit über ihrer Brust. Geschickt zog sich Katara wieder hoch, stemmte ihre Füße gegen den spiegelglatten Boden und riss ihr Schwert hoch. Unvermittelt ließ sie die Klinge auf Tromars Schulter niedersausen, aber der Master fing ihren Schlag ab und wich tänzelnd zurück. Er spielte mit ihr. Katara wirbelte einmal um ihre eigene Achse, holte zu einem wuchtigen Schlag aus, den Tromar erneut parierte. Dann drehte er den Spieß schlagartig um.

Mit mehreren gezielten Hieben drängte er das Mädchen in die Defensive, täuschte sie mit überraschenden Richtungswechseln, ließ ihr keine Zeit, sich einen Vorteil zu verschaffen, und griff sie aus immer neuen Winkeln an. Sie lieferten sich einen erbitterten Schlagabtausch und kämpften verbissen und ohne ein einziges Wort zu wechseln.

Das Klirren des aufeinanderprallenden Metalls hallte durch den leeren Raum. Der Master war unglaublich gewandt, parierte jeden ihrer Schläge, wich ihrer Klinge routiniert aus und sprang bei niedrigen Hieben leichtfüßig über ihr Schwert.

Sie tanzten durch die riesige Säulenhalle wie durch einen Ballsaal, doch anstelle von heiterer Musik und dem ausgelassenen Gelächter der Gäste war der Raum angefüllt mit den Klängen des Kampfes, dem Klirren der Schwerter und den schweren Atemstößen der Kontrahenten, und anstelle von weißem Wein kosteten sie ihre eigenen salzigen Schweißtropfen, die ihnen übers Gesicht liefen.

Plötzlich wirbelte der Master herum, bündelte all seine Kraft und schlug Katara mit einem gewaltigen Hieb das Schwert aus der Hand. Katara taumelte und fiel rückwärts zu Boden. Master Tromar stand heftig atmend über ihr und setzte ihr die Spitze seines Schwertes an die Kehle. Sie rang nach Luft und blickte ihren Lehrer voller Angst an.

«Seid Ihr bereit, Dark City zu beschützen?», fragte er mit vorgerecktem Kinn.

«Ja, das bin ich», antwortete sie keuchend und schweißüberströmt.

«Seid Ihr bereit, den König zu beschützen?»

«Ja, das bin ich.»

«Seid Ihr bereit, für Euren König zu sterben?», brüllte er sie an. Sie antwortete nicht. Er wiederholte seine Frage und drückte die Schwertspitze unmissverständlich gegen ihren Hals.

«Seid Ihr bereit, für Euren König zu sterben?», donnerte seine Stimme durch die Säulenhalle.

«Ja, das bin ich!», schrie sie zurück, und ihre Augen füllten sich mit Tränen. «Das bin ich!»

Der Master betrachtete das auf dem Boden liegende Mädchen, ohne mit der Wimper zu zucken, und seine Brust wölbte sich, als er sprach: «Ihr habt Euch alle Fähigkeiten angeeignet, die sich ein Ritter aneignen kann. Ihr habt Mut und Ehre bewiesen. Ihr habt Eure Prüfung bestanden.» Er nahm das Schwert von ihrem Hals. Sie setzte sich auf, und der Master legte sein Schwert feierlich in ihre Hände.

«Ich gratuliere Euch, meine junge Ritterin. Die alte Katara ist tot. Ein neuer Tag hat begonnen.»

Mit diesen Worten drehte er sich um und ging davon ...

Katara stand noch immer vor dem Spiegel. Gedankenversunken ließ sie ihre Finger über ihr Gesicht gleiten und betrachtete dann ihre Hände. Es waren starke Hände; Hände, die ein Schwert halten konnten; Hände, die kämpfen konnten, für den König, für die Wahrheit ... Sie hielt inne und runzelte die Stirn. Für die *Wahrheit?* ... Ihr Herz begann mit einem Mal schneller zu pochen. Sie spürte etwas. Tief in ihrem Herzen spürte sie auf einmal etwas, das sie sich selbst nicht erklären konnte. Doch es war da, wie ein Samenkorn, das jemand in sie hineingelegt hatte und das darauf wartete zu wachsen. Sie versuchte es mit ihren Gedanken zu zerstören, doch es ließ sich nicht bewegen.

Sie hat die Wahrheit gesagt, durchfuhr es Katara heiß. *Es ist alles wahr ... Die Prophezeiung ist wahr ... die Berufung ...*

Sie schluckte und zwang sich, an etwas anderes zu denken. Doch es ging nicht. Die Gewissheit war auf einmal so stark, dass es schmerzte in ihrer Brust. Sie wusste auf einmal, wer sie war und welche Aufgabe ihr zugedacht war. Es zerriss sie schier, als ihr bewusst wurde, was dies bedeutete.

Sie musste an ihren Vater denken. Er war der erste schwarze Ritter des Königs, und sie war seine Tochter. Es lag in ihrem Blut, den König und sein Königreich zu beschützen. Sie hatte es geschworen. Sie hatte geschworen, für den König zu leben – und zu sterben, wenn es sein musste.

Aber was war mit der Prophezeiung? War sie stärker als ihr Gelübde? Oder sollte sie um der Ehre willen die Prophezeiung ignorieren? Ja, vielleicht sogar ... bekämpfen? Auf welcher Seite stand sie?

Katara wusste, dass sie sich entscheiden musste, hier und jetzt. Sie wusste, dass es keinen Mittelweg gab, nur ein Entweder-Oder, ein Ja oder Nein. Sie wusste, wie auch immer sie sich entscheiden würde, sie musste es durchziehen – bis zum Ende.

«Wer bin ich?», flüsterte sie erneut und betrachtete ihr Spiegelbild. Sie blickte sich direkt in die Augen. Sie wollte mit sich selbst konfrontiert werden. Sie wollte in ihre Seele schauen, herausfinden, was sie tun sollte. Sie wollte sehen, wer sie war!

Eine Weile blieb sie wie angewurzelt vor ihrem Spiegelbild stehen. Dann ballte sie plötzlich ihre Fäuste, und mit einem wütenden Aufschrei zerschlug sie den Spiegel an der Wand. Er zersprang unter ihrer eisernen Faust in tausend Stücke, und die Scherben zerschnitten ihre Knöchel. Blut tropfte auf den Boden. Doch es war ihr egal. Sie hatte sich entschieden.

· 61 ·

Als Aliyah die Augen aufschlug, war sie völlig durcheinander und wusste nicht, ob sie sich fürchten oder freuen sollte. Sie war von Licht und Farben und Formen umgeben. *Kann ich sehen?*, war das Erste, was ihr durch den Kopf ging. Sie schloss ihre Augen und wartete ein paar Sekunden. Bestimmt hatte sie sich alles nur eingebildet. Wieder öffnete sie die Augen, und ihr Herz begann wild zu rasen vor Aufregung: Ja, sie konnte tatsächlich sehen!

«Ich kann sehen!», murmelte sie fassungslos. «Ich kann wirklich sehen!»

Aber wie war das möglich? Was war geschehen? Sie setzte sich in ihrem Bett auf und sah sich um. Der Raum war vollständig mit Spiegeln abgedeckt. Der Boden, die Wände, die Decke, alles war eine einzige Spiegelfläche, und das Spiegelbild, dem sie sich in mehrfacher Ausführung gegenübersah, brachte sie noch mehr durcheinander. Verwirrt sprang sie auf und näherte sich einer der Spiegelwände mit zaghaften Schritten.

«Ich träume wohl ...»

Sie trat ganz nah an den Spiegel heran, hauchte ihr Spiegelbild an, wischte mit der Hand darüber, um das Bild wegzukriegen, rieb sich die Augen und blieb dann einfach nur mit offenem Mund stehen.

«Das kann ich nicht glauben ...»

Sie begann, sich genauer in Augenschein zu nehmen. Ihr Haar war lang und schwer und glich einer ungekämmten Löwenmähne. Ihre Hände waren stark, ihre Arme voller stählerner Muskeln. Sie war kräftig gebaut und um mindestens zwei Köpfe gewachsen. Sie ging noch näher an den Spiegel heran und sah sich tief in die Augen.

«Das kann einfach nicht Wirklichkeit sein ...»

Sie eilte zur Tür, rüttelte an der Klinke, doch die Tür war verschlossen. Sie ging zum Fenster, auch das ließ sich nicht öffnen. Sie war gefangen, aber nicht nur in einem Raum voller Spiegel, sondern auch in einem anderen Körper ... in Joashs Körper!

※

Ephrion wachte hungrig auf. Wie immer. Er bemerkte, dass sein Zimmer vollständig mit Spiegeln verkleidet war, dachte sich aber nicht viel dabei. Verschlafen rieb er sich die Augen, gähnte laut und räkelte sich. Seine Gedanken wanderten bereits zu dem reich gedeckten Frühstückstisch, der ihn erwarten würde, und das Wasser lief ihm im Mund zusammen. Er setzte sich auf, dehnte sich, fuhr sich durch sein verstrubbeltes Haar, ließ seinen verschlafenen Blick über die Spiegelwände gleiten, und dann konnte er nur noch eines tun: schreien.

«Ahhhhhhhhhhhhhh!»

Er guckte in den Spiegel unter seinen Füßen, in die Spiegel an den vier Wänden, in den Spiegel an der Decke. Und in allen

Spiegeln sah er exakt dasselbe. Und die Person im Spiegel tat genau dasselbe, was er tat, zu genau derselben Zeit, wie er es tat.

Bin das ... ich?, dachte er verstört. Langsam hob er seine Hand und winkte. Die Person im Spiegel winkte zurück. Er streckte die Zunge heraus, die Person tat es ebenfalls. Er schnitt eine Grimasse, dieselbe Grimasse kam zu ihm zurück.

«Ich bin es wirklich!», murmelte er, während er sich auf die Person im Spiegel zubewegte, die ihn genauso verdattert anstarrte wie er sie.

«Das ist nicht cool!», sagte Ephrion, ohne die Person aus den Augen zu lassen. «Das ist nicht cool!», rief er erneut – zu wem auch immer. Sein Hungergefühl war wie weggeblasen. Sein Körper war mit etwas ganz anderem ausgefüllt ... mit Miro!

Aliyah betrachtete ihren Körper, ohne zu verstehen, wie das hatte passieren können, und dann begann sie auf einmal laut zu lachen.

«Ich kann sehen!», rief sie glücklich. «Ich kann sehen!»

Sie eilte zum Fenster und sah hinaus. Es war ein wunderschöner Morgen. Aliyah sog die Aussicht mit jeder Faser ihres Seins in sich hinein. Sie konnte sich nicht sattsehen an der Landschaft. Die Farben waren so intensiv, dass sie sie beinahe schmecken konnte. Sie wollte nach draußen in die Wiese laufen und einen Blumenstrauß pflücken. Sie versuchte erneut, das Fenster zu öffnen, doch es ging nicht.

«Ich kann sehen», murmelte sie erneut. Nichts hatte sie sich sehnlicher gewünscht, als eines Tages wieder sehen zu können. Jetzt war ihr Traum in Erfüllung gegangen. Sie konnte sehen. Aber warum musste es ausgerechnet durch Joashs Augen sein? Und wenn sie in seinem Körper steckte, was war dann mit ihrem eigenen geschehen?

Plötzlich spürte sie einen rasenden Schmerz in ihrem Kopf, als würde jemand gleichzeitig mehrere Messer in ihr Hirn stoßen. Sie massierte ihre Schläfen, presste die Hände gegen ihren Kopf und versuchte, den stechenden Schmerz loszuwerden. Doch es wurde immer schlimmer. Aliyah krümmte sich auf dem Boden zusammen und wimmerte vor Pein. Ihre Nase begann zu bluten.

«Was passiert mit mir?», flüsterte sie verzweifelt. Alles um sie herum begann sich seltsam zu verformen, zu biegen, zu dehnen, sich ineinander zu verschlingen. Die gesamte Umgebung begann zu zittern und zu flimmern und sich wellenförmig nach außen zu bewegen, als wäre sie flüssig geworden und jemand hätte einen Stein in sie hineingeworfen. Das Pulsieren wurde stärker, alles begann sich zu drehen, schneller und immer schneller. Aliyah wurde es schwindlig. Mit angewinkelten Beinen und Armen lag sie auf dem Boden, während sie in einen Strudel gerissen wurde, der ihr die Luft abschnürte.

Es wurde ihr so übel, dass sie glaubte, sich gleich übergeben zu müssen. Sie presste ihre Hände gegen den Bauch, ihr Atem ging unregelmäßig, ihr Herz flatterte. Alles drehte sich um sie herum, als würde sie im Zentrum einer gewaltigen Schleudermaschine liegen.

Und dann plötzlich ... wurde die Vision wieder klar. Die Spiegel waren weg. Stattdessen befand sie sich in einer schäbigen Kammer. Haufen von schmutzigen Kleidern türmten sich in einer Ecke, Schmeißfliegen kreisten um einen Berg von Geschirr, das in der Spüle lag und einen furchtbaren Gestank im Raum verbreitete. Die wenigen Möbel in dem Zimmer waren so alt, dass man hätte meinen können, sie würden jeden Moment zu Staub zerfallen.

Im vorderen Teil des Hauses waren polternde Geräusche zu hören. Mehrere Leute unterhielten sich mit aufgebrachten Stimmen, dann schlug die Haustür zu.

Aliyah drehte sich um. Und da sah sie ihn. Es war Joash. Er war um einige Jahre jünger geworden und mochte um die dreizehn, vierzehn Jahre alt sein. Er starrte voller Entsetzen und Angst in eine Ecke, wo eine ausgemergelte junge Frau kauerte. Trotz schwarzer Augenringe und blassem Gesicht war zu erkennen, dass sie einmal eine wunderschöne Frau gewesen sein musste.

«Mama, du hast versprochen, du würdest aufhören!»

Sie hatte den Ärmel ihres Hemdes hochgekrempelt, ein Tuch

um ihren Oberarm gebunden, und in ihrem ausgestreckten Arm steckte eine aufgezogene Spritze mit einer bläulichen Flüssigkeit.

«Du hast es mir versprochen!», schrie er seine Mutter an, während er mitten im Raum stehen blieb und gegen die Tränen ankämpfte.

Sie sah müde zu ihm hoch und dann wieder zurück auf ihren Arm, während sie damit fortfuhr, sich die blaue Flüssigkeit in die Vene zu spritzen. Joash lief zu ihr hin und kniete schell neben ihr nieder.

«Hör auf damit, bitte! Ich brauche dich doch. Gib mir die Spritze, bitte, Mama!»

Er streckte ihr seine Hand hin, doch sie ignorierte ihn und presste weiter.

«Papa ist in diesem Sumpf ums Leben gekommen. Ich werde nicht zulassen, dass du auch noch stirbst. Mama!»

Sie spritzte sich die gesamte Flüssigkeit in den Arm. Dann, mit einer langsamen, zittrigen Bewegung, reichte sie Joash die leere Spritze. Er war verzweifelt und wütend.

«Mama, wie viel hast du genommen? Warum hast du das getan? Mama?!»

Tränen rollten über sein Gesicht, während seine Mutter ihn traurig anschaute und ihr Körper langsam zu Boden glitt. Sie griff nach seinem Arm, und Joash konnte förmlich spüren, wie es zu Ende ging. Sie war so schwach, dass ihr sogar das Sprechen schwerfiel. «Jojo», flüsterte sie, «du musst gehen, mein Junge … Sie kommen … sie kommen …»

Aliyah wusste plötzlich: Joash war es gewohnt zu flüchten. So lange er sich erinnern konnte, war seine Familie immer auf der Flucht gewesen. Alle zwei Jahre waren sie umgezogen und hatten sogar ihre Namen gewechselt. Er hatte schon so oft seinen Namen gewechselt, dass außer seinen Eltern und ihm selbst niemand mehr so genau wusste, wie er wirklich hieß. Seit vielen Jahren hatte niemand mehr seinen wahren Namen ausgesprochen, nicht einmal er selbst.

Seine Eltern hatten ihm nie verraten, warum sie sich ständig verstecken mussten. Zuerst dachte Joash, es wäre wegen seines

Vaters. Sein Vater verkaufte Drogen und war im illegalen Lichthandel tätig. Aber nachdem er bei einer der Transaktionen getötet worden war, hatten sie die Koffer gepackt und waren wieder an einem neuen Ort untergetaucht. Und so ging das Jahr für Jahr. Immer wenn Joash begann, Freunde zu finden und Wurzeln zu schlagen, mussten sie wieder fort, und er musste wieder eine neue Identität annehmen und sich an einen neuen Namen gewöhnen. Er hatte seine Mutter schon tausendmal nach dem Grund ihres Verhaltens gefragt. Doch sie sagte nur, es wäre zu seinem Schutz.

«Okay, Mama», sagte Joash und versuchte, tapfer zu bleiben, «ich geh und pack unsere Sachen, und dann brechen wir auf.»

Seine Mutter wirkte von Sekunde zu Sekunde müder. Sie war so schwach, dass sie nicht einmal mehr die Kraft hatte, Joashs Arm festzuhalten. Die Droge wirkte schnell.

«Jojo», hauchte die Mutter, «ich gehe nicht mit … du musst alleine gehen.» Ihre Atemzüge wurden von Mal zu Mal schwächer.

«Nein, Mama! Hör auf damit! Wir gehen zusammen!»

Er sprang auf, riss einen Schrank auf und begann wahllos ein paar Kleider seiner Mutter in eine Tasche zu packen.

«Mama, ich hol deine Haarbürste.»

«Jojo, sie werden bald hier sein … Lass alles hier und lauf weg. Du musst fort, mein Junge …» Ihre Stimme war so dünn, dass Joash innerlich spürte, dass sie nicht mehr lange durchhalten würde. Er wollte nicht wahrhaben, was wirklich passierte. Es konnte nicht sein. Es durfte nicht sein.

«Nein, Mama, steh auf. Wir müssen gehen … Wo ist deine Bürste?»

«Komm her», sagte sie und winkte ihren Jungen unter größter Kraftanstrengung zu sich. Joash setzte sich neben seine Mutter auf den Boden.

«Nimm meine Hand, Jojo.»

Er nahm ihre Hand. Sie war schlaff und kalt. Joashs Kinn bebte. Er weinte wie ein kleines Kind. Seine Mutter sah ihn mit flackerndem Blick an. «Wenn sie mich finden … dann werden sie aufhören zu suchen. Du wirst in Sicherheit sein …»

«Wenn sie dich finden? Bitte Mama, wir müssen gehen. Steh auf, bitte.»

«Jojo ...» Mit diesen Worten fiel seine Mutter in seinen Schoß und schloss die Augen. Ein sanfter Atemhauch entströmte ihren Lippen. Joash wusste, was das bedeutete, doch er weigerte sich zu glauben, dass dies das Ende war. Er packte seine Mutter und riss sie hoch. Er versuchte, sie auf ihre Beine zu stellen, doch die trugen sie nicht mehr. Sie konnte nicht mitgehen. Nie mehr.

«Wo ist deine Bürste, Mama? Wir müssen gehen ... Mama ... bitte! Mama!!!»

Ein Weinkrampf schüttelte seinen Körper. So stand er da, mitten in dem kleinen, düsteren Raum, während die Mutter in seinen starken Armen lag, als würde sie schlafen. Minuten verstrichen, ohne dass sich Joash von der Stelle rührte. Er stand nur da und schluchzte und weinte und drückte seine Mutter an sich. Die Zeit war stehen geblieben – und auch sein Leben.

Er trug seine Mutter zu ihrem Bett und legte sie vorsichtig hinein. Eine graue Blässe hatte sich über ihr Gesicht gelegt. Die Realität traf Joash mit brutaler Härte. Seine Mutter war tot. Sie hatte ihn verlassen – genau wie sein Vater. Jetzt war er ganz allein. Er hatte niemanden mehr auf dieser Welt. Nur sich selbst. Er wischte sich mit dem Handrücken über die rotgeweinten Augen und schluckte entschlossen die Tränen hinunter. Er würde nicht mehr weinen. Er würde nie mehr weinen. Nie mehr!

Sein Blick fiel auf das kleine Nachttischchen neben dem Bett seiner Mutter. Eine Spiegelscherbe lag darauf, auf der die Reste eines feinen weißen Pulvers und ein Schaber lagen. Daneben fand Joash die Haarbürste seiner Mutter. Er nahm sie und begann damit hingebungsvoll ihre Haare zu kämmen. Dann nahm er ein Messer und schnitt ein Büschel ihres glänzenden Haares ab. Er wickelte es sorgfältig in ein Tuch, steckte es in seine Hosentasche und küsste seine Mutter ein letztes Mal auf ihre Stirn.

«Leb wohl, Mama», hauchte er. «Leb wohl.»

Die Vision begann sich zu dehnen und zu drehen, und auf einmal fand sich Aliyah wieder in ihrem eigenen, von Spiegeln eingekleideten Zimmer vor. Sie wischte sich das Blut von der Nase, rappelte sich vom Boden hoch und sah in den Spiegel an der Wand. Sie sah noch immer Joash, und alles, was sie tun konnte, war zu weinen. Sie weinte bitterlich. Sie hatte einen entscheidenden Moment aus seinem Leben miterlebt. Sie hatte gesehen, was er gesehen hatte; sie hatte gefühlt, was er gefühlt hatte.

«Joash, das tut mir so leid», murmelte sie, während sie mit ihren Fingern nach seinem Gesicht im Spiegel tastete. Ihre Blindheit kam ihr auf einmal nur noch halb so schlimm vor wie seine Einsamkeit.

Die Tür ging auf, und ein Onovan trat ein.

«Kommt», sagte er.

Aliyah folgte ihm aus dem Zimmer, und als sie ihren Fuß über die Schwelle setzte, erlosch ihr Augenlicht, und sie war zurück in ihrer Welt der Dunkelheit. Sie betastete ihren Körper und spürte, dass sie wieder sie selbst war.

«Ich bin blind!», stellte sie erleichtert fest. «Ich bin wieder blind!» Ein glückliches Lächeln huschte über ihr Gesicht, während sie dem Onovan durch den Laubengang folgte.

· 62 ·

«Achtung, da kommt die Tonne!», grinste ein Teenager, während er mit seinem Finger auf Ephrion zeigte. Alle Schüler begannen zu lachen und dumme Sprüche zu reißen, als Ephrion die Cafeteria betrat. Oh, wie es ihn kränkte, wenn sie über ihn spotteten. Er hasste es so sehr. In der Mittagspause war die Spöttelei am schlimmsten. Wenn er an ihren Tischen vorbeilief, begannen die Schüler zu tuscheln und zu kichern, und selbst wenn sie nichts sagten, so sah er doch in ihren Augen, dass sie hofften, er würde sich nicht etwa an denselben Tisch setzen.

Wie alle andern Kinder brachte auch Ephrion sein Essen von zu Hause mit. Doch er fühlte sich nie wohl, wenn er sein Fladenbrot verdrückte, denn immer wurde er von allen Seiten angestarrt, und die Kinder lachten über ihn. Er hielt nach einem leeren Tisch Ausschau, wo er seine Ruhe haben würde. Sein Schulfreund und Leidensgenosse Ansgar, der ebenfalls ziemlich dick war und von den Mitschülern gehänselt wurde, war heute nicht zur Schule gekommen. Also musste sich Ephrion alleine gegen die gnadenlosen Sprüche verteidigen.

«Hey, Tonne, du kannst dich hierhin setzen», sagte ein Mädchen großzügig und winkte ihn zu sich heran. Es saß zusammen mit anderen Mädchen an einem Tisch und rutschte etwas zur Seite, um ihm auf der Bank Platz zu machen. Erleichtert ging Ephrion auf die Mädchen zu, bedankte sich, stellte seine Essenstüte auf den Tisch und setzte sich. Doch kaum hatte er sich gesetzt, sprang er auch schon wieder auf. Etwas hatte ihn in sein Hinterteil gestochen.

«Autsch!», schrie er.

Gelächter schallte durch den Speisesaal. Jemand hatte einen Reißnagel auf seinen Platz gelegt. Die Mädchen rutschten rasch zurück und schlossen demonstrativ die Lücke, die sie für Ephrion freigemacht hatten, während sie noch immer vergnügt kicherten.

«Tut mir leid, Tonne, wir haben leider keinen Platz für dich.»

Ephrion ließ seine Tüte fallen und rannte aus der Cafeteria hinaus. Er rannte, so schnell er konnte, das Hohngelächter der Schüler hinter sich zurücklassend, und machte erst wieder in der Toilette der Jungs Halt. Rasch verriegelte er die Tür hinter sich, damit niemand hineinkommen konnte. Keuchend griff er in seine Hosentasche und fischte eine Tüte mit Kandiszuckerklumpen heraus. Das war die einzige Süßigkeit, die sie sich regelmäßig leisten konnten, da Zuckerrohr in Mengen angebaut wurde. Er riss die Verpackung auf und stopfte sich alle Klumpen auf einmal in den Mund. Dann stellte er sich vor den Spiegel, und mit vollem Mund rief er sich zu:

«Ich hasse dich! Du bist so aufgebläht wie eine Tonne! Du bist fett und hässlich! Ich hasse dich!»

Er hatte davon gehört, was die wohlhabenden schlanken Mädchen taten, wenn sie noch dünner sein wollten, als sie es eh schon waren: Wie sie sich ihren Finger in den Hals steckten, damit sie sich übergeben mussten … Ja, er wollte auch schlank sein. Er wollte, dass die Leute ihn bei seinem richtigen Namen nannten. Er wollte endlich nicht mehr das Gespött der ganzen Schule sein. Er wollte Freunde haben ...

Kurz entschlossen spuckte er den Zucker aus, nahm seinen wurstigen Finger und steckte ihn sich in den Hals. Er würgte und hustete, doch nichts geschah. Er wiederholte das Ganze nochmals. Diesmal versuchte er, den Finger noch tiefer in seinen Hals zu stecken. Er würgte so stark, dass sein Gesicht rot anlief. Doch es nutzte nichts. Verzweifelt nahm er seinen Finger aus dem Mund und betrachtete sich im Spiegel. Seine Augen waren rot und gefüllt mit Tränen, und seine Kehle schmerzte. Voller Verachtung schaute er auf seinen Bauch hinunter.

Ich bin eine Volltonne, dachte er. Er begann seinen Bauch mit beiden Fäusten zu bearbeiten. Er boxte sich in den Magen, so stark er nur konnte, immer und immer wieder. Er spuckte und weinte vor Bedrückung.

«Ich hasse dich! Ich hasse dich! Ich hasse dich!!!», weinte er, während er immer weiter auf seinen Bauch einschlug, bis ihm irgendwann alles aus seinem Magen hochkam und er sich doch übergeben musste. Er hörte auf, sich selbst zu peinigen, und starrte in den Spiegel. Erbrochenes lief daran herunter. Seine Hände und Kleider waren feucht.

Das ist es, was ich bin, dachte Ephrion, *ein Ekel erregender, feuchter, übel riechender Fettklumpen.*

Er wusch sich die Hände und das Gesicht und spülte sich den Mund aus. Kurz darauf hörte er, wie jemand gegen die Tür polterte.

«Hey, Tonne, bist du da drin? Ich muss ganz dringend mal. Hallo, Tonne?»

Ephrion sah an sich hinunter und dachte über den Namen nach, den sie ihm hier in der Schule gegeben hatten. Tonne, so massig wie eine riesige Tonne.

«Tonnenmann, bist du da drin?»

Er ging zur Tür und schob den Riegel zurück. «Ja, ich bin hier drin», murmelte er tonlos.

Die Vision begann sich zu drehen und zu verformen, bis Miro sich wieder in den eigenen vier Wänden seines Spiegelraumes befand. Er lag zusammengekrümmt wie ein Wurm auf dem Boden. Blut war aus seiner Nase getropft. Die Kopfschmerzen waren verschwunden, doch Miro verspürte heftiges Bauchweh. Nachdem die Vision verschwunden war, richtete er sich auf und schaute sich stirnrunzelnd im Spiegel an. Er sah noch immer aus wie Ephrion. Er legte sich die Hände auf den Bauch. Dann fühlte er seinen Hals. Jede Schluckbewegung schmerzte, und seine Augen waren rotgeweint.

«Es tut mir leid, Dicker», sagte Miro zu seinem Spiegelbild, «ich wusste nicht, dass es so hart für dich ist. Warum versuchst du nicht einfach, weniger zu essen?»

Er hörte die hämischen Stimmen aus der Cafeteria in seinem Kopf. «Tonne! ... Tonne! ... Tonnenmann!», riefen sie im Chor und lachten und spotteten. Miro schüttelte verständnislos und wehmütig den Kopf.

«Warum musst du nur so viel essen, Dicker?», fragte er, während er Ephrions korpulenten Körper im Spiegel betrachtete. Obwohl er ihn noch immer Dicker nannte, hatte er gerade begonnen, ihn wirklich zu mögen. Eine ganze Weile stand er gedankenversunken da, bis ihm klar wurde, dass er noch immer in Ephrions Haut steckte, was ihm je länger je unangenehmer wurde. Er wollte raus. Er hatte genug von Ephrions Leid empfunden.

«Ich will meinen Körper zurück», murmelte er und drehte seinen Kopf jäh zur Tür. «Ich will meinen Körper zurück!», schrie er, so laut er konnte.

Fast im selben Moment öffnete sich die Tür. Ein Onovan erschien in dem Spiegelraum und bedeutete dem Jungen mit einem Kopfnicken, ihm zu folgen. Als Miro über die Türschwelle trat, merkte er, dass er wieder in seinem eigenen Körper steckte. Doch er spürte, dass etwas mit ihm geschehen war. Er war nicht mehr derselbe. Er warf einen letzten Blick in den Spiegelraum, starrte für ein paar Sekunden in die Spiegel und meinte dann:

«Es tut mir echt leid, Ephrion. Aber ich hoffe, dass du jetzt nicht etwa denkst, dass ich dich deswegen nicht mehr Dicker nenne.»

· 63 ·

Verkrümmt lag Joash auf dem Boden und drückte sich die Hände gegen die Schläfen. Es war, als würde sein Kopf mit einem Presslufthammer bearbeitet. Der Schmerz war schier unerträglich, fast noch schlimmer als die merkwürdige Veränderung, die über Nacht mit ihm geschehen war, als er die Augen aufgeschlagen und gemerkt hatte, dass er blind war und in einem weiblichen Körper steckte.

Alles um ihn herum begann sich zu drehen, schneller und immer schneller. Lichtblitze flammten in seinen blinden Augen auf.

«Was geschieht mit mir?», rief er verstört.

Endlich beruhigte sich der Strudel, und das Schwindelgefühl ließ nach. Joash öffnete die Augen und sah sich um. Er war sich nicht sicher, ob er das alles nur träumte oder ob es tatsächlich geschah. Doch das, was er sah und hörte, war zu echt, um nur Teil eines Alptraumes zu sein.

Er sah ein kleines, zierliches Mädchen, kaum neun Jahre alt, das auf einem Stuhl saß. Er wusste, dass es Aliyah war. Ein Mann mit einer speziellen Kerze in der Hand saß ihr gegenüber und hielt ihr das flackernde Licht vor die Augen.

«Sie ist blind», stellte der Mann fest.

«Ich weiß selbst, dass sie blind ist», keifte Onkel Fingal, der sich ebenfalls in dem Raum befand. «Was ich von Euch wissen will, Doktor, ist, wann sie wieder sehen wird.»

«Ihre Pupillen verengen sich bei Lichteinfall wie ganz normale Pupillen. Ihre Augen scheinen völlig intakt zu sein, und dennoch kann sie nichts sehen. Als würde das Gehirn die Informationen abblocken, die durch die Augen eindringen. Dies ist sehr ungewöhnlich. Um ehrlich zu sein, ich habe noch nie ein ähnliches Phänomen gesehen.»

Doktor Shalomar war kein ausgebildeter Arzt. Nicht viele Menschen in Dark City konnten es sich leisten, zu einem richtigen Arzt zu gehen, und so waren Heilkundige wie Doktor Shalomar der einzige Ausweg der Minderbemittelten, um sich untersuchen und beraten zu lassen. Shalomar hatte Jahre mit Lernen und Forschen verbracht, um sich das Wissen und Geschick anzueignen, das er jetzt besaß. Er konnte nie im Dienst des Königs stehen, doch er war gut auf seinem Gebiet. Er arbeitete bei sich zu Hause in seiner Küche. Und jeder konnte ihn mit dem bezahlen, was er hatte, mit Kerzen, Essen, Kleidern oder Werkzeugen.

Die kleine Aliyah hatte schon seit Wochen gemerkt, dass sich ihre Sicht verschlechterte. Sie hatte ihrem Onkel davon erzählt, aber er hatte sie nur angeschrien und eine Lügnerin genannt. Als Aliyah jedoch eines Morgens aufwachte und vollständig erblindet war, begann sich Onkel Fingal doch langsam Sorgen zu machen, nicht wegen Aliyah, sondern weil er fürchtete, sie würde ihm dadurch nur noch mehr zur Last fallen. Er hatte sie nie gewollt, und jetzt war sie zu allem Übel auch noch erblindet.

«Wie ist dein Name, Mädchen?», fragte Doktor Shalomar mit freundlicher Stimme.

«Aliyah», antwortete ihm die Kleine. «Warum kann ich jetzt nicht mehr sehen?»

Er dachte ein paar Sekunden über ihre Frage nach und überlegte sich, was er dem Kind darauf antworten sollte. Der Satz: «Ich habe keine Ahnung», hätte das kleine Mädchen nur noch mehr verwirrt.

«Aliyah, meine Süße», sagte er schließlich, «deine Erblindung ist jetzt ein Teil von dir. Das bedeutet, du bist einmalig. Vertrau mir, es wird alles gut werden.»

Er fuhr ihr durch ihr seidenes Haar und lächelte sie an, obwohl sie es nicht sehen konnte.

«Ihr braucht ihr nichts vorzumachen», knurrte Onkel Fingal schlecht gelaunt und verschränkte die Arme. «Nichts wird gut werden, weder für sie und erst recht nicht für mich. Ich kann mich nicht um ein blindes Kind kümmern. Macht sie wieder gesund, Doktor. Ich bezahle Euch alles, was ich kann. Bloß: Flickt sie wieder zusammen!»

«Es tut mir leid. Es ist nichts kaputt, das ich flicken könnte. Sie ist, wie sie ist.»

Doktor Shalomar nahm einen weißen Zettel aus seinem Kittel und begann, etwas Unleserliches darauf zu kritzeln. «Ich schreibe Euch eine Adresse auf, wo Ihr Aliyah für eine spezielle

Schulung hinbringen könnt. Hier wird sie lernen, als blinde Person ihren Alltag zu bestreiten. Die Ausbildung ist nicht teuer. Sie sollte wenn möglich über die Zeitspanne von einem Jahr dreimal wöchentlich hingehen.»

Der Doktor gab Onkel Fingal das Papier, das dieser jedoch achtlos einsteckte.

«Ich werde weder Zeit noch Geld in diese kleine Hexe investieren. Schreibt mir besser die Adresse eines Waisenhauses auf. Da werde ich sie jetzt nämlich hinbringen. Darauf könnt Ihr Euch verlassen.»

«Waisenhäuser nehmen nur Kinder auf, die keine Familie mehr haben», gab Doktor Shalomar zu bedenken.

Onkel Fingal fluchte vor sich hin, packte Aliyah grob am Arm, riss sie vom Stuhl hoch und schleppte sie aus Shalomars Haus. Bevor er die Tür hinter sich zuschlug, rief er dem Doktor über die Schulter hinweg zu:

«Sie hat ja keine!»

Doktor Shalomar warf einen Blick auf den Stuhl, auf dem Aliyah gesessen hatte, und sah, dass sie ihr Stofftierchen zurückgelassen hatte. Es war ein weißer Hund. Er hob das weiche Tier hoch, starrte es eine Weile kopfschüttelnd an und seufzte in tiefem Mitgefühl für Aliyah.

«Ich nehme dann das Stofftier als Bezahlung ...»

Er machte auf einem Regal ein Plätzchen frei und gab dem weißen Hund ein neues Zuhause.

Unterdessen zerrte Onkel Fingal Aliyah am Arm durch die Straßen. Sie weinte leise vor sich hin. Er schämte sich für sie, und es machte ihn wütend, dass er sich jetzt um das Mädchen kümmern musste wie um ein hilfloses Kleinkind. Er blieb in der Mitte der Straße stehen, riss sie herum und fauchte sie an:

«Du bist neun Jahre alt, fast schon eine Frau. Als ich in deinem Alter war, hab ich hart gearbeitet und nicht geflennt wie ein Baby.»

Dicke Tränen rannen Aliyah über ihr zartes Gesichtchen, obwohl sie keinen Laut von sich gab.

«Du kannst weinen, aber nicht sehen. Was für ein Witz», spottete er. Er sah sich um und entdeckte eine Rute auf dem Boden, mit der man normalerweise Pferde antrieb.

«Bleib hier stehen», sagte er zu Aliyah. Er ging ein paar Schritte, hob die Rute vom Boden auf und brachte sie dann zu Aliyah zurück.

«Hier. Nimm diesen Stab, um den Weg nach Hause zu finden. Es ist nur noch ein guter Steinwurf nach links.»

Er zog sich zurück und ließ sie in der Mitte der Straße mit dem Stock in der Hand stehen. Dies würde der längste Gang ihres Lebens werden. Sie begann ihre Schritte zu zählen, während sie sich unsicher vorwärts tastete. Doch bereits beim dritten Schritt stolperte sie und schlug der Länge nach hin. Sie hörte das Gelächter von Kindern hinter sich. Sie konnte beinahe spüren, wie sie mit dem Finger auf sie zeigten.

Sie rappelte sich wieder auf und ging weiter, schneller und schneller, mitten durch die Dunkelheit, die Rute vor sich herschwingend, um sicherzugehen, dass ihr nichts den Weg versperrte. Jedes Mal, wenn sie hinfiel, stand sie wieder auf und ging tapfer weiter. Sie verlangsamte ihren Schritt erst, als sie Schildkrötenfleisch roch. Da wusste sie, dass sie sich unmittelbar vor ihrem Haus befand, denn Schildkrötenfleisch war das einzige Fleisch, das sie sich leisten konnten, und sie aßen es häufig. Sie folgte dem Duft, bis sie mit ihrem Fuß an die Türschwelle stieß, das Gleichgewicht verlor und mitten in die bescheidene Wohnung stürzte. Sie prallte gegen die Wand, wobei sich der Eingangsspiegel löste und klirrend zu Boden fiel.

Onkel Fingal gab ihr daraufhin eine Ohrfeige und rief verärgert aus:

«Du dummes, blindes Ding. Hättest du nicht besser aufpassen können?»

«Es tut mir leid, Sir», sagte Aliyah mit weinerlicher Stimme.

«Ja, das soll es auch», knurrte der Onkel. «Der Spiegel gehörte deiner Mutter.» Er machte eine kurze Pause, dann fügte er hinzu: «Hast du Hunger?»

«Ja, Sir», piepste Aliyah.

«Dann mach dir selber was. Und sammle gefälligst die Scherben auf. Ich hatte einen stressigen Tag. Ich leg mich schlafen.»

Er stampfte an ihr vorbei und ließ sie mit dem zersprungenen Spiegel auf dem Boden zurück. Wimmernd begann Aliyah mit ihren kleinen Fingerchen die Scherben zusammenzuklauben. Sie zerschnitt sich daran die Finger, während ihr Onkel in seinem Zimmer verschwand und die Tür hinter sich zuschlug.

«Aliyah», murmelte Joash mitfühlend, nachdem die Vision verschwunden war. Er stand auf, konnte aber noch immer nichts sehen. Langsam tastete er sich zur Wand vor, und als er sie berührte, merkte er, dass sie kalt und glatt war. *Glas¿,* dachte er verwundert, während seine Hände über die spiegelglatte Fläche glitten. Er spürte etwas, das er schon lange nicht mehr gespürt hatte: Angst. Er hatte gelernt, stark zu sein und seine Gefühle zu verdrängen. Denn Gefühle zeigten Schwäche, und Schwäche war keine gute Eigenschaft, wenn man auf den gefährlichen Straßen von Dark City überleben wollte. Aber obwohl er wusste, dass die Empfindung seine eigene war, kam es ihm gleichzeitig so vor, als hätte er sie sich aus der Vision geborgt.

Es ist alles so echt gewesen, dachte er.

Er hörte, wie die Tür sich öffnete. Schwere Fußtritte näherten sich ihm, eine starke Hand griff nach seinem Arm und führte ihn aus dem Raum. Im selben Moment gewann Joash sein Augenlicht und seinen Körper zurück. Er warf einen Blick über seine Schulter und sah, dass die gesamte Kammer vollständig mit Spiegeln versehen war. Obwohl er nicht stehen blieb, um sich darin zu betrachten, wusste er doch mit absoluter Gewissheit, dass er etwas Neues in sich entdeckt hatte.

· 64 ·

Miro rückte sich im Spiegel seinen Schlips zurecht und kontrollierte sein feuerrotes Haar aus allen möglichen Blickrichtungen. Seine Haut, seine Kleider, sein Haar, alles war perfekt.

«Ich sehe gut aus», sagte Miro zu seinem Zwilling im Spiegel. Heute war sein fünfzehnter Geburtstag, und er war so aufgeregt wie noch nie. Alle seine Freunde, etwa zweihundert, warteten unten an der Treppe auf ihn. Die Party hatte bereits begonnen, doch er hatte sich mit Absicht verspätet, damit sein Auftritt umso glanzvoller sein würde. Er hatte eine Rede vorbereitet, um allen zu sagen, wie viel sie ihm bedeuteten und weswegen dieser Geburtstag so wichtig für ihn war. Er war so wichtig wegen seines Vaters. Sein Vater hatte sämtliche Termine für den heutigen Tag abgesagt, nur um Zeit für ihn zu haben.

Obwohl er mit seinem Vater unter einem Dach lebte, sah Miro ihn nicht sehr häufig. Sein Vater war immer am Schuften. Er arbeitete hart für das Wohl von Dark City. Er war ein Held. Alle in der Stadt respektierten und bewunderten ihn, vor allem Miro.

Er faltete das Papier mit seiner Rede auf und ging sie nochmals Wort für Wort durch. Er hatte fast eine Woche an dem Text herumgeschliffen, bis er endlich zufrieden damit war. Und nachdem er die Rede nochmals theatralisch vor dem Spiegel geübt hatte, wusste er, dass sie perfekt war.

Whelof, sein Butler, klopfte an die Tür seines Schlafzimmers und trat ein.

«Sir, seid Ihr so weit? Die Gäste warten.»

«Danke, Whelof. Ich komme gleich.»

Miro rückte sich ein letztes Mal seinen Schlips zurecht, steckte seine Rede in die Hosentasche, und dann schritt er mit gewölbter Brust den Gang entlang, der bei der geschwungenen Treppe endete, die ins Wohnzimmer führte. Er hörte Gelächter und Musik. Dies würde ohne jeden Zweifel sein bester Geburtstag werden. Stolz und mit langsamen Schritten stieg er die Treppe hinunter, und die Leute drehten sich ihm zu und begannen zu klatschen und zu jubeln. Nicht einmal Drakar hätte sich einen besseren Empfang wünschen können. Miro stellte sich vor die Menge hin und hob die Hand.

«Danke! Danke, dass ihr alle gekommen seid. Dies ist ein sehr wichtiger Tag für mich. Ich habe für euch Unterhaltung vom Feinsten organisiert, die beste Musik und das edelste Essen. Heute Abend werden wir feiern wie Fürsten!»

Der Beifall wurde lauter, und die Leute hoben ihre Gläser als Zeichen ihrer Zustimmung.

«Aber bevor wir beginnen, möchte ich dem Mann die Ehre

erweisen, der verantwortlich dafür ist, dass ich lebe. Ich möchte den Mann ehren, von dem ich mir wünsche, eines Tages zu sein wie er. Ich spreche von meinem Vater. Und ich habe sogar eine Rede für ihn vorbereitet, um ihm für all das zu danken, was er für mich getan hat ... Vater, bitte tritt vor.»

Miro holte den Zettel aus der Hosentasche und begann für seinen Vater zu klatschen. Die Gäste begannen ebenfalls zu applaudieren, und alle sahen sich suchend um, konnten aber Lord Jamiro nirgends finden.

«Vater, bitte komm nach vorne», wiederholte Miro. «Ich möchte diesen Tag dir weihen.»

Er klatschte weiter, doch sein Vater trat nicht vor. Stattdessen näherte sich ihm sein Butler, beugte sich zu ihm und flüsterte ihm etwas ins Ohr. Miro nickte und wandte sich wieder der Menge zu.

«Bitte entschuldigt mich, es ist ein wichtiger Anruf. Feiert weiter, amüsiert euch, ich werde gleich zurück sein.»

Er folgte seinem Butler zur Bibliothek, wo er das Gespräch entgegennahm. Sein Vater war am andern Ende des Kommunikators.

«Wann wirst du hier sein?», fragte ihn Miro, obwohl er tief in seinem Herzen die Antwort bereits wusste. Er hatte sie schon tausendmal gehört.

«Es ist etwas Wichtiges dazwischengekommen, mein Sohn. Es tut mir leid. Ich kann nichts daran ändern. Ich wünsche dir trotzdem einen schönen Geburtstag, Miro.»

Miro kannte die Worte schon von seinen letzten fünf Geburtstagen. Aber er hatte wirklich geglaubt, dass es diesmal anders sein würde. Sein Vater hatte es ihm versprochen. Miro legte den Hörer auf und starrte auf die Rede in seiner Hand.

«Ich komme nie an erster Stelle», murmelte er zu sich selbst. Whelof kam auf ihn zu und überreichte ihm einen Briefumschlag.

«Was ist das?», fragte Miro.

«Ein Geschenk Eures Vaters», antwortete der Butler. Miro nahm den Umschlag entgegen und gab ihm dafür seine Rede. Whelof betrachtete das Papier verwundert.

«Für mich, Sir?»

«Ja, ich denke, Ihr verdient diese Worte mehr als mein Vater», sagte Miro. Er setzte sich aufs Sofa und öffnete den Briefumschlag. Es befanden sich fünfhundert Drakaten darin und ein kleines Kärtchen, auf dem stand: «Happy Birthday, mein Sohn.»

Miro schüttelte gekränkt den Kopf. Dies war kein glücklicher Geburtstag. Dafür brauchte es schon etwas mehr als eine Geburtstagskarte und Geld. Er wollte kein Geld. Er wollte seinen Vater. Er wollte, dass sein Vater ihn sah, Zeit mit ihm verbrachte oder einfach nur an seiner Geburtstagsparty teilnahm.

Das Gelächter und die Musik, die von draußen an sein Ohr drangen, bedrückten ihn jetzt nur noch mehr. Er dachte über sein Leben nach und fand keinen Grund, warum er überhaupt ein neues Lebensjahr feiern sollte. Er rückte sich den Schlips zurecht, fuhr sich durch sein Haar und begab sich zurück zu seinen Gästen. Er schüttelte Hände, verteilte Komplimente, schenkte allen ein fröhliches Lachen und klopfte sogar Sprüche. Er hatte gelernt, wie man vorgeben kann, glücklich zu sein. Und dabei hatte er längst vergessen, wie es sich anfühlte, wirklich glücklich zu sein.

«Happy Birthday!», hörte er von allen Seiten.

«Ja ... es ist ein wahrhaft glücklicher Geburtstag», antwortete Miro mit gepresstem Lächeln.

Seine Worte hallten noch immer in Ephrions Kopf wider, als er sich vom Boden erhob und in den Spiegel sah.

«Wow, das war verrückt», murmelte er. «Und ich sehe noch immer aus wie Miro.»

Er war erleichtert, als die Tür aufging und ein Onovan in den Spiegelraum kam. Und er fühlte sich noch befreiter, als er in den Laubengang trat und sich wieder in seinem eigenen Körper befand. Er hatte Miro von Anfang an gut leiden können, obwohl der ganz schön auf ihm herumgetrampelt war. Doch jetzt fühlte er sich irgendwie mit ihm verbunden. Miro war vielleicht reicher und schlanker als er und sah auch besser aus, aber tief in sich drin hatte auch Miro Verletzungen, genau wie er. Und diese Tatsache war es, die Ephrion mit einem Mal das Gefühl gab, weniger dick zu sein.

· 65 ·

Die Teenager wurden in Master Kwandos Arbeitszimmer geleitet. Er saß auf einem großen braunen Stuhl, und die vier Onovans, die die Jugendlichen durch den Laubengang eskortiert hatten, bedeuteten ihnen, sich auf den Boden zu setzen.

«Kinder», begann Master Kwando und sah sie der Reihe nach an, «ihr seid ein Teil meiner Bestimmung gewesen, und jetzt ist meine Bestimmung ein Teil von euch geworden. Ich bin schwach geworden, damit ihr auf ganz neue Art stark werden könnt.»

Der Master war sehr schwach, und seine Stimme war nicht viel mehr als ein Flüstern. Er winkte einen Onovan zu sich.

«Ich möchte mich zu ihnen auf den Boden setzen», sagte er, «ich möchte auf derselben Höhe sein wie sie.» Der Onovan hob Master Kwando hoch und setzte ihn behutsam zu den Teenagern auf den Boden. Sie saßen in einem Kreis, und alle Augen waren auf den alten Mann gerichtet, während er sprach.

«Die meisten Menschen schauen in den Spiegel, und das Einzige, was sie sehen können, ist: sich selbst. Und in jeder Situation, und wo auch immer sie hingehen, haben sie nichts außer ihrem eigenen Spiegelbild vor Augen. Der Spiegel beschützt sie davor, andere zu sehen, die Welt zu sehen ... und vor allem sich selbst zu sehen und wer sie in Wahrheit sind. Heute haben euch die Spiegel das Bild von jemand anderem gezeigt. Ihr konntet euch ihren Nöten nicht entziehen, habt gefühlt, was sie fühlen, und gelitten, was sie leiden. Euer Leben soll nicht ein Spiegel eurer selbst sein, sondern ein Spiegel der andern.»

«Ich verstehe nicht», sagte Miro.

«Nur weil Ihr es nicht versteht, bedeutet das noch lange nicht, dass Ihr es nicht könnt oder nicht tun werdet. Manchmal kommt das Verständnis erst, wenn Ihr tatsächlich dafür bereit seid. Eure Reise und euer Auftrag beginnt mit dem morgigen Tag. Ihr vier werdet Dinge sehen, die ihr nie zuvor gesehen habt. Ihr werdet an Orte gehen, die zu betreten euch bisher immer verboten war. Ihr werdet Gefahren ausgesetzt sein, die eure kühnsten Träume übersteigen. Ihr werdet verraten, gejagt und auch belogen werden. Und einer von euch wird auf dieser gefährlichen Mission sogar sein Leben verlieren.»

«Sein Leben verlieren?», wiederholte Aliyah besorgt.

«Ich dachte, die Mission wäre schon fast vorbei», warf Ephrion ein. «Es war wirklich ziemlich hart bis jetzt.»

Master Kwando sah die Jugendlichen mit ernster Miene an. «Meine Schüler, es ist noch lange nicht vorbei. Euer eigentlicher Test steht euch erst bevor. Was euch bis jetzt widerfahren ist, ist nichts weiter als ein Tropfen im weiten Ozean.»

«Wem können wir vertrauen?», fragte Joash. «Wohin sollen wir gehen? Was sollen wir tun?»

«Die Antworten werden kommen, bevor sich die Frage konkret stellt. Macht euch keine Sorgen. Euer Weg ist bereits für euch vorbereitet worden. Alles, was ihr tun müsst, ist, auf ihm zu gehen.»

«Ich habe Angst», gestand Ephrion leise.

«Mein Schüler, es ist in Ordnung, Angst zu haben. Was nicht in Ordnung wäre, ist aufzugeben.»

Master Kwando nickte den Onovans zu, damit sie die vier nach draußen begleiteten. Sie brachten sie wie schon am Tag zuvor zu einem wunderschönen See mit kristallklarem Wasser, wo sie sich für den Rest des Tages entspannen konnten. Es war ihnen auch gestattet, miteinander zu reden, und am Abend durften sie sich noch einmal so richtig satt essen an Master Kwandos Tafel. Dies war ihre letzte Nacht an diesem ungewöhnlichen Ort. Am nächsten Morgen würde ihre Mission beginnen.

· 66 ·

Es war bereits gegen sieben Uhr morgens, als die Stadtbarone auseinandergingen. Drakar blieb indessen mit Mangol und Goran zurück, um allein mit ihnen zu reden. Die Stimmung war angespannt. Mangol und Goran saßen am runden Tisch und kämpften gegen die Müdigkeit an. Es war eine lange, nervenaufreibende Nacht gewesen. Drakar stand, die Hände auf dem Rücken, an einem Fenster in der Burgwand und blickte in die graue Morgendämmerung hinaus. Der moderige Gestank von Dark City stieg ihm in die Nase. Er empfand ihn heute Morgen als besonders lästig.

Ein paar Minuten brütete Drakar schweigend vor sich hin. Seine Gedanken knirschten fast hörbar durch den Raum. Dann kam er zum Tisch zurück, stützte sich mit den Knöcheln auf die schwere Tischplatte und sah die beiden Ritter mit ernster Miene an.

«Mangol, ich möchte, dass Ihr diese Jugendlichen aufspürt und in die Burg zurückbringt», ordnete Drakar an. «Bringt sie mir lebend. Ich möchte ihnen den Tod auf dem Scheiterhaufen nicht ersparen.»

Mangol nickte steif. «Ihr könnt Euch auf mich verlassen, Eure Hoheit.»

Drakar wandte sich Goran zu. «Goran, wenn Ihr in Eure Gemächer geht, weckt Katara auf und sagt ihr, sie solle sich unverzüglich bei Mangol melden. Sie wird ihn auf der Suche begleiten.»

Mangol stutzte. «Ich verstehe nicht ganz ...»

Drakar verschränkte die Arme. «Mangol, es gibt etwas, das Ihr wissen müsst: Katara war mit diesen Jugendlichen zusammen, als wir sie schnappten. *Sie* hat die Teenager in die Burg gebracht. Und *sie* war es, die das flammende Schwert bei sich hatte.»

Mangol konnte seine Überraschung nicht verbergen. «*Unsere* Katara brachte dieses gefährliche Schwert in die Burg?»

Drakar nickte. «So ist es. Die Hexen haben sie in der Nacht vor Isabellas Hinrichtung gekidnappt und ihr eine Gehirnwäsche verpasst.»

«Bei Shaíria», murmelte Mangol, und trotz seiner Gefasstheit war eine gewisse Unruhe nicht zu überhören. «Das darf doch nicht wahr sein. Katara hat sich mit den Hexen verbündet?»

«Keine Sorge. Wir haben sie wieder zur Vernunft gebracht», versicherte ihm Goran. «Sie ist jetzt in ihrem Zimmer und ruht sich von den Strapazen der vergangenen Tage aus.»

«Strapazen», wiederholte Drakar verächtlich. Sein Missfallen über Kataras Tat stand ihm ins Gesicht geschrieben. «Ich könnte sie hinrichten lassen für das, was sie getan hat! Das ist Euch doch hoffentlich klar, Goran? Es ist Zeit, dass Eure kleine Feuerblume ein richtiger Soldat wird, wie sie es immer sein wollte, und lernt, Verantwortung für ihre Fehler zu übernehmen. Sie hat uns das Ganze eingebrockt. Jetzt soll sie die Suppe auch auslöffeln.»

Drakar umrundete den Tisch mit langen Schritten und blieb dann vor Mangol stehen. «Ich will, dass Ihr nicht zimperlich mit ihr umgeht. Sie soll meine Missbilligung für ihr leichtfertiges Handeln spüren, solange sie mit Euch unterwegs ist.»

Mangol runzelte die Stirn. «Eure Hoheit, Ihr könnt Katara für ihr Vergehen bestrafen, wie Euch beliebt. Aber ich weiß nicht, ob es in Anbetracht der Geschehnisse sinnvoll ist, sie mit auf die Jagd nach diesen Verrätern zu nehmen. Was ist, wenn sie unterwegs den Kopf verliert und sich erneut gegen uns wendet? Wie können wir ihr trauen?»

«Ihr habt Recht, wir können ihr nicht trauen», bestätigte Drakar, und ein abschätziger Ton schwang in seiner Stimme mit. «Sie ist schwach. Sie ist zu leicht beeinflussbar. Sie muss endlich Gehorsam lernen, und genau das wird sie tun, wenn ich sie unter Eure Fittiche gebe, Mangol.»

Mangol war anderer Ansicht. «Bei allem Respekt, Eure Hoheit. Es ist zu riskant. Ihr Leichtsinn könnte uns alle in ernsthafte Schwierigkeiten bringen.»

«Glaubt mir, sie wird wissen, dass dies ihre einzige Chance ist, ihre Loyalität unter Beweis zu stellen. Sie wird tun, was auch immer Ihr von ihr verlangt.»

«Und wenn sie sich querstellt? Ihr kennt ihren sturen Kopf.»

Drakar kniff die Augen leicht zusammen. Sein Blick war kalt. «Wenn dies geschehen sollte, dann wisst Ihr, was zu tun ist, Mangol.»

Bei diesen Worten sprang Goran jäh von seinem Stuhl auf und baute sich mit gereckter Brust vor Drakar auf. Er überragte den jungen König um mindestens einen Kopf. Blankes Entsetzen stand ihm ins Gesicht geschrieben. Sein Puls kletterte auf hundertachtzig.

«Das könnt Ihr nicht machen, Drakar!»

«Sie lässt mir keine andere Wahl», sagte Drakar ungerührt.

Jetzt verlor der schwarze Ritter endgültig die Beherrschung.

Unvermittelt stürzte er sich auf den König, packte ihn mit beiden Fäusten am Kragen und schüttelte ihn heftig.

«Ich liebe Katara!», rief er erbittert. «Ihr wisst, wie viel sie mir bedeutet! Bitte tut ihr nichts an. Sie weiß nicht, wer sie ist!»

Mangol warf sich zwischen die beiden Männer und zerrte Goran gewaltsam von Drakar weg. Die Luft schien zu knistern. Drakar rückte sich sein Hemd zurecht, warf sich seine Silbersträhne aus dem Gesicht und sah Goran ausdruckslos an. Er wirkte unnahbar und distanziert.

«Und Ihr wisst anscheinend nicht, wie viel auf dem Spiel steht, Goran», erklärte er trocken. «Glaubt nicht, dass ich es mir leicht mache. Katara bedeutet mir genauso viel wie Euch. Aber sollte es zum Äußersten kommen ...»

Gorans Atem ging heftig. Die Fäuste geballt, stand er da und musste sich zusammennehmen, um keinen zweiten Angriff zu starten. Fassungslos starrte er den König an.

«Ihr würdet tatsächlich die nächste Thronnachfolgerin Eures Vaters umbringen lassen? Eure eigene Schwester?»

Drakar nickte kalt. «Ja, das würde ich.»

· 67 ·

Nayatis Bellen weckte die Jugendlichen auf. Sie lagen irgendwo mitten auf einer Straße, und der widerliche Gestank nach Abwasserkanälen und Kadavern ließ ihnen die Galle hochkommen. Der Nebel und die trostlose Dämmerung räumten auch die letzten Zweifel aus: Sie waren zurück in Dark City.

«Wo sind wir?», fragte Ephrion, während er sich auf seine Ellbogen stützte und sich mühsam aufrappelte.

«Irgendwo im Stadtzentrum», schätzte Joash.

Ein betrunkener alter Mann mit einer Flasche Alkohol stand am Straßenrand. Er sah sie entsetzt und verwirrt an und rieb sich die Augen. Dann warf er seine Flasche weg und rannte davon.

«Was war das?», erkundigte sich Aliyah.

«Offenbar hat unsere Ankunft einen Betrunkenen zu Tode erschreckt», meinte Miro. Er erinnerte sich daran, was Master

Kwando am Tag ihrer Ankunft gesagt hatte. *Solange ihr hier seid, wird es hier sein, und wenn ihr gegangen seid, wird es nicht mehr sein.*

Es stimmte. Es war alles weg, die Schönheit, die Blumen, die Düfte, die Weite, die Klarheit der Luft. Es war alles weg, genau wie der Master es gesagt hatte. Sie waren zurück zu Hause, zurück in der Dunkelheit und in der bedrückenden Stimmung von Dark City.

Nayati bellte laut und stellte seine Nackenhaare auf.

«Was ist los, Nayati? Was hast du?», fragte Aliyah und versuchte ihren Wolf zu beruhigen. Doch sein ganzer Körper war angespannt und sein Fell gesträubt, während er knurrend die Straße hinaufblickte.

«Bei Shaíria», schrie Ephrion. «Es ist Katara!»

Die Jugendlichen wirbelten herum. Und da sahen sie sie. Sie saß auf dem Rücken eines rotbraunen Pferdes und war in Begleitung von mindestens fünf berittenen Soldaten, einem Kommandanten und ihrem Vater. Der vorderste Soldat hatte das Banner von Dark City an einer langen Stange in seine Hüfte gestemmt, alle andern waren mit Lanzen und Schwertern bewaffnet.

Ephrion deutete mit dem Finger auf Katara, und Katara deutete mit ihrem Finger zurück.

Das unverkennbare metallische Kratzen der Schwerter, die aus den Scheiden gezogen wurden, ließ die Jugendlichen erstarren. Katara war keine hundert Fuß von ihnen entfernt, und es war eindeutig, dass sie nicht gekommen war, um sie zu beschützen.

Sie war gekommen, um sie zu töten.

Zur selben Zeit, an einem unzugänglichen Ort, weit weg von all diesen Geschehnissen, bereitete sich noch ein anderer König auf den Krieg vor. Sein Name ist unerforschlich, voller Geheimnisse und Mysterien. Sein Name ist ein Name, der nicht ausgesprochen werden darf ...

Arlo.

Die Dunkelheit weicht zurück,
und das wahre Licht leuchtet schon.

1. Johannes 2,8

☞ Band 2 folgt demnächst ☜

NACHWORT
VON DAMARIS KOFMEHL

Dieses Buch war eine wahre Herausforderung für mich. Zuerst einmal ist es die erste Fantasy-Geschichte, die ich jemals geschrieben habe. Ich liebe es, in andere Welten wie die von *Matrix, Herr der Ringe, X-Men* oder *Narnia* einzutauchen, wo die Helden mehr Spielraum haben als wir. Doch selber hatte ich mich bisher noch nie an ein solches Projekt herangewagt, und vielleicht hätte ich es auch nie getan, wenn nicht mein Mann gewesen wäre …

Ich kann mich nicht einmal mehr erinnern, wie lange es her ist, seit mein Mann Demetri und ich begonnen haben, verrückte Ideen zusammenzuspinnen. Wir entwickelten Teenager mit außergewöhnlichen Fähigkeiten, begannen ihre Charaktere zu formen, ihr Aussehen und ihre besonderen Merkmale, bis sie für uns so real wurden, dass wir glaubten, sie tatsächlich persönlich zu kennen. Diese Jugendlichen wollten wir nun auf ein ganz besonderes Abenteuer schicken, wussten aber anfangs nicht genau, wie dieses Abenteuer im Detail aussehen und wohin es führen sollte. Die Vorstellung einer abgekapselten Welt, in der es kein Sonnenlicht gibt und in der das Mittelalter sich mit der Moderne trifft, begann uns zu faszinieren. Wir schliffen weiter an der Idee herum. Wir wollten etwas schaffen, das einmalig war, etwas, das man nicht mit anderen Fantasy-Geschichten vergleichen kann und auch nicht soll.

Wir verfassten ein erstes Manuskript, das allerdings noch so viele gedankliche Fehler aufwies, dass wir es nochmals komplett überarbeiteten und praktisch neu schrieben. Und dann auf einmal begann sich die Geschichte fast wie von selbst zu entfalten. Wir rutschten in eine viel tiefere Dimension, und oft hatten wir gleichzeitig dieselben Visionen und Gedanken für eine bestimmte Szene. Es war ganz außerordentlich.

Ich hatte noch nie zuvor mit jemandem zusammen ein Buch geschrieben, und es faszinierte mich zu sehen, wie unsere Vorstellungen sich fast immer in dieselbe Richtung bewegten. Manchmal war es auch ganz schön hart, bis wir uns innerlich finden konnten. Oft war mir Demetri meilenweit voraus in seiner Fantasie, und ich musste ihm Löcher in den Bauch fragen, damit ich in meiner Vorstellung dasselbe Bild kreieren konnte wie er, um es dann auch dementsprechend zu Papier zu bringen. Da gab es auch ganz frustrierende Momente, wo ich Szenen schrieb, die ihm überhaupt nicht gefielen, und ich musste wieder von vorne beginnen und alles umschreiben.

Auf der anderen Seite muss ich sagen, dass ich dank Demetris Anregungen und Kreativität als Autorin unglaublich viel dazugelernt habe. Er holte mich aus meiner Denk- und Schreib-Rille heraus und zeigte mir völlig neue Wege und Möglichkeiten. Ganz ehrlich, diese Buchreihe ist von all meinen Büchern das Projekt, das mich am meisten gefordert hat. Alleine hätte ich es niemals schreiben können. Aber dank meines geliebten Mannes, seiner blühenden, unglaublichen Fantasie, seinem Talent zum Schreiben, seiner unendlichen Geduld mit mir und seinem Geschick, verborgene Wahrheiten in geheimnisvolle Rätsel zu verpacken, ist dieses Projekt «Dark City» Wirklichkeit geworden.

Dark City. Eine Welt, die so anders ist und doch so vieles gemeinsam hat mit der unseren, vielleicht sogar mit deiner eigenen Welt. Bestimmt ist dein Leben manchmal genauso düster wie das Leben in Dark City. Aber es gibt Hoffnung, so wie es für die Menschen in Dark City Hoffnung gibt. Und wer weiß, vielleicht steckt auch in dir ein Ephrion, ein Miro, eine Aliyah oder eine Katara. Vielleicht hast auch du einen Auftrag zu erfüllen, um einen Unterschied zu machen in dieser Welt, um das Salz und Licht zu sein, von dem uns die Bibel erzählt. Schon mal darüber nachgedacht, was der Sinn deines Lebens ist? Schon mal darüber nachgedacht, auf welcher Seite du wirklich stehst?

Ich hoffe, dass dieses Buch seinen Teil dazu beiträgt, dich ins Nachdenken zu bringen über deine eigene Berufung und über das, was Gott mit dir vorhat.

Und natürlich hoffe ich auch, dass du schon gespannt darauf bist, wie es weitergeht …

Damaris Kofmehl

Nachwort
von Demetri Betts

Viele Leute kennen mich als Sänger, Tänzer oder Redner, aber nur wenige wissen um meine Leidenschaft fürs Schreiben. Als ich ein Teenager war, schrieb ich jeden Tag. Es war meine Flucht vor Enttäuschungen und Verletzungen. So schuf ich mir eine Fantasie-Welt, in die ich mich hineinflüchten konnte. Es war ein Ort, wo ich in Sicherheit war, ein Ort, wo ich verstanden wurde und wo mich niemand verurteilte. Ich gewann viele Auszeichnungen für mein Schreiben und erhielt wegen meines Talents sogar ein Stipendium, um an einer bekannten Universität zu studieren. Aber für mich war Schreiben nie etwas, worauf ich mir etwas einbildete. Ich hatte auch nie wirklich versucht, mehr daraus zu machen. Es kam einfach ganz natürlich. Ich war schlecht im Buchstabieren vor der Klasse, in Mathe, in Geschichte und in fast allen anderen Fächern in der Schule. Aber etwas, das ich konnte, ohne überhaupt nur darüber nachzudenken, war Singen und Schreiben. Es war wirklich eine Gabe, die mir zugefallen ist.

Ich habe Damaris die Idee von Dark City vor mehr als drei Jahren unterbreitet. Zu meiner Überraschung gefiel ihr das Konzept von Beginn an. Es folgten viele Gespräche. Wir schrieben Szenen, krempelten sie wieder um und konzipierten sie hundertmal neu, bis wir mit dem Resultat zufrieden waren. Zuerst war es ziemlich schwierig für Damaris, da sie noch nie zuvor etwas Ähnliches geschrieben hatte. Aber sie gab nie auf und wollte als Autorin wachsen. Bei allen Schwierigkeiten ließ sie das Projekt nie fallen, und bald begann sie, die Charaktere und die Geschichte zu sehen, wie ich sie sah. Und nach einem Jahr war die Geschichte nicht mehr die meine, sondern sie war unsere. Wir begannen, alles gleich zu sehen. Dark City war lebendig geworden. Und wenn dir dieses Buch gefallen hat, so kann ich dir versprechen, dass es nur einen ganz vagen Vorgeschmack vermittelt im Vergleich zu den zwei Büchern, die noch kommen werden.

Viele Leute fragen mich, wer es denn eigentlich ist, der dieses Buch geschrieben hat, und die Antwort ist: Wir beide. Im Großen und Ganzen habe ich Damaris meine Ideen und Visionen geschildert, und sie hat sie dann in ihrer eigenen kreativen Art aufgeschrieben. Die letzten Kapitel, als die Jugendlichen Master Kwando treffen, habe ich geschrieben, und meine Frau hat sie praktisch nur noch aus dem Englischen übersetzen müssen. Somit haben diese Kapitel vielleicht einen leicht anderen Touch.

Ich merke, was für eine großartige Autorin Damaris wirklich ist und welch ein Geschenk es darstellt, mit ihr zusammenarbeiten zu können. Sie nahm meine Ideen, machte sie zu ihren eigenen und schrieb sie in einer Art und Weise auf, dass ich jeden Tag aufs Neue von ihrem Schreibstil beeindruckt war.

In dieser Buchserie geht es um eine Gruppe von Teenagern, denen gesagt wird, dass sie einzigartig sind und dass ihr Leben mehr bedeutet und mehr darstellt, als sie dachten; ja, dass ihr Leben eine Bestimmung und einen Sinn hat. Alles, was sie für wahr hielten, stellte sich als Lüge heraus. Die Welt, in der sie lebten, einst ein wunderschöner Ort, war gefallen. Und sie waren auserwählt, die Schönheit zurück ins Land und auch zurück in die Herzen der Menschen zu bringen.

Auch du bist auserwählt. An dem Tag, als du zur Welt kamst, wurdest du auf eine Mission geschickt. Vielleicht bist du körperlich und psychisch nicht so stark wie Joash. Aber dein Herz ist vielleicht noch stärker. Schau in den Spiegel und sieh über dich selbst hinweg. Die Welt da draußen ist dunkel, und wenn du es wirklich möchtest, dann kannst du mit deinem Leben, mit deiner Hoffnung, mit deinen Träumen und deinen Gaben ein bisschen Licht in sie hineinbringen.

Auf dieser Basis ist Dark City entstanden, und es kribbelt uns schon in den Fingern, die Fortsetzung zu veröffentlichen.

Demetri Betts

VON DENSELBEN AUTOREN NATÜRLICH WEITERHIN ERHÄLTLICH: TEIL 2 DER STORY!

352 Seiten
gebunden mit Schutzumschlag
13,5 x 21,0 cm
€ [D] 14.95
€ [A] *15.40
CHF *26.80
* unverbindliche Preisempfehlung
Bestellnummer 111.714
ISBN 978-3-7655-1714-3

Dark City. Ein Ort der ewigen Dämmerung, seit der Nebel das Sonnenlicht verschluckt hat. Doch es gibt Hoffnung. Fünf Teenager wurden auserwählt, das Licht nach Dark City zurückzubringen und den Weg zu bereiten, damit der wahre König des Landes zurückkehren kann. So wurde es seit tausend und abertausend Jahren prophezeit und im geheimnisvollen Buch der Prophetie festgehalten.

Aber das Buch wurde in drei Teile gerissen, und nur wenn alle Teile wieder vereint sind, kann die Prophezeiung in Erfüllung gehen. Die Teenager riskieren ihr Leben, um die fehlenden Buchteile zu finden. Inzwischen setzt Drakar der Zweite, Herrscher von Dark City, alles daran, die Jugendlichen aufzuhalten und zu eliminieren.

Fürchterliche Kreaturen und fatale Fehlentscheidungen bringen die Gefährten in Lebensgefahr. Immer näher rücken die Soldaten. Und nur ein einziges Wesen ist in der Lage, die Auserwählten vor den Schergen des Königs zu retten und Dark City vor dem Untergang zu bewahren …